anagramma

981

Tutti i personaggi di questo romanzo sono fittizi
e qualunque somiglianza con persone reali,
viventi o defunte, è puramente casuale.

Titolo originale: *Always, in December*

First published in 2021 by HEADLINE REVIEW

Traduzione dalla lingua inglese di Clara Nubile e Serena Tardioli
Prima edizione: ottobre 2021

ISBN 978-88-227-5605-3

www.newtoncompton.com

Realizzazione a cura di Pàgina
Stampato nell'ottobre 2021 da Puntoweb s.r.l., Ariccia (Roma)

Emily Stone

Succede quasi sempre per caso

Newton Compton editori

Per apprezzare la bellezza di un fiocco di neve
è necessario resistere al freddo.
Aristotele

Prima parte
Dicembre

Capitolo uno

Josie se ne stava sulla porta del suo appartamento sotto il vischio che Bia aveva insistito per appendere, "a ogni buon conto", e fissava in silenzio lo scatolone che Oliver stringeva tra le braccia. Con una mano sulla maniglia, la ragazza frenò a stento l'impulso di sbattergli la porta in faccia, su quel viso da bugiardo e traditore, dai lineamenti sin troppo regolari, come osservò in quel momento.

Oliver si schiarì la voce. «So che volevi indietro le tue cose, allora ho pensato di...». L'espressione sul volto di Josie gli impedì di terminare la frase; abbassò lo sguardo e armeggiò con lo scatolone nel tentativo di darglielo, ma finì goffamente per sbatterlo contro il telaio della porta.

«Bene», disse Josie prendendolo, ed evitando sfiorargli la mano. Sbuffò sotto il peso dell'oggetto: era molto più pesante di quanto sembrasse. D'altra parte era ovvio che fosse così: là dentro c'erano le cose che per due anni aveva accumulato nel suo appartamento, cose che aveva dimenticato da lui per comodità e che, fino a qualche settimana prima, credeva sarebbero rimaste là a lungo, perché immaginava di trasferirsi da Oliver in futuro. Chissà cosa aveva pensato lui, raccogliendole tutte e mettendole nello scatolone. All'inizio l'aveva supplicata di non mettere fine alla loro relazione, ma adesso era lui quello determinato a troncare.

Josie serrò le labbra con decisione per farle smettere di

tremare e gli voltò le spalle. Proprio in cima allo scatolone, su uno dei suoi libri – probabilmente li aveva gettati là sopra all'ultimo momento – c'erano gli orecchini con le renne, quegli orecchini scintillanti che le aveva regalato tre settimane prima, prima del fatidico pranzo natalizio al lavoro. Quando, invece di tornare a casa con lei, dopo il dessert, Oliver si era trattenuto per bere e flirtare con una loro collega. Quando, invece di rincasare nel giro di un'ora come aveva promesso, era andato a casa della collega. E ci era finito a letto.

La ragazza poggiò lo scatolone sul pavimento in vinile, proprio davanti alla porta di Bia. Quegli orecchini con le renne erano stati un regalo di addio, anche se all'epoca nessuno dei due poteva saperlo. C'era un pensiero che continuava a tormentarla con insistenza, sin da quella "mattina dopo", quando Josie era ancora a letto e lui le aveva raccontato brutalmente quel che era successo. Quel pensiero le trafiggeva di nuovo la mente, nonostante si sforzasse di reprimerlo: se lei non avesse deciso di rientrare a casa prima di lui dopo quel pranzo, forse non sarebbero mai arrivati a questo punto. Forse, se fossero tornati a casa insieme, Josie si sarebbe raggomitolata accanto a Oliver sul minuscolo divano rosso a guardare le repliche della serie *Line of Duty* e poi avrebbero ordinato del cibo thailandese takeaway e una bottiglia di vino bianco. Forse lui non avrebbe ceduto alla tentazione, altrimenti detta Cara. O forse quel momento sarebbe stato solo rimandato, alla successiva occasione in cui ci fossero stati del prosecco e un vestito rosso attillato.

Josie si alzò facendo un bel respiro profondo e giurò a sé stessa che avrebbe buttato quegli orecchini nella spazzatura non appena possibile. Quando si girò, Oliver era ancora sulla porta, e lei fece di tutto per mantenere un'espressione impassibile e mandar giù il nodo di rabbia che le serrava la gola. Lui si infilò le mani in tasca, nei jeans troppo stretti, e si dondolò sui talloni sbirciando oltre Josie, come se vedesse l'appartamento per la prima volta. Lei incrociò le braccia sul petto e lo guardò torva: non aveva alcuna intenzione di rendergli le cose più facili.

«Allora, tutto... okay?». Oliver incrociò finalmente il suo sguardo e sembrò trasalire un po'. Bene. Significava che l'aveva fulminato con un'occhiata. Josie alzò le sopracciglia in maniera esagerata; non si sarebbe stupita se fossero scomparse sotto la frangia, ma non le importava: si rifiutava categoricamente di farsi trascinare in qualsiasi forma di conversazione, dopo ciò che le aveva fatto.

«Insomma, dopo oggi in ufficio, volevo assicurarmi che...». S'interruppe di nuovo: sembrava aver perso la capacità di formulare frasi compiute. Josie tenne le braccia bene incrociate sul petto e sperò con tutta sé stessa che non si vedesse il calore che le infuocava le guance. Ovviamente aveva tirato fuori l'argomento. Ovviamente aveva capito perché Janice le aveva voluto parlare. Uno degli inconvenienti del dividere l'ufficio col tuo ex, oltre al fatto di doverlo vedere tutti i giorni, era il non poter mentire dicendo che tutto andava liscio al lavoro.

«Tutto bene», tagliò corto Josie, ma lui addolcì lo sguardo e indugiò sul suo viso: segno che non le aveva creduto. Josie, in evidente imbarazzo, si pentì di non essersi ancora tolta l'abito a righe bianche e nere che indossava solo al lavoro. In quel momento gli sembrò troppo stretto, e rivelava anche troppo della sua giornata: era tornata a casa alle due del pomeriggio, e se non si era ancora cambiata forse significava che era rimasta seduta per quattro ore di fila senza fare niente. A essere sinceri, era proprio ciò che aveva fatto. Ma dopo tutto probabilmente Oliver non se ne sarebbe nemmeno accorto: non aveva mai prestato troppa attenzione a ciò che Josie indossava; un atteggiamento che lei aveva trovato affascinante, come se non gli importasse che fosse in tuta o con i tacchi alti. In quel momento però ebbe il dubbio che fosse stata tutta una recita, considerato con quale genere di ragazza era poi finito a letto.

Oliver fece per aprire bocca ma poi cambiò idea, rinunciando a qualsiasi consiglio o sostegno paternalistico fosse sul punto di offrirle. «Bene», disse con voce neutra, passandosi una mano tra i capelli castano scuro che gli stavano appiattiti sulla testa, come incollati, anche se la riga laterale che si faceva tutti i giorni (come lei ben sapeva) era leggermente scompigliata. «Ma lo sai che puoi sempre parlare con me, vero, piccola? Io sono ancora...».

Josie alzò una mano. «Non chiamarmi piccola». Sospirò. «Ti prego, non farlo». Non voleva sentirla, l'offerta di una spalla su cui piangere, né voleva sentir dire che lui ancora ci teneva a lei. Perché se ci avesse davvero tenuto, non sarebbe andato a letto con un'altra. E di sicuro non con un'altra che lavorava con entrambi, un'altra che lei avrebbe dovuto vedere tutti i santi giorni, un'altra che si aggirava in ufficio con quei tacchi vertiginosi e scomodi come se fosse il capo.

«Bene», ripeté lui, accarezzandosi la nuca, poi allontanò lo sguardo e lo puntò sul pianerottolo, che era poco illuminato perché una delle luci lampeggiava debolmente all'estremità opposta: in qualche modo quell'effetto rendeva ancora più brutto il parquet lurido che cozzava con il pavimento in vinile all'interno dell'appartamento di Josie, che la ragazza si impegnava a tenere lucido e pulito.

Oliver fece un bel respiro, poi la guardò di nuovo con quegli occhioni da Bambi, quegli occhi castani che l'avevano fatta innamorare due anni e mezzo prima quando l'aveva incontrato in ufficio per la prima volta. Lui aveva avuto un atteggiamento abbastanza sicuro di sé da risultare attraente, ma non irritante. «Jose, ascolta, so che ti ho ferito, e so anche che sei convinta che non mi potrai mai perdonare, ma odio l'idea di saperti qui seduta da sola mentre cerchi di affrontare tutto questo. Penso che potremmo parlarne, che noi...».

Josie scrollò il capo. «Oliver, non ci riesco, non adesso». Lui lasciò cadere una mano lungo un fianco, e in quel momento gli sembrò così patetico con le spalle ingobbite sotto il giaccone nero della North Face, così dannatamente patetico che fu quasi sul punto di cedere e mettergli una mano sul braccio. Quasi. Finché non si ricordò che non era lui la vittima. Oliver non aveva alcun diritto di cercare di far breccia, di farla sentire come se la sua fosse una reazione esagerata. «E non sono da sola», puntualizzò Josie in tono secco. «Ho Bia».

«Giusto». Lui annuì più volte, come quel cane giocattolo che faceva su e giù con la testa: le era capitato come regalo "a sorpresa" alla festa di Natale dell'ufficio, e da quel giorno l'aveva tenuto sulla scrivania per dimostrare che aveva gradito, anche se poi tutti quelli che passavano da lei, al momento di andarsene, lo facevano ballonzolare e così Josie, mentre digitava al computer, era costretta a guardarlo oscillare fastidiosamente finché non si fermava.

«Bene». Oliver si schiarì la voce. «Be', immagino che ci vedremo martedì alla festa, no?». Le rivolse un sorriso timido, mostrandole quei denti storti che lui stesso odiava.

«Immagino di sì», replicò lei, trattenendo il fiato. La festa alla quale tutti in ufficio dovevano partecipare, pur essendo stata fissata proprio la sera della vigilia.

Oliver indugiò ancora sulla porta, e Josie si domandò se si aspettasse che lei cedesse e lo abbracciasse, o lo invitasse a entrare. In fin dei conti, durante la loro relazione era stata sempre lei a cercare compromessi: lei l'aveva sempre assecondato, dalle uscite serali fino a tardi ai frenetici giri in città, invece di cercare un po' di relax in campagna. Lo sapevano tutti e due, entrambi avevano i rispettivi ruoli da recitare in coppia. Ma questa volta era diverso. Oliver alzò lo sguardo, vide il vischio che pendeva tristemente sopra di loro e arrossì un po'. Josie fece una smorfia, arrabbiandosi ferocemente con Bia.

«Bene», mormorò lui, «allora, ciao». Si trascinò via dalla porta, ma le rivolse un'ultima occhiata prima che lei infine la chiudesse. «Mi dispiace, sai», disse fissandola: aveva gli occhi di un castano quasi uguale al suo. «So che questo è un brutto momento, e veramente…». Scosse la testa. «Mi dispiace, ecco tutto».

Lei esitò mezzo secondo, con le labbra ben strette, chiedendosi se dovesse dire qualcosa per fargli capire che non bastava essere dispiaciuto, se dovesse chiedergli perché l'aveva fatto, e perché proprio in quel periodo dell'anno che per lei era difficile, come lui ben sapeva. Chiedergli se fosse andato a letto con Cara altre volte, se avesse intenzione di provarci seriamente con quella donna ora che lei non era più d'impiccio. Ma non riuscì a chiedergli niente, non era sicura di voler conoscere la risposta, perciò si limitò ad annuire una sola volta, quindi lasciò andare la porta con un clic.

Chiuse gli occhi e posò la testa contro la porta. Si rifiutò di lasciar uscire le lacrime, però; respirò piano e lentamente, e strizzò gli occhi che le bruciavano. *Non ne vale la pena*, si disse. In fondo, ne aveva passate di peggiori ed era sopravvissuta, no?

Si staccò dalla porta e sospirò trascinando lo scatolone in camera sua, dall'altra parte del corridoio. Occupava la stanza più grande, perché Bia aveva insistito affinché la prendesse lei, anche se dividevano l'affitto in parti uguali. Fece una smorfia quando vide le decorazioni natalizie porpora che la sua coinquilina aveva messo attorno alla porta della camera. Aveva mezza intenzione di strapparle via ma non l'avrebbe fatto perché, nonostante le sue idee sull'argomento Natale, sapeva che Bia ci sarebbe rimasta male.

Aveva appena mollato lo scatolone sul letto, quando sentì girare la chiave nella porta d'ingresso. Parlavi del diavolo, e spuntava la diavoletta. «Josie! Josie?». La voce di Bia fu seguita dal rumore di vari oggetti che cadevano, incluso il mazzo tintinnante di chiavi; poi l'amica imprecò a voce alta. Josie fece capolino dalla camera e, malgrado l'umore, si lasciò sfuggire una risata: la borsa variopinta di Bia era finita per terra, rovesciandone il contenuto che si era sparso dappertutto, e un braccio della ragazza era bloccato nel cappotto, mentre lei lo agitava freneticamente nel tentativo di tirarlo fuori. Bia incrociò lo sguardo di Josie e le mostrò una bottiglia di vino, che teneva in alto con la mano libera. «Ho salvato l'essenziale, ed è ciò che conta». Facendo attenzione, posò il vino sul gradino che conduceva alla cucina, poi si districò dal cappotto che lanciò verso la sua stanza senza nemmeno guardare. «Dai, si vede che hai proprio bisogno di un bicchiere».

Josie, obbediente, seguì Bia nella cucina-salotto open space e si accovacciò sul divano usato, mentre l'amica cercava rumorosamente i bicchieri in cucina. Il salotto era accogliente e decorato a festa: le lucine sulla mensola del caminetto finto e sui bordi delle finestre, una ciotola piena di noci sul tavolino al centro della stanza e un piccolo albero di Natale in un angolo, addobbato disordinatamente con palline e ghirlande blu, argento, rosso e oro; se lo fissavi troppo a lungo ti girava la testa. Tutto opera di Bia, eccetto una decorazione sull'albero – un piccolo cigno di legno – che Bia aveva regalato a Josie il primo anno che avevano vissuto insieme, e da quel momento l'aveva costretta a metterlo sull'albero a ogni Natale.

Quanto era stata fortunata Josie a trovare Bia tra i quattro coinquilini con cui aveva diviso la prima casa quando si era trasferita a Londra! Non conosceva nessuno in città, perciò aveva cercato una stanza su SpareRoom, e infine aveva deciso quale prendere in affitto dopo una visita di venti minuti e una goffa chiacchierata con gli altri coinquilini. All'epoca, era stata la vivacità di Bia a convincerla ad affittare quella prima stanza e adesso, otto anni dopo, vivevano ancora insieme, anche se in un appartamento diverso.

«Allora», esordì Bia, piazzando un bicchiere di vino rosso davanti a Josie; poi si appoggiò contro il bancone che separava il salotto dalla cucina. «Ho incrociato quello stronzo di nanetto che scendeva le scale». Con il suo metro e cinquanta Bia non era certo nella posizione di dare del "nanetto" a nessuno, ma era stata sempre sicura che Oliver nutrisse una sorta di complesso per essere qualche centimetro più basso di Josie. Forse aveva ragione, perché Cara era piccoletta e perfetta, e non alta e sgraziata come lei.

Josie le rivolse un'occhiataccia ma Bia sapeva già tutto della rottura tra i due, e di come Oliver le avesse confessato di aver dormito con un'altra donna mentre Josie era ancora a letto, svestita e appena sveglia.

«Ti va di parlarne?», chiese Bia.

Josie fece spallucce. «Non c'è altro da dire. Mi ha solo riportato la mia roba».

Bia sbuffò. «Carino da parte sua».

«Già».

Bia bevve un sorso di vino, chiuse gli occhi e mugolò di piacere. «Per fortuna c'è il vino», sospirò. «Giuro, Jose, se qualcuno mi offrirà un altro bicchiere di vin brûlé, gli getterò in faccia una secchiata d'acqua brûlé».

Josie la guardò sorpresa. «Ma che fine ha fatto la Bia allegra e festosa che conoscevo?»

«Oh, è ancora qui, ma vuole lo champagne, non l'alcol bollito con le spezie». Con un'espressione grata Bia bevve un altro sorso di vino, e anche Josie sorseggiò il suo.

«Buono».

«Malbec». Bia fece un sorrisone. «Per prepararmi al volo di domani».

Josie si accigliò. «Che cosa?»

«Non dirmi che te ne si dimenticata».

Josie esitò, in preda alla confusione.

«Argentina!», gridò Bia, col vino sul punto di schizzar fuori dall'orlo del bicchiere quando lei lo alzò pericolosamente in aria. «Ti ricordi? Sei stata tu a dirmi di partire. Ho intenzione di andarci, trovare la gioia di vivere, passare il Natale in spiaggia, poi festeggiare l'arrivo dell'anno nuovo a Buenos Aires. Te l'avevo detto», insistette lei.

«Sì, ma non pensavo che...». Josie non terminò la frase. Aveva detto a Bia di partire, sì, perché all'epoca aveva dato per scontato che avrebbe passato il Natale con Oliver, come avevano programmato, ma non aveva mai pensato che l'amica avrebbe prenotato davvero la vacanza. Bia annunciava di continuo progetti grandiosi e poi non li metteva mai in pratica: l'estate scorsa aveva rinunciato a un ritiro di yoga di un mese in Spagna, perché aveva deciso che in realtà lo yoga non le piaceva, poi c'era stata quella volta che si era iscritta a un corso di recitazione a Londra prima di rendersi conto di non poterselo permettere; un'altra volta aveva pensato di arrotondare vendendo cosmetici da casa finché non aveva scoperto che era un lavoro molto faticoso.

«...e quando tornerò, come per miracolo, avrò capito cosa voglio fare nella vita e mollerò il mio orribile lavoro da assistente personale». Josie annuì, facendo finta di aver ascoltato ogni cosa. «È così che funziona, no? La vacanza che ti cambia la vita, come un'epifania?»

«Cosa? Già, è così che funziona, certo».

Bia fece una smorfia, chiaramente delusa dalla mancanza di entusiasmo di Josie. «A meno che non pensi che dovrei fare l'assistente personale di qualcuno per il resto della mia vita».

«No, non essere sciocca», replicò Josie. Però, sinceramente, era parecchio difficile restare al passo con gli svariati mestieri che Bia aveva svolto nel corso del tempo: da quando Josie l'aveva conosciuta, non aveva mai fatto lo stesso lavoro per più di otto mesi di fila. Non la considerava inaffidabile: era soltanto una persona che ancora non aveva capito cosa voleva fare nella vita. Se Josie avesse vissuto allo stesso modo, avrebbe corso il rischio di crepare, ma per Bia andava bene così.

«Jose, tutto okay?», le domandò Bia, accigliandosi.

«Sì», rispose, bevendo un sorso di vino per distrarsi.

«Insomma, lo sai, Oliver». Josie annuì, comprensiva. In realtà, si era appena resa conto che avrebbe passato il Natale da sola. Come ogni anno in quel periodo evitava di concentrarsi su quella giornata particolare, ma aveva dato per scontato che almeno ci sarebbe stata Bia per gran parte delle vacanze natalizie, considerato anche che i suoi genitori vivevano a Londra. Adesso, però, si ritrovava ad affrontare la prospettiva abbastanza triste di passare diversi giorni a casa da sola. Automaticamente guardò il tavolino di fronte a lei: sopra c'erano le tre buste di cui si stava occupando quando l'aveva interrotta Oliver. La numero uno, ancora chiusa, conteneva una lettera formale della sua azienda. La seconda, un biglietto natalizio da parte di sua nonna, che le ricordava per l'ennesima volta di essere la benvenuta se avesse voluto trascorrere il Natale con loro. La terza busta, la solita lettera che immancabilmente scriveva ogni anno per i suoi genitori.

Bia seguì lo sguardo di Josie, ma non chiese nulla di quelle lettere, e lei gliene fu grata. Ancora non se la sentiva di raccontare a Bia cosa stava succedendo al lavoro, e Bia ormai conosceva le ragioni per cui Josie non voleva passare il Natale con i nonni. Della terza lettera però l'amica non sapeva nulla. Josie non l'aveva mai raccontato a nessuno: era qualcosa di molto personale, che faceva solo per sé stessa.

«Potresti venire con me, lo sai», le disse dolcemente Bia. «L'offerta è sempre valida, mi piacerebbe davvero se venissi».

Josie alzò lo sguardo e odiò l'espressione empatica che vide sul viso di Bia. La irritava al punto di farle venire mal di testa e dovette resistere all'impulso di piangere. Era solo una giornata difficile, tutto qua.

Josie esitò, poi sospirò. «Non posso, mi dispiace». Perché il pensiero di prenotare un volo per il giorno seguente era davvero troppo, considerato quanto già drasticamente fosse cambiata la sua vita nel giro di poche settimane. Aveva vissuto in prima persona le conseguenze devastanti delle decisioni prese d'impulso, e se quel genere di caotica spontaneità funzionava per Bia, non si poteva assolutamente dire lo stesso per lei. Soltanto il pensiero di partire le faceva torcere lo stomaco dall'ansia.

«Be', e Laura che programmi ha?», chiese Bia riferendosi all'inseparabile collega di Josie. «Per Natale, voglio dire».

«Andrà in Scozia col suo fidanzato scozzese tutto muscoli».

Bia scrollò la testa. «Tipico. Bene, ascolta, ho un'altra bottiglia di vino nascosta in borsa».

«Ovvio».

«Quindi ci scoliamo questa e anche la prossima, ordiniamo un takeaway e magari mettiamo su *L'amore davvero* o, siccome stavolta tocca a te scegliere, *Orgoglio e pregiudizio* o roba simile». Josie arricciò il naso. «Non sono in vena di film romantici».

«*Il signore degli anelli?*».

Josie scoppiò a ridere e guardò Bia: il viso a forma di cuore era incorniciato dai ricci di un rosso vivace; probabilmente si era tinta i capelli così per il periodo natalizio, ma la sua amica era imprevedibile anche in quello e cambiava spesso acconciatura. Poi spostò lo sguardo sull'albero di Natale carico di decorazioni e si sentì stringere dolorosamente il petto al pensiero che, già dal giorno seguente, non ci sarebbe più stata Bia nell'appartamento. Le bruciavano di nuovo gli occhi per le lacrime trattenute. Oddio, doveva riprendersi. Lanciò di nuovo un'occhiata alle buste sul tavolino, ripensò a tutto ciò che significavano e concluse che doveva uscire.

«Aspetta un attimo. Devo solo andare a imbucare questa lettera, torno subito».

«Adesso?», domandò Bia, incredula.

«Torno subito», ripeté Josie, alzandosi in piedi e posando il bicchiere di vino mezzo vuoto sul bancone della cucina accanto a Bia. Poi afferrò le tre lettere e ne mollò due sul letto, accanto allo scatolone con la sua roba; nel frattempo prese il telefono, il lucchetto della bici e anche il bancomat, nel caso le fosse servito.

Mentre si affrettava lungo il corridoio diretta all'ingresso, Bia si spostò sullo scalino del salotto osservandola da dietro l'orlo del bicchiere di vino. «Se ti stai precipitando fuori perché hai sentito odore di fumo, ti prometto che il mio fantasma ti tormenterà per il resto della tua vita dopo che sarò bruciata viva».

Josie alzò gli occhi al cielo, indossò il giaccone, mise le scarpe da ginnastica e s'infilò la terza lettera in tasca. «Che scena splendida, mi sembra di vederti».

«Okay, okay, ma sbrigati», disse Bia. «Se non torni subito, mi scolo il resto del tuo vino direttamente dal tuo bicchiere».

Josie si girò per salutarla con un cenno della mano.

Non appena ebbe oltrepassato la porta, strizzò gli occhi con una smorfia. Negli ultimi vent'anni, non aveva mai atteso con impazienza il giorno di Natale. Da tempo immemore aveva dimenticato com'era stato essere bambina, impaziente ed eccitata per i regali in arrivo, con l'orecchio teso ad ascoltare lo scricchiolio dei passi dei suoi genitori. E anche se le vacanze natalizie non le dispiacevano, perché erano una pausa dal lavoro e del tempo extra da passare con gli amici (tutti invariabilmente d'umore migliore del suo e impegnati a divertirsi) lei era terrorizzata dal conto alla rovescia per il giorno di Natale, per via dei ricordi che portava con sé. Negli ultimi anni era sopravvissuta trascorrendolo a Londra: si teneva impegnata e si distraeva, grazie agli amici più cari, soprattutto Bia e Laura, a un lavoro impegnativo e, più di recente, a Oliver. Ma adesso, almeno due di quelle cose le erano state portate via. Josie infilò una mano in tasca e accarezzò la busta liscia con due dita. Il Natale si preannunciava molto cupo quell'anno.

Capitolo due

L'aria fredda e umida sferzava il viso di Josie, mentre saettava in bici lungo il bordo di Streatham Common, superando la gente che correva arrancando per arrivare dall'altra parte della strada. Teneva le mani protette dai guanti sui freni, mentre il fiato si condensava in tante nuvolette che scomparivano in fretta nella bolla di oscurità che l'avvolgeva: un buio che non si infittiva mai troppo in città, con tutte quelle luci, a differenza del paesino in cui era cresciuta, dove aveva imparato a portarsi dietro una torcia ogni volta che usciva di casa la sera. Aveva già le guance intirizzite, e le sembrava di avere appiccicate sulla pelle delle goccioline umide, anche se non stava piovendo. Negli ultimi tempi si era parlato molto della neve, sia in ufficio sia nei notiziari e sui giornali, e l'intero Paese era entusiasta alla prospettiva di un Bianco Natale, come ogni anno. Josie avrebbe preferito di gran lunga la pioggia, anche se la sua era un'opinione controversa che avrebbe fatto meglio a tenere per sé. Per lei la neve scatenava soltanto i ricordi dolorosi di un Natale di vent'anni prima: Josie che guardava alla finestra i soffici fiocchi di neve che piroettavano sul vialetto vuoto della casa dei nonni, una calza di Natale piena di dolci e doni che non era stata aperta, e i singhiozzi soffocati della nonna mentre le preparava una cioccolata calda nella stanza accanto.

Josie si sentì bruciare forte il naso e inspirò dalla bocca, poi tossì per colpa dei gas di scarico delle auto che fu costretta a ingoiare. In fondo alla collina girò a destra e pedalò ancora più veloce, superando la stazione dei treni e la prima buca delle lettere che vide. Non era ancora pronta a imbucare la busta e tornare indietro, aveva un bisogno disperato di dimenticare la giornata terribile appena trascorsa.

Fu costretta a fermarsi alla successiva serie di semafori con un gran fiatone, anche se pedalava da poco. Aspettò che scattasse il verde per i pedoni, e una marea di persone attraversò la strada, tutte a testa bassa, impazienti di rincasare al calduccio. Soltanto tre non si affrettarono come le altre e s'incamminarono sulle strisce sorridendo, senza curarsi del caos intorno a loro. Erano una famiglia: mamma, papà e un bambino di cinque o sei anni, da quel che sembrò a Josie. Il bambino stava ridendo e sui capelli biondo sabbia portava un cerchietto con le renne: quando muoveva la testa, le corna ballonzolavano. Tutti e due i genitori lo presero per mano, e lui si dondolava su e giù, usando le braccia degli adulti come leve per spingersi in avanti, perso nel suo gioco.

La scena le ricordò molto lei e i suoi genitori, in sere simili a quella, soltanto più tranquille, senza il ronzio del traffico, i clacson stizziti, la gente che protestava se qualcuno si fermava in mezzo alla strada. Forse nel suo paesino era stato più facile e meno stressante girare a piedi per le strade, ma anche lei faceva come quel bambino: stringeva la mano a entrambi i genitori e chiedeva di farsi dondolare al suo tre, finché non era diventata troppo grande per quel gioco. La settimana prima di Natale, tenendola per mano, i suoi si erano incamminati alla buca delle lettere. Da quel che ricordava, era un rituale che avevano seguito ogni anno, e anche tutti gli anni che non ricordava perché era troppo piccola, a quanto le aveva raccontato la nonna. Mano nella mano, lei nel mezzo, con una lettera a Babbo Natale infilata nella tasca del cappotto, pronta per essere spedita al Polo Nord.

Tra i ricordi spiccava il periodo natalizio dei suoi nove anni. Quell'anno aveva nevicato e lei ne era stata felicissima, e correva in giro lasciando impronte fresche nella neve, come si poteva fare solo in campagna; aveva chiesto ai suoi di prendere una carota dal fruttivendolo per fare il naso – importantissimo – del pupazzo di neve. Nessuna di quelle che avevano in casa andava bene: doveva essere perfetta, aveva insistito lei. Quindi, sulla strada del fruttivendolo, avevano imbucato la lettera di Josie, e lei aveva appena finito di dondolarsi sulle braccia dei genitori quando sua madre aveva quasi perso l'equilibrio sul bordo ghiacciato del marciapiede. Per qualche strana ragione, quel momento le era rimasto impresso nella mente: lo stivale morbido di colore marrone che indossava era scivolato in avanti e sua madre, per non cadere, si era aggrappata alla mano di Josie, quasi tirandola giù. Poi aveva riso per essere stata così sciocca, e i suoi genitori si erano scambiati un gran sorriso mentre lei li guardava dal basso. Una premonizione di ciò che sarebbe avvenuto una settimana più tardi; Josie ora ci pensava spesso.

Cos'aveva scritto quel giorno nella letterina a Babbo Natale? Ricordava la sensazione della neve che scrocchiava sotto i piedi, e come le dita delle mani, nonostante indossasse i guanti rossi, avessero iniziato a intorpidirsi man mano che si avvicinavano alla buca delle lettere. Ricordò il berretto con il pon pon color argento che indossava sua madre: lo portava calcato sui lunghi capelli castano chiaro, e la faceva sembrare una principessa; così aveva pensato Josie all'epoca. E riusciva ancora a sentire la voce di suo padre, mentre elencava le stupidaggini che la madre avrebbe potuto aggiungere alla lista: un calzino sinistro, una cipolla, una nuova lavastoviglie. Ma Josie non aveva la più pallida idea di cosa avesse veramente desiderato quell'anno a Natale, cosa avesse desiderato ardentemente il suo cuore di bimba di nove anni.

All'epoca credeva ancora a Babbo Natale. Aveva smesso soltanto l'anno dopo, quando Babbo Natale non le aveva portato l'unico e solo regalo che gli aveva chiesto nella lettera, imbucata come sempre, anche se quel Natale era stata la nonna a stringerle la mano per strada al posto dei suoi genitori. Il fatto di non crederci più non aveva posto fine alla tradizione: dopo quell'anno, Josie aveva continuato a scrivere e imbucare una lettera a ogni Natale. Era un'abitudine che non era riuscita ad abbandonare, anche se la lettera era molto diversa da quelle che aveva scritto con i suoi genitori e diceva sempre la stessa cosa, ogni anno:

Cari mamma e papà, mi mancate sempre. Buon Natale con tutto il mio amore,

Josie

Una forte strombazzata di clacson riportò violentemente Josie alla realtà. Si rese conto di essere in mezzo alla strada: era scattato il verde, ma lei stava bloccando il traffico perché attendeva al centro, e non a sinistra dove avrebbe dovuto. Fece una smorfia e armeggiò per rimettere i piedi sui pedali e spostarsi in fretta, evitando accuratamente di guardare l'auto dietro di sé per paura di incrociare lo sguardo furente della persona al volante. Si asciugò con la mano una lacrima che le era sfuggita, fece un bel respiro per impedirsi di piangere e ricominciò a pedalare. Superò un'altra buca delle lettere, ma non era ancora pronta a ritornare a casa, non era pronta a sorridere e bere e chiacchierare della bella vacanza che avrebbe fatto Bia. Prima doveva riprendersi mentalmente. Doveva concentrarsi su qualcos'altro. Automaticamente pensò al lavoro, e non le fu certo d'aiuto. Tutto ciò che riuscì a immaginare fu la sua capa che si gettava indietro i capelli neri, lunghi e liscissimi, dopo averla fatta entrare in uno di quei piccoli cubicoli di vetro, dove tutti potevano vedere cosa succedeva all'interno, per una "chiacchierata".

Josie, purtroppo c'è una cosa di cui dobbiamo parlare.

Josie digrignò i denti e pedalò ancora più forte, superando il ciclista davanti a lei. Adesso si trovava in Streatham High Road, sotto le luci di Natale che, pur non essendo minimamente paragonabili alle luminarie spettacolari di Oxford Street, facevano sfigurare quelle del suo paesino d'origine di cui era stata così orgogliosa. Chissà se lì addobbavano ancora le strade, e quanto erano cambiate le tradizioni. Un tempo, durante il periodo natalizio tutti si radunavano per ammirare le luci accese, distribuendo vin brûlé e sformati di carne: il che, in realtà, era un pretesto per aggiornarsi sugli ultimi pettegolezzi. Lei ci era andata tutti gli anni con i suoi genitori, e non appena arrivata in piazza scompariva con la sua migliore amica per andare a caccia dei cioccolatini che venivano lasciati in giro, senza che nessuno controllasse. Quel primo anno dopo la disgrazia i suoi nonni avevano provato a portarla con loro, ma lei aveva pianto tutto il tempo e così avevano rinunciato. Chissà se poi avevano ripreso ad andarci, una volta che lei si era trasferita a Londra per l'università senza più tornare per le vacanze di Natale, o se anche per loro era troppo doloroso. Non era mai riuscita a chiederglielo.

Si rimproverò quando sbandò con la bici per evitare un pedone che stava attraversando la strada senza guardare. Non doveva pensare a quelle cose, così non si stava certo distraendo. Bene, allora, se non poteva pensare né a questo né al lavoro, doveva concentrarsi su qualcos'altro. Naturalmente quel qualcos'altro era Oliver. Oliver, che le diceva che doveva parlarle, mentre Josie era ancora nuda nel letto di lui e si tirava a sedere. Oliver, che aveva liquidato i commenti di Josie con una risata, quando lei gli aveva fatto notare che Cara gli faceva gli occhi dolci durante il pranzo di Natale. Oliver, che le diceva che si sarebbe trattenuto per un ultimo bicchiere. E Cara che inclinava la testa, con quella cascata di boccoli soffici, e si mangiava Oliver con quei suoi vivaci occhi azzurri, messi in risalto dall'eyeliner dorato. Cara, che indossava quello schianto di vestito rosso.

Un vestito rosso, proprio come quello che sua madre aveva indossato per la festa della vigilia di Natale. La festa a cui i suoi genitori non avrebbero dovuto partecipare, per poi cambiare idea all'ultimo minuto, perché la nonna di Josie li aveva convinti ad andare. La mamma si era fatta mettere da Josie il rossetto rosso abbinato al vestito.

«Farai la brava, vero, Josie?». Sentiva la voce di suo padre, confusa perché non riusciva a ricordarsela esattamente. Le braccia di lui che le cingevano i fianchi e la facevano dondolare, lei che strillava tutta contenta, la mamma che faceva una smorfia perché era davvero troppo grande ormai per quel gioco. «Babbo Natale fa ancora in tempo a cambiare idea, sai».

Josie arrivò al semaforo in tempo e oltrepassò l'incrocio un attimo prima che scattasse il giallo. Respirava sempre più veloce, ma continuò a spingere sui pedali, perché aveva bisogno di sentire lo sforzo bruciarle nelle cosce.

Sua nonna che diceva, accarezzando la mano della mamma: «Andate a divertirvi, tesoro, noi qui ce la caveremo, vero, Josie?». Josie fece di sì con la testa, i capelli pettinati in una treccia: sarebbe andata a dormire senza scioglierla, così la mattina di Natale avrebbe avuto i capelli arricciati, che le stavano benissimo, e lo sapevano tutti che il giorno di Natale dovevi essere al meglio. In realtà, non voleva che i suoi genitori uscissero, voleva che restassero a guardare il film assieme a lei, ma le avevano promesso che il mattino seguente li avrebbe trovati nella loro camera, dove sarebbe potuta andare appena sveglia per aprire la sua calza di Natale.

Adesso la visione di Josie era sfocata, i fari delle auto le sembravano fiamme e danzavano lungo la strada, avvolgendo ogni cosa in un bagliore arancione.

I poliziotti all'ingresso che parlavano con suo nonno che indossava ancora la vestaglia scozzese. Josie che scendeva di sotto, in silenzio, chiedendosi come mai si fossero alzati tutti prima di lei, e se si fosse persa i pancake che la mamma preparava ogni anno per la colazione di Natale. Il viso di sua nonna, pallido, con gli occhi rossi, mentre si girava e le diceva: «Andiamo un minuto di sopra, va bene, tesorino mio?».

Ora le lacrime scorrevano liberamente, non c'era più modo di fermarle. Tracciavano due scie di calore lungo le guance fredde, e lei ne sentì il sapore salato quando oltrepassarono la curva delle labbra.

I fari lampeggiarono di nuovo mentre Josie tentava di mettere a fuoco, senza capire se quel lampo di luce stesse guizzando nel presente o nella sua memoria. Il clacson di un'auto che echeggiava nella sua mente. I volti dei suoi genitori, illuminati dai fari dell'auto. Lei non c'era, ma ciò non le impediva di immaginare quella scena, all'infinito.

Il clacson, ancora, più forte. Josie ansimò e sbandò per tornare nella corsia dei ciclisti, e abbassò lo sguardo per cambiare marcia mentre le mani guantate scivolavano sul metallo.

Poi alzò lo sguardo e vide un taxi nero che accostava sulla strada, proprio di fronte a lei: attraversò la pista ciclabile, con i lampeggianti accesi. Armeggiò con i freni, ma la portiera del taxi si stava già aprendo sul lato del marciapiede. Josie imprecò, sbandò e intravide fugacemente il volto dell'uomo che scendeva dal taxi e si sbatteva lo sportello alle spalle, guardandola giusto in tempo per vedersela piombare addosso.

I freni della bici stridettero, e Josie cercò di lanciarsi a sinistra con la bici per non prenderlo in pieno. Ma non bastò. Sentì il cuore balzarle nel petto, e per un secondo raggelante vide lo sguardo confuso dell'uomo, la luce della bici che si rifletteva nei suoi occhi.

Poi quel tizio venne scaraventato all'indietro, e la bici scivolò via, allontanandosi. Josie si tuffò con le mani avanti, e il dolore le esplose nei polsi quando atterrò sull'asfalto con un tonfo.

Capitolo tre

Josie restò sdraiata per terra col cuore che le batteva forte e un ronzio nelle orecchie. Le facevano male le ginocchia e avvertiva l'umidità della strada che penetrava nei collant. Si tirò su goffamente, mettendosi in ginocchio, e si rese conto che le tremavano le mani.

Attorno a lei si erano radunate diverse persone e una di queste stava urlando, ma lei se ne accorse solo in quel momento: l'urlo la raggiunse nonostante il ronzio nelle orecchie. Mise a fuoco una figura che avanzava a passo di marcia, dall'altra parte del taxi: era una donna bassa e grassottella. Perché le stava urlando contro? Poi capì: era la tassista.

«Non mi hai visto?», strillò con una voce esageratamente profonda per quel corpo tozzo. «Ma a cosa diavolo stavi pensando? Ci sei arrivata addosso sparata! Non ce li hai, gli occhi? Non hai nemmeno pensato di rallentare un po', eh, porca miseria!».

Faticosamente, Josie riuscì ad alzarsi in piedi. Non si era fatta niente di grave, ma aveva piegato il braccio in modo innaturale per attutire la caduta, ed era piuttosto sicura che le sarebbe uscito un bel livido su un fianco. I collant si erano smagliati. Perfetto. Be', era quello che ti succedeva se andavi in bicicletta con i vestiti meno adatti.

Uno dei passanti che si era fermato ad assistere alla scena le chiese se stava bene e lei fece di sì con la testa, intontita, mentre la tassista continuava a sbraitare, guardando un punto indefinito alle spalle della ragazza. Josie sobbalzò, ricordandosi troppo tardi dell'uomo che aveva investito. Si girò, col cuore che ricominciava a batterle all'impazzata.

Riprese fiato quando lo vide. Un altro uomo, con una calvizie incipiente, si era fermato ad aiutarlo, e lui si stava lentamente rialzando in piedi, con movimenti lenti e goffi. Scattò verso lo sconosciuto, con i nervi tesi e la bocca secca.

«Tutto bene?», gli domandò a bruciapelo, ma lui non sembrò averla sentita perché il gruppetto di passanti radunati intorno a loro chiacchierava a voce alta. Il tizio stempiato in quel momento gli stava porgendo un portafoglio e qualche foglio che doveva essergli caduto. Lei avanzò di un altro passo, incerta, beccandosi un'occhiataccia dalla tassista. Oddio, e se si era fatto male? Si era alzato, ma non sembrava stare bene: e se si era rotto una costola, o qualcosa del genere?

«Mi...», provò a dire, ma si fermò e inspirò a fondo quando infine lui la guardò. Lei non riuscì a vederlo bene in faccia, solo un flash della sua mascella scolpita e dei capelli scompigliati, ma era pronta a giurare di averlo visto scurirsi: le ombre della notte sovrastavano i fasci di luce proiettati dai lampioni e dai fari delle auto. Barcollando, continuò ad avvicinarsi a lui. «Mi dispiace davvero tanto», gli disse. Lui non replicò; la liquidò con uno sguardo e si rivolse invece al Signor Stempiato, che lo stava aiutando a recuperare le ultime cose.

Josie si rese conto di avere le mani sudate. «Davvero, non so cosa dire, non posso scusarmi abbastanza», balbettò, dispiaciuta che non l'avesse guardata dritta negli occhi invece di accigliarsi e voltarsi, come se non fosse degna della sua attenzione. «Insomma, non so cos'è successo, non ero concentrata, è stata tutta colpa mia e io...».

Lui allungò una mano, mentre la folla attorno a loro cominciava a disperdersi: avevano perso interesse ora che il momento drammatico era finito. La scrutò dall'alto in basso, come se stesse soppesando la sincerità delle sue parole, vide le calze smagliate, la gonna classica che spuntava dal cappotto pesante di colore blu, e le scarpe da ginnastica rosse e bianche che non c'entravano assolutamente nulla con il resto. Lei si irrigidì quando lui si soffermò sul suo viso, e si sentì avvampare le guance. Doveva avere un aspetto orribile, su quello non aveva dubbi: di sicuro, lui stava pensando di essere stato investito da una pazza furiosa.

«Va tutto bene», le rispose con voce strozzata, sovrastata dal rumore del traffico. Si girò di nuovo per ringraziare il tizio stempiato, che annuì e guardò Josie con espressione curiosa, per poi incamminarsi.

«Bene un cavolo», borbottò la tassista, ma aveva già voltato le spalle a entrambi: aveva deciso che era meglio togliersi di torno, considerato che nessuno si era fatto male sul serio.

Josie faticava a reggersi in piedi: il ginocchio le pulsava di dolore, ma non voleva chinarsi a controllare per non dare l'impressione di preoccuparsi più di sé stessa che dello sconosciuto che aveva appena travolto. Erano rimasti soltanto loro due adesso; lui la guardò e sbatté leggermente le palpebre, come se fosse sorpreso di vederla ancora là. Lei non riuscì a capire di che colore fossero i suoi occhi: non era sicura che fossero davvero scuri a causa dell'espressione accigliata. Aveva all'incirca la sua stessa età, ed era diversi centimetri più alto di lei.

«Mi dispiace davvero tanto, ma proprio tanto», ripeté, pur rendendosi conto che doveva sembrare un disco rotto; d'altra parte non sapeva cosa dire, considerate le circostanze.

«Ti ho detto che va tutto bene», mormorò lui con un sospiro stanco. Non aveva il tono di prima, ma non le parve ancora convincente.

Josie si morse il labbro, ma non poté aggiungere altro perché la tassista abbassò il finestrino sul lato del passeggero.

«Tutto a posto, allora?», chiese, facendo uno sforzo evidente per non guardare Josie, come se avesse deciso che ignorarla era una punizione ben maggiore di urlarle contro.

L'uomo fece sì con la testa. «Tutto bene, grazie mille».

Oh, certo, con la tassista era affabile. Be', giustamente, rifletté Josie: la tassista l'aveva solo accompagnato a destinazione, non l'aveva mica travolto non appena era arrivato.

«Benone, allora». E a quel punto, alzò di nuovo il finestrino e si avviò dietro un autobus.

Lo sconosciuto si accigliò di nuovo quando il taxi si allontanò e ricominciò a guardare per terra, con una certa attenzione. La stava deliberatamente ignorando, e quella sua indifferenza sarebbe stata una ragione sufficiente per mollarlo lì e andarsene, eppure Josie non se la sentiva di comportarsi così male. Anche lei abbassò lo sguardo sulla strada, e infine vide quel che stava cercando il tizio: il telefono. Lo afferrò prontamente, ma si sentì aggrovigliare lo stomaco quando si accorse che lo schermo era frantumato.

«Merda», mormorò, con una smorfia di scuse mentre glielo porgeva. «Mi dispiace davvero...».

«Tanto?», fece lui, inarcando le sopracciglia e prendendo il cellulare. Lei si sentì avvampare. Aveva gli occhi verdi: Josie se ne rese finalmente conto adesso, che era più vicina. In realtà i colori erano due, con un cerchio più chiaro attorno. Si sarebbe potuto definire dorato, se non avesse avuto uno sguardo tanto cupo.

«Te lo ripagherò», si affrettò a rassicurarlo, chiedendosi quale modello di iPhone fosse, quanto le sarebbe costato, e se poteva pagare con la carta di credito. Lui non disse nulla; si limitò a mettersi il telefono in tasca e afferrò la bici di Josie, che era ancora per terra in mezzo alla pista ciclabile, spingendola sul cordolo del marciapiede. Avrebbe dovuto farlo lei, ma Josie non aveva nemmeno pensato a spostarla.

Si avvicinò a lui. «Davvero, mi occupo io di pagare il danno, magari c'è un negozio di telefonia qui vicino che è ancora aperto e possiamo…».

«Basta». Il suo tono non ammetteva repliche e lei ammutolì. «Ti ho detto che va tutto bene. E poi il taxi ha parcheggiato sulla pista ciclabile, vero? Quindi non è tua la colpa». Diede un leggero scossone al manubrio, come se fosse impaziente di liberarsene, e Josie, imbarazzata, la prese.

«Volevo solo…».

Lui sospirò, tirò fuori il cellulare dalla tasca, lo accese e glielo porse. La schermata principale si illuminò, ancora visibile sotto il vetro spaccato. «Hai visto?», fece con tono un po' aggressivo. «Funziona ancora, e poi il mio contratto telefonico presto terminerà. Quindi, se non mi preoccupo io di dover convivere con uno schermo spaccato per qualche settimana, non dovresti preoccupartene nemmeno tu. Okay?». Non era tanto una domanda, quanto una richiesta.

«Be'», fece lei lentamente. «Se sei sicuro…». Nonostante ripetesse che andava tutto bene, dalla sua voce non sembrava affatto così. Josie si morse il labbro, cercando di capire cosa dovesse fare a quel punto.

«Senti, grazie per la preoccupazione e tutto il resto, ma mi farei volentieri una birra, quindi me ne...». Si mise a guardare la strada, poi sbuffò e posò lo sguardo su di lei. «Per caso sai dov'è il pub più vicino?»

«Ti accompagno!», esclamò Josie, in tono un po' troppo entusiasta, ma decisa a fare in modo che non ce l'avesse con lei. Lui si accigliò, e lei annuì vigorosamente. «Conosco un ottimo pub qui vicino». Be', "ottimo" era forse un giudizio eccessivo, ma era stata al pub dietro l'angolo con Bia un paio di volte il venerdì sera. S'incamminò spingendo la bici accanto a sé, costretta a curvarsi in modo goffo; lui la seguì.

«Non c'è bisogno che mi accompagni», brontolò lui, infilandosi le mani nelle tasche del cappotto. Le ricordava quello di Benedict Cumberbatch in *Sherlock*: lungo, grigio e dall'aspetto costoso. «Basta che mi indichi la direzione».

«Davvero, non c'è problema!», disse lei con voce un po' troppo squillante: in realtà, era abbastanza sicura che lui non fosse minimamente preoccupato di darle fastidio, quanto piuttosto certo di non volerla al seguito. Be', peggio per lui. Gli avrebbe mostrato quel dannato pub, e forse così avrebbe placato la sfortuna cosmica che la perseguitava. Lui non fece alcuno sforzo di avviare la conversazione, tutto concentrato com'era sul marciapiede davanti a loro. Lei respinse l'espressione torva che minacciava di invaderle il viso. Sapeva bene che l'aveva investito, ma questo non giustificava un comportamento tanto da stronzo: se fosse successo a lei l'avrebbe perdonato, ne era sicura. Non l'aveva mica fatto apposta!

Dopo un minuto di silenzio, Josie si pentì amaramente di non avergli dato le indicazioni per il pub e di non essere montata in sella alla bici. Provò disperatamente a pensare a qualcosa, ma cosa poteva dire a uno sconosciuto che aveva investito nel bel mezzo della strada? Ci voleva Bia. Se fosse stata lei a investirlo, di sicuro ci avrebbe messo due minuti a farlo ridere.

«Allora, ehm, stavi rincasando dal lavoro?», gli chiese.

«No», rispose lui lentamente, guardandola un po' stupito. Josie spinse la bici più in fretta. Be', certo che no, in quel caso avrebbe conosciuto la zona e avrebbe saputo dove trovare un pub. Ma forse era un pezzo grosso, un uomo d'affari o un avvocato, o qualcosa di simile, che viveva in una grande casa in campagna e veniva a Londra solo per le riunioni di lavoro. E comunque, non c'era bisogno di essere così scortesi: poteva almeno mostrarsi contento che Josie lo stesse accompagnando. Gli lanciò un altro sguardo furtivo, ma non riuscì a intuire altro di lui: tutto pareva nascosto sotto quel maledetto cappotto.

«E tu, invece?», le domandò dopo un momento, dando l'impressione inequivocabile di compiere un grosso sforzo.

Lei sobbalzò, perché l'aveva beccata a osservarlo di nascosto. «Che cosa?»

«Stavi tornando dal lavoro?»

«Ah, giusto, no». Oddio, quell'uomo doveva pensare che fosse un'idiota totale. Si schiarì la voce. «No, stavo solo sbrigando qualche commissione». Prese il manubrio della bici con una sola mano e con l'altra controllò di avere ancora la lettera in tasca, poi sussultò quando si accorse che non c'era. Doveva averla persa per strada, da qualche parte, e non se n'era accorta.

«Tutto bene?»

«Sì. Scusami, è solo che... dovevo spedire una lettera, penso che mi sia caduta». Non c'era problema, si disse. Ne avrebbe scritta un'altra e l'indomani l'avrebbe imbucata.

«Una lettera?». La sua voce era meno cupa ora, e pareva

quasi incredula. «La gente scrive ancora lettere di questi tempi?».

Lei fece spallucce. «Be', sì. Memo, mia nonna, scrive sempre lettere, anche se è la persona più tecnologica che conosca». Non c'era bisogno di specificare che non aveva scritto a sua nonna.

Lui scansò un tizio che faceva jogging e restò in silenzio per un momento. «Da piccolo ho sempre provato a convincere i miei compagni di scuola a scrivermi lettere durante le vacanze estive, ma la cosa non ha mai funzionato».

Lo disse con un tono completamente impassibile, ma Josie si lasciò sfuggire una risatina. «Davvero?»

«Mmm. Il mio migliore amico dell'epoca, James Winterbourne, conservò la lettera che gli scrissi e poi, a settembre, quando rientrammo a scuola, la lesse in classe ad alta voce davanti a tutti».

Lei rise di nuovo. «Che crudele! Cosa gli avevi scritto?»

«Oddio, non mi ricordo. Mi colpì il suo atteggiamento, ma solo per una questione di principio. Non l'ho mai perdonato del tutto».

«Ha-ha. E così James Winterbourne, per la gaffe della lettera, non è stato invitato al tuo matrimonio?». Incrociò il suo sguardo, ma lui non ricambiò il sorriso.

«Più o meno».

Porca miseria, forse aveva toccato il tasto sbagliato. Magari era stato sposato e il matrimonio era andato a rotoli, o forse era stato mollato sull'altare, oppure era stato proprio quel James Winterbourne a rubargli l'amore della sua vita.

«Allora, come mai ti trovi da queste parti?», gli chiese cambiando argomento, con voce forzatamente gioviale. «Vivi a Londra?»

«No». Parlava con voce distante, ma scosse la testa e quando riaprì bocca le sembrò più convinto. «No, in realtà sono di Bristol. Be', vengo da diversi posti, ma sono cresciuto a Bristol e adesso vivo lì».

«Quindi sei qui per Natale?».

Lui fece una smorfia. «No. Be', non dovevo essere qui». Si passò una mano tra i capelli scompigliati e la luce del lampione fece brillare i riflessi ramati. «Avrei dovuto prendere un aereo per New York oggi, ma il mio volo è stato cancellato per il maltempo».

Josie alzò lo sguardo al cielo, perplessa. Senza dubbio era nuvoloso e una pioggerella nebbiosa aleggiava ancora nell'aria, ma non sembrava niente di così terribile.

Gli lanciò un'occhiata e lui inarcò le sopracciglia.

«Ovviamente non c'è maltempo qui», disse in tono così sdegnoso che lei arrossì di nuovo. «Ma dev'essere molto brutto sull'Atlantico o giù di lì. Comunque sono in lista per il prossimo volto, ma al momento sono bloccato qui».

«Che fregatura», disse lei, sperando di trasmettergli un pizzico di solidarietà. «Quindi torni a Bristol?»

«No, ho bisogno di restare qui nel caso riprendano i voli, perciò ho prenotato un albergo da queste parti, dove ero già stato».

Lei annuì e, arrivati a uno stop, gli indicò un punto alla sua destra: era un vecchio edificio. «Da fuori non si direbbe, ma hanno delle ottime birre e sul retro c'è un bel giardino».

«Ah, certo, utilissimo il giardino in questa deliziosa estate inglese».

Sembrava una battuta, ma senza l'ombra di un sorriso o di un'espressione simpatica non ne era sicura. «Se il posto non ti convince, posso…».

«Non sono schizzinoso». Si voltò a guardarla. «Grazie».

Tirò fuori le mani dalle tasche e ne allungò una verso di lei: non portava la fede, quindi forse non era così improbabile la teoria dell'amore della sua vita che gli era stato rubato. «Sono Max, a proposito».

Senza togliersi il guanto, lei gli strinse la mano con decisione; e anche se non era minuta come Bia, la mano di Max fece sembrare la sua incredibilmente piccola. «Josie».

Lui sorrise, finalmente. Giusto un abbozzo di sorriso, ma sufficiente ad ammorbidirgli il viso dai lineamenti regolari. «Be', è stato un piacere, Josie, anche se il modo in cui ci siamo conosciuti lascia un po' a desiderare».

Lei fece una smorfia, ma nella voce di Max non c'era rancore.

Le mollò la mano e si girò dall'altra parte, quando lei gli propose a bruciapelo: «E se ti offrissi da bere?».

Lui si voltò a guardarla con quegli occhi sfuggenti, aggrottando la fronte. Josie fece dondolare la bici sul marciapiede e sentì le goccioline di sudore che le correvano sulla pelle: si sentiva a disagio sotto lo sguardo di lui.

«Insomma, è il mio modo di scusarmi. Una birra in cambio di un telefono». E sì, in parte era quella la ragione per cui offrirgli da bere era il minimo che potesse fare, ma c'era anche qualcos'altro. Era rimasto bloccato lì, da solo, a Natale, anche se non gliel'aveva detto esplicitamente. E lei non voleva che rimanesse da solo, non in quel momento, perché sapeva esattamente come ci si sentiva.

Max inclinò la testa di lato, come se stesse valutando la proposta. «Una birra in cambio di un telefono...». Fece spallucce. «Okay».

Lei si morse il labbro: non le era sembrato molto entusiasta. «Okay?»

«Okay», ripeté lui impassibile, con un'espressione che non tradiva nulla.

Lei chiuse la bici con il lucchetto, già pentita di aver seguito quell'impulso, perché sembrava che non avessero più niente da dirsi. Lo condusse nel locale e dovette subito togliersi il cappotto per il caldo improvviso proveniente dal caminetto nell'angolo e dalla massa di persone che affollavano il pub. Si diresse verso il bancone, decorato con ghirlande verdi e lucine scintillanti, e si rammaricò di non trovarsi in un locale del suo quartiere, uno di quelli in cui il barista ti conosce per nome e puoi scambiare due chiacchiere con i camerieri, invece di rischiare di sentirsi a disagio e goffa come lei in quel momento. Un posto del genere a Streatham era la piccola pizzeria in fondo alla strada di casa, dove lei e Bia andavano spesso, e i camerieri le salutavano con gentilezza e con un briciolo di sospetto, come se ogni volta si chiedessero se loro due avevano degli appuntamenti fissi per la pizza.

Una ragazza dietro al bancone, con i codini malgrado sembrasse avere almeno venticinque anni, si avvicinò e lanciò una rapida occhiata a Josie, per poi puntare lo sguardo su Max con un sorriso raggiante. Josie lo guardò per la prima volta da quando erano entrati nel pub. Be', era maledettamente attraente, no? Si era tolto il cappotto alla Sherlock Holmes e sotto indossava un maglione verde petrolio che aderiva abbastanza da mostrare le ore passate in palestra. Alla luce, gli occhi bicolore si vedevano meglio, con il verde scuro che sfumava lievemente nell'ambra. I capelli erano leggermente ondulati, anche se non sapeva se fossero sempre così o se era una conseguenza del piccolo incidente; e sulle guance aveva un po' di barba.

«Cosa vi porto?», chiese la barista.

«Mmm, per me un rosso della casa», rispose Josie, guardando Max con espressione interrogativa. Lui fece spallucce e disse: «Sì, anche per me».

Col bicchiere in mano, Josie riuscì a trovare un tavolino in un angolo e si mise a sedere indicandogli la sedia libera. Max si accomodò con una smorfia.

«Che cosa c'è che non va?», si affrettò a chiedergli. Se era dolorante per l'incidente, gliel'avrebbe concesso un po' di malumore.

Max sollevò le sopracciglia come a dire che forse si preoccupava troppo, e con un cenno le indicò il soffitto. Lei guardò verso l'alto, ma lui scosse il capo. «No, la musica».

Lei ascoltò. «Oddio, è orribile», disse. «Ma è impossibile sfuggire alle canzoni di Natale in questo periodo dell'anno. Stringi i denti e ignorale».

Quando incrociò lo sguardo di Josie, lui mosse appena le labbra, senza però cedere a un sorriso o all'accenno di una risata. «Alle canzoncine di Natale», brindò, e fecero tintinnare i bicchieri. Lei bevve un sorso di vino. Non era buono come quello che aveva portato Bia a casa, ma non era nemmeno così male.

Max si rilassò contro lo schienale della sedia e la fissò con uno sguardo un po' troppo intenso. «Allora, Josie, dimmi un po': cosa fai quando non vai in giro in bici come una kamikaze a investire gli sconosciuti per strada?».

Lei bevve un altro sorso di vino. «Oh, quello è il mio lavoro principale, a dire il vero».

«Ah, ecco perché sei così esperta! Rimedi un sacco di soldi?»

«A palate».

Lui fece di nuovo quella smorfia con le labbra.

«Lavoro nel marketing», spiegò Josie.

«Nel marketing», rifletté lui.

«Sì, lavoro per un'agenzia». Fece una pausa, poi aggiunse con voce affettata. «La Peacock PR & Marketing».

Lui si lasciò sfuggire una breve, fragorosa risata, che la sorprese al punto da farla sobbalzare. «La Peacock PR? Stai scherzando?»

«Purtroppo, no».

«E di cosa ti occupi?».

Lei agitò una mano in aria. «Di un po' di tutto. Al momento stiamo facendo il rebranding a un'azienda di costumi da bagno "di lusso"». Fece il gesto delle virgolette quando pronunciò la parola "lusso", perché sapeva bene che se non l'avesse fatto sarebbe sembrata la copia esatta di Janice.

Lui annuì. «Lavorano un sacco in questa stagione, eh?»

«È incredibile, ma è proprio così. Un sacco di gente ricca trascorre le vacanze al mare per fare scorta di sole durante l'inverno».

«O magari regalano costumi da bagno per Natale», gli fece notare lui.

«Esatto».

«Oppure, sai, ci sono pure quelli che vogliono essere sexy il giorno di Natale indossando un bikini. Per non mettersi il solito vestito con i lustrini».

«Giusto», fece lei. «Un paio d'anni fa abbiamo fatto una ricerca di mercato e abbiamo scoperto che un sacco di inglesi girano in bikini mentre preparano cene a base di arrosto. Quindi la mia agenzia ha concluso che qui c'è un mercato da sfruttare».

Annuì nuovamente, con espressione seria stavolta, e bevve un sorso di vino. «Geniale. Dunque fanno costumi da bagno natalizi? Cose a tema, tipo Babbo Natale o pupazzi di neve?».

Lei rise. «No, ma proporrò quest'idea al mio cliente». Il telefono di Josie vibrò: lo teneva nel cappotto sulla sedia, e lo tirò fuori. Per fortuna il suo cellulare, a differenza di quello di Max, era sopravvissuto alla caduta: non aveva un soldo da parte per comprarsene uno nuovo.

Dove sei? Ti sei persa?

Bia. Josie digitò una risposta veloce.

Prendo un paio di cosette e torno.

Spiegarle che aveva quasi investito uno sconosciuto e che adesso era andata a bere qualcosa con lui non le sembrava una cosa da WhatsApp. Anche se, per Bia, il fatto che lo sconosciuto fosse sexy sarebbe stata una spiegazione sufficiente.

«Tutto bene?», chiese Max.

«Sì, era la mia coinquilina».

«Una sola?»

«Sì, la stessa degli ultimi anni. E tu, vivi con qualcuno?». Lui si accigliò, come se fosse una domanda troppo personale, nonostante le avesse appena chiesto la stessa cosa.

«No», rispose piano. «Al momento sono solo». Forse era stato davvero mollato da qualcuno, chissà. Ma prima che lei potesse aggiungere altro, le vibrò di nuovo il telefono.

Quali cosette? Qualsiasi cosa tu stia facendo, mollala e torna a casa. Mi sto scolando tutto il vino da sola, e mi fa tristezza.

Josie sbuffò.

Basta bere, allora! Domani avrai i postumi della sbronza in aereo.

Esatto. Devi tornare a salvarmi da me stessa.

Josie mise via il telefono con un sorriso e alzò lo sguardo:

Max la stava fissando in un modo che la faceva sciogliere. «Scusa mi, devo andare. La mia coinquilina domani parte per l'Argentina e voglio salutarla...».

«Certo». Lanciò un'occhiata al bar, che da quando si erano accomodati al tavolino si era riempito di gente che arrivava a frotte dal lavoro. «Be', non ho intenzione di affrontare quella fila infinita per bere da solo». Si alzò e finì il vino mentre lei prendeva il cappotto. Insieme si spinsero tra la folla per raggiungere la porta d'ingresso. Una volta fuori Josie inspirò l'aria fredda e si godette la sensazione del calore eccessivo che abbandonava il suo corpo, anche se di lì a poco rabbrividì.

Max si girò a guardarla, mentre indossava il cappotto. «Be', grazie per avermi offerto da bere. Direi che hai più che pareggiato i conti per avermi quasi investito».

Lei arricciò il naso. «Mi dispiace davvero un sacco per l'incidente, sai».

«Veramente? Me l'avresti dovuto dire prima».

Lei fece una risatina, poi attraversò il marciapiede per andare a recuperare la bici che aveva legato a un lampione. «Allora, come mai dovevi andare a New York?»

«I miei genitori vivono là, e avevo promesso che avrei passato il Natale con loro quest'anno». Lo disse in tono abbastanza leggero, ma si percepiva che nascondeva qualcosa: le sembrò familiare, come sentire la sua stessa voce quando parlava dei programmi per il Natale. O forse Josie esagerava nell'interpretare ogni minima cosa e proiettava sé stessa su di lui. Comunque fosse, non era il caso di fargli troppe domande.

«Vivono là? Quindi sei cresciuto a New York?», domandò, inclinando la testa di lato. «Non hai l'accento americano».

Sorrise. «No, mi è rimasto questo accento britannico sexy. Mia madre è americana, ma si trasferì qui quando conobbe mio padre, e due anni fa lei l'ha fatto traslocare a New York con lei, per pareggiare i conti».

Lei si concentrò sulla bici. «Be', mi sembra giusto. E che farai, allora, ora che sei bloccato a Londra?». Si accigliò mentre cercava di sganciare il lucchetto. Stupidamente si era infilata i guanti prima di aprirlo, e ora era diventato tutto più difficile.

Lui si appoggiò contro il lampione e la osservò mentre combatteva con la serratura. «Servizio in camera e film, ecco il mio programma».

«Be', visto che sei qui, perché non fai le tipiche cose natalizie che si fanno a Londra?»

«Tipo andare a Winter Wonderland a Hyde Park?».

Lei rise. «Non serve essere così sprezzanti! Non è poi tanto male, sai. Anch'io odiavo quel genere di cose, ma un paio di anni fa la mia coinquilina mi ha convinto ad andarci ed è stato molto divertente…». Non terminò la frase. Era stato divertente solo per merito di Bia: si era fatta prendere dall'avventura e ci aveva trascinato dentro Josie. Ma Max ci sarebbe andato da solo al parco tematico, perché era lì senza amici e senza famiglia. Si schiarì la voce e alzò lo sguardo: lui la stava fissando, con la stessa espressione intensa. «Puoi trovare da bere e da mangiare, e puoi pattinare sul ghiaccio e fare altre attività. Ah, e ci sono anche le bancarelle se devi fare gli ultimi regalini di Natale… insomma, cose così».

Lui annuì lentamente. «Bene, allora penso che mi ci dovresti portare». Lo disse con voce neutra, eppure la fece sussultare.

«Cosa?»

«Penso che mi ci dovresti portare», ripeté, infilandosi le mani in tasca. «Per rimediare al fatto che mi hai investito».

Lei inclinò la testa. «Ma non hai appena detto che ho rimediato offrendoti da bere?».

Fece spallucce. «Ho cambiato idea. Quindi ci vediamo là alle due?»

«Alle due?»

«Sì. Così, se non ci piacerà, non saremo costretti a passare là tutto il giorno».

Riuscì solo a fissarlo: non capiva bene come avesse fatto a cacciarsi in quella storia. I suoi piani per Natale prevedevano di guardare la tivù e piangere per Oliver mangiando enormi quantità di cioccolata. Probabilmente fu proprio per quella ragione che raddrizzò le spalle e disse: «Va bene».

Le sue labbra fecero di nuovo quella smorfia, quasi un sorriso. «Okay?»

«Okay», disse lei.

Capitolo quattro

«Josie, non riesco a vederti, dov'eri finita?». Josie fissò la schiena dello sconosciuto che era andato a sbattere contro di lei, poi sollevò di nuovo il cellulare per vedere il volto di Memo e mezza faccia di suo nonno.

«Scusatemi», disse Josie. «Questo è il bello di passeggiare per il centro di Londra di sabato». Il sabato prima di Natale, in particolare, quando tutti erano in preda alla frenesia e al panico, oppure troppo presi da quella dannata atmosfera festiva per accorgersi se stavano per andare a sbattere contro qualcuno. E comunque, rifletté Josie, cercando di essere ragionevole, da che pulpito veniva la predica: se tenevi il cellulare davanti a te mentre camminavi, non badavi certo a dove stavi andando. Però Memo aveva insistito per fare quella chiamata su FaceTime come programmato.

«Quanto vorrei che stessi ferma, tesoro mio; muovi continuamente la testa e mi stai facendo venire la nausea».

Josie rise mentre attraversava la strada, sbucando dalla stazione di Green Park. «Dai, Memo, non sei mica così delicata! E comunque non posso fermarmi, altrimenti arriverò tardi all'appuntamento». A quel pensiero Josie sentì una stretta allo stomaco, ma cercò di non tradire l'emozione.

«Hai un appuntamento con Bia?», chiese il nonno, intromettendosi con tutta la faccia nello schermo, suscitando le rimostranze di sua nonna per quell'invasione.

«No, non con Bia», rispose Josie, scuotendo leggermente la testa.

Suo nonno aveva incontrato Bia alla festa di compleanno di Josie qualche anno prima, e da quel momento si era un po' innamorato della ragazza.

«E con chi, allora?», domandò la nonna, spingendo il nonno sul suo lato del divano rosso: ce l'avevano da sempre, sin da quando Josie era piccola; il divano con l'affossatura permanente, perché il nonno si sedeva tutte le sere nello stesso angolo a guardare il telegiornale.

«Be', ho anche altri amici», puntualizzò Josie, senza rispondere alla domanda.

«Ma certo», disse Memo. Nei suoi occhi – castani come quelli di Josie, e come quelli del padre di Josie – brillò la sua tipica espressione protettiva, quella che era sempre apparsa ogni volta che Josie le aveva riferito di una cattiveria subita a scuola. Di recente l'aveva vista un po' troppo spesso, segno inequivocabile che Memo non era per niente convinta che Josie adorasse la sua vita a Londra, come spesso dichiarava.

«Dov'è Bia?», borbottò la nonna; la mezza faccia che riusciva a vedere era leggermente triste.

«Lei è...», Josie esitò. «In viaggio per l'Argentina».

«Argentina!». Memo sorrise e si lisciò i capelli con una mano: li portava grigi, *perché non ha senso far finta di non essere anziana, tesoro mio*, ma ben acconciati in un caschetto che si faceva spuntare ogni settimana nel salone della parrucchiera, messa in piega inclusa. «Ti ricordi quando siamo andati in Argentina, John?». Diede una gomitata al nonno di Josie, che reagì con un grugnito, poi si rivolse di nuovo alla nipote, che in quel momento stava aspettando al semaforo per attraversare la strada. Era quasi arrivata. Si sentì di nuovo la pancia in subbuglio e si impose silenziosamente di calmarsi. «Quanto ci siamo divertiti, era durante il nostro viaggio in Sudamerica. Te l'ho mai raccontato, Josie?»

«Sì, certo», confermò lei. Quando Josie aveva smesso di andare a scuola, Memo le aveva fatto ogni sorta di resoconto di viaggio nel tentativo di incoraggiarla a studiare, ma lei non era mai stata attratta da quel genere di cose.

«Aspetta», disse Memo, accigliandosi. «Se Bia non c'è, con chi passerai il Natale?»

«Io...». Josie fece la scena di staccarsi dallo schermo e guardarsi intorno, come se stesse controllando il traffico prima di attraversare la strada.

«Hai... non hai più intenzione di passarlo con Oliver, vero?».

Josie arricciò il naso. «Assolutamente no».

Suo nonno borbottò qualcosa del tipo: «Dovrei dargli un briciolo del mio cervello, a quello».

«Ma allora, Josie, non dirmi che passerai il Natale da sola nel tuo appartamentino?»

«Memo, te l'ho detto un sacco di volte, mi *piace* passare il Natale da sola». Era una mezza bugia, rifletté Josie tra sé, perché preferiva comunque passarlo da sola, fingendo che fosse una giornata normale, anziché ritornare al paesino in cui erano morti i suoi genitori. «E mi piace il mio appartamento», aggiunse, un po' sulla difensiva.

Memo agitò una mano in aria. «Sì, sì, è delizioso il tuo appartamento, ma perché non vieni qui, amore mio? Ci sarà anche Helen, e saremmo tutti felici di averti».

«Non posso», disse Josie, decisa. «E comunque ho una cena di lavoro la vigilia di Natale», aggiunse, per tacitare qualsiasi protesta. «Quindi per me non sarebbe pratico». Scrollò verso il basso la schermata del telefono per controllare l'ora e si morse il labbro. Di quel passo sarebbe arrivata in anticipo, e non era il caso. Rallentò considerevolmente l'andatura, e comunque era meglio così: l'aria gelida le pungeva le guance, ma a furia di correre con il cappotto le era venuto caldo e non voleva arrivare tutta rossa e agitata.

«Come mai Helen passerà il Natale da voi? Perché non resta con la famiglia di Mike?».

Memo alzò gli occhi al cielo. «Oh, lei e Michael si sono lasciati, non te l'ha detto?»

«Cosa? Stai scherzando?». Mike era il terzo marito di sua zia Helen, e Josie aveva davvero creduto che questa volta il matrimonio sarebbe durato. Sospirò. «Allora avevi ragione. Quanto gli avevi dato, sei mesi?»

«Io non mi sbaglio mai su Helen, tesoro. Una madre conosce la propria figlia». Quella frase restò sospesa tra loro per un momento, insieme al pensiero che la madre di Josie non era lì, che non avrebbe mai potuto conoscerla come la conosceva sua nonna. Poi Memo sorrise e fece svanire quel velo di tristezza, come riusciva a fare sempre. «Te l'ho detto che l'altro giorno ho incontrato Pippa Cope? Te la ricordi, la mamma di Beth Cope? Siete andate a scuola insieme».

«Me la ricordo», disse Josie, poco convinta.

«Be', Pippa mi ha raccontato che Beth è di nuovo incinta. Non è una bella notizia?»

«Certo», concordò Josie, anche se in realtà, considerato che non parlava con Beth da quando aveva circa quindici anni e non sapeva che aveva già un figlio, in realtà era difficile che si entusiasmasse per quella notizia.

«Questo è proprio un bel posto per crescere dei figli, non credi?».

Josie si lasciò sfuggire una risata, mentre le note metalliche delle canzoncine di Natale si libravano sopra di lei, sul rumore del traffico e dei clacson. Adesso c'era molta più confusione, fiumi di persone che riempivano la strada. Si fermò e si appoggiò alla cancellata del parco. Non aveva senso continuare a parlare su FaceTime in mezzo a quella calca. «Sì, sono sicura che è un posto perfetto per crescere dei bambini, Memo. Ma io di figli non ne ho, quindi non parliamone, okay?»

«Era tanto per dire», replicò Memo, inarcando un sopracciglio. «Ma anche se non hai figli, saresti più felice qui con la tua famiglia vicina, no?»

«Io sono felice», rispose automaticamente Josie. Memo sembrava sul punto di replicare, ma il nonno fortunatamente le interruppe alzandosi dal divano e brontolando un po'.

Josie si accigliò. «Nonno, la tua schiena fa ancora i capricci?»

«Sì», rispose Memo per lui. «Gli ho detto che la deve smettere di usare quel dannato tagliaerba preistorico che pesa una tonnellata, ma sai com'è fatto tuo nonno».

Josie lanciò uno sguardo alla strada, verso Winter Wonderland. «Memo, mi dispiace, ma ora devo proprio andare, altrimenti farò tardi».

«Ma ancora non abbiamo fatto il gioco delle citazioni! Questa settimana tocca a me».

«Va bene». Josie fece cenno a sua nonna di proseguire.

Memo si fermò, con le mani in alto per fare più scena. «*Quello che ha preso la signorina*».

Josie alzò gli occhi al cielo, con enfasi. «Ma dai, l'abbiamo visto insieme!».

Memo attendeva, trepidante.

«*Harry, ti presento Sally*».

Memo annuì. «Era il film preferito di tua mamma, sai».

Josie sorrise. «Me lo ricordo, me l'hai detto tu». I nonni erano i genitori di suo padre, ma ciò non aveva impedito a Memo di regalarle tanti ricordi di sua madre, e Josie le voleva bene per questo. «Adesso però ci dobbiamo proprio salutare, okay?»

«D'accordo, d'accordo. Ti voglio bene, tesoro». Josie sentì bofonchiare qualcosa fuori dallo schermo. «Il nonno dice che anche lui ti vuole bene, ha solo la bocca piena di biscotti».

Josie rise. «Sono contenta di sapere quale posto occupo nella scala gerarchica tra nipote e biscotti. Anch'io vi voglio bene».

Josie riattaccò e si mise il telefono in tasca, poi sfidò la confusione per dirigersi all'ingresso del parco dove lei e Max avrebbero dovuto incontrarsi.

Max la aspettava tranquillo, con le mani infilate nelle tasche del suo cappotto alla Sherlock Holmes, accanto a uno dei tornelli in prossimità dell'arco dorato e un po' pacchiano sui cui campeggiava la scritta *Winter Wonderland*, accompagnata da un Babbo Natale con gli occhiali che sorrideva benevolo dall'alto a tutti gli avventori del parco tematico. Max non l'aveva ancora vista, e non c'era da meravigliarsi, considerate le frotte che si spintonavano per farsi spazio intorno a lui. Oddio, aveva dimenticato la folla che c'era anche l'ultima volta che era stata lì con Bia.

Osservò una coppia di ragazze che oltrepassavano l'arco girandosi a guardare Max una seconda volta. Lui sembrava totalmente indifferente, e Josie si chiese se fosse perché ci era abituato o perché non si rendeva conto di essere attraente.

Lei camminava a testa bassa, alzando spesso lo sguardo mentre si affrettava verso di lui ma facendo del suo meglio per evitare l'imbarazzante contatto visivo di quando riconosci qualcuno da lontano e poi devi far finta di niente finché non lo raggiungi.

A differenza degli altri tipi solitari attorno a lui, Max non era attaccato al telefono, ma se ne stava tranquillo a osservare la gente.

La musica che proveniva dall'interno era più rumorosa adesso: non era una melodia armoniosa, ma un collage di musichette natalizie messe insieme per formare qualcosa che fosse riconoscibile, eppure impossibile da identificare con precisione.

Max la notò quando era ormai a pochi metri da lui e si spostò per guardarla in faccia: tirò fuori una mano dalla tasca e se la portò alla tempia per poi puntarla verso di lei in un gesto di saluto.

Josie sfoggiò un sorriso radioso quando si fermò di fronte a lui. «Ciao!», esclamò; le mani coperte dai guanti neri le sembrarono all'improvviso superflue mentre cercava di capire cosa fare: una reggeva la tracolla della borsa sulla spalla e l'altra si agitava vanamente lungo un fianco. Poi gli indicò l'ingresso dall'altra parte della barriera di metallo, determinata a mantenere il sorriso. «Andiamo?».

Max annuì e la seguì: oltrepassarono i tornelli e si unirono alla fila che, fortunatamente, si muoveva in fretta. «Allora, la tua coinquilina è partita oggi, no?», chiese abbassando lo sguardo su di lei mentre avanzavano, cercando di mantenere educatamente la distanza dai due piumini imbottiti davanti a loro che spingevano una carrozzina. Lui aveva i capelli scompigliati come il giorno prima, quindi non era stata la caduta a spettinarlo: li portava proprio così, in quel modo innegabilmente sexy.

«Cosa? Ah, sì», rispose Josie schiarendosi la voce e sentendosi un'idiota. «Sì, è partita stamattina». Abbozzò un sorriso al ricordo di Bia che rientrava nell'appartamento per la quarta volta, barcollando sui suoi stivali leopardati a tacco alto, annunciando che aveva dimenticato un vestito che *poteva* essere di vitale importanza per l'anno nuovo, e poi imprecava mentre provava a infilarlo nella valigia già al limite. Di sicuro, il suo bagaglio pesava di più dei venti chili consentiti, anche se Bia aveva liquidato Josie quando gliel'aveva fatto notare. «Mica dicono sul serio, Jose, sono sicura che non mi faranno problemi». Di certo Bia sarebbe riuscita a intortarsi qualcuno per non pagare i chili di bagaglio in eccesso.

Gli strilli del bambino nella carrozzina ruppero il silenzio tra loro: era un misto di pianto e urla, e uno dei piumini imbottiti si chinò sul piccolo nel tentativo disperato di calmarlo. Poi si girò verso di loro: era una donna con i capelli corti e ricci, di un biondo quasi bianco. Si guardò intorno, poi sorrise a Josie come per scusarsi e lei ricambiò il sorriso per rassicurarla. I suoi genitori l'avevano mai portata in un posto simile, da piccola? Aveva spesso pensato che dovevano averlo fatto, perché ogni volta che sentiva il profumo delle nocciole caramellate che vendevano ai mercatini di Natale aveva un'immagine fugace di risate e farfalle nello stomaco. Uno dei tanti ricordi dei suoi genitori che doveva aver perso nell'infanzia, strappato via dal suo cervello di bambina prima che potesse fissarli per sempre nella memoria, nonostante gli sforzi di Memo per rievocarli.

Quando la cassiera, che sembrava particolarmente scocciata di essere costretta a indossare un berretto da Babbo Natale, fece loro cenno di avvicinarsi con impazienza, Josie e Max avanzarono verso la biglietteria. La cassiera li guardò minacciosa: era evidente che si era pentita di aver scelto quel lavoro stagionale.

«Ehm...», esitò Josie, e lanciò un'occhiata a Max. Non sapeva se doveva chiedere uno o due biglietti. Toccava a lei pagare per lui?

«Due biglietti?», fece la cassiera, guardando Josie come se fosse un'incapace.

«Sì, grazie», rispose Max, facendo sgusciare il portafoglio dalla tasca del cappotto. Josie guardò stupita la pelle consumata e il gran numero di biglietti da visita, ricevute e pezzi di carta che spuntavano dal portafoglio. Di sicuro le avrebbe perse, tutte quelle cose. Passò la carta di credito alla bigliettaia, che porse loro i biglietti senza nemmeno alzare lo sguardo dallo schermo.

«Aspetta», fece Josie, frugando nella borsa. «Credo di avere contanti».

Max scosse il capo, si rimise il portafoglio in tasca e senza quasi sfiorarla la condusse via per fare spazio al trio di ragazzine che era comparso dietro di loro. «Non ti preoccupare».

Josie esitò, poi annuì e sorrise per ringraziarlo, immaginando che fosse da maleducati mettersi a discutere. Si sistemò una ciocca di capelli dietro l'orecchio e si rammaricò di non aver seguito il consiglio di Bia ed essere uscita senza berretto. Era una giornata indubbiamente fredda, ma non tanto gelida da far condensare il fiato, e il cielo limpido sopra di loro permetteva al sole di scaldare un po' l'aria. Più tardi, una volta tramontato, sarebbe stata felice di avere il berretto, oltre a sciarpa e guanti, ma in quel momento, mentre s'incamminavano lungo la strada del parco con le bancarelle di cibo su ciascun lato, aveva caldo. Tuttavia evitò di toglierlo perché sapeva di avere i capelli sudaticci e appiccicati alla testa, un particolare a cui Bia chiaramente non aveva pensato quando quella mattina, prima di partire, l'aveva vestita con quella mise invernale *chic*.

Max la osservava camminando senza sforzo ad ampie falcate, tanto che lei doveva affrettarsi per stargli dietro. «Allora... che cosa facciamo adesso?»

«Be'», fece Josie col fiatone, «ho pensato che potremmo pattinare sul ghiaccio».

«Pattinare sul ghiaccio...». Lui aggrottò la fronte, e Josie resistette all'impulso di protestare: era stata un'idea di Max andare là insieme, quindi poteva almeno *fingere* un po' di entusiasmo.

«Sì», ripeté lei con maggior decisione. «Pattinare sul ghiaccio». Poi si stampò di nuovo un sorriso raggiante in faccia. «Sarà divertente!». *E magari così romperemo il ghiaccio,* pensò tra sé, sorridendo per quella battuta, anche se non l'avrebbe mai fatta a voce alta. «Vieni! Credo che sia da questa parte», disse avviandosi.

Lui fece una smorfia, scettico. «In realtà, non sono così bravo a...».

«Non importa!», esclamò lei in tono forzatamente allegro; sembrava una commessa un po' esaltata, ma non riusciva a smettere di parlare così. «Fa parte dell'esperienza», insistette. E poi sarebbe stato sempre meglio pattinare, concluse tra sé, invece di girare in quel silenzio imbarazzante per tutto il pomeriggio.

Riuscirono a entrare al "giro" successivo, e l'addetto alla pista di pattinaggio sul ghiaccio le disse che avevano avuto una gran fortuna, agitando le dita tozze. Indossarono i pattini nello spogliatoio: erano di plastica bianca e si rifiutarono di cedere anche solo di pochi centimetri per aderire ai suoi piedi. Mancavano cinque minuti all'inizio del loro giro, così zoppicarono goffamente verso il lato della pista: Max fece una smorfia mentre provava a camminare, e si appoggiò alla barriera per osservare le persone dell'ultimo gruppo che stavano ancora pattinando.

Josie guardò una bambina con le trecce bionde: ipotizzò che dovesse avere sette o otto anni, ed era guidata lungo la pista dal padre; aveva un'espressione concentrata e muoveva appena le gambe per non perdere l'equilibrio. Josie sorrise quando inciampò, sgranando gli occhi e aggrappandosi al padre per non cadere; lui rise e le disse qualcosa prima che ricominciasse, lentamente.

Quasi senza rendersene conto, Josie si sfregò la cicatrice sul polso sinistro, nascosta dal guanto. Una volta stava pattinando sul ghiaccio con i suoi genitori; era una pista al chiuso, molto diversa da questa, e suo padre le teneva la mano, proprio come stava facendo il papà della bambina bionda. Ricordò che si era dovuto allontanare dalla pista per qualche motivo e l'aveva affidata a sua mamma. Josie all'inizio si era rifiutata di pattinare con lei, dicendole che *non era brava come papà*, ma tra risate e battutine si era lasciata convincere. Poi però sua madre era caduta, proprio come aveva temuto Josie, e invece di lasciar andare la mano della piccola, ci si era aggrappata per non perdere l'equilibrio, trascinando entrambe a terra. Si erano preoccupati tutti, così ricordava Josie, perché lei non aveva detto niente, non aveva né pianto né gridato mentre sbatteva forte il polso sul ghiaccio. Temevano che si fosse rotto, e invece era solo slogato. Le era rimasta una cicatrice tondeggiante sul polso, e grazie a quella aveva imparato a distinguere la sinistra dalla destra.

«Josie?». Sussultò nel sentir pronunciare il suo nome, e quando alzò lo sguardo vide Max che la fissava. «Tutto bene?»

«Sì». Sorrise, sforzandosi di liberarsi dal morso della tristezza. «Scusa, ero persa nel mio mondo».

«Adesso stanno facendo entrare la gente, quindi se vuoi...». Fece un cenno alla pista di pattinaggio.

«Giusto, sì, certo. Dai, andiamo». Cominciò a incamminarsi verso l'ingresso della pista, con passo goffo e traballante, grata di non essere l'unica che sembrava sui trampoli.

«Sei sicura di star bene?», chiese lui inciampando sui pattini, mentre si trascinava dietro di lei; doveva tenersi attaccato alla staccionata per restare in piedi... e non erano ancora entrati in pista.

«Sicura», disse lei con tono leggero. Spiegare che era stata appena travolta dal ricordo dei genitori morti le sembrava un po' troppo per un primo appuntamento. Non che fosse un appuntamento, si disse poi. Per quanto potesse essere attraente, Max non rideva mai, e per lei questo era inammissibile. Inoltre, aveva appena chiuso con Oliver.

Josie avanzò per prima sul ghiaccio, e subito si afferrò alla barriera laterale trascinandosi in avanti per fare spazio a Max. Girò la testa e vide che lui la stava seguendo esitante, fissandosi i piedi mentre scivolava sulla pista: la sua espressione così concentrata le strappò una risata, e lui alzò lo sguardo e replicò con un sorriso timido. «Ho tentato di dirti che non sono per niente bravo».

Lei si limitò a scrollare il capo, senza smettere di sorridere, e azzardò qualche altro passo in avanti. Gran parte degli altri pattinatori erano in pista adesso, e gli unici rimasti aggrappati al bordo avevano meno di dodici anni.

Lanciò un'occhiata a Max. «Coraggio, dai, ce la possiamo fare».

Si diede una spinta leggera per staccarsi dal bordo e imitò la donna che aveva davanti. Gamba destra, gamba sinistra, gamba destra, gamba sinistra. Max l'aveva seguita: riusciva a vederlo con la coda dell'occhio, anche se non osava girare la testa per paura di distrarsi.

Era a metà della pista quando lo perse di vista. Si arrischiò a voltarsi indietro e dovette subito agitare le braccia perché rischiò di cadere. Max intanto era già caduto, a quanto sembrava: lo vide rialzarsi dall'altra parte della pista, e sorrise tra sé e sé. Perfetto. Avrebbe dovuto dargli retta quando le aveva detto che non voleva pattinare. Ma quando Josie ebbe terminato il primo giro, lui era di nuovo in piedi, aggrappato alla barriera. Lei incrociò il suo sguardo, e lui le lanciò un'espressione interrogativa quando la vide avvicinarsi vorticando freneticamente le braccia: si era resa conto di non sapere assolutamente come fermarsi. Sbatté piano contro il bordo della pista e, suo malgrado, le sfuggì una risatina. Sorrise anche lui, strizzando gli occhi, e gli si illuminò il viso: la sua espressione si addolcì. L'ondata di sollievo che provò Josie fu quasi inebriante. «Sei una professionista», disse lui con un altro sorriso.

Lei si tirò indietro i capelli con gesto teatrale. «Be', dovevo partecipare ai campionati nel 2012, ma poi la mia carriera nel marketing me lo ha impedito».

Lui scosse la testa con finta tristezza. «Una campionessa mancata».

«Dimmi», fece lei inclinando la testa. «Stai bene? Ti ho visto cadere».

Lui fece una smorfia. «E io che pensavo non mi avesse visto nessuno! Sto bene, solo che l'equilibrio non è uno dei miei punti di forza».

Si appoggiarono alla barriera, beccandosi un'occhiataccia da una bambina che non doveva avere più di quattro anni perché stavano bloccando il percorso. Max prese Josie per mano e la tirò con delicatezza sul ghiaccio, poi la lasciò andare quando si furono tolti di mezzo. Una coppia sui vent'anni li superò, pattinando verso il centro della pista: si muovevano in perfetta sincronia, e il cappotto azzurro di lei s'intonava alla perfezione con quello di lui, che era grigio.

«Sembrano usciti da una pubblicità della coca-cola», borbottò Max, osservandoli, e Josie scoppiò a ridere, strappandogli un sorriso riluttante.

«Dai, vieni», disse lui con la mano tesa.

Scherzando, lei la allontanò con un colpetto. «Non ho intenzione di aggrapparmi a te, finirai per tirarmi giù». Esattamente come aveva fatto sua madre, pensò tra sé e sé, anche se in quel momento il ricordo la fece sorridere.

Provarono a fare un altro giro, prima che Max annunciasse di aver bisogno di una pausa da tutta quella fatica. Quando uscirono dallo spogliatoio, sorridevano entrambi: mancavano quarantacinque minuti alla fine dell'ora, e Josie sentì che qualcosa era cambiato, come se fossero riusciti a scivolare fuori dall'imbarazzo iniziale, anche grazie al fatto che Max le stava dimostrando di sapersi divertire.

«La prossima tappa, vin brûlé?», propose lui. «Fa molto Natale, no?»

«Giusto», acconsentì Josie con un cenno d'assenso. Si guardarono intorno: c'erano così tante bancarelle che nessuno dei due sapeva da dove cominciare.

«Un bicchiere da ogni bancarella», annunciò Max, e s'incamminò verso la casetta di legno più vicina: il profumo di cannella e buccia d'arancia diventava sempre più forte man mano che si avvicinavano. Lui le passò un bicchiere di plastica con il logo di *Winter Wonderland*, e sorseggiarono il vin brûlé passeggiando lungo la zona dei mercatini. Persino Josie, che in passato si era data la missione di non godersi quel genere di cose, non riuscì a resistere e diede un'occhiata alle bancarelle di orecchini e oggettistica di legno intagliata a mano, tutte stupende.

Quando Max si diresse alla successiva bancarella di vin brûlé per farsi rabboccare il bicchiere, Josie controllò il telefono e vide un messaggio di Bia.

Ti stai divertendo? Gli è piaciuto come ti ho fatta vestire?

Tutto bene. Gli è piaciuto un sacco com'ero vestita, non ha smesso di farmi i complimenti.

Lo sapevo!!! Mandami una foto che voglio vederlo.

Josie sbuffò e riuscì a scattargli una foto di nascosto mentre tornava da lei, poi la mandò a Bia, che le rispose con tre emoji dagli occhi a cuoricino.

«Fanno il vin brûlé con il gin, Josie», disse Max, con un'espressione esageratamente stupita. «Mi hanno detto che dentro ci sono cannella e ciliegia, e cos'altro non mi ricordo, ma ho pensato che dovevamo provarlo».

Josie abbozzò un sorriso ricordandosi la battuta feroce di Bia sull'acqua brûlé che le aveva preparato lei, ma prese il bicchiere e lo annusò prima di prendere un piccolo sorso.

Non era male, ma era molto più forte del brûlé tradizionale. Superarono una bancarella di fiori, e Max tornò indietro per poi ricomparire con una rosa. Staccò l'estremità finale dello stelo e gliela mise dietro l'orecchio, fissandola sotto il cappello. «Come ringraziamento, per avermi portato qui», disse facendo spallucce, con leggerezza.

Josie accarezzò i petali con le dita, poi si toccò il punto dell'orecchio in cui lui l'aveva sfiorata. «Mmm, allora, cos'altro vuoi fare ora?», gli chiese, in parte per sviare l'attenzione dal rossore che le stava colorando il viso. «Potremmo...».

«Josie!». Qualcuno alla sua destra strillò il suo nome, interrompendola, e lei si girò: era quella iena di Claire Burton che si precipitava verso di loro, con le braccia tese, i capelli fiammeggianti che le danzavano sulle spalle. «Lo sapevo che eri tu!», esclamò gettandosi letteralmente su di lei e bloccandola in un abbraccio. «Oh, ma è passato così tanto tempo, non ci credo che ti abbiamo incontrato per caso».

«Ti *abbiamo*?», domandò Josie con un filo di voce.

«Oh, c'è Oliver laggiù, sta prendendo da bere», disse Claire, indicando un punto dietro di sé senza nemmeno guardare. *Ah, che meraviglia*, pensò Josie. Era proprio fantastico, no? Naturalmente aveva avuto la fortuna di incontrare il suo ex in quel dannato parco tematico. Claire lanciò un'occhiata a Max, poi procedette come un treno senza aspettare che glielo presentasse. «Sì, l'ho trascinato qui con me, sai, per tirarlo un po' su dopo...». S'interruppe per tossire, e le guance pallide presero un po' di colore. Poi continuò: per esperienza, Josie sapeva che niente poteva scoraggiare la sorella maggiore di Oliver. «Era veramente devastato, Jose, quando hai messo fine alla vostra relazione». Claire si guardò velocemente alle spalle, poi abbassò la voce: «È così depresso senza di te, qualsiasi cosa faccia non riesco a scuoterlo. Quanto vorrei che tornaste insieme voi due! Tu eri la persona giusta per lui, lo tenevi in carreggiata, lo sai?»

«È andato a letto con un'altra donna, Claire», tagliò corto Josie. Con la coda dell'occhio vide che Max sembrava turbato da quella rivelazione, ma non commentò.

Claire fece una smorfia e allungò una mano per giocherellare con le punte sfilacciate dei capelli. «Sì, certo», si affrettò a rispondere. «Non dico che dovresti perdonarlo subito, o forse mai», aggiunse poi quando vide l'espressione di Josie. «Stavo solo, be'...». Non terminò la frase, e Josie si sentì stringere lo stomaco. Non avrebbe dovuto essere così sgarbata con lei: non era colpa di Claire se suo fratello aveva deciso di gettare via la loro relazione per un paio di tacchi vertiginosi e un vestito rosso aderente.

Claire si voltò e fece un cenno con la mano, e Josie vide Oliver camminare impettito verso di loro, con i capelli ben pettinati come sempre. Si sforzò disperatamente di trovare qualcosa da dire, una scusa plausibile per potersi allontanarsi con Max prima che lui arrivasse, ma non le venne in mente nulla. Guardò Max, ma lui non aprì bocca: si limitava a spostare lo sguardo da lei a Oliver. Nessun aiuto, cavolo. Claire si girò verso di loro, e questa volta si rivolse a Max sorridendo. «Sono Claire, piacere», disse.

«Giusto», fece Josie, sentendosi avvampare. «Giusto, scusa, Claire lui è...».

«Josie?». Troppo tardi. Oliver era lì, pietrificato, con le braccia piegate a novanta gradi e un bicchiere di plastica, pieno di liquido bollente, in ciascuna mano. «Che cosa ci fai qui?», chiese con tono d'accusa, come se avesse architettato di proposito quell'incontro per rovinargli la giornata.

Lei si sistemò i capelli dietro le orecchie spostando involontariamente la rosa, e dovette armeggiare per rimetterla a posto. Oliver seguì il movimento con lo sguardo e si fece torvo quando vide il fiore: lanciò una breve occhiata a Max che stava accanto a Josie immobile, con le mani in tasca e un'espressione benevola in volto. «Oh, sai», disse Josie, cercando di capire dove fissare lo sguardo, e quando infine lo posò sul pomo d'Adamo di Oliver spiegò: «Desideravo passare una giornata fuori».

«Ma tu odi questo genere di posti», replicò Oliver, sempre più accigliato.

«Davvero?» fece Max stupito. Claire e Oliver si girarono verso di lui: ora che aveva finalmente parlato non era più possibile ignorarlo.

Josie si schiarì la voce. «Io, be'...».

Oliver stava fissando Max, e Josie capì che stava misurando la differenza di altezza tra loro.

Max sorrise – un sorriso sicuro e affascinante che riservava agli sconosciuti, e non a lei, a quanto pareva – poi allungò una mano verso Oliver. «Max», si presentò.

Oliver fissò la sua mano tesa per un istante, poi ci mise qualche secondo per passarne uno a Claire. «Bene», disse stringendo la mano di Max, sempre aggrottando le sopracciglia e facendo oscillare lo sguardo tra Max e Josie. «Bene, io sono...».

«Oliver», disse allegro Max. «Da quel che intuisco».

Josie sussultò quando Max la cinse con un braccio, poggiandosi con tutto il peso sulle sue spalle. «È bello conoscerti, finalmente». Josie guardò Max, sforzandosi con tutta sé stessa di non irrigidirsi e apparire a disagio; lui non tradiva emozioni, e continuava a sorridere, amabile. «So tutto di te, naturalmente».

Oliver si rabbuiò, e il suo viso sembrava persino più spigoloso del solito. Claire sembrava incerta, e il suo sguardo ora sfrecciava lungo le tre bancarelle dietro di loro: vendevano decorazioni natalizie, bigiotteria e quadri, e forse si chiedeva se poteva farci una capatina per sfuggire all'incontro imbarazzante cui aveva dato inizio lei stessa.

«Sul serio?», domandò Oliver, questa volta guardando Josie.

Lei tentò di assumere un'espressione a metà tra un sorriso e una scusa, e finì per fare solo uno strano scatto con la testa.

«Oh, sì», continuò Max. «Non riuscivo a crederci quando Jose mi ha detto che vi siete mollati».

Jose? Si arrischiò a dare un'altra occhiata a Max, ma lui non incrociò il suo sguardo.

«Perdonami», fece Oliver, quasi ringhiando, «ma tu chi sei esattamente?»

«Max», rispose lui calmo, e Josie dovette reprimere l'impulso totalmente fuori luogo di ridere davanti all'aria di superiorità con cui aveva pronunciato il suo nome.

«Certo», sbuffò Oliver, «ma...».

Max si allontanò leggermente da Josie in modo da poterla guardare, scandalizzato. Josie scosse appena la testa e fece del suo meglio per restituirgli lo sguardo. «Ma come, non gli hai raccontato niente di me?».

Lei si schiarì la gola. «Io, ehm...».

«Josie e io ci conosciamo da tanto», proseguì Max, dandole una strizzatina alla spalla per enfatizzare il concetto. «Ci siamo incontrati in discoteca. Oh, non so, quando è stato, Josie...?». La guardò di nuovo e fece una smorfia aspettando che fosse lei a finire la frase.

«Ehm, cinque anni fa, più o meno?», azzardò Josie, bevendo un sorso del gin brûlé alla cannella che si stava ormai raffreddando.

«In discoteca?», chiese Oliver guardando la sorella, che si limitò a fare spallucce e poi si concentrò sul suo bicchiere, come per scoprire cosa contenesse.

«Sì», confermò Max, «ora non ricordo il nome, ma ci siamo subito intesi e da allora siamo amici. Davvero non ti ha mai parlato di me?». Alzò gli occhi al cielo e poi fissò Josie, colmo di stupore, e lei si sforzò di restare seria.

«No», rispose bruscamente Oliver. «E siamo stati insieme per due…».

«Anni», terminò Max, annuendo: non era difficile indovinare. «Sì, lo so, in quel periodo sono stato soprattutto a New York, sai, mi sono trasferito là qualche anno fa, ma io e Josie siamo rimasti in contatto. Speravo di incontrarti questa volta, ma… be'». Strinse le labbra, e Oliver arrossì.

Claire prese una lunga sorsata di quel che stava bevendo ed ebbe un altro attacco di tosse, ma scacciò via Oliver con un cenno della mano quando lui provò a darle delle pacche sulla schiena.

«Comunque sia», continuò Max, «sono tornato a Londra per un po', quindi ho pensato di trascinare Josie al parco». Strizzò l'occhiolino a Claire, usando la stessa frase che aveva usato lei pochi minuti prima, e lei gli rivolse un sorriso stanco prima di asciugarsi il mento con la mano. «Insomma, per entrare un po' nell'atmosfera natalizia», concluse alzando il bicchiere di plastica con il gin brûlé come per fare un brindisi.

Oliver fissò in silenzio Max per un minuto, poi si rivolse direttamente a Josie, che stava facendo del suo meglio per non sembrare a disagio, stretta al fianco del compagno, che le trasmetteva il calore del suo corpo attraverso il cappotto. «Josie, ma cosa…?».

Max intanto aveva tirato fuori il cellulare dalla tasca con

fare teatrale. «Ehi, Jose, guarda», disse, cacciandole il telefono sotto il naso e picchiettando con il dito in alto a destra, dove era segnata l'ora.

«Oh, cavolo», replicò Josie, sforzandosi di parlare con voce decisa. «È meglio andare ora, ehm, altrimenti rischiamo di perderci...».

«L'Ice Bar». Max la salvò dal doversi inventare qualcosa, poi la lasciò andare e Josie si avvicinò a Oliver e gli diede una pacca sulle spalle. Lui cercò di non fissarlo con rabbia, senza riuscirci bene.

«È stato bello conoscervi, finalmente», concluse Max con un ultimo sorriso radioso rivolto a Claire, che ricambiò ma tornò subito seria quando Oliver le lanciò un'occhiataccia.

«Ciao!», gridò Josie voltandosi mentre Max la portava via, prendendola sottobraccio e trascinandola con determinazione dall'altra parte della via, verso l'Ice Bar o qualunque altro posto, di cui lei non aveva la minima idea.

«Davvero vivevi a New York?», chiese Josie a bassa voce, anche se non ce n'era bisogno dato il frastuono che li circondava.

«No. Come ti ho detto, ora ci vivono i miei genitori e sono andato a trovarli un paio di volte, ma dovevo giustificare il fatto che non mi avesse mai incontrato prima, e potevo spiegarlo solo dicendo che vivevo all'estero».

Josie restò in silenzio per un momento, poi, incapace di trattenersi ancora, scoppiò a ridere.

Max si fermò e abbassò lo sguardo su di lei, senza capire esattamente perché trovasse quella storia così divertente. «Be', ho pensato che dovevo tirarti fuori da quella situazione», disse con un mezzo sorriso.

«Sì», concordò Josie. «Sì, grazie, sei stato...». Si raddrizzò e lo guardò con un'espressione radiosa: la faccia incredula di Oliver era stampata nella sua mente. «Brillante». Sospirò e si scolò il resto del gin brûlé. «Mi ha tradito», spiegò con un cenno della mano, guardandosi alle spalle per controllare che non li stessero seguendo.

«Così ho sentito».

«Alla festa di Natale dell'ufficio».

«Ahi».

«Con una nostra collega, Cara».

Lui scosse il capo. «Che stronza».

Lei si lasciò scappare un'altra risatina. «Be', è stato più stronzo lui, ma non importa». Sospirò. «Ancora grazie».

«Di niente». Anche lui si guardò alle spalle. «So come funziona, questa storia degli ex».

Lei lo guardò: era la prima volta che le raccontava spontaneamente qualcosa di sé.

«La mia ragazza... mi ha mollato qualche mese fa».

Josie annuì lentamente. «Quando?»

«A maggio».

Lei annuì di nuovo. Forse non si era ancora ripreso, se l'aveva amata veramente. Forse era per quella ragione che all'inizio era stato brusco con lei. Be', forse c'entrava anche il fatto che lei l'avesse investito.

Voleva saperne più, ma Max raddrizzò le spalle. «Allora, andiamo all'Ice Bar?».

Josie fece spallucce. «Ci possiamo provare, ma dubito che riusciremo a entrare. Bia mi ha detto che bisogna prenotare».

«Ci penso io a convincerli, con le paroline dolci». Max la prese di nuovo a braccetto, e quando lei lo guardò con aria interrogativa disse, a mo' di spiegazione: «Magari ci stanno ancora osservando».

In qualche modo, Max riuscì davvero a farli accettare

all'Ice Bar, anche se Josie non aveva idea di cosa avesse detto ai tipi all'ingresso, perché le aveva chiesto di aspettarlo fuori. Dopo qualche altro bicchiere, che bevvero imbacuccati in stile Inuit, ritornarono verso l'uscita: erano molto più rilassati ora di quando erano entrati. Nel frattempo si era fatto buio e Josie dovette ammettere che l'atmosfera era davvero festiva: le luci delle bancarelle che scintillavano, il profumo delle castagne, delle spezie e dello zucchero filato che li avvolgeva, la gente che rideva quando passavano davanti ai baretti improvvisati.

Forse era perché si sentiva piacevolmente sbronza, ma in quel momento Josie riuscì a capire perché la gente si faceva prendere tanto dal Natale. Sorrise a Max, che ricambiò e le prese la mano, facendola dondolare mentre passeggiavano. Aveva cominciato a comportarsi in quel modo da quando si erano imbattuti in Oliver, come se avesse deciso che avevano qualcosa in comune: tutti e due dovevano dimenticare qualcuno del loro passato. Lei sorrise tra sé e sé pensando che Oliver, inavvertitamente, aveva reso più divertente il suo pseudo-appuntamento.

«Allora», chiese Max, «andrai da qualche parte a Natale?».

Lei si sforzò invano di non perdere il sorriso. «No, quest'anno lo passerò nel mio appartamento». Malgrado quel che aveva detto a Memo, si sentì sprofondare immaginandosi quel giorno: lei a casa, accanto all'albero di Natale di Bia, a mangiare cibo ordinato da Deliveroo per una sola persona. Era ancora più triste di quelli che lavoravano per Deliveroo il giorno di Natale, perché loro almeno venivano pagati. Cercò di pensare a qualcos'altro, e di proposito adottò un tono allegro quando disse: «Ma prima devo comprare i regali di Natale, che incubo».

Lui le lanciò un'occhiata: «Non ne vai matta, eh?».

Lei arricciò il naso. «Be', di solito li prendo tutti a settembre ordinandoli online, ma quest'anno non l'ho fatto...». Non c'era bisogno di spiegargli la ragione: Oliver aveva continuato a dirle che avrebbero fatto i regali insieme, aveva insistito che doveva essere più creativa, che non poteva limitarsi a ordinarli online perché era *impersonale*. E adesso le toccava comprarli tutti in un solo giorno, prima che la zia Helen venisse a trovarla e a prendere i regali per sé e per i suoi nonni, come ogni anno. Sospirò quando passarono sotto l'arco d'ingresso, lasciandosi le luci scintillanti alle spalle.

Max le lasciò la mano, e anche se aveva i guanti, le sue dita registrarono subito l'assenza di calore. Lui si voltò verso di lei, studiandola in viso. «Be', per uno scherzo del destino, salta fuori che io sono bravissimo a fare i regali di Natale».

Lei lo guardò curiosa. «Davvero?»

«Già», annuì lui. «Quindi, che ne diresti se ti portassi a fare uno shopping natalizio domani? Ci divertiremo, e ti aiuterò».

Lei lo guardò accigliata. «Dici sul serio?»

«Certo, perché no?».

Josie si sistemò una ciocca di capelli dietro l'orecchio. «È solo che... insomma, non hai nient'altro da fare? Non che non mi faccia piacere, se mi accompagni», si affrettò ad aggiungere perché non voleva dargli l'impressione che lo stesse scaricando. «Solo che... insomma, non sono una fan dello shopping in generale, figurati poi quando si tratta dei regali di Natale».

Lui si sforzò di mantenere un'espressione seria. «Okay, considerami seriamente avvertito. Ma, visto che quasi tutti i miei amici sono in Scozia o a Bristol, e che la mia famiglia si trova a New York, o mi autoinvito oppure devo rinchiudermi nella mia stanza d'albergo con una cassa di birra, e gli alcolizzati diurni non piacciono a nessuno».

«Be', se la metti così...» replicò Josie scoppiando in una risata.

Capitolo cinque

«Che ne dici di questo?», domandò Max, mostrandole una cuffia per la doccia con le coccinelle.

Josie rise. «Non sono sicura che mia nonna sia tipo da cuffie per la doccia».

«Ma cosa stai dicendo? Tutti sono tipi da cuffie per la doccia».

Josie lo guardò perplessa. «Anche tu?»

«Soprattutto io». Si mise la cuffia come dimostrazione e Josie scoppiò a ridere, beccandosi lo sguardo di rimprovero di una signora di mezza età che stava spulciando tra i beauty-case lì accanto. Però non poté biasimarla, perché di solito Josie faceva proprio come lei: lanciava occhiatacce a chiunque osasse mostrare che si stava divertendo in un grande magazzino affollato, in prossimità del Natale. Be', forse non lanciava sguardi di fuoco, ma di sicuro aveva pensieri cattivi.

Josie guardò l'etichetta del prezzo.

«Quarantacinque sterline?», chiese incredula. «Per una cuffia da doccia?»

«Ma guarda, è decorata con queste belle coccinelle, devono costare almeno cinque sterline l'una». Max picchiettò una delle coccinelle con il dito, come a sottolineare il suo parere, poi fece spallucce e rimise la cuffia a posto. «Okay, forse no».

«Ma non avevi detto che eri bravo a scegliere i regali di Natale?», disse Josie con un sorrisetto.

«Ehi, non è colpa mia se tu non hai buon gusto». Proseguì oltre, facendo un cenno gentile alla signora di mezza età, che di proposito lo ignorò.

Josie lo seguì spostandosi con attenzione lungo le corsie per evitare che le sue borse della spesa scaraventassero accidentalmente qualcosa giù dagli scaffali. Con sua grande vergogna, considerato che viveva a Londra da otto anni, era la prima volta che entrava da Fortnum & Mason. Andarci era stata un'idea di Max, per lo meno per "dare un'occhiata", e doveva ammettere che era un bello store, con alberi di Natale decorati alla perfezione a ogni piano, ognuno con un particolare schema di colori: l'ultimo che aveva visto era addobbato con palline blu e argento, ricoperte di decorazioni elaborate. Di sicuro Bia l'avrebbe definito "noioso", pensò Josie con una punta di sarcasmo. Dal soffitto pendeva una mezzaluna gigante color oro, circondata da tante stelle scintillanti appese a fili di diversa lunghezza: nonostante la quantità di corpi sudati e accalcati, c'era un buon profumo di cioccolato misto a fiori.

«Bene», fece Max, controllando con un'occhiata che lei lo stesse seguendo. «Ce la possiamo fare. Raccontami qualcosa di tua nonna».

«Ma tu non hai nessun regalo da fare?», Josie si accorse di avere un tono leggermente piagnucoloso, ma non poté evitarlo. Max era partito alla carica: era più spensierato rispetto agli ultimi due giorni, come se avesse deciso, per chissà quale ragione, di sfoggiare il suo lato più affascinante. Perciò l'aveva trascinata con sé dandole la carica per tutta la giornata, tanto che adesso aveva quasi finito di comprare i regali. Per suo nonno aveva preso dei bei guanti da giardinaggio e un'insegna che diceva: *Il mio giardino, le mie regole*, e a Helen aveva deciso di regalare un buono di Space NK, immaginando che qualsiasi cosa le avesse comprato non sarebbe andata bene. Le restava solo Memo, ed era sempre il regalo più difficile da fare, anche se conosceva a fondo la nonna.

«No», rispose lui senza scomporsi, e si fermò a guardare le sciarpe, rivolgendo a Josie un'espressione interrogativa. Lei scrollò il capo: le aveva già regalato una sciarpa due anni prima. «I miei regali di Natale li ho già comprati tutti secoli fa».

Josie sbuffò, pensando che la stesse prendendo in giro. «E dici che non sei organizzato, eh?».

Lui fece un gran sorriso: a quanto pareva, trovava incredibilmente divertente l'irritazione di Josie; durante la giornata, più lei si era dimostrata scocciata e riluttante, più lui si era divertito, come se fosse determinato a non farsi condizionare dal suo umore. O forse, visto che lei non era forzatamente allegra come le ultime due volte, aveva deciso di assumersi quel ruolo. «Di solito no», ammise. «Ma quest'anno sapevo esattamente quali regali volevo fare».

Josie schivò una donna con un passeggino, che si era fermàta a raccogliere qualcosa che il suo bambino aveva gettato per terra. La musica di Natale crebbe di volume quando si avvicinarono all'estremità opposta del negozio; di sicuro si erano avvicinati a una cassa.

«Quest'anno? Cos'ha di speciale quest'anno?»

«Eh?». Max si girò: era chiaramente distratto da qualcosa, ma quando incrociò il suo sguardo, lei non capì di cosa si trattasse. «Oh, niente di speciale», rispose spensierato. «Avevo idee precise, tutto qui».

«Tutta la tua famiglia è a New York quest'anno?». Josie posò a terra le borse con i regali e si passò una mano tra i capelli. Aveva molto caldo, ma non c'era motivo di togliersi il cappotto, sapendo che avrebbe dovuto rindossarlo non appena usciti.

Max prese la cornice più vicina, la esaminò e la rimise a posto. Chissà se gli piaceva veramente fare shopping o se invece era tutta una finta, come l'entusiasmo che aveva simulato lei il giorno prima a Winter Wonderland. Se non era sincero, Josie concluse che era più bravo di lei a nasconderlo. «I miei genitori e mia sorella, sì».

«Tua sorella?».

La guardò, sorrise, e apparvero quelle rughe d'espressione attorno agli occhi che lo rendevano più caloroso. «Sì, la mia sorellina», ridacchiò. Notò che Josie stava sorridendo con aria interrogativa, allora le spiegò: «Odia essere chiamata sorellina e ha ragione, considerato che ha ventisette anni. Ne ha quattro di meno, ma da sempre è lei a prendersi cura di me». Gli si addolcì la voce mentre parlava della sorella, e il suo sguardo si intristì. Josie, in cuor suo, si fece piccola piccola, perché con quelle domande gli aveva ricordato che era bloccato da questa parte dell'Atlantico, lontano dalla sua famiglia. «Ma tu», disse lui, con voce più decisa, «stai chiaramente cercando di distrarci dal nostro compito. Tocca a tua nonna. Dai».

«Non so. Lei è...», Josie agitò una mano in aria. «Una donna di classe, direi. Le piace fare torte, e anche se in realtà è una pessima cuoca e non riesce a seguire le ricette, non si arrende». Josie sorrise al ricordo di quando, da adolescente, tornava a casa dopo la scuola e trovava quei biscotti troppo secchi, o la torta che sapeva solo di uova.

Max aggrottò la fronte per un istante, poi ripartì con

nuova determinazione. Josie dovette afferrare le sue borse al volo e per poco non fece cadere la cornice più vicina, mormorando una scusa anche se non c'erano commesse in vista. Raggiunse Max accanto al reparto casalinghi e lo rimproverò per essersene andato così di corsa: fare shopping non doveva essere rilassante? Forse no, considerata la frenesia con cui tutti rovistavano tra gli scaffali. Ecco la ragione precisa per cui lei preferiva fare acquisti online: avevi un sacco di tempo per restituire le cose, se non andavano bene.

Dalle profondità della sua borsa sentì il *bip* del telefono e lo pescò fuori, aspettandosi di trovare un messaggio di Bia, che ancora non le aveva scritto di essere arrivata e che andava tutto bene, nonostante dovesse essere ormai atterrata da diverse ore. Il suo cuore ebbe un tuffo quando vide comparire invece il nome di Oliver.

Possiamo parlare? Per favore.

Si accigliò. Probabilmente stava cercando di capire se lei l'avesse già rimpiazzato con Max, dopo averli incontrati il giorno prima. Be', era una pessima idea. Era tentata di rispondergli con un semplice *No*, ma poi concluse che per il momento doveva solo ignorarlo. Senza dubbio, prima o poi avrebbe dovuto parlargli, e forse sarebbe stato meglio togliersi subito il pensiero. Ma ora si stava godendo il fatto di non dover stare da sola, a casa, a pensare a lui. In fondo aveva tutto il diritto di distrarsi, no? E Max si stava dimostrando la distrazione perfetta.

Dopo aver passato la mattina a dirgli che non avrebbe mai comprato niente da Fortnum, Josie finì per scegliere un piccolo servizio da tè per Memo: bianco, col bordo turchese e dorato. Costava un po' più di quanto potesse permettersi, ma sua nonna meritava un dono speciale; e poi non sapeva se era per colpa di Max, che le aveva parlato di sua sorella, o del ricordo dei dolci della nonna, ma Josie si sentiva particolarmente nostalgica. Aveva tentennato per un attimo, perché non sapeva se il servizio da tè si intonasse all'arredamento della cucina dei nonni, considerato che non andava a trovarli da anni, ma alla fine decise che era una porcellana raffinata ed era sicura che sarebbe andata bene con tutto.

«Sì», rispose dopo aver pagato. «Penso che le piacerà». Prese la borsa che la commessa le porse. «Ma in ogni caso lo capirò: la nonna è un libro aperto, le si legge tutto in faccia».

Max rise. «Allora, passerai Natale con lei?»

«No», rispose dopo un momento, «ma la vigilia di Natale apriamo i regali su Face Time. È un rituale». Un rituale a cui aveva dato vita Memo, dopo che Josie aveva smesso di tornare a trovarli per Natale, così avevano comunque modo di passare un po' di "tempo in famiglia".

«Un rituale molto moderno», commentò Max.

Josie fece un sorrisone. «Abbastanza».

Uscendo, passarono davanti al reparto bigiotteria, e Josie non riuscì a trattenersi e andò a dare un'occhiata. Notò un paio di orecchini a forma di stella, grandi e pendenti, che luccicavano sotto le luci di Natale della vetrina. Li guardò e si lasciò sfuggire una risata.

«Già, l'ho sempre trovata un po' buffa la bigiotteria», commentò Max, impassibile.

Lei indicò gli orecchini. «Sono assolutamente identici a un paio che mi regalarono per Natale quando avevo nove anni». L'ultimo Natale che aveva passato con i suoi genitori, pensò prima di potersi fermare. «Erano nella mia calza natalizia», spiegò, sorridendo al ricordo. «Con le clip, ovvio».

«Ovvio».
«E di plastica».
Max aveva un'espressione perplessa. «Ma a parte quello, erano assolutamente identici? Non credo che dovresti dire una cosa del genere, qui da Fortnum». Alzò lo sguardo verso la commessa più vicina e le rivolse un sorriso, facendola arrossire un po'. A quanto pare, Max aveva imparato a sfruttare il suo fascino col tempo.
Josie lo guardò alzando gli occhi al cielo, mentre si allontanavano. «Be', erano dorati e a forma di stella, e pendenti. E per un po', sono stati i miei orecchini preferiti». Si ricordò che aveva chiesto a sua madre di acconciarle i capelli in uno chignon ogni volta che li indossava, così risultavano ancora più vistosi.
«Li hai ancora?»
«No, li ho persi pochi mesi dopo».
«Che peccato. Scommetto che staresti molto bene con le stelle di plastica dorata alle orecchie».
Le osservò i lobi, e lei se ne toccò uno distrattamente.
«Non è più il mio stile». Indossava orecchini piccoli, come sempre: due margherite. Non si vedeva con indosso cose vistose, anche se si trattava solo di un paio di orecchini.
Si incamminarono fuori e l'aria gelida fu un sollievo quando le accarezzò la nuca, dopo il caldo eccessivo all'interno del negozio. Fece una smorfia quando sentì vibrare il telefono. Oliver adesso si metteva anche a chiamarla? Ma non era lui.
Si morse un labbro e guardò Max, che le fece cenno di rispondere.
Josie si girò dall'altra parte, cercando di parlare a bassa voce. «Zia Helen?»

«Josie!». La voce roca della zia tuonò lungo la linea telefonica. «Tesoro! Come stai?»

«Io…».

«Ascoltami», continuò, senza lasciarla parlare. «Lo so che avevamo detto domani a cena, ma ho fatto confusione con le date, e in realtà sono già a Londra. Immagino che tu non riesca a incontrarmi oggi, o forse sì, tesoro?».

Josie guardò Max che si era messo a osservare educatamente la strada, oscillando sui tacchi. «Be', io…».

«Lo so che è un disturbo, tesoro, ma ho preso per sbaglio un doppio appuntamento per domani e non vorrei proprio perdermi la nostra cena annuale. Muoio dalla voglia di sapere com'è andato quest'anno per te».

Josie fece una smorfia al pensiero di dover dire a Helen che era stato un anno terribile. «Be', il fatto è che…».

«Ho prenotato un tavolo all'Ivy Market Grill», continuò Helen. «Lo conosci, vero? A Covent Garden».

«Lo conosco, sì, ma il fatto è che…», disse Josie, parlando il più in fretta possibile per evitare di essere interrotta di nuovo. «Sono fuori con… una persona al momento, e non sono sicura di poter…».

«Oh, portala con te!», esclamò Helen, felice. «Mi piacerebbe incontrare una delle tue amiche, tesoro. A volte mi preoccupo che tu te ne stia lì tutta sola».

«Be', io…». Josie s'interruppe, poco convinta. Non poteva proprio dirle di no, anche se voleva prolungare l'uscita con Max. Ma quello era il periodo dell'anno in cui lei e Helen si vedevano Helen sempre, e sarebbe stato orribile da parte sua se si fosse rifiutata di andarci solo per passare qualche ora in più con un uomo che aveva appena conosciuto. Sospirò, e zia Helen intuì di aver vinto.

«Che bello! Ci vediamo là tra un'ora».

«Tra un'ora?». Praticamente, voleva dire subito. Josie fece una smorfia. Era pronta a scommettere che zia Helen stesse mentendo: doveva avere avuto altri piani che erano saltati e stava cercando di riorganizzarsi per non dover passare una serata in albergo da sola.

«Sì, ceneremo presto, okay? Non vedo l'ora di vederti, tesoro!». E con quelle parole riattaccò, lasciando Josie a fissare in silenzio il telefono.

«Tutto bene?», domandò Max, avvicinandosi a lei.

Josie si passò una mano tra i capelli. «Sì, io...». Sospirò. «Era mia zia. È a Londra e vuole cenare con me tra un'ora. Ha prenotato un tavolo, ma si era dimenticata di avvertirmi».

«Cenare alle cinque di pomeriggio?»

«Già, a quanto pare è così. Mi dispiace davvero tanto. Però ha detto che sei il benvenuto, se vuoi unirti a noi». Max aggrottò la fronte, poi si rilassò, e Josie non riuscì a capire cosa stesse pensando. E forse andava bene così, perché non era sicura di sapere cosa desiderava che lui pensasse in quel momento. Sarebbe stata contenta di passare il resto della giornata con Max, ma l'idea di saperlo seduto accanto a Helen che lo esaminava attentamente durante una cena di tre portate la metteva in grande imbarazzo.

«Mi piacerebbe», disse Max, con voce un po' troppo neutra, «ma forse dopo tutto è meglio così, perché devo sbrigare alcune commissioni. E poi ho promesso ai miei che li avrei chiamati su Skype più tardi».

Josie annuì: non capiva perché all'improvviso facesse tanta fatica a trovare le parole.

«Dove dovete incontrarvi?»

«A Covent Garden».

«Ti accompagno. Possiamo andarci a piedi invece di prendere la metropolitana, se ce la fai».

Lei annuì, poi guardò le borse piene di regali sul marciapiede, sospirò e le tirò su con una smorfia. Max gliene prese due, e Josie non provò nemmeno a protestare.

«Allora», fece lui mentre si avvicinavano alla stazione della metro a Covent Garden: il rumore della gente che batteva le mani giunse fino a loro nel trambusto generale. Forse qualcuno si stava esibendo, poco più avanti. «E domani?».

Lei alzò lo sguardo: il vento gli aveva scompigliato ancor più i capelli, già spettinati. Ora, col buio, era calato, come se l'avesse scacciato via la sera. «Domani?».

Lui non la guardò, concentrato com'era su un artista di strada che stava suonando *Feed the World* all'angolo. «Programmi?»

«Programmi?». Josie s'incamminò verso l'Ivy Market Grill.

«Per domani. Che programmi hai?»

«Oh». Josie sentì quel calore – ormai un segno rivelatore – che le strisciava lungo il collo e resistette all'impulso di sfregarsi la pelle... anche se, a dire il vero, lui avrebbe potuto trovare un modo più carino per chiederle di uscire. Non aveva piani precisi per l'indomani, anche se si era presa una giornata di ferie diverse settimane prima, ma le sembrava patetico dirlo, così vicini a Natale. Gli aveva già concesso due giorni, senza preavviso. Nel weekend, tra l'altro. Se gli avesse detto subito che era disponibile per il terzo giorno di fila, significava ammettere che era una persona sola e senza amici? O era proprio quello che Max dava per scontato? Perché in realtà non le aveva chiesto di uscire, forse stava solo cercando di conversare in maniera educata. *O forse stai esagerando e basta, Josie.* Sospirò. «Ho un paio di cose da sbrigare», disse, in tono evasivo.

«Un paio di cose». Max annuì.

«Sì, cose che devo fare prima di Natale. Ho una cena di lavoro la vigilia, e ho bisogno di… prepararmi». Era vero, considerato che non aveva nemmeno pensato a cosa indossare al loro "evento di beneficienza", per citare le parole di Janice. «E poi, altre… robe», aggiunse, poco convincente, fermandosi davanti al ristorante.

«Cose e robe», disse lentamente Max. «Un po' noioso, come programma. Domani, invece, esci con me».

Josie si sforzò con tutta sé stessa di non sorridere, di mantenere un'espressione neutra come quella di lui, anche se provò un brivido di eccitazione lungo la schiena. Max stava cercando solo una compagnia piacevole, tutto qui. Non era nemmeno sicura di desiderare che fosse un appuntamento, non così, subito dopo Oliver, e con un uomo che viveva a Bristol.

«Dai», disse Max, sempre senza tradire emozioni. «Non mi lascerai senza niente da fare, tutto solo a Londra, vero?».

Josie rise e cedette. «Va bene. Che cosa vuoi fare?». Spostò le borse nell'altra mano e si diede una scrollata al braccio, che cominciava a intorpidirsi.

«Ti vengo a prendere alle nove».

Lei socchiuse gli occhi. «Mi vieni a prendere alle nove?»

«Be', è un modo di dire. In realtà, non ho una macchina. Ecco», fece poi, tirando fuori il telefono e aprendo *Note*, l'app per gli appunti, «dammi il tuo indirizzo».

Josie lo accontentò, e solo dopo pensò che forse avrebbe dovuto essere più cauta prima di dargli il suo indirizzo. «Dove andiamo?»

«È una sorpresa».

Lei sospirò. «Non sono una gran patita delle sorprese».

Lui alzò gli occhi al cielo. «Dai, non essere così prevedibile! A tutti piacciono le sorprese, è solo che a nessuno piace l'eventualità che siano brutte sorprese».

Ci rifletté per un momento, poi scosse la testa. «In ogni caso, mi piace sapere cosa succederà».

Lui la osservò, con un'espressione indecifrabile. Era proprio bravo a tenere per sé i suoi pensieri, senza mostrarli. Sbuffò, poi agitò la mano, come a liquidarla. «Che noia». Ma poi la sua voce si addolcì, rivelando un po' di tristezza. «Non puoi pianificare tutta la tua vita in questo modo, sennò poi ti abitui a non collaborare».

Il pensiero di Josie andò ai suoi genitori, che all'ultimo momento avevano deciso di andare a quella festa, ma serrò le labbra per scacciarlo. Quella situazione era diversa.

«È qui che devi cenare? Sembra un posto elegante». D'un tratto, tornò al suo consueto tono scherzoso. L'accompagnò alla porta, tenendola aperta per lei, e un'ondata di calore li investì, assieme a un odore di aglio, cozze e – ne era abbastanza sicura – porto. Le luci all'interno del ristorante erano soffuse, in armonia con le ghirlande natalizie verdi e lucenti attorno ai tavoli, anche se non riusciva a immaginarselo d'estate, quel posto. Ci era stata solo in un'occasione prima, per un pranzo di lavoro, e anche quella volta era inverno.

La direttrice di sala si preoccupò di prendere cappotto e borse, e stava per dire a un cameriere di accompagnarli a un tavolo quando la voce di Helen tuonò: «Josie!». Sua zia, dall'altra parte del ristorante, si stava affrettando verso di loro, senza badare all'etichetta. Indossava un abito porpora molto stravagante che metteva in risalto il corpo perfetto, considerato che aveva sessant'anni. I capelli biondi, che si tingeva scrupolosamente ogni sei settimane, erano acconciati in modo nuovo, modellati attorno al viso in modo da mettere in risalto gli zigomi. Josie lanciò un'occhiata a Max, ma ormai era troppo tardi per dirgli di svignarsela. Helen scattò in avanti e tirò Josie a sé in un abbraccio stretto. La ragazza avvertì una zaffata di tabacco, come ogni volta, anche se Helen insisteva nel dire di avere smesso di fumare anni e anni prima. Helen era più bassa di Josie di diversi centimetri, ma non si notava a meno che le due donne non si mettessero l'una accanto all'altra: la zia aveva un portamento che la faceva sempre sembrare sempre la più alta della stanza. Era la sorella maggiore del papà di Josie, e anche se ci provava trovava raramente tracce di suo padre in lei, anche se spesso si chiedeva se quella apparente assenza di tratti comuni non dipendesse dal fatto che non aveva avuto modo di conoscere suo papà da uomo maturo.

«E questo chi è?», chiese Helen, senza perdere tempo: osservò Max con aria critica, senza un briciolo di pudore.

Josie si schiarì la voce. «Max, Helen, Helen, Max».

Lui parve capire all'istante che tipo di persona aveva davanti, perché invece di stringerle la mano se la portò alla bocca e la sfiorò con le labbra. «Che piacere conoscerla».

Helen strinse gli occhi, sospendendo ogni giudizio. «Era lei la "persona" alla quale si riferiva Josie? Resta a cena?».

Max si passò una mano sul mento: aveva solo un filo di barba. «Mi piacerebbe, ma non posso. Ho altri impegni, purtroppo».

«Mmm». Helen lanciò un'occhiata a sua nipote e a quello sconosciuto, poi sussurrò a Josie, con voce troppo alta: «Che cosa è successo a quell'altro? Oliver, giusto? Mi piaceva».

Non era proprio vero: Helen aveva deciso che le piaceva

Oliver soltanto dopo la quarta volta che l'aveva incontrato, quando Josie stava con lui già da un anno e mezzo.

Josie sospirò. «Te lo racconto dopo».

Helen si rivolse di nuovo a Max. «E cosa fa nella vita?».

Max rispose: «Faccio l'architetto», nello stesso momento in cui Josie si rese conto che non gli aveva mai chiesto che lavoro facesse, nei due giorni passati insieme. Oddio, doveva aver pensato che fosse totalmente egocentrica, presa solo da sé stessa.

Helen arricciò le labbra: stava valutando se fare l'architetto fosse una scelta lavorativa valida. «Per quale azienda?», domandò, e Josie soffocò una risatina. Come se sua zia fosse in grado di distinguere le aziende buone da quelle cattive. Josie sorrise a Max, come a scusarsi, senza farsi vedere dalla zia.

«ALA», rispose lui. «La conosce?».

Helen, per fortuna, non colse il tono lievemente canzonatorio nella voce di Max e si limitò a tirare su con il naso.

«Signore, se siete pronte ad accomodarvi...». Il cameriere indugiava accanto a loro, e Josie si rese conto che stavano intralciando il passaggio, anche se erano tutti troppo garbati per chiedergli esplicitamente di togliersi di mezzo.

«Sì, sì», disse Helen, agitando una mano e prendendo Josie per il gomito, troncando bruscamente la conversazione con Max.

«Ci vediamo domani», gli disse Josie, voltandosi.

Max annuì. «Alle nove».

Josie, guidata da Helen, si girò di scatto, e la zia mollò la presa sul suo gomito solo quando giunsero a un tavolo all'angolo. «Siediti alla mia destra, tesoro, va bene? Il mio orecchio sta facendo di nuovo i capricci».

Josie si accomodò e sorrise per ringraziare il cameriere,

quando le porse il menu. Notò che Helen aveva già ordinato l'acqua frizzante e una bottiglia di Chardonnay.

«È stato un incubo in albergo», disse Helen. «Non trovavano la mia prenotazione, e poi a Susan è venuto un tremendo mal di testa ed è stata costretta ad annullare i nostri programmi. Insomma, tu come stai, tesoro?», disse tutto d'un fiato.

Josie, suo malgrado, sorrise e bevve un sorso del vino che le aveva versato la zia. «Bene».

Helen la guardò con occhio critico. «Mi sembri sciupata».

«Be', immagino sia colpa del freddo».

«Mmm. Allora, chi è quel tipo? Come vi siete conosciuti?»

«In una discoteca, cinque anni fa», rispose prontamente Josie.

Helen alzò lo sguardo dal menu e si accigliò. «In una *discoteca*?». Come se lei fosse nella posizione di giudicare: aveva incontrato il marito dal quale adesso stava divorziando – il terzo – in un bar, una sera in cui era uscita con una delle sue amiche.

Josie scrollò il capo. «Era solo una battuta».

Helen inarcò le sopracciglia, poi riprese a leggere il menu, scorrendo le opzioni con un dito. «Poco divertente, cara».

Malgrado le parole di Helen, Josie si ritrovò a ridere e per una volta ascoltare una canzoncina natalizia, una versione strumentale di *Bianco Natale*, non la infastidì.

Capitolo sei

Il vento gelido le faceva volare con insistenza i capelli sul viso, tanto che lei rinunciò a sistemarli, e quando inspirò a bocca aperta sentì sapore di sale. La sabbia le era finita negli stivali: non erano affatto comodi per camminare sulla spiaggia, ma si era rifiutata di mettersi scalza come Max. In tutta onestà, sarebbe rimasta sorpresa se non gli fossero venuti i geloni. In quel momento lui era addirittura in acqua: la spuma delle onde gli si avvinghiava alle caviglie e lui sguazzava come un bambino in una giornata d'estate, con i pantaloni tirati sopra il ginocchio. Le rivolse un gran sorriso: Josie si teneva a distanza di sicurezza, con la macchina fotografica in mano.

«Dai, vieni a giocare», le disse, ma la sua voce si udì appena nel frastuono di vento e onde. Un po' più avanti c'era un'altra coppia: camminavano mano nella mano, imbacuccati dentro giacconi impermeabili e sciarpe, e Josie si accorse che entrambi guardavano Max come se fosse matto.

«Non ci penso neanche. E sappi che non ho intenzione di portarti in ospedale se ti si staccano le dita dei piedi e te le devi far ricucire!». Per tutta risposta lui le fece un sorrisone, e lei dovette sforzarsi di mantenere la faccia cupa. Max sembrava davvero felice lì: non appena erano scesi dal treno, aveva cominciato a camminare con maggior vigore, e un'espressione animata. Nonostante le temperature gelide, il suo entusiasmo era contagioso.

Josie alzò la macchina fotografica e regolò l'obiettivo per inquadrare più da vicino Max, che adesso le dava le spalle e osservava l'orizzonte. Era una giornata straordinariamente limpida, e solo qualche spruzzo di nubi interrompeva la vastità azzurra sopra di loro. L'acqua scintillava con una lucentezza di diamante sulla cresta delle grandi onde dell'oceano. Josie si prese del tempo per preparare l'inquadratura: voleva che la foto fosse perfetta. Poi fece qualche scatto, immortalando il profilo di Max mentre si girava verso di lei, la mascella rilassata, l'accenno di un sorriso ben visibile. Aveva portato con sé la macchina fotografica per capriccio, anche perché lui non le aveva detto dov'erano diretti finché non erano scesi dal treno, ma adesso era proprio contenta di averla con sé.

Max si trascinò sulla sabbia per raggiungerla e quando si fermò mosse un po' le dita dei piedi.

Josie scrollò il capo. «Tu sei matto».

Aveva occhi luminosi che, pur non essendo del colore dell'oceano, sembravano assorbire un po' del suo luccichio; in quel momento erano più verdi che ambra. Si passò una mano tra i capelli, che non risentivano né del vento né della salsedine, e apparivano più ramati sotto il sole scintillante.

«Be', non sai mai se avrai la possibilità di rifare una certa cosa, no?»

«Mmm, credo che nessuno abbia la voce "geloni ai piedi" nella lista dei desideri».

Le diede una gomitata nelle costole e Josie rise spingendolo via, ma perse l'equilibrio e barcollò all'indietro sulla sabbia ondulata; lui le afferrò la mano libera dalla macchina fotografica per non farla cadere, ma lei si aggrappò con troppa foga e in pratica gli finì sul petto. Max rise piano e la prese per le braccia, guardandola con aria interrogativa. Lei si schiarì la gola, consapevole di quanto fossero vicini e di come il suo cuore avesse cominciato ad accelerare.

Fece un passo indietro. «Grazie».

Lui si chinò per asciugarsi i piedi prima di rimettersi calzini e scarpe da ginnastica. Quando si alzò, la prese sottobraccio e s'incamminarono insieme. Lei si adattò subito il ritmo del suo ampio passo e si mise la tracolla della macchina fotografica sull'altra spalla. Le sembrò facile seguire il suo ritmo, e a differenza dei giorni precedenti non avvertì la pressione di dover dire per forza qualcosa: si sentiva a suo agio così, ad ascoltare le onde che lambivano la riva, la risata di un bambino alle loro spalle.

«Hai fatto belle foto?», chiese lui indicando la macchina fotografica, e lei fece spallucce. «Io sono un imbranato, non saprei nemmeno usarla! Per me è come se fosse la fotocamera dell'iPhone».

«Mi piace molto», disse lei. «L'ho comprata l'anno scorso. Ha un prezzo esagerato, ma l'ho presa lo stesso». Non riusciva a spiegare esattamente come si sentiva dietro l'obiettivo: era super rilassata, ed era sé stessa. «Sognavo di diventare una fotografa professionista», spiegò poi, sorridendo al ricordo: quando le sue amiche a scuola sognavano di diventare veterinarie, dottoresse o attrici, lei istruiva le persone su dove si dovevano mettere per poter scattare le sue foto. Era l'unico momento in cui era veramente autoritaria, diceva sua madre. Ora preferiva la fotografia dei paesaggi e della natura selvaggia ai ritratti di persone, ma quella passione era rimasta immutata.

«E cosa te lo ha impedito?».

Josie gli rivolse uno sguardo incredulo. «Be', non è esattamente una carriera che garantisce stabilità, no?». Max le rispose con una leggera scrollata di spalle, come se questo non avesse importanza, anche se Josie sapeva benissimo che quella visione romantica del mondo non aveva alcuno spazio nella vita reale.

«Ti piace quello che fai adesso? Il marketing?».

Josie esitò, poi disse con un sospiro: «No, direi di no. Non proprio. Ho scelto quel campo perché a volte può essere creativo, soprattutto la parte riguardante i social, ma la mia azienda è molto rigida riguardo a cosa pubblicare, e insomma, così ci tolgono il... divertimento». Ora camminavano col vento alle spalle e si scostò i capelli dal viso che le impedivano di vedere. Avrebbe potuto legarli, ma in fondo era una sensazione piacevole quella del vento che li scompigliava accarezzandoli. «Al momento, il mio lavoro consiste nel guardare foto di modelle in costume da bagno».

«Non mi sembra poi male». Lei gli diede una gomitata nelle costole, e lui rise. «Ma se lo odi tanto, perché lo fai?»

«Non lo odio». Josie si fermò, e per un momento fissò il mare. «A dire la verità, da gennaio il mio ruolo sarà superfluo, quindi forse non avrò più la possibilità di scegliere se odiarlo o meno». Si sentì serrare lo stomaco: era la prima volta che si concedeva di dirlo ad alta voce, e anche se questo non lo rendeva più reale, di certo glielo fece avvertire più concretamente come un problema.

Max si accigliò e non rispose subito, come se non sapesse bene cosa dire. «Merda», commentò infine, facendo ridere Josie.

«Già! Ho una scelta, però». Pensò alla faccia di Janice e al suo falso sorriso, quando le aveva comunicato la sua amara decisione. «Posso accettare una "riconversione professionale"». Faticò ad alzare le mani per fare il segno delle virgolette, perché aveva un braccio ancora intrecciato a quella di Max. «Oppure accettare la buonuscita».

«Cos'è la "riconversione professionale"», chiese lui imitando a sua volta il gesto delle virgolette.

Josie agitò la mano libera, pentendosi di aver dimenticato i guanti quando le dita fendettero l'aria gelida. «Lo definiscono Exec, ma in pratica significa fare lo stesso lavoro per meno soldi, puntando di più all'aspetto digitale».

«Meglio se te ne tiri fuori finché puoi». La guidò verso la rampa successiva sul marciapiede, dirigendosi verso il molo.

«Sì, ma poi resterei senza lavoro e senza soldi…». Era un pensiero che girava di continuo, ossessivamente, nella sua testa. Poteva accettare il nuovo ruolo che le stavano proponendo e cercarsi contemporaneamente un altro lavoro, oppure accettare la buonuscita e sperare di trovare qualcosa prima di finire i soldi. Ma, e se il nuovo lavoro fosse stato peggiore di quello attuale? Almeno lì conosceva il suo mestiere e aveva degli amici, tra cui Laura, e questo in un certo senso compensava la questione Oliver. Non aveva ancora capito se era abbastanza coraggiosa da correre il rischio, ma dirlo ad alta voce sarebbe stato patetico.

«La vita è troppo breve per rinunciare a fare ciò che vuoi», disse Max, come se fosse facile, come se tutti facessero ciò che amavano.

«Quindi, tu ami fare l'architetto?».

Lui sorrise, anche se aveva smarrito la vivacità di poco prima, come se stesse perdendo un po' dell'energia dell'oceano adesso che non erano più sulla riva. «Sì. Io vado matto per gli edifici. E faccio un lavoro creativo. Ci ho messo un po' ad arrivare al punto in cui mi è stato concesso di imprimere… la mia personalità a un progetto, ma sapevo che ci sarei riuscito, quindi non mi è pesato tanto dover sgobbare all'inizio». Abbassò lo sguardo su di lei. «Però mi sembra di capire che tu non senti di avere un futuro nel marketing, perciò è diverso».

Josie si mordicchiò il labbro mentre ci rifletteva su. Aveva dato per scontato che avrebbe fatto la gavetta per arrivare in cima, ma voleva davvero fare la direttrice del marketing tra dieci o vent'anni? Scosse la testa. Quindi non era un problema imminente. «Tu hai sempre voluto fare l'architetto?», domandò, nel tentativo di spostare di nuovo l'attenzione su di lui.

«Be', nel cortile delle elementari non annunciavo che da grande volevo progettare palazzi, ma ho cominciato a pensarci da adolescente, e da quel momento in poi non ho più cambiato idea. All'inizio mia madre e mio padre non hanno gradito l'idea», aggiunse, ma sorrideva perciò era chiaro che non doveva più essere un motivo di risentimento per loro.

«Davvero? E perché?». A lei sembrava una scelta lavorativa perfettamente rispettabile, e poi non era forse una professione in cui potevi guadagnare un sacco di soldi?

«I miei genitori sono un cliché. Tutti e due medici, motivo per cui si sono incontrati. Tutti e due molto bravi nel loro campo. Mia madre ama il suo lavoro al punto che continua a fare consulenze a New York. Davano per scontato che avrei scelto medicina anch'io, e sono stati molto delusi di non potermi impartire tutta la loro saggezza».

«Ma adesso sono tranquilli rispetto alla tua scelta?». In quel momento Max la stava portando verso l'altro lato della strada, verso un negozio di fish-and-chips dall'aspetto malandato: le lettere bianche e azzurre dell'insegna erano ormai sbiadite, una testimonianza di bei tempi ormai passati.

«Venivo sempre qui a comprare patatine e pesce fritto da piccolo», le disse, come a volersi giustificare. «Tutti gli anni, immancabilmente, venivamo qui in vacanza, la settimana di agosto in cui c'era il ponte. Erano secoli che non ci tornavo», continuò, con un pizzico di nostalgia.

Le tenne aperta la porta e Josie entrò, sorpresa che quel locale fosse addirittura aperto in pieno dicembre. L'odore di fritto riempì l'aria e, anche se non poteva essere definito caldo, fu comunque un'accoglienza piacevole rispetto al freddo pungente che c'era fuori. Dietro al bancone c'era un tizio molto magro, che di sicuro non mangiava molti dei suoi fritti, con il viso spigoloso e i capelli stempiati. «Solo patatine, o vuoi mangiare anche qualcos'altro?», le chiese Max.

«No, va benissimo». Josie sorrise al tizio col viso spigoloso, che in tutta risposta grugnì e si girò per friggere le due porzioni di patatine che aveva ordinato Max. Immaginò che non doveva essere molto divertente starsene seduto in quel negozio desolato in attesa di un turista il giorno prima della vigilia della Natale. Si guardò intorno: c'era una piccola renna a un'estremità del bancone, l'unica concessione al clima natalizio che riuscì a vedere lì dentro.

«Scusami, di cosa stavamo parlando? Ah, sì, la classica rabbia adolescenziale mentre cercavo un'identità diversa da quella che volevano impormi i miei». Annuì pensieroso, e Josie rise. «Adesso l'hanno accettato, più o meno, anche se ogni tanto tirano fuori l'argomento, come due anni fa al mio trentesimo compleanno, come se avessi potuto ancora passare alla carriera medica».

Il tipo dietro il bancone porse loro due coni di patatine tutti unti e disse che potevano condirsele in fondo al bancone. Josie esagerò un po' con il sale, ma dopo tutto era Natale, e sussultò quando vide che Max affogò le sue nell'aceto. «A te non piace?».

Lei fece una smorfia. «I tuoi non te l'hanno detto che troppo aceto ti fa diventare acido?». Era la battuta preferita di Memo quando Josie era ragazzina.

Toccò a lui ridere adesso. «Be', in effetti ogni tanto sono acido».

Mangiarono passeggiando sul molo: Josie assaggiò la prima con troppo entusiasmo, e l'interno morbido e bollente le bruciò il palato. Trovarono una panchina dove sedersi, e nonostante fosse umida per la condensa e gli spruzzi delle onde Josie non ci badò, rilassandosi contro lo schienale, con Max che la schermava dalla ferocia del vento.

«Perché allora stai andando a una cena di lavoro, se hanno intenzione di metterti in esubero?».

Josie si stava leccando il sale da un dito e si fermò. «Come dici?»

«Non hai detto che domani devi andare a questa cena di lavoro? La cena natalizia?»

«Oh». Josie si accigliò, cercando di ricordare quando ne aveva fatto cenno. «Giusto. Be', ricordati che non ho ancora deciso se accettare le loro condizioni e restare».

«Ah».

«Quindi devo farmi benvolere se voglio conservare le mie opzioni, no?». Prese un'altra patatina, sottile e croccante, come piacevano a lei, e se la cacciò in bocca. «È un evento di beneficienza», spiegò poi con una smorfia. «Siamo tutti costretti a partecipare; la nostra azienda madre la sta organizzando per tutte le altre società sotto il loro "ombrello", e per un gruppo di clienti. E per una ragione che conoscono soltanto loro, hanno deciso di farla la vigilia di Natale». Non aggiunse che, prima degli ultimi eventi, era stata davvero felice di quella cena, perché le dava uno scopo diverso da quello tipico del Natale. Adesso, però… «Ne sono terrorizzata, a dirla tutta», concluse sospirando. «Ma è importante fare rete per il futuro, no?».

Lui fece una smorfia. «Me li ricordo quegli eventi lavorativi».

Josie inclinò la testa. «Tu non sei più costretto a partecipare a cose del genere?».

Lui esitò per una frazione di secondo. «No, non più, per fortuna. Immagino che ci sarà anche il folletto, vero?», aggiunse, prima che lei avesse il tempo di indagare oltre.

Lei aggrottò la fronte. «Il folletto? Oliver, vuoi dire?». Rise a quella definizione: doveva ammettere che assomigliava un po' a un folletto, tra l'altezza – o la mancata altezza – e il mento appuntito, ma anche se non era sicura che Max lo intendesse come un insulto, era certa che l'Oliver l'avrebbe preso come tale. «Già, ci sarà, e ci sarà anche la ragazza con cui mi ha tradito».

«Cavolo, non ci andare allora».

Lei alzò gli occhi al cielo e si riempì la bocca con le ultime patatine. «Te l'ho detto, *devo* andarci».

Max annuì lentamente. «È un evento chiuso, o puoi portare qualcuno?».

Josie sentì lo stomaco in subbuglio, ma mantenne un'espressione neutra. «Posso portare qualcuno, certo».

«Bene, allora vengo io», annunciò, e non era una domanda.

Josie si domandò brevemente se dovesse esserne offesa, ma era troppo concentrata a impedirsi di sorridere per rifletterci su.

«Ci divertiremo». Lui le prese il cartoccio unto dalle mani, poi le sistemò una ciocca ribelle dietro l'orecchio e infine lanciò la carta nel cestino alla sua sinistra. Era contenta che si fosse girato dall'altra parte, perché era sicura di essere arrossita al suo tocco.

«Domani ho intenzione di incontrare un amico di passaggio a Londra, ma la sera possiamo...». Non finì la frase, allungò la mano in tasca e tirò fuori il telefono che stava squillando; sullo schermo lampeggiava il nome *Chloe*. Lanciò un'occhiata a Josie. «Mia sorella», spiegò. «Scusa, devo rispondere, altrimenti continuerà a chiamare».

Lei annuì e lo osservò mentre si allontanava con la sua andatura dinoccolata per poi appoggiarsi contro la balaustra. Josie rabbrividì: il vento le sferzava di nuovo il viso, ora che non c'era più il corpo di Max a farle da scudo. Si alzò e si diresse alla panchina dall'altra parte del molo rispetto a dove si trovava lui, stringendo i pugni per cercare di scaldarsi la punta delle dita infreddolite. C'era un ragazzino sulla spiaggia, proprio sotto di lei: rideva inseguendo un cane dal pelo dorato e arruffato. Il cane aveva la lingua penzoloni e agitava la coda mentre correva verso le onde, e abbaiava come se tentasse di tenerle lontane; poi si mise a lappare l'acqua. Josie desiderò catturare quel momento: tirò fuori la macchina fotografica dalla custodia e regolò l'obiettivo, proprio quando arrivò quella che doveva essere la madre del ragazzino; indossava stivali di gomma rossa e un enorme giaccone imbottito, come una abituata a quei climi.

Pur essendosi allontanata da Max, il vento le portava stralci di conversazione. «Giuro che sto bene». Una risata, poi con un tono leggermente amaro: «Non è mica una mia scelta». «Tranquilla, ok? Non farò niente di drastico». Poi restò in silenzio per un attimo, e Josie si rese conto di essersi bloccata anziché scattare la foto, perché la sua attenzione, suo malgrado, era concentrata su ciò che stava dicendo.

«Lo so, lo so». Un sospiro, poi: «Be', non sono proprio da solo». Josie iniziò ad armeggiare con la macchina fotografica, sospettando che lui potesse lanciarle un'occhiata. «No, ascolta. Josie!». Lei sussultò, si girò e vide che Max le stava facendo cenno di avvicinarsi. Sulle prime esitò, poi s'incamminò verso di lui.

Max allungò il telefono verso di lei, mentre si avvicinava. «Ti va di salutare mia sorella? È convinta che me ne stia chiuso in albergo, col servizio in camera». Le cacciò il telefono in mano.

«Ciao?», disse Josie esitante.

«Ciao?». Dall'altro capo del telefono giunse una voce diretta, acuta. «Quindi tu sei la...?».

Max le strappò via il cellulare prima che potesse sentire altro. «Hai sentito?». Lui guardò Josie alzando gli occhi al cielo, come se fossero entrambi vittime del comportamento ossessivo di sua sorella. «Comunque, ora devo andare, mi sto divertendo qui in spiaggia con Josie». Josie non afferrò la risposta della sorella, però Max tagliò corto. «Sì, in spiaggia, ti telefono più tardi, va bene?». Dopodiché riattaccò e fece scivolare il telefono nella tasca interna del cappotto. «Scusami, è solo preoccupata per me». Anche se sorrideva, sembrava mogio, non aveva più l'espressione aperta e rilassata di quando giocava in acqua.

Josie annuì. «Comunque è carino da parte sua preoccuparsi».

«Immagino di sì». Sospirò. «Lei è la figlia perfetta, ha seguito le orme di mamma e papà, e sta facendo il tirocinio in medicina. Cerchiamo entrambi di non avercela troppo l'uno con l'altra per questo».

«Entrambi?»

«Già». Si appoggiò nuovamente alla balaustra. «Non è

facile essere la figlia perfetta, e allo stesso tempo vivere nell'ombra dei propri genitori, sai?»

«Mmm, no, posso solo intuirlo però. Io sono figlia unica».

Max abbassò lo sguardo sulle mani di Josie che stringevano ancora la macchina fotografica. «Posso vedere qualche foto?».

Josie si morse il labbro. «Be', se proprio vuoi».

Lui ridacchiò. «Non mi sembri troppo entusiasta».

«Scusami», si affrettò a dire. «Sì, certo». Gli porse la macchina fotografica e gli mostrò come far scorrere le ultime immagini, poi si piazzò dietro di lui, torcendosi le mani e facendo oscillare lo sguardo tra lui e l'anteprima delle foto. Per Josie era una cosa personale, più di quanto lui potesse immaginare. «Devo fare un po' di editing», gli spiegò. «E poi le faccio solo per divertimento, sai, non per...».

«Questa mi piace». Era una foto che lo ritraeva con il viso in parte girato verso di lei; il contrasto tra il mare e il cielo era perfetto, non c'era bisogno di ritoccarlo, e la foto riusciva a catturare il freddo gelido della giornata e a trasmettere un senso di calore allo stesso tempo.

Josie sorrise. «Anche a me».

Guardò qualche altra foto. «Sono molto belle. Non che io sia la persona più esperta per giudicare, ma è come se ti *sentissi* nelle foto». Le restituì la macchina fotografica e lei si sentì avvampare. Era il complimento più bello che le potesse fare. Oliver le rimproverava sempre di nascondersi dietro l'obiettivo, e brontolava perché a Josie non piaceva essere nelle foto: si limitava a farle. Oliver quella cosa sembrava non averla mai capita: anche se lei non era mai visibile nelle fotografie, era molto presente in ogni suo scatto.

«Mia madre mi comprò la mia prima macchina fotografica», raccontò con un sorriso fugace.

Lui le prese la mano mentre passeggiavano sul molo con un gesto spontaneo, facile. «Ah, sì?».

Josie annuì. «Quando avevo nove anni. Era una Kodak da due soldi, una di quelle usa e getta, e io ero elettrizzata». Fece un gran sorriso al ricordo di quanto era stata entusiasta. «Anche a mia madre piaceva scattare foto, immagino di aver preso da lei». A un tratto il suo sorriso si spense; ripensò a sua madre, che aveva sempre scattato troppe foto di famiglia durante le vacanze o alle feste, e a suo padre che si lamentava ma poi stava al gioco; a quante foto aveva dovuto fare sua madre prima di imparare a togliere il pollice dall'obiettivo e a ritrarre le persone con gli occhi aperti. Josie adesso ne era contenta, perché grazie a lei poteva avere immagini concrete della sua infanzia, ma c'erano pochissime foto di sua madre, come se avesse documentato l'infanzia di Josie senza esserci.

«Piaceva?», domandò Max.

Josie esitò. «Sono morti», disse dolcemente. Sentì che lui si girò di scatto per guardarla, ma mantenne fisso lo sguardo a terra, davanti a sé. «In un incidente d'auto, quando avevo nove anni, stavano rientrando da una festa, era la vigilia di Natale».

Lui le strinse forte la mano per un momento, senza smettere di fissarla. «Gesù», mormorò. «Questo è... Oddio».

Alla fine lei lo guardò: aveva un'espressione atterrita, le labbra strette mentre assimilava la notizia, evidentemente in cerca delle parole giuste. Ed era proprio quella la cosa peggiore quando lo raccontava: le persone non sapevano mai come reagire.

«È una cosa terribile, Josie, e so che è una frase fatta, ma mi dispiace».

Lei annuì. Buffo come tutti cercassero di scusarsi con

lei, come se volessero assumersi la responsabilità dell'incidente.

«È successo tanto tempo fa», mormorò, come faceva sempre.

Lui le strizzò la mano. «Ma questo non lo rende accettabile», replicò con dolcezza.

Lei sentì un nodo alla gola, che si costrinse a mandar giù perché non voleva mettersi a piangere. «No, immagino di no».

Ora il sole cominciava a tramontare: era una palla infuocata all'orizzonte e il suo bagliore arancio si rifletteva sul mare. «Ti cambia, quel genere di perdita», disse Max con voce roca, come se stesse dando voce ai propri sentimenti e non a quelli di Josie. Chissà se anche lui aveva perduto qualcuno in passato, o se stava pensando soltanto a lei. «Ma la superi, impari a conviverci». Ora la guardava con una tale intensità che Josie non riuscì a distogliere lo sguardo. Non era una domanda, sembrava piuttosto un bisogno di essere rassicurato da lei, di sentirsi dire che stava bene, nonostante tutto.

Josie si sistemò una ciocca di capelli dietro l'orecchio. «Già». Avvertì un tremito alle labbra, ma le tenne immobili. «Ora fa parte di me, è qualcosa che sarà sempre dentro il mio cuore, ma ormai ce l'ho fatta ad attraversarla e sono dall'altra parte». Gli strinse la mano e scrollò la testa. «Insomma, mi hai vista, sono una persona solare».

Max sorrise, ma aveva ancora quell'espressione triste, come se avesse capito che quel peso enorme continuava ad affliggerla ogni tanto: il fatto di non aver conosciuto realmente i suoi genitori come persone, perché le erano stati strappati via così prematuramente dalla morte, e anche sapere tutto sarebbe potuto andare diversamente, se solo fossero rimasti a casa quella sera.

Max restò in silenzio durante il viaggio di ritorno a Londra, e sembrava distante: seduto accanto al finestrino, fissava il paesaggio che sfrecciava fuori dal treno mentre il cielo si scuriva. Era come se lei l'avesse sconvolto parlandogli dei suoi genitori scomparsi, come se gli avesse ricordato qualcosa, e Max sembrava perso nei propri pensieri.

Josie però non era sicura di volergli chiedere a bruciapelo il motivo del suo atteggiamento: non voleva costringerlo a rivivere un ricordo traumatico se non se la sentiva. Le aveva raccontato dei suoi genitori a New York, della sorella, ma lei sapeva che c'erano altre perdite ugualmente dolorose, oltre a quella di un proprio famigliare.

L'accompagnò fino a casa, davanti al pianerottolo, con la luce del corridoio che continuava a lampeggiare fioca. Faceva talmente freddo che riuscivano a vedere la nuvoletta emessa dal proprio fiato.

Josie si girò verso di lui e le sorrise mentre cercava le chiavi. «Grazie per oggi. Avevi ragione, sai, alcune sorprese non sono poi così male». Max abbozzò un sorriso ma aveva ancora gli occhi tristi, e allora lei distolse lo sguardo e riprese a cercare le chiavi, che infine trovò. «Ti va... di entrare a bere qualcosa?», gli chiese con voce esitante.

«Meglio di no», rispose, e anche se lei gli lasciò un po' di tempo per aggiungere qualcos'altro, non disse più nulla. Provò a non sentirsi ferita da quella risposta. Forse la riteneva troppo fragile, per aver perso i genitori a soli nove anni. Forse, qualsiasi cosa ci fosse tra loro, non voleva andare oltre perché lei aveva subito quel grosso trauma in passato. Josie si sforzò di infilare la chiave nella toppa e aprire la porta. Forse avrebbe fatto meglio a non dirgli niente. O forse era lei che non voleva più avere a che fare con lui, se poi si sentiva a quel modo.

«Bene», disse entrando in casa e girandosi verso di lui con un sorriso vivace che le costò uno sforzo doloroso. «Grazie ancora».

Lui non accennò alla festa del giorno dopo, né lo fece lei: di sicuro, non voleva forzarlo ad agire controvoglia.

Max annuì, poi lanciò una breve occhiata al suo appartamento e infine vide il vischio appeso sulla porta. Josie seguì il suo sguardo. Avrebbe dovuto staccare quel dannato vischio nell'istante stesso in cui Bia era uscita di casa per andare in aeroporto. Quando Josie guardò di nuovo Max, sussultò di fronte all'intensità di quello sguardo triste. Lui aggrottò appena la fronte, come se stesse decidendo qualcosa. Poi si avvicinò, annullando la distanza tra loro, e le sistemò una ciocca dietro un orecchio. Josie sentì la scia di calore delle dita di lui sulla pelle.

«E grazie», mormorò Max.

Josie sentì un tuffo al cuore e prese fiato. «Di cosa?».

Un lieve accenno di sorriso gli sfiorò le labbra. «Per la compagnia».

Si chinò su di lei, accarezzandole delicatamente le labbra con le sue: fu un bacio appena sussurrato, ma bastò a farle venire la pelle d'oca sulle braccia. Lui si staccò e posò la fronte contro la sua, solo per un istante. Poi sospirò dolcemente. «Buonanotte, Josie».

Capitolo sette

Il telefono di Josie vibrò, e lei allungò la mano sulla toletta per prenderlo, sussultando di dolore quando si sfregò accidentalmente l'orecchio con la piastra per capelli. Facendo attenzione, posò la piastra e lesse il messaggio WhatsApp di Laura.

Cosa ti sei messa?

Josie si guardò velocemente allo specchio prima di rispondere. Ci aveva impiegato più tempo del solito a truccarsi, usando la palette speciale di ombretti di Charlotte Tilbury che le aveva regalato Helen, e aveva seguito il tutorial per ricreare l'effetto "sofisticato", ma continuava a vedersi insignificante e noiosa. Non che quel tentativo avesse importanza, questo lo sapeva: non l'avrebbe resa meno licenziabile, né avrebbe reso Oliver meno traditore. Eppure…

Il vestito blu.

digitò in risposta. Il vestito blu su cui faceva sempre affidamento: aveva deciso di non rischiare su quel fronte. Almeno sapeva che le stava bene.

Tu non sei ancora pronta?

Certo. John e io stiamo bevendo qualcosa proprio dall'altra parte della strada, così non rischiamo di arrivare in ritardo.

Josie sbuffò. Da quando la conosceva, Laura non era mai arrivata in ritardo.

Volevo solo controllare se alla fine venivi.

E secondo te, mi perdevo il prosecco gratis?

Laura le rispose con una riga di emoji, quelli col bicipite.

Josie riprese la piastra per lisciarsi la frangia e si sentì lo stomaco in subbuglio quando pensò alla festa che doveva affrontare. Il toast che aveva mangiato per non sentirsi un buco allo stomaco adesso le sembrò una pessima idea. Perché, oltre alla questione di Oliver e Janice, c'era anche Max: non sapeva se si sarebbe presentato. Inizialmente le aveva detto che si sarebbero visti da lei alle cinque, ma questo era stato prima che diventasse *strano* nei suoi confronti, e poi non si erano scambiati i numeri di telefono, quindi non aveva nemmeno la possibilità di mandargli un messaggio carino e spensierato per capire come stava.

Ancora una volta, si agitò quando il telefono cominciò a lampeggiare e si colpì la testa con la piastra, gemendo di dolore. *Per amor del cielo, Josie, datti una calmata.*

«Ciao, Memo», rispose decidendo di spegnere la piastra, perché era comunque a buon punto.

«Non sei su FaceTime!», esclamò Memo con un tono di accusa. «Non avevamo detto oggi alle cinque, prima che andassi alla festa?».

Josie si diede un colpetto in fronte. «Oddio, scusami. Certo che avevamo detto così, me ne sono completamente dimenticata». O forse si era fatta distrarre dal pensiero di Max. «Aspetta, adesso ti chiamo su FaceTime». Trafficò con il laptop e appena Memo accettò la videochiamata, Josie vide il nonno e Helen strizzati sul divano rosso, con

Memo in mezzo: facevano tutti capolino nello schermo. Helen e Memo erano in gran tiro, tutte e due con un rossetto rosso identico e dei piccoli orecchini scintillanti. L'unica concessione del nonno alle feste era un'elegante giacca di tweed: la indossava in tutte le occasioni, a casa degli amici, ai matrimoni e ai party in giardino.

«Buona vigilia di Natale!», cantarono tutti insieme, come se si fossero veramente esercitati a farlo, e Josie rise.

«Ma sei bellissima», disse Memo, scoccando un gran sorriso a Josie. «Pronta per la festa?»

«Più o meno», rispose lei, sforzandosi di sembrare disinvolta.

«Perché quella faccia preoccupata?», domandò Memo, osservandola bene. Altro che disinvolta!

«Non sono preoccupata», replicò Josie tranquilla.

«A me sembri preoccupata. Non ti sembra preoccupata, John?».

Il nonno la scrutò attraverso lo schermo, e Josie si sentì avvampare lungo la scollatura del vestito fino in viso.

«Sto bene, Memo», insistette.

La nonna scosse la testa. «Sei troppo pallida».

«Be', allora mi metterò un po' di fard».

L'altra sbuffò. «Sei sempre pallida ultimamente. Non dormi abbastanza».

«Cecelia, lasciala in pace», brontolò suo nonno. «Ha tante cose a cui pensare, tutto qua».

Memo esaminò Josie per un altro secondo, poi sorrise e infine si arrese, per fortuna. «Sai, qui siamo tutti gelosi che tu vada alla festa, vero?», scherzò facendo oscillare lo sguardo tra suo marito e Helen.

Il nonno grugnì un sì, anche se Josie sapeva che l'ultimo dei suoi desideri sarebbe stato trovarsi a Londra e dover andare a una festa; e Helen annuì vigorosamente, bevendo un sorso di quello che sembrava sherry.

«Molto gelosi», ripeté Helen, sporgendosi davanti a Memo per lanciare a Josie uno sguardo inquisitore. «Ti sei stirata i capelli, vero? Dovresti metterti un po' di lacca, tesoro, perché sono un po' spenti».

«Oh, zitta». Memo spinse via Helen con le sue dita lunghe e sottili. «Ignorala, tesoro, sei uno schianto». *Solo un po' pallida*, stava per aggiungere Josie, ma si fermò. «Quando Oliver ti vedrà si pentirà anche solo di aver guardato un'altra ragazza».

Josie immaginò che quel complimento avrebbe dovuto farla sentire meglio, ma servì solo a stringere il nodo che sentiva allo stomaco. Tamburellò le dita sulla cassettiera accanto al laptop, e in quel momento si rese conto che avrebbe dovuto mettersi lo smalto.

Helen s'intromise nello schermo. «Oh, ormai non ha senso piangerci su, Josie. Trovati qualcuno di meglio, ecco cosa ti dico io. Anche se Oliver è un giovanotto molto carino, e forse se tu...».

«Helen!». Memo si sporse e prese il laptop, mettendoselo in grembo. «Josie, va' a prendere il tuo regalo, apriamoli ora. Dobbiamo fare in fretta, questa sera dobbiamo andare dai Cope per l'aperitivo e poi in piazza per le canzoni di Natale».

«Bello», commentò Josie, girandosi per prendere da terra il regalo di Memo e del nonno. Si ricordò del raduno con le canzoni di Natale, lei che giocava con Beth Cope mentre tutti gli altri cantavano e bevevano vin brûlé. Ci era andata con i suoi genitori, la notte in cui morirono, prima che decidessero di andare alla festa.

Scacciando le lacrime, Josie si voltò verso lo schermo. «Sarà bello, penso», stava dicendo Memo, sistemandosi il caschetto grigio. «Ho preparato un po' di brownie per i sacchetti da appendere all'albero di Natale, quello grande, te lo ricordi?». Josie fece di sì con la testa. «Be', comunque, penso che questa informata sia venuta abbastanza bene, meno salata dell'ultima. Tuo nonno ne ha mangiati due, vero, John?»

«Cosa?», le sopracciglia cespugliose del nonno si unirono quando Memo girò lo schermo verso di lui. «Oh, sì, erano molto, ehm, gradevoli».

Josie rise. «Sei proprio convincente».

Memo sospirò. «Spera che i dolci al forno sostituiscano le sigarette».

«Be', il nonno ha ragione. Dovresti smettere di fumare, ti fa male».

Memo agitò una mano davanti allo schermo. «Josie, qualsiasi danno mi abbiano fatto alla mia età ormai è compiuto, non ha senso smettere adesso».

Josie si accigliò, ma captò Helen in sottofondo che diceva: «Sentila, sentila», e fu certa di combattere una battaglia persa con quelle due.

«Comunque sia», disse Memo. «È il momento dei regali!». Aprirono i rispettivi pacchetti davanti allo schermo, cosa che ormai da tempo non sembrava più tanto stramba, e Josie fece un'espressione raggiante quando vide il bel portagioie che le avevano regalato Memo e il nonno. Suo nonno ridacchiò davanti all'insegna ricevuta in dono, segno che era un regalo azzeccato; Helen cominciò a elencare tutti i nuovi prodotti per la cura della pelle su cui aveva messo gli occhi da Space NK, e Memo sembrava davvero felice del suo servizio da tè. Doveva ricordarsi di dirlo a Max, sempre che si fosse presentato. Oddio, a quel pensiero si sentì di nuovo una stretta allo stomaco. Controllò l'ora, cercando di resistere all'impulso di fare qualcosa, qualsiasi cosa, con le mani.

«Ragazzi, mi dispiace davvero un sacco, ma c'è la festa che incombe e io...».

«La citazione!», esclamò Memo. «Stavolta tocca a Helen: ce l'hai pronta, vero?».

Josie inarcò le sopracciglia. «Ma non toccava a me?»

«Sì, ma tu non ne avresti fatta una natalizia, vero? E poi Helen voleva partecipare». Voltò lo schermò verso Helen, troncando ogni discussione.

Helen si schiarì rumorosamente la gola. «*Per me sei perfetta*».

Josie fece un sorrisetto. «Ecco, be', grazie».

Sentì suo nonno ridere in sottofondo, ma Helen lo zittì con impazienza. «Allora?».

Josie esitò. Un film natalizio, avevano detto. «Mmm...».

«Oh, dai», fece Memo, e Helen le restituì il laptop. Nel frattempo la nonna si era versata un bicchiere di vino rosso. «Amore, questo devi conoscerlo».

Josie vide che le stava vibrando il telefono accanto al laptop e sussultò, poi si ricordò che non poteva essere Max perché non aveva il suo numero. Era Laura. Oddio, doveva darsi una mossa se voleva arrivare in tempo per trovarsi con Laura e non essere poi costretta ad entrarci da sola, alla festa.

«Allora?», la incalzò Helen.

«Non lo so», rispose Josie, più spazientita di quanto intendesse. «Scusa, ma insomma, lasciami pensare, okay? Ti manderò un messaggio».

Memo aggrottò la fronte. «Perché sei così agitata?»

«Non sono agitata», insistette Josie. «Sono solo preoccupata di non arrivare in tempo alla festa. A proposito...».

«Be', volevo dirti una piccola cosa», intervenne Helen. Josie la osservò mentre si alzava e si spostava dal salotto alla cucina. Ecco, era una cosa di cui non voleva parlare davanti a Memo, e questo non prometteva niente di buono. «Tesoro, ho pensato che dovresti saperlo...».

Josie avvertì una fitta allo stomaco. «Cosa dovrei sapere? Ma è successo qualcosa?», chiese abbassando la voce e sbirciando alle spalle di Helen per controllare che i suoi nonni non l'avessero seguita in cucina. «Memo sta bene?»

«Oh, sì, non è questo, non preoccuparti. I tuoi nonni stanno benone». Buffo come davanti a Josie, Helen non si riferisse mai a loro chiamandoli "mamma e papà". «È solo che, ehm, ho fatto qualche ricerca online sul tipo che stai frequentando».

Ovvio che le aveva fatte. «In realtà, Helen, non lo sto *frequentando*. E poi...».

«Comunque sia», continuò Helen, ignorandola. «Ho trovato la sua azienda, lo studio di architettura per cui lavora, la ALA, e odio dovertelo dire, tesoro, ma lui non è presente in nessun elenco, non c'è da nessuna parte sul loro sito internet».

«Okay», disse lentamente Josie. «Ma questo non significa nulla. Forse non elencano tutti i loro dipendenti sul sito, o magari non lo hanno aggiornato». C'era voluto un anno intero, dopo tutto, affinché l'ufficio interno della sua azienda aggiornasse il ruolo di Josie dopo la promozione.

«Be', sì, ci ho pensato, ma ho telefonato allo studio per verificare e mi hanno detto che non lavora più lì da due mesi». Per un momento, Helen lasciò che la notizia restasse sospesa nell'aria.

«Due mesi?», ripeté Josie, accigliandosi. Quindi Max aveva mentito riguardo al suo posto di lavoro? Strano.

«Sì», disse Helen, sporgendosi verso lo schermo e sussurrando, come fosse una cospiratrice. «E non mi hanno voluto dire perché se n'è andato, anche se l'ho chiesto».

«Forse non significa niente di così drastico, Helen».

«Mmm. Sì, forse».

«Ma perché ti sei presa la briga di controllare?»

«Perché sono preoccupata per te, tesoro! Ti presenti con un tipo nuovo subito dopo aver rotto con quell'amabile Oliver». Josie digrignò i denti a quelle parole. «E sei tutta agitata. Non voglio che qualcuno piombi nella tua vita e si approfitti di te, tutto qua. Proprio l'altro giorno ho letto un tremendo articolo online di un uomo che ha derubato un ragazzo nel cuore della notte: si era creato una falsa identità, una storia così».

Josie si concesse un sorrisetto ironico. Sapeva perché sua zia si manteneva vaga quando diceva "online": era il genere di persona che fingeva di leggere il *Guardian*, mentre in realtà si sorbiva tutte le falsità del *Daily Mail*.

«Guarda, apprezzo che ti preoccupi di me, davvero». Suonò il campanello e il cuore di Josie sobbalzò. Si alzò, portandosi dietro il laptop e s'incamminò verso l'ingresso, abbassando leggermente la voce. «Ma non credo che ci sia niente di losco. Comunque starò attenta, te lo prometto».

«Be', tienilo a mente, promesso?»

«Sì, certo», rispose Josie, sapendo che se non le avesse dato corda la zia non avrebbe più smesso. «Ma adesso è arrivato qualcuno e sono già in ritardo, quindi devo proprio andare, scusami. Salutami tu Memo e il nonno, va bene?»

«Ciao, amore mio!», gridò Memo dal salotto. «Ti saluta anche il nonno».

«Sono in grado di parlare per me, Cecelia», borbottò il nonno in lontananza.

Josie scrollò la testa. Avrebbe scommesso qualsiasi cosa che quei due avevano ascoltato ogni parola pronunciata da Helen, e di sicuro tutti e tre avrebbero passato il resto della serata a spettegolare di quello.

«Be', allora ciao, tesoro. Passa una bella serata», la salutò Helen.

«Lo sarà di sicuro», mentì Josie, che nel frattempo era arrivata di fronte alla porta, con il pavimento di linoleum che scricchiolava sotto i suoi piedi nudi. Chiuse lo schermo del laptop e se lo infilò sotto il braccio, poi fece un bel respiro per calmare il battito del cuore.

Aprì e vide Max in piedi sulla soglia: indossava jeans scuri, una camicia blu e una giacca nera elegante e ben rifinita; teneva il cappotto sul braccio, anche se fuori faceva un freddo cane. Era stupendo: il suo corpo muscoloso riempiva perfettamente la giacca, e Josie si rese conto che lo stava fissando imbambolata solo quando lui le sorrise, e il sorriso raggiunse anche quegli occhi cangianti: erano più ambrati ora, come le sfumature più chiare dei capelli. Max la scrutò dall'alto in basso con uno sguardo che le fece fremere la pelle, infine la guardò dritta negli occhi.

«Ciao», disse Josie, sperando che il suo cuore si calmasse. Non aveva motivo di sentirsi tanto nervosa: era tutta colpa di Helen che l'aveva confusa, nient'altro.

Lui si appoggiò allo stipite della porta e si passò una mano sul filo di barba che gli ricopriva la mascella. «Ehi», disse in tono spensierato: qualsiasi cosa gli avesse guastato l'umore il giorno prima sembrava passata. «Pronta?»

«Io, ehm..». Si portò una mano ai capelli, poi la lasciò cadere, ricordandosi di non spettinarli dopo aver passato tanto tempo a stirarli. «Sì, ci metto un minuto. Non ero sicura che...».

Non terminò la frase, ma lui comunque capì. «Sarei venuto? Non ti avrei mai abbandonato così», rispose scrollando le spalle. «E poi, è stata un'idea mia».

«Giusto», disse lei, e per qualche ragione fu fin troppo consapevole di essere a piedi nudi. «Vado a prendere le scarpe, dammi un minuto».

Lui annuì ed entrò, così Josie riuscì a chiudere la porta, dato che dal pianerottolo entrava una corrente ghiacciata. E se Max avesse veramente mentito sullo studio in cui aveva detto di lavorare? Forse era stato licenziato, e non ne voleva parlare davanti a Helen: sua zia non era esattamente il tipo di persona con cui provavi il desiderio di aprirti al primo incontro. Josie mise a posto il laptop, agguantò le scarpe col tacco e si sedette sul letto per infilarsele, poi si controllò allo specchio un'ultima volta prima di prendere la borsetta e ritornare da lui. Non sapeva granché di Max, eppure l'aveva fatto entrare in casa sua. Josie si morse il labbro. No. Non poteva permettere che Helen la turbasse, anche se lo faceva in buona fede.

Max, che se ne stava di nuovo poggiato contro la porta, si raddrizzò quando la vide arrivare.

Oddio, avrebbe dovuto dirgli di accomodarsi e mettersi a suo agio? Per rimediare a quella mancanza, gli rivolse un sorriso radioso e si sentì incredibilmente imbarazzata mentre ticchettava sul pavimento, come se si fosse all'improvviso dimenticata come camminare con i tacchi alti. Lui sembrò accorgersene, accidenti, perché abbassò lo sguardo sulle sue scarpe e poi indugiò sulle gambe.

Quando Josie si avvicinò, gli scintillarono gli occhi. «Ho un regalo per te», le disse, tirando fuori una scatolina dalla tasca e porgendogliela. Lei non la prese subito, e lui la guardò perplesso.

Lo stomaco di Josie fece una piccola capriola. «Non dovevi!». Non sapeva bene dove guardare, ora che lui la stava fissando.

«Prendilo», insisté lui e le spinse il pacchettino in mano.

Josie lo aprì: si sentiva terribilmente a disagio e si sforzava di non fare smorfie sgradevoli. Quando vide il contenuto della scatolina lo fissò senza dire niente per un momento, poi lo sollevò per guardarlo da vicino. Era un paio di orecchini, quei grossi pendenti con le stelle che gli aveva indicato da Fortnum. Josie scosse il capo, ricordando il prezzo sull'etichetta. «Non posso… insomma, sono stupendi, ma non posso accettare questo regalo, è davvero troppo».

Max fece spallucce e si accigliò di nuovo. «Be', o li accetti o dovrò farmi i buchi alle orecchie, perché gli orecchini non si possono cambiare né restituire». Josie si morse il labbro. Lui sospirò. «Se non accetti regali di Natale, considerali un grazie allora». Lei lo guardò, e fu come se lui la stesse sfidando con lo sguardo, perché non voleva che li rifiutasse. Quando parlò, la voce era dolce: «Se non fosse stato per te, avrei passato questi ultimi giorni in preda allo sconforto».

Josie era ancora esitante, ma quando lui le fece un cenno di incoraggiamento tirò fuori gli orecchini dall'astuccio e li indossò al posto di quelli che portava. Ne sfiorò uno con la mano. «Grazie», mormorò. «Sono bellissimi».

Lui allungò la mano e tracciò il contorno del lobo con un dito fino all'orecchino scintillante. «Forse non sono radiosi come te, ma sono comunque carini». Per un attimo la fissò, e anche se la stava sfiorando appena, Josie si sentì avvampare. Abbassò in fretta lo sguardo, ma quando lui le aprì la porta, Josie toccò il punto dell'orecchio su cui avevano indugiato le dita di Max e avvertì uno strano pizzicore sulla pelle.

Dall'appartamento di Josie a Battersea, dove si sarebbe tenuta la festa, c'era solo un breve tratto di metro, perciò arrivarono puntuali, alle sei. La festa si teneva al Battersea Arts Centre: dall'esterno era un edificio imponente e grandioso, con piccole torrette che spuntavano dal tetto e gli conferivano l'aspetto di un piccolo castello. C'erano due alberi di Natale su ciascun lato dell'entrata a colonne: erano decorati d'oro e argento, e c'era una fila di lucine scintillanti proprio sotto l'arco. Josie sorrise a Max quando lui le aprì nuovamente la porta, cercando di tenere a bada il subbuglio nello stomaco che durante il tragitto era solo peggiorato.

Li accolse un uomo con un completo nero elegante. «La festa della Peacock?». Josie annuì. «Per cortesia, lasciate i cappotti al guardaroba, poi potete proseguire per il salone», disse, indicando la direzione.

Josie si guardò intorno ma non riconobbe nessuno nell'atrio. Forse avrebbe dovuto calcolare meglio la tempistica e arrivare con venti minuti di ritardo o qualcosa del genere. Di sicuro, all'interno ci doveva essere Laura. Lasciarono i cappotti nel guardaroba e Josie sentì un brivido lungo la schiena ora che si era liberata di quello strato in più. Quando Max le toccò la spalla nuda per guidarla nella direzione giusta sobbalzò, e lui la guardò perplesso.

«Scusami», disse lei, cercando di sorridere, con la gola secca. «Ho solo freddo». Mentre camminavano gli lanciò un'occhiata, ma lui era concentrato sugli interni dell'edificio e non su di lei: teneva lo sguardo puntato verso l'alto o si guardava intorno, e ogni tanto muoveva le labbra come se parlasse tra sé. Josie si rese conto che per l'agitazione si stava torcendo le mani, e allora le lasciò cadere lungo i fianchi flettendo le dita. Non avrebbe dovuto portare Max con sé. Adesso doveva sforzarsi di fingersi spensierata e preoccuparsi allo stesso tempo per Max, cercando di capire se si divertisse o meno.

Josie lo condusse nel salone e, come Max, non poté distogliere gli occhi dal soffitto, che era meraviglioso, arcuato sopra di loro come una cupola e decorato in maniera splendida. Le finestre erano enormi, con la parte superiore a forma di cupola, ed erano tutte bordate di lucine natalizie; in ogni angolo c'era un albero di Natale. Nel salone erano distribuiti dei tavoli rotondi, e in fondo c'era una sorta di piccolo palcoscenico, e un grande tavolo con le portate, tipo buffet, da un lato. Lì, per fortuna, c'erano già altri invitati. Josie si lasciò sfuggire un lento sospiro quando si rese conto che non erano stati i primi ad arrivare e che il salone si stava già riempendo, con tutta quella gente che gironzolava con i calici in mano o se ne stava seduta ai tavoli a gruppetti, intenta a chiacchierare.

«Sapevo che avevano ristrutturato questo posto, ma non ci ero mai entrato», mormorò Max e Josie lo guardò inclinando la testa: non era nemmeno sicura che stesse parlando con lei, perché continuava a guardarsi intorno. «Stupefacente».

«Prosecco?», chiese una donna elegante, vestita in bianco e nero, porgendo loro un vassoio. Josie, grata, prese un calice e ne bevve subito un sorso.

Si spinsero un po' più in fondo al salone, e lei sentì un'aria calda, proveniente da chissà dove, accarezzarle la pelle. C'era musica in sottofondo, se ne accorse in quel momento: non le solite canzoncine di Natale, ma pezzi strumentali e classici, con dei violini. Si guardò intorno in cerca di qualcuno che conoscesse, qualche collega magari, e serrò le labbra quando vide Janice, con i capelli neri lunghi e setosi acconciati in uno chignon: era seduta a uno dei tavolini accanto a quel palco improvvisato.

Josie si fermò quando Max fece una giravolta per ammirare ancora il salone e si concesse un fugace sorriso: se anche la serata si fosse rivelata un fiasco totale, almeno lui avrebbe apprezzato l'architettura di quel posto. Le rivolse un sorrisetto colpevole quando si accorse che lei lo stava osservando, poi guardò oltre, aguzzando lo sguardo.

«Dove sono le modelle in bikini?», chiese Max, bevendo un sorso di prosecco. «Sono venuto solo per quello».

«Sapevo che ci doveva essere un motivo!».

Lui fece spallucce. «Ovvio».

Lei rise, poi rischiò di far traboccare il prosecco dal calice quando si sentì toccare la spalla. Si girò e vide Oliver, che le sorrideva con espressione dolorosa. Aveva davvero l'aspetto di un elfo, a ben guardare: sbarbato, con i capelli lisci e pettinati, e quella corporatura minuta. Indossava un'elegante giacca nera e una camicia granata: doveva essere un omaggio alla festa natalizia. Gli occhi – che Josie aveva definito "color cioccolato" quando aveva parlato di lui a Bia per la prima volta, con un certo entusiasmo – non scintillavano birichini come quelli di un folletto, ma, al contrario, parevano malinconici.

«Ehi, Jose», disse. «Buona vigilia di Natale». Si avvicinò per abbracciarla e, per evitare una scenata, lei ricambiò la stretta, cercando di non pensare a quanto fosse rassicurante e familiare il suo odore, e come il suo corpo sembrasse combaciare perfettamente con il suo. Si staccò da lui non appena fu ragionevolmente possibile. Lanciò un'occhiata a Max e, anche se la sua espressione non tradiva nulla, era sicura che avesse visto Oliver avvicinarsi e l'avesse fatta ridere apposta.

«Che bello rivederti», disse affabile Max, stringendogli la mano.

Oliver si accigliò. «Non sapevo che saresti venuto».

Max sorrise: era a suo agio, l'esatto opposto di Oliver che serrava la mascella nervosamente. «È stata una decisione dell'ultimo minuto».

Josie si salvò da quell'imbarazzata conversazione quando vide una bionda dalle spalle larghe accanto al vassoio del prosecco e le fece cenno di avvicinarsi, tentando di nascondere la sua disperazione. Laura marciò talmente spedita verso di loro che si intuiva che non doveva avere infranto la sua regola "niente tacchi", nemmeno per quell'occasione; la seguiva a ruota il fidanzato, John, che in ufficio tutti chiamavano "John lo scozzese".

«Per fortuna sei arrivata», le disse Laura mentre si avvicinava, poi abbassò la voce cosicché solo Josie potesse sentirla: «Temevo di dover fare conversazione con quelli della contabilità». Fece uno scatto indietro con la testa per indicare un gruppetto composto da due donne e un uomo. Laura prese il calice di prosecco che le porse John e ne bevve un sorso. Indossava un abito che non rappresentava il suo stile: nero, scintillante e lungo fino ai piedi; le stava bene perché aveva la pancia piatta. «È di mia sorella», spiegò quando vide lo sguardo ammirato di Josie. «Ho pensato che dovevo fare uno sforzo con tutti gli azionisti presenti alla festa». Si sistemò i capelli, rendendoli ancora più vaporosi, poi si limitò a fare un cenno di saluto a Oliver e sorrise a Max. «Scusami, sono Laura. Mi occupo di pubbliche relazioni alla Peacock, insieme a Josie». Parlava con il suo tono di voce professionale, svelta ed efficiente.

«Max».

«E con quale azienda stai?»

«A dire il vero, sto con Josie», rispose disinvolto Max, facendo tintinnare il bicchiere di prosecco contro quello di Josie.

Gli occhi azzurri di Laura, come sempre truccati solo con il mascara, si girarono con espressione di lieto stupore verso l'amica. «Ora state insieme?».

Josie scosse la testa, e la guardò come a dire che le avrebbe spiegato dopo. Non le aveva rivelato che forse avrebbe portato qualcuno alla festa.

Laura sorrise a Max. «Be', piacere di conoscerti. Questo è il mio fidanzato, John», disse indicando l'uomo alto e biondo come lei, al suo fianco. Per fortuna, John aveva un colorito più olivastro rispetto all'incarnato rosa di Laura e non aveva i suoi stessi occhi azzurri, bensì castani, altrimenti avrebbero potuto scambiarli per fratello e sorella.

«Almeno non sono l'unico uomo al seguito», scherzò John, sorridendo attraverso la barba: il suo accento di Glasgow era ancora forte nonostante gli anni trascorsi a Londra. Max e John presero a chiacchierare, mentre Laura sospirò facendo un cenno verso Janice che agitava la mano verso di lei.

«Meglio che vada a vedere cosa vuole». Se ne andò con lo stesso passo veloce con cui era venuta, lasciando Josie da sola con Oliver. Lei provò a sorseggiare il prosecco per distrarsi, ma aveva il bicchiere ormai vuoto. John stava raccontando a Max che lavorava come giornalista freelance, e Josie si sforzò di pensare a qualcosa per inserirsi nella conversazione, ma non fu abbastanza svelta: Oliver l'afferrò per un polso e la fece allontanare di un passo.

«Josie, ho davvero bisogno di parlarti». Lanciò uno sguardo a Max e a John. «In privato».

Lei scrollò la testa. «Non adesso, Oliver».

«Ti prego». La guardò con quegli occhioni da Bambi, facendo l'espressione da cucciolo che usava sempre quando voleva averla vinta. «Non è quel che pensi, promesso. È solo che... non voglio che tu lo venga a sapere da qualcun altro, tutto qui».

Josie si sentì stringere lo stomaco ed ebbe un moto di nausea, una specie di segnale premonitore dato che in quell'istante comparve Cara. Si era materializzata vicino al palco e, per scherno, indossava lo stesso vestito rosso del famoso pranzo di Natale, quello che ne metteva in mostra il corpo snello e perfetto e le gambe abbronzate, anche se quell'abbronzatura doveva essere finta. Lo sguardo di Cara sfarfallò su Josie per un breve istante. Josie era sicura che li stesse osservando, in attesa di vedere la sua reazione.

In quel momento Max rise per qualcosa che aveva detto John lo scozzese, e Oliver lanciò uno sguardo torvo nella loro direzione. «Sul serio, Jose», mormorò, «chi è quel tipo?».

Prima che Josie potesse rispondere che non erano affari suoi, che non aveva alcun diritto di fare quella faccia arrabbiata quando stava sicuramente per dirle che lui e Cara adesso erano una *coppia*, e che poteva andarsene dritto all'inferno, Janice si alzò dal tavolo e marciò verso di loro, con i tacchi a spillo che ticchettavano sul parquet.

«Josie, ma sei meravigliosa!», esclamò, guardandola appena. «Oliver, concedimi un minuto». Non gli lasciò scelta, lo prese per un avambraccio e lo allontanò da lei, guidandolo verso l'ingresso.

Josie ebbe un attimo di esitazione e provò il bisogno di controllare che Max stesse bene.

«Ma stai scherzando!», gli stava dicendo John, quando lei si unì di nuovo a loro. «Una delle mie vecchie compagne di scuola fa l'architetto. Erin Fuller, non l'hai mai incrociata?».

Max scrollò la testa, incredulo. «Tu stai scherzando. Sei amico di Erin?».

Josie concluse che quei due se la intendevano alla grande ed erano abbastanza coinvolti in quel gioco delle conoscenze comuni – un po' come *I sei gradi di separazione* di Kevin Bacon – e così andò al tavolo dov'era seduta Laura e si lasciò cadere sulla sedia accanto a lei.

Laura si accigliò. «Che cosa c'è?».

Josie esitò, poi scrollò il capo: non riusciva a smettere di lanciare occhiatacce a Cara, pur rendendosi conto che doveva prendersela di più con Oliver che con lei. Cara, comunque, poteva almeno evitare di rendere tutto così maledettamente sfacciato, no? Avrebbero almeno potuto aspettare dopo le vacanze di Natale, o stava forse chiedendo troppo? Laura fece una smorfia, per solidarietà. «Ignora la signorina Cara Primadonna, sta solo cercando di attirare l'attenzione perché è annoiata e sa che può aspirare al massimo a una posizione da dirigente di livello intermedio. Sa anche che deve accalappiare un fidanzato prima di invecchiare troppo e che al lavoro scoprano che non ha tutte queste qualità».

Josie storse il naso, ma si pentì subito di quella reazione eccessiva e fece una smorfia: non aveva ancora detto a Laura che l'avrebbero licenziata; forse nemmeno lei avrebbe potuto aspirare a chissà cosa.

Laura arricciò le labbra studiando il viso di Josie, poi si lanciò un'occhiata alle spalle. «Stanno arrivando i ragazzi...». Si sporse verso di lei. «A proposito... non perdere tempo, capito?»

«Non è così, è...». Girò lo stelo del calice di prosecco sul tavolo. «Non so cos'è».

«Quando vi siete conosciuti?»

«Tre giorni fa», ammise.

Laura la guardò incredula. «E lui, guarda caso, è libero proprio la vigilia di Natale per venire a una festa con una che ha appena conosciuto?»

«È rimasto bloccato a Londra in attesa di un volo», spiegò Josie sulla difensiva. «Smettila di presentarla come una cosa negativa».

Laura diede una sbirciatina a Max. «È piuttosto affascinante».

Josie inarcò le sopracciglia. «Chi usa più la parola "affascinante" di questi tempi?»

«Sembra gentile», continuò Laura, ignorandola.

«Sì», concordò Josie. Era carino, anche se all'inizio non le era sembrato così, come se avesse voluto nascondere quel lato di sé.

«E sta facendo ridere John, anche se devo ammettere che non è poi tanto difficile». Josie sapeva che Laura stava preparando il terreno per dire qualcosa, perciò tacque in attesa che arrivasse al punto. Entrambe si voltarono a guardare John e Max, che avevano fermato una cameriera per prendere un altro bicchiere. John era più massiccio di Max, ma in qualche modo lui riusciva a essere più imponente. Dipendeva dal suo portamento, da come sapeva muoversi in una stanza con sicurezza, e così la gente gli lasciava libero il passaggio e non viceversa. Laura abbassò la voce. «Allora, dov'è l'inghippo?».

Lei sbuffò. «Perché ci deve essere un inghippo?»

«È sposato?».

Josie rise. «No».

«Come fai a saperlo?»

«Be', per esempio non porta la fede al dito».

«Giusto, perché la gente non si toglie mai la fede».

«Non è sposato», insistette Josie, anche se si ricordò ancora una volta di ciò che le aveva detto sua zia. Aveva mentito sullo studio per cui lavorava; forse mentiva anche su altro? Senza pensarci, si passò una mano su uno degli orecchini a forma di stella che le aveva regalato poco prima: Laura la osservò mentre lo faceva.

«Begli orecchini».

«Grazie». Decise di non dirle che glieli aveva regalati Max, considerato che adesso lui e John si stavano avvicinando al tavolo. John accarezzò Laura su un braccio quando si accomodò accanto a lei e le porse un bicchiere di prosecco, mentre Max ne posava uno davanti a Josie. Lei gli sorrise, forse con entusiasmo eccessivo, e lui ricambiò con un sorrisino svelto.

Poi le mostrò il telefono. «Devo richiamare la compagnia aerea, mi hanno lasciato un messaggio. Torno subito».

Josie annuì e cercò di ignorare lo sguardo di Laura, che sembrava dirle, *Te l'avevo detto*. Prima che Laura potesse ricominciare, perché la presenza di John non l'avrebbe assolutamente fermata, Josie chiese all'amica come procedevano i preparativi per il matrimonio, riuscendo nell'intento di distrarla, perché si lanciò subito in una tirata su quanto fosse "difficile" l'organizzatore della cerimonia che si sarebbe tenuta in una castello scozzese, e su quanto lei fosse paranoica perché quel fine settimana era previsto uno sciopero dei treni e temeva che nessuno degli invitati di Londra si sarebbe presentato. Arrivò un cameriere con gli stuzzichini, e Josie prese un arancino di riso e lo mangiò a piccoli morsi mentre si sforzava con tutta sé stessa di restare concentrata sulla storia di Laura, anziché scrutare incessantemente la sala per tenere d'occhio i due uomini che per cui si tormentava.

Max ritornò dopo una decina di minuti e si accomodò

sulla sedia accanto a lei. Josie sentì una leggera zaffata del suo dopobarba: doveva essere costoso. «Che cosa ti hanno detto?», domandò.

Lui prese il bicchiere e bevve un sorso. «Mi hanno prenotato un volo per il giorno dopo Natale». Fece spallucce. «Vedremo». Josie annuì e sorrise, reputandola appropriata come reazione, ma prima che potesse chiedergli altro – tipo, quanto tempo sarebbe stato via e se prevedeva di tornare a Londra – qualcuno diede un colpetto al microfono sul palcoscenico e il chiacchiericcio in sala si spense: tutti si voltarono a guardare l'uomo sulla pedana, che era chiaramente un tecnico.

«Siamo già ai discorsi?», domandò John.

«Vogliono sbarazzarsene, immagino, così possono darci dentro con l'alcol come noi», disse Laura.

Max fece un sorriso d'apprezzamento quando il CEO dell'azienda, un uomo sulla sessantina che Josie aveva visto solo una volta nei quattro anni in cui aveva lavorato per loro, salì sul palco: in realtà era una piccola pedana che lo innalzava leggermente rispetto agli altri. «Se posso permettermi, vorrei dirvi un paio di cose prima di cominciare con i festeggiamenti».

In salone ci fu un po' di trambusto, la gente si mise a sedere o prese al volo un altro drink, poi tutta l'attenzione fu rivolta all'uomo sul palco. «Vi ringrazio per esservi uniti a noi questa sera, e per aver rinunciato alla vostra vigilia di Natale per sostenere la nostra serata di beneficienza». Indicò un tavolo dietro di sé, su cui c'erano diversi articoli: una bottiglia di champagne, un cestino da picnic, e alcune foto di quello che sembrava un elicottero e della Torre Eiffel, tra le altre cose. «Per cortesia, cercate di fare un'offerta per questi articoli e mostrate il vostro sostegno: dopo tutto, Natale è la festa del donare».

Laura ebbe un moto di scherno. «Tutta questa storia della beneficienza è fatta apposta per attirare l'attenzione della stampa su di noi», spiegò a bassa voce a loro tre. «Ecco perché si è scelto di farla la vigilia di Natale: il consiglio d'amministrazione ha pensato che così saremmo stati menzionati nei blog e che un paio di riviste avrebbe fatto un servizio su di noi, cosa che ovviamente non è successa perché l'intero evento è stato gestito in maniera terribile. Ho provato a dirlo a Janice, ma invece di ascoltare il buonsenso e i miei anni di esperienza ha deciso di ignorarmi».

«È stato un buon anno», continuò il CEO, «e siamo in crescita, il che è un'ottima notizia. Ma c'è ancora margine per migliorare e abbiamo cercato dei modi per espandere e riorganizzare ogni singola azienda e assicurarci di restare solidi sul mercato». Josie digrignò i denti alla parola "riorganizzare". Ecco che parlava di quanto era stato positivo quell'anno: ma se era davvero andata così bene, perché allora stavano cercando di mettere in esubero diversi dipendenti?

«Ma lascerò che sia ogni azienda a riferire le notizie più eccitanti. Cominciamo dalla Peacock PR, con l'adorabile Janice Evergreen».

Janice occupò prontamente la scena, e Josie sapeva che adorava quel momento: la possibilità di salire sul palco, di fronte a tutti, e dimostrare quanto fosse importante. Anche lei continuò con la solfa di quanto fosse stato positivo quell'anno, e Josie bevve un sorso di prosecco e lanciò un'occhiata a Max: pur avendo un'espressione educata, probabilmente in quel momento si stava pentendo di essere venuto alla festa.

«Ma la cosa più eccitante, che attendiamo con impazienza», stava dicendo Janice, «l'evento che finalmente siamo lieti di annunciare, è che all'inizio del nuovo anno apriremo una nuova filiale a New York, che avrà come direttore il nostro Oliver Burton».

Josie ci mise un po' ad assorbire quelle parole, e per accorgersi che Laura si era allungata verso di lei e la guardava stupita. «Ma ha detto...?». Non ci fu bisogno di terminare la frase perché ecco lì Oliver, seduto a uno dei tavoli più vicino al palco: alzò la mano in risposta all'applauso educato che riecheggiò nella sala.

«Lo sapevi?», sussurrò Laura.

Josie riuscì solo a fare no con la testa, ammutolita. No. Non sapeva che mentre lei stava per essere licenziata, il suo ex ragazzo sarebbe diventato il direttore di una nuova filiale. Niente meno che sull'altra sponda dell'Atlantico.

Capitolo otto

Josie non ascoltò il resto dei discorsi. Solo poche parole casuali, come *festeggiamo*, *congratularsi* e *finanziario* fecero breccia nel ronzio cupo che avvertiva nelle orecchie, ma non si concentrò minimamente per dare significato al contesto più ampio. Laura continuava a lanciarle occhiate, ma Josie si limitò a fissare davanti a sé, assicurandosi di sbattere le palpebre per non avere un'espressione troppo assente o annoiata, nel caso qualcuno d'importante l'avesse guardata.

Da quanto tempo lo sapeva Oliver? Di sicuro, non l'aveva scoperto in quel momento. Era il genere di notizia che conoscevi mesi prima che fosse annunciata: discutevi della data di inizio, contrattavi uno stipendio più alto. E ciò significava che doveva esserne già al corrente quando ancora stavano insieme, probabilmente ne aveva parlato con Janice durante riunioni private nell'ufficio dove entrambi lavoravano, per poi tacerle tutto quando rincasavano la sera. Oliver stava pianificando di stravolgere la sua vita, e non si era nemmeno preso la briga di discuterne con lei. Josie si chiese se sapesse anche che Janice aveva intenzione di licenziarla, se la questione fosse venuta fuori durante le loro trattative segrete.

Le bruciavano gli occhi, anche se non riusciva a capire se fosse triste o arrabbiata. Rallentò il respiro e continuò a sbattere le palpebre. Poi avvertì un calore alla mano destra, e quando abbassò lo sguardo si accorse che Max gliela stava stringendo. «Stai bene?», le sussurrò. Lei si limitò ad annuire, senza riuscire a guardarlo. Oddio, cosa doveva pensare? L'aveva accompagnata a quella che doveva essere una serata divertente, ed eccola qui, che si sforzava di non piangere. Laura le cacciò un bicchiere pieno nell'altra mano – Josie sospettò che fosse il secondo, intatto, bicchiere di prosecco di Laura – e lei ne bevve un sorso, grata di avere qualcosa da fare.

Il CEO concluse la serie di discorsi e, dopo avere annunciato che presto avrebbero iniziato a servire qualche assaggino, augurò un felice Natale a tutti e lasciò il palco seguito da un applauso garbato, che durò poco e fu sostituito prontamente dal chiacchiericcio e dalle risate. Josie udì i violini che ricominciarono a suonare sullo sfondo.

Adesso Oliver era circondato da un folto gruppo di persone, che gli stringevano la mano o gli davano pacche sulla spalla. Non doveva osservare la scena, sapeva che non avrebbe dovuto guardare, perché la faceva solo stare peggio. Ma prima che riuscisse a distogliere lo sguardo, lui si girò e la vide. Josie si alzò bruscamente, e Max, John e Laura la seguirono: gli invitati al tavolo vicino li guardarono perplessi.

Oliver si avvicinò in fretta, facendo slalom tra i tavoli apparecchiati con le tovaglie bianche. Laura imprecò sottovoce, poi si staccò dal gruppetto e si affrettò verso Oliver, facendo un cenno con la testa a John. Josie non capì quel gesto finché non vide che anche John si era allontanato da loro, separandosi da Laura e fermandosi proprio davanti a Cara, che per qualche oscura ragione si era lanciata nello stesso inseguimento. Persino in quel momento drammatico, trovò il tempo di meravigliarsi della comunicazione silenziosa tra Laura e John, che stavano insieme da diciotto mesi, molto meno di quanto lei fosse stata con Oliver, eppure loro due non erano mai stati capaci di farlo, di capire cosa pensava l'altro con uno sguardo.

Josie impiegò un attimo a rendersi conto che Max le aveva preso la mano e gliela stava stringendo delicatamente, cercando di tirarla via da lì, di farla muovere. «Dai, Josie, andiamocene». Lei cedette a quella pressione e inciampò leggermente mentre lo seguiva. Tutto intorno a lei sembrava stranamente distante, come se qualcuno avesse premuto il tasto "muto" e abbassato le luci.

«Non possiamo andarcene così», mormorò mentre lui la trascinava via, verso l'atrio d'ingresso.

«Perché no? Ti sei fatta vedere, no? Meglio di così non potevi fare. E poi, domani saranno tutti in preda ai postumi della sbornia e non ricorderanno quando te ne sei andata».

Josie si limitò ad annuire, con la mente apparentemente incapace di concentrarsi su più di una cosa alla volta: ripensava a quelle sere passate con Oliver a parlare di lavoro, a criticare Janice e a lamentarsi perché entrambi, da troppo tempo, meritavano una promozione. Niente. Lui non le aveva detto niente per tutto quel tempo.

«Aspetta qui», le intimò Max quando raggiunsero l'atrio d'ingresso. «Vado a prendere i nostri cappotti». Ancora una volta Josie si limitò ad annuire, fissando il mosaico del pavimento.

«Josie». Sussultò quando udì la voce di Oliver. Alzò lo sguardo e vide che camminava verso di lei, con un po' di fiatone, come se le fosse corso dietro. Si chiese vagamente come avesse fatto a sfuggire a Laura. Per un momento si limitarono a fissarsi, poi Oliver scrollò il capo. «Sono così…».

«Sono fottutamente stanca», sibilò Josie, «di sentire quanto sei dispiaciuto». Trasalì a quel tono insolitamente duro, e lei fremette, inspirando col naso. Doveva recuperare il controllo: l'ultima cosa che desiderava era fargli sapere quanto la infastidisse tutta quella storia. Incrociò le braccia sul petto. «Immagino di doverti fare le congratulazioni». Forse, se fosse stata una persona più forte, gli avrebbe fatto sinceramente i complimenti. In fin dei conti, Oliver aveva sempre desiderato lavorare all'estero: parlava continuamente di Sydney, New York, Toronto. Se ci avesse riflettuto sul serio, avrebbe capito che non poteva accontentarsi di restare sempre nello stesso posto, a differenza di lei.

«Volevo parlarti prima del discorso», si giustificò Oliver, alzando le mani in un gesto quasi disperato.

«Sì, certo, perché dirmelo subito prima che Janice lo annunciasse pubblicamente all'intera azienda sarebbe stato meglio». Lui non replicò, e lei si costrinse ad abbassare le braccia, rinunciando alla postura difensiva. «Non importa, Oliver», disse con voce seccata. «Ci siamo lasciati. Non mi riguarda quel che fai ora». Lui fece una smorfia, e lei si pentì di essere stata così dura. Era la sua grande serata, e lei gliela stava rovinando.

«Volevo chiederti di venire con me», disse lui dolcemente, senza mai smettere di guardarla. «Solo... che non sapevo come fare, come convincerti a lasciare la tua vita qui, ecco perché non te ne ho mai parlato prima...».

Sì, certo, pensò lei con amarezza. *Prima*.

Senza volerlo immaginò di essere a New York, lei e Oliver a cena in ristoranti di lusso o in posa davanti alla Statua della libertà. Non ci era mai stata, quindi quelle fantasie erano un po' confuse, e i luoghi che aveva visto nei film o in tivù si mescolavano a quelli di Londra.

Poi sospirò. «Non è proprio da me, vero, fare armi e bagagli e partire all'avventura per la Grande Mela? Sappiamo entrambi che preferisco l'opzione più sicura». Ed era esattamente la ragione per cui Oliver non gliel'aveva detto, a quanto pareva. Josie era dannatamente prevedibile, fin troppo, e lui sapeva che non sarebbe stata entusiasta di quella novità, e avrebbe anzi cercato di convincerlo a restare a Londra. Aveva voglia di credere che l'avrebbe presa in considerazione, ma la verità le gravava sullo stomaco come un macigno: avrebbe odiato quell'idea, avrebbe odiato il rischio di quel trasferimento.

Per fortuna, in quel momento ritornò Max con i cappotti. Oliver si accigliò appena lo vide. «State andando via?».

Max porse a Josie il suo, e lei se lo infilò. «È colpa mia», disse lui tutto allegro, con un sorriso benevolo. «Sto per rapirla». Oliver lo guardò torvo, sforzandosi di controllare i suoi muscoli facciali. Max finse di non accorgersene. «Congratulazioni, a proposito. New York! Devi essere eccitato».

«Già», borbottò Oliver.

«Sono sorpreso che tu non abbia detto niente l'altro giorno, quando ho accennato a New York». Max inarcò le sopracciglia e lasciò sospesa la questione. «Però immagino di non averti lasciato tanto spazio per parlare, eh?». Il suo tono era assolutamente amichevole, e quella frecciatina così sottile che Oliver non aveva alcuna ragione di restarci male. Invece arrossì, e Josie in quel momento si sentì incredibilmente grata di non essere la più impacciata del trio, ora che l'attenzione era stata sviata da lei e dalla sua reazione alla notizia.

«Piccola…».

Josie si girò e lanciò un'occhiataccia a Oliver, che continuava a seguirli. Scosse la testa. «Lascia perdere».

Si fermò, ma si sentì addosso lo sguardo del suo ex fidanzato mentre si allontanavano.

Max la condusse fuori dalla magia di quell'edificio dal soffitto a cupola in vetro colorato, e l'accompagnò dritta a un'auto che li aspettava. A quanto pare aveva trovato il tempo di prenotare un Uber, anche se lei non se ne era accorta. Josie fissò fuori dal finestrino mentre si allontanavano, senza dire niente: era felice che Max la stesse portando a casa, se era quello che desiderava lui. Si domandò cosa pensasse di lei ora, se la considerasse patetica: aveva perso quel fidanzato di successo che stava per trasferirsi a New York, dove se la sarebbe spassata ala grande, mentre lei doveva decidere se accettare o meno le briciole che Janice le aveva gettato ai piedi. Ripensò alla reazione di Max quando gli aveva detto che i suoi genitori erano morti: se dopo quella confessione aveva pensato che lei fosse fragile e traumatizzata, ciò che era appena successo avrebbe aggravato quell'idea.

Josie impiegò una decina di minuti a capire che non stavano ritornando a Streatham. Distolse l'attenzione dalla fila infinita di auto e guardò corrucciata Max, che fissava fuori dal finestrino. «Dove stiamo andando?»

«In un bar che conosco», rispose, lanciandole un'occhiata. «Voglio dare un saluto al proprietario finché sono a Londra. Per te va bene?». Lo disse con nonchalance, come se non la riguardasse minimamente, e Josie non riuscì a trattenere un sorriso.

«Certo», rispose altrettanto disinvolta, senza far trapelare quanto fosse contenta di non essere rispedita subito a casa. Non pensava di potercela fare da sola in quell'appartamento, in attesa che arrivasse la mattina di Natale. No, non era ancora pronta.

Rinunciò a capire dove stessero andando: non era abituata a girare in auto per Londra, di solito prendeva il treno o la metropolitana, perciò da quella prospettiva tutto le sembrava diverso, i suoi punti di riferimento erano spariti. C'erano tante altre macchine per strada, persone che ritornavano a casa, dalle loro famiglie, prima del giorno di Natale. Max scambiò due chiacchiere con l'autista, e per Josie quella conversazione fu come una musica di sottofondo: le loro voci cantilenanti, stranamente, la calmarono. Dopo una quarantina di minuti, l'auto accostò in una stradina laterale.

«Grazie, amico», disse Max saltando fuori e tenendo lo sportello aperto per Josie, che così poté evitare una pozzanghera dall'altro lato della macchina. Impiegò qualche istante prima di notare il gruppetto di persone in fondo alla strada: erano radunate attorno a un lampione e le nuvolette del loro respiro nell'aria gelida si mescolavano al fumo di sigaretta. Josie curvò le spalle per difendersi dal freddo mentre seguiva Max che avanzava verso il gruppo, in direzione dell'edificio dalle finestre illuminate e con un'insegna ricurva sulla porta. In quel momento si rese conto che era un bar, ma l'entrata si notava appena: avresti potuto passarci davanti senza vederla, se non prestavi attenzione. Seguì Max e le sembrò che l'accompagnasse a una sorta di ingresso segreto, lontano dai pub più grandi e dalla confusione della strada principale.

Abbassò la testa per passare sotto una trave di legno che doveva aver fatto diverse vittime tra gli avventori nel corso degli anni, poi strizzò gli occhi più volte per capire esattamente che genere di posto fosse quello. Era formato da tre stanze adiacenti, con il bar al centro: le luci soffuse suggerivano che ci dovessero essere tanti angolini segreti in cui nascondersi; l'intero locale sembrava illuminato esclusivamente dalla luce tremula delle candele, anche se non poteva certamente essere davvero così. Le stanze erano sghembe, o comunque davano quell'impressione, come se fossero su livelli differenti, anche se non c'erano gradini tra una stanza e l'altra. Ogni stanza era relativamente piccola, eppure il locale, pur essendo gremito, non sembrava affollato; il mormorio delle voci era coperto dalla musica classica.

«Ma come facevi a sapere dell'esistenza di questo posto?», chiese Josie mentre Max la conduceva al bar.

«Conosco il proprietario», rispose scrutando in fretta la sala.

«Come l'hai conosciuto?».

Le rivolse un sorrisetto colpevole. «Io, ehm, a dire il vero ho progettato la ristrutturazione di questo posto».

Josie ne fu sorpresa, poi si guardò di nuovo intorno. «Wow. Ma è proprio bello. Davvero bello».

Lui fece un gran sorriso, con gli occhi che scintillavano nella luce fioca. «È stato uno dei miei progetti preferiti, perché c'erano tanti vincoli da rispettare e il proprietario aveva un'idea molto precisa di quel che doveva trasmettere il suo locale. Mi sono proprio divertito».

Josie si ripromise di ricordarsi di dire a sua zia che Max non mentiva riguardo al fatto di essere un architetto, e che forse le aveva semplicemente dato un'informazione sbagliata riguardo allo studio per cui lavorava. Proprio in quel momento si piazzò davanti a loro un tipo bassino e magro, che sorrideva raggiante. «Max!». Gli diede una pacca sulla schiena, alzandosi in punta di piedi. «Cosa diavolo…? Be', questa è una sorpresa meravigliosa». Batté le mani davanti a sé. «Da quanto tempo, amico mio».

Max sorrise. Era la versione sincera del suo sorriso che ormai Josie aveva imparato a riconoscere: gli addolciva il viso dai lineamenti scolpiti, a differenza del sorriso affascinante che aveva rivolto a Helen o del ghigno che rivolgeva a Oliver. «Perdonami, amico. Sai come vanno le cose quando la vita si mette in mezzo». Fece un cenno verso Josie. «Lei è Josie. L'ho portata con me per mostrarle questo posto».

«Certo che glielo devi mostrare!». La voce di quell'uomo era musicale e sembrava avere un'ampia estensione: mentre parlava, copriva tutte le intonazioni. «Benvenuta, Josie, è un piacere».

«George è il proprietario», spiegò Max. «E un amico», aggiunse quando lui lo guardò con un'espressione di rimprovero.

«Prendo da bere!», annunciò George, agitando un dito in aria: se l'avesse fatto chiunque altro, sarebbe stato comico. «Torno subito». Si allontanò solennemente, e Max ridacchiò accanto a lei.

«Mi piace», disse Josie, convinta.

«A molti piace».

Il bar era piuttosto pieno ma Max riuscì comunque a trovare un posto, proprio contro il muro; insistette affinché lei prendesse lo sgabello, mentre lui si sarebbe appoggiato al bancone in legno del bar che, invece di essere il solito rettangolo dai bordi smussati, formava una serie di onde che sembravano quasi incresparsi alla luce delle candele. Josie accarezzò il legno, notando le differenze nella venatura.

«È stato realizzato a mano», spiegò Max. «Come ti ho detto, ho cercato soluzioni particolari».

George ritornò, come promesso, con un bicchiere colmo per ciascuno di loro: conteneva un cocktail di Natale speziato, anche se non disse cosa c'era dentro. Era rosso, sapeva di ciliegia e zenzero, e Josie era sicura che ci fosse anche del brandy. Lo finì mentre George e Max scambiavano due chiacchiere, e subito si ritrovò un altro bicchiere piazzato davanti, senza che avesse nemmeno alzato lo sguardo per chiedere. Lo portò alle labbra: dopo tutto, era Natale.

George andò dall'altra parte del bar per chiacchierare con qualcun altro e Max si spostò sfiorandole un braccio col suo. Josie avvertì un guizzo di calore, e si sentì estremamente piccola, appollaiata sullo sgabello accanto a lui: questo la diceva lunga, perché si sentiva sempre troppo alta e goffa ovunque andasse. Max aveva la barba leggermente più lunga di qualche giorno prima ed era ancora più sexy, soprattutto alla luce della candela che gli illuminava occhi e capelli. Si rese conto che lo stava esaminando e si schiarì la voce. «Non ti piace?», gli chiese, indicando il suo cocktail lasciato a metà.

«Certo che mi piace», e bevve un sorso per dimostrarglielo. «Ma conosco George, e questo sarà cinque volte più forte del solito cocktail». Josie, che stava per dare un'altra sorsata, si fermò: non sapeva se scherzasse o meno. Lui rise vedendo la sua espressione, e Josie dedusse che stava sicuramente scherzando, ma decise comunque di posare il bicchiere e fare una pausa, a ogni buon conto.

Lui non le aveva fatto domande e Josie sapeva che non gliene avrebbe fatte, e che non si aspettava spiegazioni, ma adesso che erano lì, nel loro angolino, con la risata sonora di George che giungeva dall'altra parte del bar, si accorse che voleva proprio parlargliene. Prese la cannuccia ecologica del suo bicchiere e diede una mescolata al cocktail. «Non mi ha mai detto niente», disse sospirando.

Lui annuì, con la solita espressione impassibile. «Sì, l'ho intuito».

«Penso che ci abbia provato». Josie smise di giocare con

la cannuccia e alzò lo sguardo su di lui. «Non so bene come mi sento».

Ora gli occhi di Max erano alla stessa altezza dei suoi. «Riguardo al fatto che non te l'ha detto o che si sta per trasferire in America?».

Josie si passò una mano tra i capelli. «L'uno e l'altro. Entrambi». Agitò la mano in aria, poi la lasciò cadere in grembo.

«Non credo esista una legge che stabilisca come ti devi sentire dopo una notizia del genere entro l'ora successiva». Lei abbozzò un sorriso, poi si guardò le mani. «Ed è normale, sai, se lo odi e allo stesso tempo non vuoi che vada via».

Josie prese di nuovo la cannuccia, e decise di correre il rischio e bere un altro sorso. «Ti sei trovato in una situazione simile, vero?». Lui scrollò le spalle, e lei fece una smorfia: gliel'aveva detto lui, no, che la sua ragazza l'aveva mollato a maggio? «Scusami», si affrettò ad aggiungere.

Ma lui si limitò a ridere, scuotendo la testa quando vide la sua faccia. «Tranquilla. Quest'anno è stato davvero... tosto, lo ammetto. Ma in fondo, se tutto questo non fosse successo, forse adesso non sarei qui con te». Allungò la mano verso di lei, le sistemò una ciocca di capelli dietro l'orecchio – un gesto che ora faceva con naturalezza – e poi con le dita le accarezzò piano il collo, lasciandole una scia di brividi. «E poi mi sarei perso una fantastica cena di lavoro e tutto quel prosecco gratis».

Josie sospirò. «Certo, davvero imperdibile», disse lei cercando di rispondergli con la stessa leggerezza. «E poi», aggiunse, gesticolando con il cocktail, «forse ti imbatterai in Oliver quando andrai a trovare i tuoi, così almeno avrà un amico a New York, giusto?»

«Giustissimo. Gli manderò un messaggio su Facebook, possiamo andare insieme a una partita dei Knicks. È evidente che muore dalla voglia di diventare mio amico».

Josie sbuffò e riprese il cocktail: avvertì un leggero pizzicore alla lingua e le girava piacevolmente la testa. Tutto sommato, era un buon motivo per continuare a bere.

«Penso che ci saresti potuta andare, sai». Lei trattenne la cannuccia tra le labbra e lo guardò: la fissava con tale intensità che era impossibile distogliere lo sguardo. Max incurvò la bocca in un lieve sorriso, e lei si sentì avvampare. «Penso che tu abbia uno spirito molto più avventuroso di quanto credi». Poi si voltò verso George e gli fece un cenno con la testa, lui alzò una bottiglia di birra in segno di saluto e Josie riprese a muoversi: poggiò il bicchiere sul bancone, e si lasciò sfuggire un sospiro. «Insomma», continuò, «sei venuta in spiaggia con me: cosa c'è di più avventuroso di questo?»

«Be', immagino che avventura per te significhi rischiare i geloni e la polmonite per sguazzare nell'acqua ghiacciata».

Max fece un sorrisetto. «Ma le ho ancora tutte e dieci, le dita, no?».

Lei abbassò lo sguardo sulle scarpe e fece spallucce. «Devo ancora avere una prova concreta di questo».

Restarono a bere altri due drink, perché George si rifiutò di lasciarli andare, anche se Josie al secondo giro optò per una bevanda analcolica: non voleva sbronzarsi davvero e fare qualcosa di imbarazzante davanti a Max. Stava ancora ridendo quando salirono sul taxi, con l'aria gelida della notte che le toglieva il respiro. Adesso la festa le sembrava un vago ricordo, come se fosse successa un'altra sera. Josie però era sicura che, se si fosse concentrata, tutta la scena le sarebbe tornata in mente, umiliandola. Meglio allora non pensarci affatto e concentrarsi su Max che le teneva la mano e le tracciava dei piccoli cerchi sulla pelle con il pollice, sulla sensazione della gamba di lui premuta contro la sua, seduto al centro del taxi proprio accanto a lei. Avrebbe dovuto sentirsi stanca, poiché si era fatto molto tardi, ma si sentiva incredibilmente sveglia, come se tutto il suo corpo fosse in attesa. A un certo punto, senza nemmeno accorgersene, non si sentiva più brilla ma lucida: come il corpo, anche la mente di Josie era concentrata sul calore del corpo di Max accanto al suo.

Quando davanti al suo palazzo anche lui scese dal taxi e, dopo aver detto all'autista qualcosa che Josie non riuscì ad afferrare, la seguì su per le scale. Nessuno dei due disse niente, e adesso che lui non la stava più sfiorando, l'aria tra loro diventò stranamente elettrica. Lei impiegò diversi minuti a trovare le chiavi nella borsa e per tutto il tempo si rifiutò di guardarlo, perché non era sicura di quel che avrebbe visto sul suo viso, e non voleva che lui la salutasse con un bacio e se ne andasse, come la sera prima. Quando infine trovò le chiavi per ben due volte mancò la toppa perché le tremavano le mani, allora Max smise di aspettare e pensò lui ad aprire.

Entrò in casa prima di lei, sempre con le chiavi in mano, e si voltò a guardarla. Aveva uno sguardo calmo mentre si avvicinava, e un'espressione aperta e diretta mentre alzava il viso per guardarlo. Lui si avvicinò ancora, le scostò i capelli e le disse: «Sei bella, sai», con voce roca. «Te l'avrei dovuto dire all'inizio della serata».

«Meglio tardi che mai». Josie si sorprese del proprio tono di voce così tranquillo, considerato che il cuore le batteva a mille.

Le labbra di Max fecero quella smorfia che ormai lei riconosceva come un sorriso, e le accarezzò il braccio. E poi la baciò, e senza nemmeno pensarci Josie gli cinse il collo con le braccia e si spinse contro di lui. Sentì vagamente la porta chiudersi dietro di lei e si rese conto che si erano avvicinati di nuovo all'ingresso, che era schiacciata tra la porta e Max, e ora che si era sfilata il cappotto, lui le stava accarezzando le braccia nude. Poi sentì le chiavi cadere per terra, e non si preoccupò nemmeno di cercarle, né di assicurarsi che la porta fosse chiusa, perché avrebbe significato smettere di baciarlo. Fu lui alla fine che si staccò da lei, e si sentì sollevata quando vide che non era l'unica ad avere il fiato corto.

«Sotto c'è il taxi che mi sta aspettando», disse lui, con voce tremante. Lei si sentì lo stomaco in subbuglio e un nodo alla gola, ma riuscì a stringere le labbra e a fare sì con la testa. Lui non provò a muoversi, ma le accarezzò di nuovo i capelli con gli occhi fissi nei suoi. E così, pur sapendo che rischiava, e che non avrebbe dovuto correre quel rischio perché era già vulnerabile (e un rifiuto la notte di Natale le avrebbe dato il colpo di grazia), Josie fece un bel respiro, inclinò la testa di lato e sorridendo disse: «Oppure puoi restare».

Max la osservò per un momento, poi lentamente sorrise. «Oppure posso restare». Lei rise e restò senza fiato quando lui la baciò ancora.

Capitolo nove

Jose si svegliò che era ancora buio, per quanto buio potesse essere a Londra, a ogni buon conto. Max si era allontanato leggermente da lei durante la notte, ma riusciva a sentire ancora il calore del suo corpo e le dita che sfioravano appena le sue. Aveva il respiro profondo, segno che stava dormendo. E sotto il piumino era molto, molto nudo. E così lei.

Strizzò gli occhi più volte nel tentativo di svegliarsi completamente, poi facendo molta attenzione si spostò da lui e si sforzò di muoversi appena sul letto. Esitò quando si sedette sul bordo e osservò la sagoma del corpo di Max. Sembrava proprio addormentato, e non aveva motivo di fingere. Josie posò piano i piedi sul pavimento di linoleum e risucchiò l'aria tra i denti quando il freddo l'avvolse, fuori dal letto. Camminò in punta di piedi il più silenziosamente possibile, afferrò un paio di leggings e un top e uscì dalla stanza. Quando fu in corridoio si precipitò di corsa in bagno, rabbrividendo al contatto con l'aria gelida sulla pelle nuda.

Fu un sollievo accendere la luce e vedere quel che stava facendo mentre si infilava in fretta top e leggings. Si guardò allo specchio con un sospiro. Immaginava che nessuna donna fosse perfetta la mattina dopo, ma di certo il mascara e l'eyeliner sbavati sotto gli occhi, lo strato leggero di fondotinta che si era crepato in alcuni punti e le labbra un po' gonfie non aiutavano. Be', in realtà delle labbra gonfie non poteva lamentarsi.

Iniziò a dedicarsi al viso: lavò via gli ultimi residui di trucco e si applicò uno strato leggero di crema idratante per levigare la pelle, poi si spazzolò i capelli e si lavò i denti prima di annuire a sé stessa nello specchio. Almeno, quando Max si fosse svegliato, non avrebbe avuto un aspetto tanto terribile.

Tornò in camera in punta di piedi ma non ce n'era bisogno perché quando entrò Max la guardò, sbattendo le palpebre nel buio. «Fa freddo qui senza di te», si lamentò con voce assonnata.

«Scusami», sussurrò; in qualche modo il buio la induceva a parlare a bassa voce, come se avesse potuto svegliare gli altri appartamenti parlando a volume normale. Anche se immaginò che molti si fossero già alzati, i bambini che correvano eccitati in camera dei genitori con le calze piene di regali, determinati a cominciare il giorno di Natale il prima possibile. Josie aveva solo vaghi ricordi di quei momenti, prima dell'incidente. Scacciò via i ricordi con una scrollata del capo.

«Ieri notte non ho acceso il riscaldamento», mormorò con un'espressione di scusa. «Me ne sono dimenticata».

Lui si stiracchiò allungando le braccia sopra la testa, e lei ne seguì il movimento, ammirando il suo petto muscoloso. «Devo ammettere che mi sono goduta le ragioni per cui ho perso la memoria ieri sera molto di più di quanto mi sarei goduta il caldo».

Non accese la luce: non voleva rompere l'incantesimo del buio e catapultarsi nella realtà con lui. Sentì che Max la stava osservando mentre camminava a piedi nudi verso il letto, poi si rannicchiò imbarazzata in un angolo. Non sapeva se dovesse semplicemente alzarsi, ora che ormai si era svegliata, né era sicura che lui se ne volesse subito andare. Max rispose a quella domanda muta afferrandola per un braccio e tirandola a letto, verso di lui, poi la cinse con un braccio. «Te l'ho detto», le sussurrò all'orecchio, «fa freddo qui senza di te». Lei rise piano. Lui le baciò delicatamente il collo, e lei sentì un fremito. «Be', certo, ho freddo solo io però, tu stai barando», le disse indicando i vestiti che indossava, e Josie si fece ancora più vicina; con la schiena premuta contro di lui, gli accarezzava l'avambraccio con la punta delle dita.

«Vuoi che me ne vada, così anche tu puoi vestirti?». Si rese conto che gliel'aveva chiesto con una punta di provocazione, e non le dispiacque.

Lui la baciò di nuovo sul collo. «No, voglio che resti, così puoi svestirti tu». Lei si voltò per sorridergli, e lui le diede un bacio leggero come una piuma sull'angolo della bocca. «Buon Natale», mormorò.

«Buon Natale». Josie ricambiò l'augurio con un sussurro. E si rese conto che, per la prima volta dopo tanto tempo, non era triste che fosse la mattina di Natale: era veramente emozionata all'idea di ciò che avrebbe portato quella giornata.

Poi Max si alzò e andò in bagno a sistemarsi mentre Josie preparò il caffè, che bevvero a letto chiacchierando e rispondendo ai messaggi di auguri di Natale finché Max non si drizzò a sedere, apparentemente senza motivo, e annunciò: «Bene, ora usciamo».

Josie lo guardò inarcando un sopracciglio. «Bene. Dove andiamo?».

Lui alzò gli occhi al cielo e saltò fuori dal letto: sembrava pieno di energia. «Dai, fatti coraggio e tira fuori il tuo lato avventuroso».

Fuori era grigio e freddo, eppure in qualche modo quelle nuvole grosse e minacciose promettevano qualcosa, accennavano a qualcosa di bello, nascosto dietro di loro, e così la giornata era carica di elettricità, anziché opprimente. C'era una lieve traccia di umidità nell'aria che si appiccò al viso di Josie quando il vento le sferzò le guance, ma non ci badò: era una sensazione rinvigorente, un'iniezione di energia.

Max la fece camminare, anche se doveva seguire Google Maps sul cellulare e continuava a fermarsi per girarsi il telefono tra le mani ed essere sicuro che continuassero a camminare nella direzione giusta. Josie era già senza fiato quando si rese conto di dove la stava portando, ma per lui quella passeggiata non sembrava così faticosa. Gli afferrò la mano e gliela strinse forte, mentre guardava il pub.

Il pub dov'erano andati a bere insieme per la prima volta, dopo che lei l'aveva sbattuto a terra con la bici. Si ritrovò a sorridere, affascinata da quanto fosse romantico quel pensiero. Lui ricambiò il sorriso, poi intrecciò le dita alle sue e la trascinò all'interno. Era molto più affollato di quanto avesse pensato, considerato che era Natale, ma tutti sorridevano e ogni persona che incrociarono li salutò con un cenno e un «Buon Natale», che loro ricambiarono. C'era la stessa barista, e anche lei era radiosa: portava sempre i codini, e ci aveva legato attorno delle ghirlande rosse, così quando muoveva la testa i capelli scintillavano.

«Il tavolo prenotato a nome Carter?», domandò Max.

La signorina Codini annuì, agguantò due menù da dietro il bar e indicò un tavolo in un angolo, apparecchiato per due. «Ma pranziamo?», domandò Josie. Non aveva mai mangiato in quel pub, anche se si accorse che c'erano dei tavoli apparecchiati nella stanza accanto e i tipici *cracker* natalizi, con la sorpresa, usati come segnaposto sulle tovagliette e disposti tra le posate; quattro persone anziane stavano già consumando il pranzo al loro tavolo.

«Be', o pranzavamo qui oppure dovevamo correre al minimarket della pompa di benzina più vicina». Alzò le sopracciglia con aria inquisitoria.

Josie arricciò il naso. «A casa c'era la pasta».

Lui fece no con la testa, scherzoso. «Che tristezza».

Lei gli diede un buffetto sul braccio, e lui rise mentre si accomodavano. La signorina Codini prese le loro ordinazioni per le bevande, e indugiò su Max più a lungo di quanto fosse strettamente necessario, a parere di Josie, anche se non poteva biasimarla. Max non sembrò notare quell'attenzione, e Josie si domandò se facesse così perché ci era abituato o perché era preso da lei così come lei lo era da lui. Visto che era Natale optò per la seconda ragione, soltanto per compiacere sé stessa.

Josie si guardò intorno, notando il camino acceso dall'altra parte della stanza e l'albero di Natale con i regali tutt'intorno (presumibilmente i pacchi erano vuoti). I clienti anziani al tavolo da quattro indossavano berretti natalizi e bevevano del vino. «Hai prenotato il tavolo», osservò lei.

Lui si rilassò contro lo schienale della sedia, inclinando la testa. «Certo».

«Quando?».

Max si limitò a picchettarsi il naso.

Dopo il primo cocktail passarono al vino rosso, ispirati dal tavolo accanto. Il pub aveva cominciato a riempirsi quando ordinarono da mangiare; c'era una tavolata da sette con un bambino che indossava uno di quei vestiti di velluto rosso che ti puoi permettere solo se hai meno di sei anni, e una coppia che portava maglioni di lana coordinati con le scritte "Lui" e "Lei".

Erano a metà dell'arrosto – Josie aveva scelto il manzo, che era un po' meno tradizionale, ma Josie dovette ammettere che era buono, tenero e succoso, con le migliori patate al forno che avesse mai mangiato, croccanti fuori e soffici dentro – quando le squillò il telefono. Fu costretta a ingoiare un grosso boccone di Yorkshire pudding affogato nella salsina, prese il cellulare, che continuava a suonare, e vide che si trattava di una videochiamata dei suoi nonni. Di solito la chiamavano la vigilia di Natale, ma avendo detto a Memo che Bia era in Argentina, non la sorprese che volessero sapere come stava. In realtà, Josie era abbastanza sicura che fosse Bia l'unica ragione per cui non riceveva molte più telefonate improvvise da parte loro, sempre preoccupati per lei.

Lanciò un'occhiata fuori, ma Max le fece un cenno con la mano. «Se vuoi rispondi pure, non c'è bisogno che tu esca al freddo per me».

Lei esitò, poi cedette e accettò la chiamata: non sarebbe stato giusto ignorarli solo perché si stava divertendo. «Ciao, tesoro mio». Il viso rugoso e sorridente di sua nonna riempì lo schermo: il caschetto grigio era meravigliosamente arricciato e si era truccata gli occhi castani con l'eyeliner dello stesso colore. C'era anche il nonno: scorse un sopracciglio folto e mezzo mento con un accenno di barba, ma non vide Helen.

«Buon Natale!», esclamò Josie, raggiante.

«Anche a te», rispose Memo, sollevando un bicchiere pieno di liquore.

«Come è andata la vostra mattinata?», domandò Josie.

«Oh, sai, Helen ci ha fatto alzare tutti presto con un bicchiere di Bucks Fizz e poi ci ha portato a fare una passeggiata. Come fa quella donna ad avere tutta quell'energia alla sua età non lo so».

Josie sorrise. «Senti chi parla. Dov'è Helen?»

«In cucina, sta preparando l'arrosto natalizio e ho pensato che fosse più semplice lasciarla fare. Vuoi parlare con lei? Posso andare a chiamarla?»

«No, tranquilla», si affrettò a rispondere Josie: non voleva assolutamente rischiare che Helen e Max potessero interagire in videochiamata.

«Allora, come stai, tesoro? Sono preoccupata per te, che passi il Natale tutta sola».

Josie lanciò un'occhiata a Max dall'altra parte del tavolo, che sorseggiava il vino rosso rivolgendole un'espressione interrogativa oltre l'orlo del bicchiere.

«Be', io, ehm, in realtà sono in un pub con un amico e stiamo pranzando, se questo vi fa sentire meglio».

«Certo», rispose suo nonno, intromettendosi nello schermo. «Ma vogliamo le prove».

Con un accenno di sorriso, Josie girò il telefono verso Max, che fece sparire immediatamente il bicchiere di vino, si schiarì la gola e agitò goffamente la mano in un mezzo cenno di saluto, che fece ridere Josie.

Memo emise un mugolio di apprezzamento. «E quindi, questo è il tuo "amico", eh? Bellino! Quando ce lo farai conoscere?».

Josie rise ancora, poi cambiarono discorso e commentarono i regali di Helen – gli esercizi di Kegel per Memo e una confezione di frullati proteici in polvere per il nonno – il che mise in agitazione Josie, che doveva ancora aprire il regalo della zia che l'attendeva a casa. Se Helen era capace di regalare gli esercizi di Kegel alla sua stessa madre, non c'erano limiti! «A proposito, ho scoperto da quale film viene la citazione», annunciò Josie, con un sorriso sulle labbra.

Memo inarcò le sopracciglia, trepidante. «Davvero?»

«*Love actually*?». Quando Memo sospirò, Josie rise. «Pensavate di farmela, eh?»

«Devo ammettere che con quella pensavo sarei balzata al primo posto della classifica! Ma c'è sempre una prossima volta, e prima o poi ti raggiungerò».

Josie stava ancora sorridendo quando chiusero. Pensò che la chiamata aveva fatto raffreddare l'arrosto e Max, intuendo il suo timore, ordinò una porzione di salsa calda.

«Come mai non sei là?», domandò indicando il telefono che lei aveva posato sul tavolo. «Con i tuoi nonni?».

Josie prese un boccone di manzo e masticò lentamente, poi sospirò e sollevò il bicchiere. «È solo che... è troppo difficile tornare dove sono cresciuta. Soprattutto a Natale, il giorno in cui sono morti i miei. Mi rende triste, e anche i miei nonni si intristiscono perché io divento triste e...». Sorseggiò il suo Rioja, poi mise giù il bicchiere. «Non mi sembra giusto, ecco, per niente».

Max annuì. «Capisco».

Quando arrivò il conto, ci fu il momento prevedibile in cui entrambi armeggiarono goffamente con borse e portafogli, ma Max insistette molto per pagare. Proprio come aveva notato in precedenza, il portafoglio di lui era pieno di pezzi di carta, ricevute e buste piegate – la sua lista di cose da fare, le spiegò – e così per trovare la carta di credito dovette gettare sul tavolo diversi biglietti di visita, documenti e foglietti vari. Una busta in particolare attirò l'attenzione di Josie, che allungò la mano per toccarne i bordi.

Senza dire una parola, la prese e la dispiegò, tracciando con un dito l'indirizzo scritto sul davanti. Era la sua grafia.

«Cosa c'è? Qualcosa non va?», domandò Max, dopo aver dato il bancomat alla Signorina Codini.

Josie rivoltò la busta, fissando Max, che si accigliò. «Quella non è mia».

«No. È mia».

«Eh?»

«È una lettera, l'ho scritta io e poi...». L'aveva persa quando gli era finita addosso con la bici. Doveva averla raccolta con il resto delle sue cose che erano cadute per la strada, e senza nemmeno rendersene conto l'aveva infilata nel portafoglio. Di sicuro, non aveva ragione di tenersela e poi non era nemmeno stata aperta. «Immagino che tu l'abbia raccolta da terra. È la lettera che ho perso quella sera».

Max fece una smorfia e si passò una mano sulla nuca. «Oddio, Josie, mi dispiace. Era importante? Giuro che non me ne sono nemmeno accorto! Ho infilato tutto nel portafoglio e non ho ancora avuto modo di sistemarlo».

Josie annuì: gli credeva. Eppure, il pensiero che lui avesse tenuto con sé, portandola in giro, la sua lettera, che avesse conservato qualcosa di così intimo, la fece sentire un po' strana, come se avesse rinunciato a una parte di sé senza nemmeno esserne consapevole. Max la stava fissando intensamente, preoccupato che lei potesse sentirsi turbata, e così gli sorrise per rassicurarlo. «Seguo questa... tradizione», spiegò sollevando la busta e voltandola verso di lui affinché potesse leggere a chi era indirizzata: *Mamma e Papà.* Si chiese se avesse capito. «Be', immagino che quest'anno la tradizione sia stata un po' ritardata, ma voglio ancora fare questa cosa. La farò sulla strada del ritorno». Prese un bel respiro, e lui non fece domande. Non era il tipo che ti costringeva a parlare, osservò tra sé Josie. E in parte fu per questa ragione che trovò naturale chiedergli: «Ti va di venire con me?».

Camminarono mano nella mano fino alla buca delle lettere, il biglietto ben stretto nell'altra mano di Josie. Aveva pensato di scriverne un altro, ma poi si era fatta travolgere dal vortice di Max, e a quel pensiero provò un pizzico di vergogna. Però adesso lo stava facendo, si disse. Non li aveva dimenticati: non li avrebbe mai dimenticati.

Era la prima volta che condivideva quella tradizione con qualcuno, anche se non gli aveva detto esattamente cosa c'era scritto nella lettera: in fondo, Max sapeva abbastanza cose da poterlo immaginare. Le sembrò un gesto molto più intimo di qualsiasi cosa avessero fatto insieme fino a quel momento, e non appena si fermarono davanti alla buca delle lettere, lei si sentì un nodo in gola. Lui le strinse forte la mano, senza dire niente: era il suo modo di farle sapere che c'era, ed era con lei.

Josie udì il leggero tonfo della busta che cadeva nella buca quando infine la lasciò andare: il rumore di una lettera che non sarebbe mai stata consegnata. Sbatté le palpebre per ricacciare indietro le lacrime, mentre Max la cingeva con un braccio e le accarezzava delicatamente la schiena. Le venne voglia di chiedergli, ancora una volta, chi avesse perso lui, ma non le sembrò il momento giusto, perciò si limitò a strizzare gli occhi e annuire, appoggiandosi a lui. Desiderò poter trovare le parole per dirgli quanto fosse importante per lei averlo accanto in quella situazione.

Si tennero per mano sulla via del ritorno, e Max chiacchierò facendole una specie di cronaca di come, secondo lui, la signorina Codini avrebbe passato il Natale dopo il lavoro, e di come si fossero incontrati i due ragazzi con i maglioni natalizi coordinati. Le diede il tempo di riprendersi e la distrasse tanto che quando cadde la prima goccia di pioggia, Josie stava ridendo.

Alzarono lo sguardo al cielo, insieme. «Oh-oh», fece Max. Mancava ancora una ventina di minuti abbondanti per arrivare a casa.

Non ci furono altri avvertimenti prima che l'acquazzone si abbattesse su di loro, e Josie strillò quando Max la tirò con sé e iniziò a correre. Ridevano tutti e due così tanto che quando raggiunsero la fine della strada per svoltare a sinistra Josie dovette fermarsi, piegandosi in due per recuperare il fiato.

Quando si raddrizzò, Max guardava il cielo con un'espressione quasi serena e teneva le mani in alto, con i palmi in su. Josie si lasciò sfuggire un'altra risata, e lui si voltò verso di lei con un gran sorriso. «Non ha più senso difendersi, ormai siamo fradici». Era vero: il cappotto di Josie era zuppo di pioggia, e dai capelli le gocciolava l'acqua gelida fin dentro il collo. Alzò le spalle e imitò Max, facendo una piccola giravolta, poi chiuse gli occhi quando la pioggia iniziò a bagnarle il viso.

Sulla mano sentì di nuovo la stretta di Max, che la tirava verso di sé. Ma invece di cominciare a correre, la fece volteggiare scatenando un'altra risata. Poi le posò una mano sul fianco e con l'altra le prese la sua.

Lei scosse la testa. «Cosa stai facendo?».

Lui la fece di nuovo ruotare su sé stessa. «Secondo te?».

E poi ballarono per strada, sotto la pioggia, rivolgendo un sorriso radioso a una donna che li guardava incredula da sotto l'ombrello. Josie ebbe l'impressione che la gente li stesse osservando dalle finestre, ma non le importava: continuò semplicemente a ridere e a girare, e concluse che ballare sotto la pioggia in una strada di Londra dovesse essere nella lista delle "cose da fare prima di morire" per tutti.

Quando si fermarono, avevano entrambi il fiatone. Max le sorrise, le lisciò indietro i capelli gocciolanti e la baciò, e lei in quel momento non badò al fatto di avere i piedi fradici o le dita intorpidite, perché sarebbe rimasta volentieri là fuori a baciarlo finché la pioggia non fosse cessata. Alla fine il freddo ebbe la meglio e ritornarono nell'appartamento fradici e tremanti. Josie accese i termosifoni, sapendo che ci sarebbe voluta un'oretta buona prima che la casa si riscaldasse a sufficienza. E quando Max le disse che si sarebbero riscaldati più in fretta se avessero fatto la doccia insieme, acconsentì.

Mentre Josie si asciugava i capelli con il phon, Max si accomodò sul divano e si mise a leggere un libro lasciato da lei sui cuscini. Sembrava proprio la scena di uno spot: lui era perfetto accanto all'albero di Natale di Bia.

Max avvertì lo sguardo di lei e staccò gli occhi dal libro per sorriderle.

Josie si diresse verso di lui, tenendo le mani intrecciate dietro la schiena. Da come camminava, capì che gli stava nascondendo qualcosa e la guardò con un'espressione interrogativa. Lei si fermò e iniziò a dondolarsi sui piedi, a disagio. «Io, ehm, ho qualcosa per te».

«Davvero?». Lui tese le mani. «Be', da' pure a me».

Lei esitò, poi da dietro la schiena tirò fuori l'ingrandimento della foto, tenendola davanti a lui per fargliela vedere. Era lo scatto che Max aveva commentato quel giorno in spiaggia: si vedeva lui di profilo, con un lieve accenno di sorriso sul volto, come una sorta di segreto. Lei si morse il labbro mentre attendeva la sua reazione. «Volevo fartela incorniciare, ma alla fine non ho fatto in tempo, e siccome oggi è Natale…».

Lui gliela prese delicatamente dalle mani, assicurandosi

di toccare solo i bordi, poi alzò lo sguardo su di lei. «La adoro». Il sorriso che le rivolse aveva una punta di tristezza, e si chiese se non l'avesse messo in imbarazzo facendogli quel regalo, come se in cambio si aspettasse qualcosa. «È solo un pensiero», si affrettò a dire, «niente a che vedere con gli orecchini che mi hai regalato tu, e non devi sentirti obbligato a portarla con te, volevo solo...».

Lui si alzò e le stampò un bacio sulle labbra per farla smettere di parlare. «La adoro», disse con tono deciso. «Adesso ho una parte di te che posso portarmi via...».

Lei provò a sorridere a quella dichiarazione: in fin dei conti, era proprio così che si sentiva riguardo alle sue foto, come se stesse donando una parte di sé, ma... da portarsi via con lui! Quando se ne sarebbe andato! Significava che non voleva più vederla, una volta tornato a New York? Non riuscì a chiederglielo perché temeva di rovinare quella giornata, perciò preferì versarsi un altro bicchiere di vino e accoccolarsi accanto a lui a guardare *Harry Potter.*

Non si domandarono nemmeno se lui si sarebbe fermato a dormire lì, anche quella notte: lo diedero per scontato. Più tardi quella sera, quando erano a letto e lei era rannicchiata tra le sue braccia, si ricordò che il volo di Max era stato spostato al giorno seguente. Non ne aveva parlato per tutto il giorno e si chiese se anche lui, come lei, stesse fingendo che non sarebbe successo, concedendosi di pensare che forse il volo sarebbe stato cancellato di nuovo, che forse avrebbero passato un altro po' di tempo insieme. Lui la baciò dolcemente sul collo e con la mano libera le accarezzò un fianco, e Josie sentì la stanchezza gravarle sulle palpebre. Pensò che gli avrebbe parlato l'indomani, prima della partenza. Forse sarebbe potuta andare con lui in aeroporto. Di sicuro si sarebbero rivisti, potevano certamente provarci a far funzionare le cose, anche se c'era così tanta distanza. Bristol non era così lontana, dopo tutto.

Josie sentì il proprio respiro rallentare, il mondo attorno a sé andare alla deriva. Flebilmente, lui lei mormorò qualcosa all'orecchio mentre lei soccombeva a quel sonno nebbioso… la voce di Max era distante, fuori dalla sua portata, quindi non riuscì ad afferrare il senso delle sue parole. Glielo avrebbe detto domani, se era importante. Sorrise mentre si addormentava, pensando a lui che ballava con lei sotto la pioggia.

Capitolo dieci

Fu il freddo a svegliarla il giorno dopo. Ci mise un attimo a rendersi conto che non era soltanto per il riscaldamento spento, ma per l'assenza di un corpo caldo accanto al suo. Si mise a sedere, strizzando confusa le palpebre. C'era un grande silenzio, come se l'intero condominio stesse dormendo dopo una giornata pesante. Guardò il lato del letto di Max, turbata. Le lenzuola erano sgualcite, il cuscino un po' spiegazzato. Con la punta delle dita accarezzò le lenzuola: erano fredde al tatto.

Aggrottò la fronte e raddrizzò la schiena, tendendo l'orecchio. Dal bagno non arrivava lo scroscio dell'acqua corrente, né dal corridoio si udivano passi. Forse Max stava solo cercando di fare meno rumore possibile.

Josie si alzò, si infilò i vestiti che aveva lasciato per terra la sera prima e attraversò la camera, sbirciando fuori dalla porta prima di uscire, come se temesse che qualcuno potesse beccarla a spiare. Si diresse in salotto, stringendosi le braccia attorno al corpo. La porta del bagno era aperta: dentro non c'era nessuno. E Max non stava facendo il caffè, né era seduto sul divano a leggere il libro di Josie. Non c'era da nessuna parte.

Si sentì sprofondare il cuore nel petto e si costrinse a fare un bel respiro, scuotendo la testa. Probabilmente era uscito al volo, magari era andato a comprare la colazione. Non aveva voluto svegliarla, tutto qua. Controllò l'orologio sul caminetto: erano le sette del mattino. Era un po' presto per uscire a comprare la colazione, ma non si poteva escludere. Di sicuro non era svanito nel nulla: non ce n'era ragione, considerato che stava per partire per New York e aveva una facile scappatoia, se proprio ne voleva una. Inoltre, non si era certo trattato del rapporto occasionale di una notte! Avevano passato la giornata insieme dopo aver dormito insieme, per l'amor del cielo: ed era il giorno di Natale. Non fai una cosa del genere se una persona non ti piace, non la fai e basta.

Eppure, Josie continuava a sentirsi lo stomaco in subbuglio: mise su il bollitore per il tè e continuò a guardare la porta, con l'orecchio teso nel caso sentisse rumori di passi sul pianerottolo. Notò il biglietto solo quando si avvicinò al divano: aveva intenzione di farsi trovare seduta lì a bere tranquillamente il caffè quando Max fosse tornato. Era una pagina del suo diario, che Josie aveva lasciato sul tavolino accanto al divano la sera prima: un foglio strappato, piegato in due e messo sul libro che stava leggendo. Sopra c'era scritto il suo nome.

Poggiò la tazza del caffè e a quel punto afferrò la lettera. Dovette leggerla tre volte prima che le parole le entrassero bene in testa; dopodiché sprofondò nel divano, aggrappandosi a quel biglietto con entrambe le mani.

Josie, mi dispiace svignarmela così, ma oggi ho il volo e devo muovermi presto se voglio riuscire a prenderlo: i miei genitori mi ammazzerebbero, se dovessi perderlo. Non sono mai stato bravo con gli addii – e chi lo è, poi? – e ho pensato che così sarebbe stato più facile per tutti e due. Vorrei tanto rivederti, ma dubito che la vita sarà tanto generosa con me, perciò dovrò accontentarmi di questi ultimi pochi giorni passati insieme, che sono stati incredibili. Tu sei incredibile, e grazie a te perdere il volo e restare bloccato qui è stata una delle cose migliori che mi siano mai successe. Per me ha significato tanto passare il Natale con te, e sappi che sarò eternamente felice di averti incontrato. Max.

P.s. Spero che tu non accetti la "riconversione" o qualsiasi cosa ti abbia offerto la tua azienda. Meriti molto di più.

Tutto qui. Non c'era un numero di telefono, né un accenno al fatto che avrebbero potuto provare a vedersi un'altra volta.

Posò la breve lettera sul tavolo e la fissò intontita. L'aveva saputo sin dall'inizio che lui era di passaggio, e non si erano scambiati promesse, ma così le sembrava un colpo basso. Perché era certa che non avesse affatto pensato a lei quando aveva scritto quelle parole. No, chiaramente voleva liberarsene prima che lei potesse suggerirgli di rivedersi, voleva evitare quella conversazione imbarazzante, evitare persino di pensare a una scusa che Josie avrebbe subito sgamato se gliel'avesse detta in faccia.

Mandò giù il nodo che aveva in gola, e fissò lo sguardo fuori dalla finestra del salotto. A differenza del giorno prima, era una giornata serena e il sole aveva già tracciato una bella sfumatura rosa-arancio nel cielo. Era come se in qualche modo la stesse prendendo in giro. Scacciò le lacrime, intimandosi di non piangere. Lo conosceva da pochi giorni, non l'aveva certo lasciata dopo una storia di un anno, dopo essersi detti che si amavano, promettendosi di passare tutta la vita insieme. Avevano solo trascorso qualche giorno in compagnia l'uno dell'altra, tutto qui. Il nodo in gola diventò doloroso e iniziò a scuotere la testa, nel tentativo di non piangere. No. Non avrebbe dovuto sentirsi così. Non avrebbe dovuto.

Ma così si sentiva. Inspirò a fatica, come se avesse il singhiozzo. Non riuscì a evitarlo. E di sicuro, Max doveva averne avuto un sentore. Il modo in cui si era aperta con lui, raccontandogli dei suoi genitori, parlandogli di Oliver... Aveva persino condiviso la lettera dei suoi genitori, per amor del cielo, la tradizione di quella lettera natalizia. Max non era ottuso, doveva aver capito cosa significava per lei. E poi, l'aveva abbandonata, sapendo che non aveva alcun posto dove andare per il Boxing Day, sapendo che non sarebbe stato facile per lei rimanere sola il giorno dopo Natale. Almeno avrebbe potuto avere la decenza di svegliarla; gli sarebbe davvero costato così tanto permetterle di accompagnarlo in aeroporto? Farle credere che forse anche per lui aveva significato qualcosa?

Josie si alzò, prese la lettera dal tavolino e l'accartocciò. Desiderò avere un camino acceso, così l'avrebbe bruciata, osservando le fiamme ridurla in cenere: un gesto simbolico che l'avrebbe fatta sentire meglio. Invece si dovette accontentare di strapparla in tanti piccoli pezzi, che poi avrebbe dovuto raccogliere con l'aspirapolvere.

Sentì il trillo del cellulare: l'aveva lasciato sul bancone della cucina. Il cuore le balzò in petto. Si precipitò a vedere chi era e poi si sentì sprofondare sotto il peso che le gravava sul petto, ancora una volta. Era Bia.

Com'è andato il Natale? Quel tipo sexy è ancora da te? Posso chiamarti su WhatsApp o c'è il rischio che lui origli la conversazione? Vogli sapere tuuuuuutti i dettagli.

Josie afferrò il telefono e serrò le labbra. Non aveva la forza di affrontare quel che le stava succedendo, né di dirlo a Bia, e come poteva tacerlo? L'amica non avrebbe capito perché si sentiva così. Anche Memo e Helen le avevano detto di stare attenta, no? Entrambe sapevano che Josie si sarebbe fatta trascinare, mentre lei non aveva riconosciuto il pericolo che rappresentava quella storia.

Si strinse nelle spalle e camminò per l'appartamento. Alla finestra splendeva il sole; scintillava come se stesse incoraggiando tutti a osservarlo e condividere quella gioia. Avrebbe dovuto prestare maggiore attenzione al tempo, ieri: forse la pioggia battente era un avvertimento.

Lasciò i pezzettini della lettera di Max sul pavimento del salotto e tornò in camera: senza accendere la luce, si rimise a letto. Chiuse gli occhi e si tirò il piumino sopra la testa. Con l'intenzione di restare un bel po' là sotto.

Seconda parte
Aprile

Capitolo undici

«Questo è incredibile, maledizione», bofonchiò Max masticando un boccone di hot dog.

Accanto a lui, sulla panchina che erano riusciti a occupare a Tribeca Park, c'era Liam, che alzò gli occhi castani al cielo e sbuffò. «Calmati, così non va bene». Anche se cercava di mascherarlo, l'accento di Liam era tipicamente newyorchese, una testimonianza del fatto che avesse vissuto sempre là. Era anche vestito secondo quello che Max considerava uno stile tipico newyorchese: un completo blu gessato, fatto su misura, ma abbinato a una camicia rosso scuro; un abbigliamento costoso e stravagante, come la stessa città; e tutto ciò unito a un'evidente abbronzatura. Ciliegina sulla torta, un paio di scarpe sportive nere – o sneaker, come le chiamava Liam – invece delle classiche scarpe eleganti da uomo d'affari che indossava Max. Faceva decisamente più caldo rispetto alle settimane precedenti, come se la città avesse finalmente deciso che era giunta la primavera, e pur non essendoci alcuna garanzia che non arrivasse un altro repentino fronte gelido, in quel momento entrambi i loro cappotti – il vecchio e fedele cappotto di Max che lui riteneva adatto a ogni occasione, e il lungo cappotto beige di Liam, uno dei tanti che possedeva – erano stati gettati sullo schienale della panchina per accogliere l'aria mite.

Max deglutì, e la sua gola protestò per quel boccone particolarmente grosso. «Lo è», insistette. «Questo panino mi sembra buonissimo, e non lo dico perché non tocco cibo da ieri a pranzo». La sera precedente, Liam e Max erano rimasti fino a tardi in ufficio – l'ufficio in cui adesso lavorava anche Max – per prepararsi alla riunione con un cliente "prestigioso": tradotto in parole povere, una gran testa di cazzo.

«Ieri sera la mammina non ti ha lasciato niente per cena?», chiese Liam, ridacchiando tra sé e mostrando i denti straordinariamente bianchi.

«Certo che sì», rispose Max con quel sorrisetto compiaciuto che fregava tutti, a parte Liam. Sua madre, che era un angelo, aveva preso l'abitudine di cucinare per lui tutte le sere, anche quando non era sicuro di rincasare, e non si lamentava mai se la cena restava lì, intatta: esattamente com'era successo la sera precedente, perché Max era talmente sfinito da riuscire solo a spogliarsi e mettersi a letto.

Liam alzò gli occhi al cielo con fare teatrale, ma Max lo ignorò. Sapeva che voleva un bene dell'anima a sua madre, e il sentimento ormai era reciproco perché, in nome di una vaga "amicizia di famiglia" – sua madre e il padre di Liam erano stati compagni di scuola quando a otto anni o giù di lì – Liam aveva messo una buona parola per Max presso lo studio di architettura in cui aveva lavorato l'anno prima, nonostante non lo avesse mai incontrato di persona. Tutto ciò era successo prima che Max ottenesse l'incarico, di breve durata, presso l'ALA, e così aveva fatto il freelance per lo studio di Liam in primavera, e fortunatamente si era subito inteso alla grande con lui. Quando la madre di Max aveva detto alla cerchia delle sue conoscenze che il figlio si sarebbe trattenuto un po' più del previsto a New York dopo le feste natalizie, Liam ne aveva casualmente parlato con uno dei soci più anziani dello studio, che aveva subito offerto a Max un contratto di sei mesi affinché lo aiutasse in un progetto molto impegnativo. Inoltre, nonostante l'amore immediato e reciproco tra Liam e sua madre, Max aveva concluso che non c'era niente di male se un trentaduenne si accampava a casa dei genitori per due mesi: in fondo, i suoi l'avevano praticamente supplicare di restare, perché l'alternativa per lui sarebbe stata affittare un buco, magari distante, con l'incubo di dover fare il pendolare tutti i giorni.

Max finì il suo hot dog, spazzolando un po' di briciole dal maglione nero – tendeva a preferire l'abbigliamento casual nel dress code previsto dall'ufficio – e sospirò. Non c'era niente di meglio al mondo che mangiare quando avevi fame. Si spostò un po' sulla panchina quando sentì la sferzata del vento. Alzando lo sguardo, si accigliò: addio bel tempo, ora le nuvole minacciavano di spazzare via il tepore del sole.

«Giuro che piove più qui che in Inghilterra», brontolò Max.

«Non è vero», replicò Liam, guardando una donna che correva, vestita in lycra aderente. C'erano sempre quei maledetti jogger al parco, che ti facevano sentire in colpa soltanto perché te ne stavi seduto. Quella donna in particolare era alta e magra, e Max fece una smorfia. Liam aveva un debole per le donne alte e snelle.

«Così pare, considerate le ultime settimane. Comunque, tu come fai a saperlo? Non sei mai stato in Inghilterra».

«Non c'è bisogno di essere stati in Inghilterra per leggere le previsioni del tempo».

«Le consulti regolarmente, eh? Controlli ogni settimana il meteo a Londra?»

«È un mio hobby».

«L'hai scritto nel tuo profilo su tutte quelle app per appuntamenti che hai nel telefono? Perché forse è proprio grazie al tuo hobby che fai colpo, amico». Liam si limitò a fargli un gran sorriso: era impossibile riuscire a provocarlo.

Il telefono di Max gli vibrò nella tasca e lui lo tirò fuori. C'erano diversi messaggi e due chiamate perse di sua madre; i più recenti erano di Erin: gli diceva che stava per salire sull'aereo e che non vedeva l'ora di riabbracciarlo. Fissò il messaggio per un momento, poi, incapace di pensare a qualcosa di meglio, le rispose

Buon viaggio XX

Max decise che era meglio ignorare la madre per il momento, per poi abbondare in scuse e moine quando sarebbe tornato a casa, perciò abbassò il telefono, che si illuminò all'istante: senza pensarci, guardò chi era. E così, di riflesso, fece Liam. Il telefono aveva lo schermo rivolto in su, quindi videro entrambi la notifica di WhatsApp in cima: una riga di baci.

«Erin sta per salire sull'aereo», spiegò Max. Liam non era uno che s'intrometteva nella sua vita privata – era uno dei suoi grandi pregi – ma quell'argomento era venuto fuori qualche volta in virtù del fatto che lavoravano tutti i giorni insieme.

Liam annuì lentamente. Aveva un cranio perfetto: particolare un po' strano ma che era impossibile non notare da quando si era rasato i capelli scuri: uno stile "abbinato" a un filo di barba intorno al labbro superiore e sul profilo del mento; e che richiedeva fin troppa cura, nell'opinione di Max. «Ah, sì», disse. «L'ex di Edimburgo. Hai paura che sia una situazione imbarazzante, dopo che ti ha mollato l'ultima volta?».

Max tamburellò sul telefono con la punta delle dita. «Mi piace pensare che sia stata una decisione comune e che l'abbiamo entrambi superata. Ora siamo solo amici, te l'ho detto».

«Ceeerto», disse Liam in modo così strascicato che il suo accento sembrò ancor più americano. «E allora decide di fare tutta questa strada per vederti, poco prima del tuo ritorno in Inghilterra, solo perché siete tanto amici?»

«Stai cercando di presentarla come una cosa losca, ma non c'è niente, davvero. Solo perché tu non hai amici pronti a sobbarcarsi un po' di ore di aereo per passare qualche giorno con te in una città fredda, non significa che il resto di noi non lo faccia».

«Io sono soltanto più selettivo riguardo agli amici: cerco di evitare i parassiti, sai».

«Certo, continua a raccontartela». In realtà, da quel che aveva visto Max, Liam faceva amicizia con facilità, probabilmente perché era un tipo alla mano: non s'impicciava degli affari altrui e tutti volevano stargli accanto. Forse era per quella sua natura discreta che non gli aveva chiesto perché fosse tornato a New York per un periodo lungo, se l'ultima volta che avevano parlato al telefono Max stava per cominciare un nuovo lavoro prestigioso a Londra, dove già si trovava.

Max s'infilò il telefono in tasca, e si accigliò. In realtà, le parole di Liam contenevano un pizzico di verità. Sì, lui ed Erin erano amici. Erano stati amici a Edimburgo prima che succedesse tutto, e si erano messi insieme solo l'ultimo anno di università. Da lì era iniziata una relazione tira-e-molla degna di Ross e Rachel di *Friends*, durata cinque anni circa fino alla scorsa primavera, quando lei l'aveva di nuovo mollato. E ora, Max era piuttosto sicuro che volesse rimettersi con lui, considerati alcuni messaggi che gli scriveva. Il problema era che nei pensieri di Max ora compariva un altro viso, un viso che aveva suscitato in lui sogni piacevoli e risvegli non altrettanto piacevoli nel corso degli ultimi mesi.

Max diede un'occhiata all'orologio al polso – una nuova marca di cui gli aveva parlato Liam – e, senza una parola, si alzarono entrambi. I pranzi di un'ora non erano visti di buon occhio in ufficio. Non che Max si lamentasse: voleva tenersi impegnato, immerso nel lavoro che aveva ricominciato ad amare. Negli ultimi mesi aveva trascorso troppo tempo a farsi ossessionare dal passato o a preoccuparsi del futuro, tutto a causa di un maledetto giorno dell'anno precedente, il giorno che aveva quasi fatto ruotare – letteralmente – il suo intero mondo fuori-asse.

No. Chiuse gli occhi per qualche istante. Non ci doveva pensare. Era la nuova regola, l'unico modo per superare quei mesi: fingere che non fosse successo. Distrarsi era l'unica maniera per andare avanti.

Si rincamminarono verso l'ufficio a West Broadway, scansando una marea di gente, con il cielo grigio che incombeva minaccioso su di loro. Accanto a Max, Liam si muoveva con la sua tipica camminata pesante e goffa, strana per uno come lui che aveva fatto ogni genere di sport: era come se volesse nascondere e allo stesso tempo sfoggiare il corpo muscoloso che superava il metro e novanta, ma il risultato era una sorta di compromesso che non otteneva né l'uno né l'altro effetto. Senza nemmeno scambiarsi uno sguardo, s'infilarono nello Starbucks all'angolo, subito prima dell'ufficio. Era scontato che avessero bisogno di caffeina per affrontare la riunione postprandiale, considerato quanto a lungo la trascinavano i clienti; e il caffè dell'ufficio, nonostante fosse un ambiente lussuoso, faceva veramente schifo.

Si unirono alla fila perenne, e tutti e due sorrisero alla cassiera con i capelli rossi e le guance rosate dietro il bancone: sembrava l'eroina di un romanzo irlandese, e non la barista di un caffè frequentato da uomini d'affari a Manhattan. La ragazza fece un cenno con la testa quando Liam ordinò un cappuccino doppio, aromatizzato con lo sciroppo, e poi si girò sorridente verso Max. «Un caffè americano senza latte, grazie».

Lui sorrise, e le fossette della barista si fecero ancora più pronunciate. «Sei inglese?», chiese mentre batteva gli ordini. Max pagò, e ancora una volta lei annuì e lo guardò raggiante, con gli occhi verdi sottili agli angoli. «Che figata. Ho sempre desiderato andare là. Sono secoli che risparmio per fare quel viaggio. Londra è fantastica? Ci scommetto che è assolutamente fantastica».

«È fantastica», rispose Max, e quando Liam sbuffò accanto a lui, concluse che forse non era stato così convincente. Per troppe persone l'Inghilterra significava solamente Londra: e anche se sì, certo, per un periodo lui aveva vissuto effettivamente a Londra, c'era ben altro. Tuttavia decise di rispondere gentilmente alla barista: «Bene, ti auguro proprio di andarci un giorno».

Lei gli scossò un sorrisone. «Be', se ci andrò, ti cercherò...».

Liam a quel punto tossì (di proposito) mentre Max si presentava. «Max».

Lei fece un cenno con la testa. «Max. Io sono Amy». Un altro sorriso.

Con i rispettivi caffè e cappuccino in mano, i due amici uscirono. Fuori cominciavano a cadere le prime gocce di pioggia. Per fortuna era la fine della loro pausa pranzo e non l'inizio.

Liam osservò divertito: «Non ci devi nemmeno provare, eh?».

Max disse solo: «Mmm», con aria innocente, e sorseggiò il caffè.

«Lo sai che è tutto merito del tuo accento inglese sexy, no?».

Max scrollò il capo. «Amico, non devi esserne così geloso, non è bello».

Liam alzò il cappuccino. «Mi voglio solo assicurare che non ti monti la testa. È mio dovere, perché sono il tuo unico amico qui».

Max sbuffò, ma poiché Liam non aggiunse altro, si ritrovò a fissare con aria assente il marciapiede mentre percorrevano l'ultimo tratto per arrivare in ufficio. La sua mente vagava, persa in una fantasticheria: e se avesse scherzato e flirtato con la barista carina dai capelli rossi, se l'avesse invitata a bere qualcosa e le avesse dato tutte le dritte per una vacanza a Londra? Sarebbe stato facile, una cosa leggera e divertente. Un anno fa – se si fosse trovato nella fase di "rottura" con Erin – probabilmente l'avrebbe fatto, ma adesso non riusciva nemmeno a trovare l'energia per prendersi il disturbo, né in un senso né nell'altro.

«Tutto bene?», gli chiese Liam quando raggiunsero l'elegante edificio in mattoni che ospitava il loro ufficio. Negli anni Novanta, quel palazzo era stato ufficialmente dichiarato una pietra miliare di New York: era stato progettato da un famoso architetto dell'epoca, e adesso il cerchio si era chiuso perché era diventato la sede di un prestigioso studio di architettura.

Oltrepassarono le porte di vetro, dirigendosi alla reception, e Max bevve un altro sorso di caffè. Poi annuì, riscuotendosi da quell'inutile introspezione. «Già. Stavo solo pensando alla nostra riunione. Non sarà noiosa, no?».

Liam non ebbe modo di rispondere perché una donna sulla trentina, con i capelli scuri e un fisico snello e tonico fasciato in un completo da palestra che non lasciava nulla all'immaginazione, si alzò da uno dei divani all'ingresso, smettendo di sfogliare una rivista di architettura, e si diresse verso di loro. Liam, letteralmente, si bloccò, mentre la donna si avvicinava con gli occhi scuri che mandavano lampi. Gli avrebbe urlato in faccia, Max ne era convinto: forse era furibonda perché aveva fatto di tutto per vederlo, e lui non si era fatto trovare. Max era sempre stato capace di intuire cosa stesse pensando dagli occhi, e lei affermava la stessa cosa di lui: tra loro bastava uno sguardo. Con il passare degli anni erano diventati così bravi a leggersi nel pensiero che la madre, in più di un'occasione, aveva detto che erano legati da qualcosa di soprannaturale, e che forse erano addirittura gemelli. Secondo la delirante teoria materna, un ovulo fecondato si era diviso in due ed era rimasto nell'utero per i quattro anni che li separavano. Da bambino, a Max quell'idea era sembrata disgustosa, e infatti non ascoltava mai i particolari quando la madre cominciava con quella storia. E poi, nonostante la sua teoria dei gemelli, lei e Max non si assomigliavano per niente: sua sorella era molto minuta, e c'erano sempre state varie congetture sul perché di quel fisico in miniatura, visto che Max e i loro genitori erano ben più alti della media. Inoltre, lei aveva i capelli e gli occhi scuri, mentre Max aveva colori chiari: a una prima occhiata, nessuno li avrebbe scambiati per fratello e sorella.

Lei si fermò di colpo davanti a Max e Liam e sollevò il mento verso suo fratello, facendo risaltare i lineamenti marcati del viso, soprattutto zigomi e mento. Di recente si era tagliata i capelli corti e il viso pareva ancor più spigoloso. Max era convinto che, almeno in parte, l'avesse fatto per dispetto alla madre, la quale si era immediatamente lamentata che sua figlia ora sembrava un maschio. Ma era davvero impossibile guardare Chloe e pensare che assomigliasse a un maschio: semmai i capelli corti l'avevano resa ancora più bella. Max lanciò una rapida occhiata a Liam e capì che anche lui stava inseguendo gli stessi pensieri su sua sorella. Lo guardò torvo, tanto che Liam tossì e cambiò subito espressione.

A essere sinceri, Max comunque lo capiva: Chloe aveva sempre quell'effetto sugli uomini, e nel corso degli anni – in qualità di fratello maggiore – per difendere "l'onore" della sorella o punire chi le aveva spezzato il cuore, lui si era cacciato in diverse risse, spesso con conseguenze poco piacevoli. Tutto questo finché non era scoppiata una lite furiosa tra i due: Max le aveva detto che non avrebbe dovuto mai più metterlo in situazioni in cui era costretto a usare le mani, e Chloe aveva candidamente replicato che a lui spettava solo preoccuparsi del *loro* onore. Avevano infine raggiunto un tacito accordo: Max si sarebbe girato dall'altra parte mentre Chloe attraversava fiumane di uomini, lasciandosi dietro una scia di cuori spezzati quando annunciava al malcapitato di turno che non faceva proprio per lei.

«Ciao, Chloe», la salutò con voce neutra, sorseggiando ciò che restava del caffè. «Carino da parte tua passare di qui».

Lei gli puntò un dito contro il petto. «Dannatamente carino da parte mia, certo. Sono arrivata secoli fa, e siccome non mi hai risposto al telefono mi è toccato aspettare qua». Max si accigliò e pescò il telefono da una tasca. Vide che l'aveva chiamato appena venti minuti prima. «Per fortuna», continuò Chloe, gesticolando verso il banco della reception e il tirocinante che se ne stava seduto dietro, «Steve è stato così gentile da farmi aspettare qui nell'atrio, anche se non aveva idea di chi fossi: non devi aver fatto una grande impressione qui in ufficio».

Liam si morse il labbro e Max ebbe l'impressione che stesse cercando di non sorridere. «Sempre meglio dell'impressione che fai tu», replicò mantenendo un tono volutamente leggero per stroncare la rabbia della sorella; era abituato a quelle scenate capricciose che si smorzavano da sole, con la stessa velocità con cui iniziavano. «Quella sbagliata, ed è l'unica ragione per cui la gente si ricorda di te, e non c'è da esserne orgogliosi».

Lei lo liquidò agitando una mano in aria, come a dire "Pensa pure quel che vuoi", e Max sospirò. La afferrò per un gomito e la fece spostare di lato, lontana dall'ingresso. «Che cosa ci fai qui, Chloe?».

Lei sbuffò. «Sono qui perché la mamma "è tutta la mattina" che prova a telefonarti, come dice lei, e tu ti rifiuti di rispondere. Così mi ha corrotto offrendomi una lezione gratuita di spinning, in una di quelle piccole palestre fiche di Tribeca, da queste parti. Ed eccomi qua a fare la parte della figlia amorevole: sono venuta a controllare che tu sia ancora vivo e che nessuna disgrazia si sia abbattuta su di te. Perché non solo non hai risposto al cellulare, ma quando la mamma ha telefonato in ufficio le hanno detto che non c'eri e...».

«Oddio, ma ha chiamato davvero qui in ufficio?».

Chloe lo ignorò, continuando come sempre a parlare a raffica, senza mai prendere fiato. «Inoltre, la mamma vuole sapere a che ora arriva l'aereo di Erin, perché si sta agitando: dice che non sa se farà in tempo a pulire tutta la casa, e teme che tu possa dimenticarti di andare a prenderla all'aeroporto».

A quel punto s'intromise Liam, facendo un verso a metà tra un colpo di tosse e una risata, e l'attenzione di Chloe si spostò su di lui: arrossì sotto lo sguardo inferocito di lei, poi si schiarì la voce quando vide l'espressione negli occhi di Max. Chloe gli rivolse un rapido sorriso, e non fece mistero del fatto che lo stesse studiando con attenzione.

Max respirò a fondo, fece appello a tutta la sua pazienza e ricordò a sé stesso quanto amasse sua madre e sua sorella; non poteva biasimarle se lo trattavano ancora come un bambino, anche se in cuor suo aveva sperato il contrario. Sua sorella non l'avrebbe mai ammesso, ma lui sapeva bene che la madre non ci aveva messo molto a convincerla di andare a "controllare" Max, nonostante Chloe avesse fatto del suo meglio per nasconderlo usando il suo tipico tono aggressivo. E ciò, a essere sinceri, andava bene a entrambi: né a lui né a sua sorella piacevano quelle stronzate di baci e abbracci.

«Bene», disse Max, «puoi riferire a nostra madre che sto bene, che nessuna disgrazia si è abbattuta su di me, che Erin non arriverà prima di stasera e non baderà assolutamente alle condizioni in cui sarà la casa, e che andrò io personalmente a prenderla. E che anche...».

«Ecco, mi interessa proprio questa parte», mormorò Chloe.

«... se non andassi a prenderla, Erin è una donna adulta e intelligente, più che capace di arrivare a casa dall'aeroporto».

«Ed è una donna fortunata ad avere te», aggiunse Chloe. A quel punto Liam si allontanò appena, ma loro due se ne accorsero e gli lanciarono un'occhiataccia per poi riconcentrarsi sulla discussione.

«C'è altro?», domandò Max gentilmente.
«Erin avrà bisogno di una stanza tutta per sé?», chiese lei con affettazione.
Max la fulminò con lo sguardo. «Sparisci, Chloe!».
«Cosa?», esclamò lei, tirandosi la borsa da palestra sulla spalla. «Era una domanda sincera! E se non divide la stanza con te significa che devo dormire sul divano, il che è semplicemente...».
Max si passò una mano tra i capelli. ««Oddio, quanto sei noiosa. Perché hai deciso di tornare qui per Pasqua?»
«Perché qui il tempo è più bello, ovvio». Disse proprio "ovvio", come un'adolescente.
Liam si lasciò sfuggire un'altra risatina, e Max e Chloe si voltarono nuovamente verso di lui che, allarmato dalla forza combinata dei loro sguardi, si ricompose subito. «Scusa, amico». Max diede un'occhiata all'orologio, poi fece cenno a Liam per fargli capire che dovevano sbarazzarsi di Chloe e salire al loro piano.
Chloe però si spostò, bloccando il passaggio. «Ehi, scusami se Max è decisamente troppo concentrato su sé stesso per presentarmi, ma io sono Chloe, sua sorella».
Liam annuì, e quando parlò la sua voce era più roca e suadente del solito. «Lo so. In realtà ci siamo già presentati l'anno scorso, all'anniversario di nozze dei vostri genitori».
Chloe lo guardò ammirata, poi fece il broncio. «Hai ragione, scusa, ora mi ricordo di te. Sei il figlio di quel vecchio compagno di scuola della mamma, no?».
Liam annuì di nuovo e rivolse a Max uno sguardo impotente. Max non capì se gli stesse chiedendo di essere salvato, o se volesse il permesso di tuffarsi a capofitto in quella storia. Di solito Liam non aveva bisogno di alcun aiuto quando si trattava di donne, nonostante i suoi com-

menti di poco prima su quanto fosse facile rimorchiare per Max. Non sapeva nemmeno se Chloe si fosse sinceramente dimenticata di avere già conosciuto Liam: immaginò che sua sorella stesse facendo qualche giochetto, perché era ben consapevole di come la stesse guardando il suo amico. Chloe, che era fin troppo brava a conquistare gli uomini, proteggeva ferocemente il suo cuore, il che impediva loro di avvicinarsi veramente a lei: ecco qual era il problema. Ma se Max avesse osato dirglielo, gli avrebbe ringhiato contro.

Decise che era meglio far muovere Liam e allontanarlo da quel pericolo, perciò protestò. «Per amor del cielo, amico, riprenditi. Se continui a guardarla in quel modo, si comporterà ancora peggio».

Chloe sbuffò, spostandosi la borsa da palestra da una spalla all'altra. «Smettila di essere così sgradevole e imbarazzante, Max, lo stai facendo apposta. Povero Liam». Lanciò un'occhiata a Liam, che si sentì costretto a schiarirsi la voce. «La prossima volta che provi a intortarti una ragazza davanti a me, fratello mio, le farò la lista dettagliata dei tuoi difetti».

Max le diede una pacca affettuosa sulla spalla. «Tesoro», disse sarcastico, «non ho mica bisogno di intortarmele, le ragazze: cadono tutte ai miei piedi, lo sai».

I due si scambiarono un sorrisetto: di sfida, ma anche di solidarietà. In tutta franchezza, l'arrivo di Chloe l'aveva decisamente tirato fuori dalla malinconia che si era autoinflitto. Sua sorella sapeva essere davvero irritante, ma era anche l'unica persona che riusciva a riscuoterlo da qualsiasi stato d'animo. La baciò su una guancia per salutarla, prima di allontanarsi con l'amico.

«Gesù», esclamò Liam, passandosi una mano sulla nuca.

Max non riuscì a trattenere una risata e diede a Liam una

pacca affettuosa sulla spalla. «Non ti preoccupare, amico, non sei l'unico a reagire così, fidati».

Liam scrollò il capo. «Questo, stranamente, non mi fa sentire meglio. Non che… insomma, lo so che è la tua sorellina».

«Sì, però assicurati di non chiamarla mai "sorellina" quando le parli. Ma non preoccuparti, stasera avrai l'occasione di farle un'impressione migliore».

Liam lo guardò perplesso mentre cominciavano a salire le scale: uno sforzo consapevole voluto da Max per recuperare la forma fisica.

«Stasera?»

«Sì, ho appena deciso che avrò bisogno di sostegno a cena, se devo occuparmi contemporaneamente della mia ex e di mia sorella».

Liam lo guardò con la coda dell'occhio. «Ma mi avevi detto che era solo un'amica!».

«Be', comunque sia, tu verrai a cena».

«Va bene. Vengo, a condizione che cucini tua madre».

Quando entrarono nell'ufficio al terzo piano, Max rifletté su una cosa che aveva pensato poco prima: non era vero che Chloe fosse l'unica persona al mondo in grado di tirarlo fuori dalle sue paturnie. L'altra persona in grado di farlo – e che probabilmente nemmeno lo sapeva – era una che, quasi letteralmente, era caduta ai suoi piedi quattro mesi prima.

Capitolo dodici

«Erin, prendine ancora un po'. Sarai molto affamata dopo quel lungo volo». La madre di Max si era già alzata sulla sedia, e la sua collana d'oro oscillò mentre si allungava verso il centro della tavola per prendere la coppa con il riso alla messicana che accompagnava il salmone alla griglia, già servito prima. Max resistette all'impulso di alzare gli occhi al cielo, ed evitò di guardare Chloe perché temeva che la sorella avesse la sua stessa espressione. Da quando Erin aveva varcato la soglia di casa, la madre di Max stava cercando di rimpinzarla con la forza: era persino andata in quella pasticceria speciale a chilometri di distanza per comprare dei biscotti che, secondo lei, a Erin sarebbero tanto piaciuti.

Erin scrollò la testa. «No, davvero, Valerie, sto bene».

Sua madre arricciò le labbra rosse di rossetto, poi si voltò verso Liam, che era seduto di fronte a Max: aveva posato la giacca nera sullo schienale della sedia, e così la camicia rossa spiccava ancora di più; lui aveva già una seconda porzione di riso, bella abbondante, nel piatto. «Tutto bene, Liam?». L'accento americano della madre diventava più pronunciato quando si rivolgeva a lui, come se il fatto di averlo accanto stemperasse la pronuncia inglese ormai quasi perduta. Gli sorrise con affetto quando lui si affrettò a inghiottire il boccone, quasi strozzandosi, per risponderle;

Max non si sarebbe sorpreso se sua madre si fosse alzata e si fosse avvicinata a Liam per pulirgli la bocca con un tovagliolo. A dirla tutta, per lei era come Natale: c'erano Liam ed Erin, e che ci fossero anche i suoi due figli, venuti entrambi dall'Inghilterra, non era un evento nemmeno paragonabile a quello.

La madre si rimise a sedere con riluttanza e scambiò un'occhiata con il padre di Max, che le sorrise con indulgenza: era seduto a capotavola e teneva le mani in grembo, come se gli dolesse. Suo padre faceva molto esercizio per tenersi in forma, Max lo sapeva, ma nonostante ciò cominciava ad avere un accenno di pancia, cosa di cui il resto della famiglia evitava di parlare.

Lo sguardo della madre continuava a guizzare dal piatto vuoto di Erin al cibo sulla tavola. Max si accorse che stava per insistere perché la sua ex fidanzata mangiasse ancora, perché nelle due ore che era stata lì aveva sentenziato che era "molto magra", come se fosse un segno allarmante anziché il traguardo che Erin chiaramente perseguiva.

Ma prima che lui potesse intervenire, ci pensò la giovane a bloccarla. «Tutto buonissimo. Valerie, grazie di cuore. Perdonami, ma non riesco a mangiare altro. L'orologio interno del mio corpo è in gran confusione, e ho mangiato in aereo perché non ero sicura di cenare qui, visto che sarei arrivata così tardi». Lo disse con dolcezza, ma le parole di Erin lo fecero agitare.

E, a peggiorare le cose, sua madre gli lanciò un'occhiataccia con quei suoi occhi verde-oro: occhi che, sempre a detta della madre, lui aveva ereditato e "fatto suoi", perché le iridi orlate d'oro di Max erano più scure rispetto a quelle di Valerie. Oddio, non era colpa sua se la madre aveva allestito un banchetto pantagruelico, no? Lui aveva solo detto che forse Erin, una volta arrivata, avrebbe avuto fame: ciò significava chiaramente che poteva anche non averne affatto. Come diavolo faceva lui a sapere quanta fame potessero avere gli altri?

«Hai mangiato in aereo?». Le sopracciglia perfettamente curate della madre s'incurvarono. «Hai volato in business class, vero, Erin?».

Il padre di Max allungò la mano e strinse quella della moglie sul tavolo, e allo stesso tempo Max esclamò: «Mamma!».

Come se non bastasse, Chloe alzò gli occhi al cielo, prendendo una terza porzione di riso: a differenza dei due ospiti, la madre non aveva pensato di offrire il bis ai suoi stessi figli. Max notò che Liam si spostò leggermente quando Chloe allungò il braccio per servirsi, accertandosi di non sfiorarla, e a quella scena non riuscì a trattenere un sorrisetto divertito. Tra quei due c'era una gran cortesia: Chloe, come sapeva bene Max, si stava comportando con tanto garbo soltanto perché c'erano i genitori a tavola, e non perché quella fosse la sua vera natura; a differenza di Liam, che invece era naturalmente gentile. Non si erano quasi mai rivolti direttamente la parola, a meno che non l'avesse richiesto la conversazione generale, e tuttavia Max si era accorto di come Liam continuasse a guardarla di sottecchi, e di come Chloe ignorasse accuratamente quegli sguardi furtivi. Non che lui fosse nella posizione di giudicare: proprio in quel momento, Erin si spostò sulla sedia e col ginocchio fasciato dai jeans attillati, che mettevano in mostra le sue gambe leggendarie, sfiorò il suo sotto il tavolo. Era sicuro che si trattasse di un gesto intenzionale, un messaggio per fargli sapere che, anche se parlava con sua madre, in realtà pensava a lui. Max prese il suo drink, purtroppo analcolico, e ne bevve un sorso.

«Che cosa?», domandò la madre, con un tono di voce che gli ricordò comicamente quello di Chloe. Lui ne aveva ereditato i lineamenti e Chloe la personalità, al cento per cento, anche se entrambe si rifiutavano di vederlo.

Suo padre si schiarì la voce: teneva gli occhi – castani come quelli di Chloe, ma non altrettanto scuri – puntati sul profilo incipriato della madre e delicatamente le strinse un'altra volta la mano.

Lei fece finta di niente. «L'economy class è veramente terribile», continuò, «il cibo soprattutto: non l'augurerei nemmeno alla signora Price del piano di sotto». Fece una smorfia, socchiudendo gli occhi. «Be', forse a lei sì. L'altro giorno ha avuto la faccia tosta di chiedere se la nostra domestica si occupa anche di cucinare i pasti, ed era una frecciatina perché sa bene che non possiamo permettercelo...».

«E comunque non la vorremmo nemmeno, una cuoca», s'intromise il padre. «Perché ci mancherebbe la tua cucina». Guardò la moglie con occhi scintillanti, e Max notò che sua madre provò a trattenere un sorriso, senza riuscirci.

«Udite, udite!», esclamò a un tratto Liam, sfoggiando il suo migliore accento britannico.

«Oh, Liam, sei un tesoro». Sua madre gli rivolse un sorriso caloroso e le si addolcì lo sguardo come se avesse davanti il suo primogenito. Si passò una mano sui ricci color mogano per controllare che la messa in piega del giorno prima fosse in ordine. Max, oltre agli occhi, aveva ereditato anche il colore dei capelli da lei, ma i suoi erano leggermente più scuri, con sfumature ramate che si accendevano soltanto al sole.

Anche Liam guardò Valerie con occhi pieni d'affetto, e alzò il suo calice di Pinot Grigio per fare un brindisi alla mamma di Max. Chloe lo raggelò con lo sguardo; lui però o non se ne accorse o scelse di ignorarla, e quando vide che

Max la stava osservando mimò il gesto di strozzarsi. Il padre lanciò un'occhiata di rimprovero a Chloe: i loro occhi erano simili in modo inquietante; lei fece finta di tossire, battendosi il petto e Max si sforzò di non ridere.

Per fortuna, la madre non prestò attenzione a Chloe, perché guardava raggiante Liam ed Erin.

«Va bene», disse infine Erin con un accenno di sorriso e bevve un sorso di vino. Max notò che stava cercando di soffocare uno sbadiglio: sembrava sfinita, anche se si era truccata per coprire le occhiaie e ravvivare il volto pallido che lui aveva visto in aeroporto; dopo la doccia si era cambiata e ora indossava una camicetta azzurra, pulita e perfettamente stirata, e si era spazzolata i capelli biondi. Max sapeva che la sua ex stava morendo dalla voglia di andare a dormire, ma non si sarebbe alzata da tavola finché non l'avesse ritenuto opportuno.

Dall'altra parte della tavola, Chloe incrociò la forchetta e il coltello nel piatto, rilassandosi contro lo schienale. «C'è il dolce?», chiese poi, dandosi dei buffetti alla pancia.

La madre aggrottò la fronte. «Hai mangiato per tre».

Chloe le sorrise dolcemente. «Ma cucini così bene, mamma! Quando lavoro non ho quasi mai il tempo di cucinare, e dovresti ricordarti com'è all'inizio...», disse fulminandola con lo sguardo.

Suo malgrado, la madre s'intenerì. «Va bene, ma vieni in cucina a darmi una mano con il dessert». Insieme, sua madre e Chloe sparecchiarono, portando via tutto nella cucina semichiusa alle loro spalle. Chloe fece l'occhiolino a suo fratello quando gli passò davanti. Max si accorse che Liam stava seguendo sua sorella con lo sguardo e si schiarì rumorosamente la voce. Liam sussultò, con aria colpevole.

Erin si rivolse al padre di Max e Chloe, accavallando le

lunghe gambe sotto il tavolo. Nonostante il jet lag, aveva davvero un bell'aspetto, Max doveva ammetterlo. «Allora, Roger, come ti trovi ora che sei in pensione?».

Considerato che Erin aveva già coinvolto suo padre nella conversazione, incentrata sulla vita a New York e su come si trovasse in America, Max si avvicinò a Liam. «Ti mangerà vivo, sappilo».

Liam fece vorticare il vino nel bicchiere e guardò Max con aria innocente. «Non so proprio a cosa ti riferisci».

Max inarcò le sopracciglia. «Davvero?».

Liam si mise una mano sul cuore, con gesto teatrale. «Non preoccuparti, sai, non è affatto il mio tipo». Ed era vero: Liam preferiva solitamente donne simili a Erin, sofisticate e con le gambe lunghe. Eppure Max era abbastanza sicuro che, se Chloe avesse deciso di conquistarlo, l'amico non avrebbe avuto scampo.

Max si rilassò contro lo schienale della sedia grigia: era una sorta di poltrona senza braccioli e s'intonava al resto dell'appartamento, tutto nei toni del bianco e del grigio, chiaramente progettato per sembrare più grande di quanto non fosse in realtà. Lasciò spaziare lo sguardo: il parquet, il divano ad angolo, le finestre enormi tutt'intorno al salotto. Era un po' troppo uniforme per lui, ma riusciva a capire perché piacesse ai suoi genitori, anche se all'inizio quasi non ci aveva creduto quando gli avevano annunciato che si sarebbero trasferiti nell'Upper East Side, il quartiere noto in tutto il mondo come la zona più snob di New York. Sapeva che erano riusciti a piazzare la casa della loro infanzia a un prezzo più alto di quanto avessero pensato, quando l'avevano venduta un paio di anni prima. Non che sapesse quanto era costato esattamente quel posto ma, considerato il mestiere che faceva, Max poteva intuirlo. Un appartamento con tre camere da letto in quel palazzo lussuoso, a un piano alto, non era di certo economico. Inoltre, aveva una bellissima vista sulla città, anche se in quel momento si vedevano soltanto le luci degli altri palazzi e delle strade sotto. Nel palazzo c'era persino un portiere molto elegante che salutava Max chiamandolo per nome ogni volta che lo vedeva. Tutto ciò gli faceva dubitare che sua madre stesse facendo la consulente in ospedale "solo per tenersi occupata", come sosteneva lei: era convinto che avessero davvero bisogno di soldi per pagarsi tutto quel lusso.

Quando sua madre e Chloe ricomparvero con la torta di mele fatta in casa e i piattini per il dolce, Max notò che Liam all'improvviso era molto interessato alla conversazione tra Erin e suo padre a proposito degli ultimi spettacoli di Broadway. Max si lasciò sfuggire una risatina ed Erin gli lanciò un'occhiata veloce con aria interrogativa. Lui si limitò a scuotere la testa.

Dopo che la torta di mele fu quasi finita – Erin si sforzò di mangiarne metà della sua porzione, per non offendere la padrona di casa – Liam annunciò che doveva rientrare perché l'indomani mattina sarebbero dovuti andare presto in ufficio per una riunione molto importante. Riuscì a sottrarsi alle proteste della mamma di Max e a salutare tutti: baciò Valerie ed Erin sulla guancia, strinse la mano del padre di Max e diede al suo amico una pacca amichevole sulla spalla. Infine si rivolse a Chloe, che nel frattempo si era rimessa a sedere con la schiena ben rilassata sullo schienale. Alzò lo sguardo su di lui con aria distaccata, e lui si passò una mano sulla nuca. Max era sinceramente dispiaciuto per Liam: l'intera famiglia ed Erin stavano guardando quei due con grande interesse, senza il minimo imbarazzo. Ma non era abbastanza dispiaciuto per lui da intervenire per distogliere la loro attenzione.

«Bene, è stato un piacere rivederti, Chloe», disse Liam con fare cerimonioso.

Con la coda dell'occhio, Max vide sua madre che annuiva in segno di approvazione: le buone maniere per lei erano un concetto molto relativo.

Sua sorella sorrise a Liam con un'espressione priva di qualsiasi dolcezza. «Anche per me». Poi si raddrizzò e si tirò su dandogli un bacio veloce sulla guancia e posandogli una mano sull'avambraccio come per tenersi in equilibrio. Quindi si staccò da lui, piegando la testa di lato. «Magari ci rivedremo».

Liam si schiarì la voce. «Giusto. Sì, magari». Rivolse a Max un'espressione stupita, sgranando gli occhi. L'amico si limitò ad annuire e a fare spallucce, come a dire: "Ti avevo avvertito".

Non appena Liam fu uscito, Erin colse l'opportunità al volo prima che si rimettessero tutti a sedere: «Sono desolata ma credo che andrò a dormire, altrimenti domani sarò una pessima compagnia». Sorrise, e la madre e il padre di Max scrollarono la testa come se il solo pensiero fosse inconcepibile. Chloe si sedette e iniziò a divorare un'altra fetta di torta di mele. «Inoltre», continuò Erin, «non voglio rischiare di svegliarmi tardi e perdermi qualcosa. Voglio sfruttare al massimo il mio primo weekend a New York».

La madre di Max scrollò di nuovo la testa. «Che peccato», esclamò lanciando un'occhiata a Max.

Prima di allontanarsi da tavola, Erin salutò Max con una strizzatina alla spalla. Quel tocco gli rimase addosso, e d'un tratto gli fu chiaro che doveva prendere una decisione, prima o poi. Dall'espressione dei suoi famigliari, capì che il gesto non era passato inosservato.

Quando sua madre cominciò a sparecchiare – la cena era ufficialmente terminata, ora che gli ospiti d'onore se n'erano andati – Max e Chloe si affrettarono ad aiutarla. La madre rivolse un gran sorriso al marito. «Li abbiamo educati bene, eh?».

Lui si allungò sulla sedia. «Tutto merito mio», disse pigramente.

La donna inarcò le sopracciglia. «Dici?». Quando lui si limitò a sorridere, lei gli diede una gomitata alla spalla e quel gesto strappò a Max un sorriso. Era bello che alcune cose non cambiassero mai.

Fu solo dopo che Max ebbe poggiato la pila dei piattini da dolce sul bancone della cucina che sua madre lo inchiodò con uno sguardo inquisitore. «Hai veramente intenzione di ritornare in Inghilterra, Max?». Con la coda dell'occhio, vide che Chloe se la stava svignando: di sicuro lo faceva apposta, quella traditrice. Max non rispose. Ormai aveva imparato che, in quei casi, la cosa migliore da fare era restare in silenzio. «Ma che cosa farai là?», lo incalzò sua madre.

Lui iniziò a caricare la lavastoviglie, così non sarebbe stato costretto a guardarla. «Non lo so, mamma», disse infine con un sospiro. «Ma non è nemmeno giusto che resti qui con voi senza motivo. Già mi sono trattenuto più a lungo del previsto».

Sentì il ticchettio delle unghie perfettamente laccate della madre sul piano della cucina. «Non ti farà bene stare seduto tutto il giorno, senza fare niente».

Lui alzò lo sguardo con aria stupita. «E chi l'ha detto che me ne starò senza fare niente?».

Lei si morse un labbro. «Se hai un piano, oppure...».

Max si raddrizzò a guardarla: la madre lanciò un'occhiata in corridoio, in direzione della camera da letto di Erin. Almeno non fingeva di essere una persona discreta. «Oppure *qualcuno*, be', allora sarebbe diverso, ma... non puoi tornare a casa e stare senza fare niente. Non puoi permettere che la tua vita si fermi così, Max».

Lui sentì che stava per perdere l'autocontrollo, almeno quel poco che bastava per lanciare un'occhiataccia a sua madre. Lei sussultò, e Max scosse il capo per scusarsi passandosi una mano tra i capelli.

Quando ritornò Chloe con le ultime cose rimaste sulla tavola sua madre si distrasse per un istante, ma non aveva alcuna intenzione di mollare. «E il tuo vecchio lavoro?».

Max sospirò. «Dubito che potrò ricominciare, non mi prenderebbero nemmeno come freelance».

«Be', hai pensato almeno a dove vivrai?»

«Ho il mio appartamento».

Sua madre arricciò le labbra: erano ancora rosse, e lui si domandò se si fosse truccata con un rossetto nucleare. «Sì, l'appartamento che hai dato in affitto. E a quanto ne so, non hai fatto nulla per chiudere il contratto».

Max serrò la mascella. «Troverò una soluzione, okay? Smettila di preoccuparti».

«Può stare da me», s'intromise Chloe, appoggiandosi al bancone accanto a Max e dandogli un pugno affettuoso sul braccio.

Sua madre la guardò torva. «Tu non hai bisogno di distrazioni», disse seccata. Poi addolcì il tono. «Tesoro, hai bisogno di concentrarti. Il tirocinio è il momento più importante della tua carriera».

Chloe guardò Max alzando gli occhi al cielo.

Considerandola ormai una battaglia persa, dato che Chloe

era dalla parte di Max, la madre sospirò. «Me ne vado a dormire, ci vediamo domani». Esitò prima di uscire dalla cucina e lanciò un'altra occhiata a Max. «Non posso smettere di preoccuparmi, sai», disse con un pizzico di tristezza. «È la prerogativa di una madre». Sorrise quasi mesta prima di lasciarli da soli.

Max guardò Chloe con una smorfia. «Sono un figlio tanto terribile?».

Lei fece spallucce. «Direi proprio di sì».

Lui la fissò per un momento, poi scoppiò a ridere e si girò per mettere su il bollitore. «Grazie».

«Prego». Gli diede una pacca sul braccio. «Allora, che mi dici dell'architetto sexy?».

Max prese due tazze e si girò per sorriderle.

«Sto bene, grazie per avermelo chiesto».

Lei sbuffò. «Perché non porti anche lui domani?»

«Non ci penso neanche. E non ho invitato nemmeno te». In una tazza mise una bustina di tè alla menta, nell'altra una di tè nero. Poi mostrò una terza tazza a Chloe, che scrollò il capo.

«Ehi, lo sai che ti faccio un favore trasformandola in una gita di gruppo anziché in un appuntamento».

Lui decise di ignorarla. «Ma se gli hai detto sì e no due parole in tutta la serata. Dubito che vorrà venire con noi».

Lei scosse il capo. «Oh, sì che vorrà venire, fidati».

Max fece una smorfia. «E quel dottore del tuo corso che stavi frequentando?».

Lei fece spallucce. «È noioso». Lo guardò socchiudendo gli occhi e lui alzò le mani.

«Non ho detto niente».

«Non c'è bisogno che tu dica niente, ce l'hai scritto in faccia». Poi Chloe sospirò. «Non ha senso continuare una storia, se non è quello giusto. Forse penserai che sono troppo esigente, ma non è così. Sto solo aspettando l'uomo della mia vita, capisci?».

Max annuì lentamente, concentrato sul bollitore che in quel momento borbottava. «Sì, lo so».

Lei sollevò le sopracciglia. «Davvero?».

Max riempì le tazze e diede un bacio veloce a Chloe sulla guancia, poi uscì dalla cucina con le tazze in mano. «Notte, sorella».

Suo padre stava trasformando il divano in un letto per Chloe quando Max comparve in salotto. Incrociò lo sguardo di Max, poi gli andò incontrò. Quella sera, a quanto pareva, tutti volevano fargli l'interrogatorio. Suo padre si passò una mano tra i capelli. Li aveva scuri come Chloe, anche se li portava un po' più lunghi di lei, e il grigio diventava più fitto ogni volta che Max lo vedeva, sia nei capelli sia nella barba che si era fatto crescere negli ultimi anni. «Io, ehm, l'ho sentita tua mamma che si agitava».

Max bevve un sorso di tè nero. «Sì, ma non c'è problema, siamo tutti abituati alla mamma».

Suo padre annuì in silenzio, dondolandosi sui piedi. Si prendeva sempre il tempo per capire bene cosa intendeva dire. «So che non è la situazione ideale, vivere con i tuoi genitori, ma voglio che tu sappia che siamo tutti e due sinceri: qui ci sarà sempre un posto per te, se ancora non te la senti di tornare a casa tua o se poi vorrai ritornare qui, nel caso le cose non… funzionino in Inghilterra».

Poiché conosceva le intenzioni del padre e sapeva che non voleva spingerlo a fare nulla, Max gli posò una mano sulla spalla: erano quasi alti uguali. «Grazie», disse.

Poi si voltò per andarsene, ma suo padre ricominciò a parlare. «Tua madre è soltanto preoccupata».

«Lo so, papà».

«E guarda che non insisterà...».

«E tu...?»

«Ma ha conosciuto già un po' di persone da quando è qui», continuò lui con voce calma. «Se ti va di fare due chiacchiere con qualcuno, pensaci. Sono sicuro che può presentarti...».

«No, papà», rispose lui in un tono più secco di quanto avesse voluto. Poi fece un respiro profondo. «Ascolta, mi dispiace che abbiamo passato quello che abbiamo passato. Apprezzo il vostro aiuto, credimi, è solo che...». Era solo tutto così ripetitivo, così prevedibile: un'eco di discussioni simili fatte mille volte quando lui era adolescente, e sua madre voleva che agisse secondo il suo modo di pensare, in base a ciò che lei riteneva più giusto per lui: soprattutto, scegliendo la carriera medica. Max non poteva obiettare, non troppo apertamente, perché avrebbe offeso uno o entrambi i suoi genitori, perciò si limitò a spiegare: «È solo che devo fare le cose a modo mio, papà, okay?».

Suo padre lo fissò per un momento come se stesse prendendo una decisione, poi annuì lentamente. «Giusto. Se ne sei sicuro. Passa a vedere come sta Erin prima di andare a letto, eh? Non è carino lasciare una ragazza così senza darle la buonanotte». Si girò e ritornò al divano, quindi non vide che Max scosse la testa. *Una ragazza così*, aveva detto. Così come?

Eppure fece come gli aveva suggerito il padre: andò dritto a bussare alla porta di Erin. Lei aprì: era già in pigiama ma non si era ancora struccata. Era da tanto tempo che non la vedeva senza trucco: un privilegio a cui aveva dovuto rinunciare da quando si erano lasciati.

«Ti ho portato questo», disse Max sollevando la tazza con

il tè alla menta che le aveva preparato, sperando che le piacesse ancora berlo prima di dormire. Era il suo modo di farle sapere che era sinceramente grato che si fosse presa la briga di andare fin là a trovarlo, indipendentemente da quel che sarebbe successo tra loro.

Erin sorrise, prese la tazza e aprì un po' di più la porta. Lui entrò, anche se la lasciò intenzionalmente aperta dietro di sé. L'avevano ospitata nella camera più piccola, ma c'era comunque un sacco di spazio. Erin aveva lasciato la valigia aperta sul tappeto marrone e verde che lui trovava disgustoso, ma che a sua madre ovviamente piaceva: copriva gran parte del parquet ai piedi del letto. La vista dei vestiti di Erin perfettamente piegati e impilati gli strappò un sorriso. Di sicuro li avrebbe trasferiti tutti nei cassetti e nell'armadio, anche se doveva trattenersi soltanto per tre notti.

«Stai bene?», domandò Max. «Tutto a posto?».

Lei annuì, soffiò sul tè e ne bevve un sorso. Lui iniziò a dondolarsi sui piedi, poi si ricordò che suo padre aveva fatto lo stesso gesto e si bloccò, schiarendosi la voce. Perché all'improvviso non trovava niente da dire? Tra di loro non c'era mai stato imbarazzo, nemmeno di recente quando si erano separati: erano sempre stati a loro agio insieme. Ma per qualche ragione in quel momento gli sembrò tutto forzato, come se ci fosse stato un cambiamento irreversibile. Forse perché erano passati sei mesi senza quasi alcun contatto. E poi l'ultima volta che si erano visti lui era ridotto malissimo, oppresso dal peso di quello che, come gli era stato detto un'infinità di volte, si chiamava *dolore*.

Erin poggiò la tazza sul comodino. Oddio, sua madre aveva messo anche dei fiori sul comodino: gialli, naturalmente, il colore preferito di Erin. Poi si voltò verso di lui e gli prese la mano libera racchiudendola tra le sue. Il profumo di lei lo avvolse: aveva sempre lo stesso odore, sin dai tempi dell'università, una fragranza di lavanda; presumibilmente il bagnoschiuma o il sapone che usava di consueto.

«Sono stata così in ansia per te», gli disse dolcemente, dando una rapida occhiata alla porta.

«Lo so», fece Max con una piccola smorfia. «Scusami, so che sarei dovuto restare in contatto con te. Solo che... insomma, sono stato un po'... distratto, diciamo».

Lei annuì vigorosamente, scuotendo i capelli: erano più lunghi, e di un colore più chiaro dell'ultima volta che l'aveva vista. «Capisco, davvero». Ma non lo disse con un tono di voce credibile. Sentendosi irrigidire le spalle, Max si divincolò dalla stretta di Erin, poi le diede un buffetto sul dorso della mano per rendere il suo gesto meno brusco. Desiderava soltanto che lei, come tutti gli altri, lo trattassero di nuovo normalmente, che smettessero di avvicinarsi a lui con delicatezza, come in punta di piedi. Aveva deciso di andare avanti, per quel che poteva: il minimo che potessero fare loro era rispettare la sua scelta.

Lei si avvicinò e gli cinse il collo, intrecciando le mani, e così lui si ritrovò con la tazza premuta goffamente contro il petto, il vapore del tè che saliva a spirale nello spazio che li separava. Poi inclinò la testa, come faceva sempre quando valutava la sua reazione. «Mi sei mancato».

Erin aveva gli occhi azzurrissimi: l'aveva quasi dimenticato. Max si schiarì la gola. «Anche tu mi sei mancata», disse, perché era vero. Non era sicuro che avessero provato lo stesso genere di mancanza, ma a lui era mancato averla accanto.

Lei continuò a osservarlo, come se aspettasse una sua decisione. Lui esitò per un momento, poi si sporse in avanti e le posò un rapido bacio sulla guancia liscia. Quindi si allontanò da lei, sollevando la tazza come per fare un brindisi. Lei curvò un angolo della bocca in un mezzo sorriso.

«Notte, Erin».

E con quelle parole, Max chiuse la porta dietro di sé e fece un lungo, lento sospiro.

Capitolo tredici

Max accarezzò il corrimano del ponte su cui stavano camminando, ammirando la solidità della ghisa. Pur non avendo trascorso tanto tempo a New York, sapeva dalle sue letture sull'architettura della città che il Bow Bridge era stato progettato da Calvert Vaux e Jacob Wrey Mould, come tanti altri elementi architettonici di Central Park. Era davvero bellissimo, e una parte di lui provò una specie di risentimento per non avere avuto mai l'occasione di progettare qualcosa di altrettanto bello, che potesse essere elencato tra le "dieci cose da non perdere" che la gente veniva ad ammirare in città. Sospirò e si guardò intorno stupito: da lì riusciva a distinguere solo alcuni dei palazzi più alti della città, e quel panorama sarebbe diventato ancor meno visibile in tarda primavera, con gli alberi pieni di foglie.

«Oddio», mormorò, scuotendo la testa. «Non avevo idea di quanto fosse grande questo posto». Aveva camminato in diverse zone di Central Park, ma mai con lo scopo di godersi semplicemente la passeggiata. Chloe alzò gli occhi al cielo a quelle parole e lui curvò le spalle, sulla difensiva. «Be', è inverno, no? E qui fa un freddo cane, quindi non passo quasi mai il tempo libero all'aperto a esplorare».

Chloe non disse nulla e si girò dall'altra parte, facendo dondolare il cestino da picnic; si concentrò sugli alberi che ricominciavano a mostrare un po' di colore, ma almeno Erin gli rivolse uno sguardo solidale.

Max abbassò gli occhi sul lago sotto di loro: era uscito il sole, perciò la superficie dell'acqua scintillava riflettendo quel poco di verde che iniziava a germogliare. C'erano due barche a remi che in quel momento stavano passando sotto il ponte: in ognuna c'era una coppia e sembravano molto felici. Sarebbe stato bello anche in autunno, pensò distratto Max, con gli alberi che cambiavano colore.

Chloe li condusse su un sentiero serpeggiante che conduceva verso quello che lei definì "il cuore di Central Park": la Bethesda Terrace and Fountain. Spalancò le braccia con un gesto plateale, sempre con il cesto del picnic in mano, quando videro la grande fontana al centro della terrazza più bassa: l'acqua zampillava in due piattaforme circolari con la statua di un angelo al centro, e poi giù in un laghetto punteggiato di ninfee. Dietro la fontana c'era il lago, che pareva infinito: gente che andava in barca a remi, altra gente seduta sul muretto di pietra arenaria che circondava l'acqua. La terrazza era gremita, e c'era anche un gruppo di turisti temerari con occhiali da sole e macchina fotografia: per quanto fosse una bella giornata, non era certo un clima da pantaloncini corti e maglietta. Lui di sicuro era vestito in modo più adatto, in jeans e maglione.

Tutti e tre si incamminarono sul piazzale di mattoni rossi per trovare un angolino sul bordo della fontana, e poi alzarono lo sguardo ad ammirarla.

«Si chiama *Angelo delle acque*», spiegò Max.

Erin e Chloe annuirono in un modo che suggeriva che lo sapevano già. Probabilmente la sua ex fidanzata aveva fatto qualche ricerca sui monumenti della città, considerato che anche lei era un architetto.

Erin si guardò intorno con una mano sul fianco. Max notò un tipo, a pochi metri di distanza, che la stava guardando ammirato: indossava una camicia rossa che la faceva spiccare tra la folla.

«Ho la sensazione di avere già visto questo posto».

«Be', è Central Park», disse Max facendo spallucce.

Lei batté un piede a terra: indossava degli stivali con il tacco alto, ed era sorpreso che non le fossero venute le vesciche. «Sì, certo, lo so, ma è come se riconoscessi qualcos'altro, una scena, anche se non sono mai stata qui prima. E questa cosa mi sta ossessionando da un po'».

«L'hai visto *Mamma, ho riperso l'aereo?*», chiese Chloe. Erin aggrottò la fronte e scosse la testa. «*Un giorno... per caso?*». Quando Max la guardò perplesso, fece spallucce. «Ho fatto qualche ricerca su Google: la fontana compare in entrambi quei film».

In quel momento si avvicinò una donna, vestita alla cowboy con i jeans aderenti e la camicia a scacchi: sorrise a Max, porgendogli una macchina fotografica. «Se non le dispiace...». Gesticolò alle sue spalle, dove c'erano una ragazzina con le trecce e un'altra donna con un cappellino da baseball in testa, accanto alla fontana.

«Certo che no». Max prese la macchina fotografica e scattò qualche foto, sorridendo quando gliela restituì.

«Dai», fece Erin, tirando fuori il telefono dalla borsa. «Ora tocca a voi».

Max la assecondò, sapendo che avrebbero discusso se si fosse rifiutato, ma avvertì una fitta allo stomaco mentre sorrideva e cingeva Chloe con un braccio, perché un ricordo lo travolse all'improvviso: quello di un'altra ragazza con una grande macchina fotografica, che gli scattava foto mentre lui passeggiava sulla spiaggia.

Trovarono un posticino accanto al muretto attorno al lago, proprio nell'angolo, vicino a una grande bandiera verde, e all'ombra di uno di quegli alberi che già iniziavano a infoltirsi di foglie. Quando si sedette a terra, Max si sbilanciò un po' indietro e quasi perse l'equilibrio, rischiando di cadere in acqua. Ignorò l'occhiataccia di Chloe e allungò le gambe di fronte a sé, mentre sua sorella tirava fuori gli spuntini dalla cesta del picnic. Si era aspettato di provare dei sentimenti ambivalenti nei confronti di quella gita e aveva accettato solo per amore di Erin, perché lei aveva affrontato quel lungo viaggio per vederlo, ma era davvero impossibile non assorbire un po' di quell'atmosfera, la sensazione di tutte quelle persone all'aperto che si godevano l'aria mite in uno dei più famosi parchi del mondo, in una giornata che prometteva la primavera.

«È sempre così affollato?», domandò Erin, accettando la coperta che Max aveva rifiutato e stendendola bene sul muretto di pietra prima di sedersi, per evitare di sporcarsi i pantaloni bianchi.

Max fece spallucce. «Non ne ho idea». Chloe fece una smorfia scuotendo la testa, ed Erin li osservò con l'aria di chiedersi se dire o meno a Chloe di lasciarlo stare. Su una cosa però sua sorella aveva ragione, anche se non lo stava dicendo adesso: Max avrebbe dovuto fare di più mentre era a New York, solo che non aveva trovato l'energia per uscire ed esplorare la città, pur desiderando farlo.

Chloe distribuì le bibite in lattina che sua madre aveva messo nel cesto, prima di aprire i tupperware. Aveva insistito che li avrebbero spennati se avessero comprato da mangiare al parco, e non ne valeva la pena; e siccome era l'unica di loro a essere cresciuta a New York, avevano deciso di fidarsi della sua parola.

«Allora», fece Chloe mentre mangiava un boccone di torta salata. «Dove andiamo dopo?». A quanto pareva, era lei ad aver preso il controllo della giornata, e Max aveva deciso di lasciarglielo fare. «Se facessimo un giro della città in bici?».

Erin si guardò i vestiti immacolati con un'espressione perplessa.

«No, non mi fa molta voglia», si affrettò a dire Max, prima che Chloe si accorgesse della riluttanza di Erin e del motivo di quella riluttanza, e se ne uscisse con uno dei suoi commenti sarcastici. Forse non lo faceva con cattiveria, ma non sempre capiva che molte persone si offendevano per le sue battute, intenzionali o meno, ed Erin era una di quelle persone.

«Che cosa ne dite se andiamo allo zoo?», insistette Chloe.

Max prese un tramezzino al salmone che aveva preparato sua madre, tagliando perfettamente i bordi. «Allo zoo? Stai scherzando?»

«No. Però, a essere sincera, l'idea degli animali in gabbia mi intristisce un po'». Si cacciò un tramezzino intero in bocca. «Il castello!», esclamò, con la voce attutita dal boccone. Deglutì, e riprese a parlare. «Il castello del Belvedere. Dobbiamo assolutamente andarci. A quanto pare si può vedere da lì tutta la città». Poi si accigliò. «O forse solo tutto il parco».

Erin, che stava ancora sbocconcellando la torta salata, scosse il capo. «Ma come fai a ricordarti tutte queste cose senza nemmeno cercarle?»

«Ho una memoria fotografica», rispose Chloe, picchiettandosi la tempia.

«Sul serio?». Erin inclinò la testa. «Non lo sapevo».

«Non lo sapevi perché non è vero. Ignorala, Erin». Chloe si limitò a fare un sorrisetto, e lui sospirò. «Ascolta, se sei dell'idea di pianificare la giornata, sappi che a un certo punto del pomeriggio devo andare in ufficio. Lunedì sera ho una cena di lavoro con dei clienti importanti e ho detto che avrei ricontrollato un paio di cose». Finì il tramezzino, poi guardò serio Erin. «Te l'avevo detto, no?». L'aveva aggiunta alla lista degli invitati come sua accompagnatrice, perché non se la sentiva di lasciarla a casa con i suoi genitori l'ultima sera che lei avrebbe passato a New York.

«Sì, me l'hai detto», lo rassicurò. «E ho un vestito pronto per l'occasione».

«A me non avevi detto niente», s'intromise Chloe al momento giusto. «Ma non c'è problema, mi assicurerò che tu abbia il tempo di andare in ufficio. Magari posso venire con te, così dividiamo il taxi».

Max la guardò stupito. «Dubito che Liam sarà lì, considerato che è il fine settimana». Rise quando lei fece il broncio.

«E per concludere», annunciò Chloe, «vado in bagno. Ci saranno dei bagni pubblici qui, da qualche parte, no?». Si guardò intorno. «Torno subito». Max la osservò allontanarsi, con la giacca di pelle nera abbinata ai jeans dello stesso colore, un look perfetto con i capelli corti e scuri: sembrava una motociclista molto carina. Lei a New York ci stava alla perfezione: a guardarla, non l'avresti mai scambiata per una turista.

Erin prese una confezione di fragole e staccò il picciolo prima di dare un piccolo morso. Max la osservò per un momento. Si era truccata in modo delicato: aveva un viso primaverile e fresco come la rugiada, perfetto tra gli alberi che li circondavano. Era molto carina, era innegabile. Alzò lo sguardo dalle fragole e vide che lui la stava osservando, perciò sorrise. Lui ricambiò il sorriso e si rammaricò che non fosse stato spontaneo.

«Allora», disse lei sistemandosi i capelli dietro le orecchie. «Ho riflettuto».

Max si sentì serrare lo stomaco, e se avesse potuto fare una smorfia senza risultare sgarbato, l'avrebbe fatta. Aveva pensato che sarebbero riusciti a rimandare quel momento o, nell'ipotesi migliore, che non sarebbe mai arrivato. Si schiarì la voce. «Bene».

«So che quest'anno è stato duro per te, ma io voglio far parte della tua vita, Max».

Dritta al punto, come sempre.

Lui bevve un sorso della sua bibita, un'acqua tonica, soltanto per avere qualcosa da fare. «Tu fai parte della mia vita», disse, cercando di assumere un tono amichevole e tranquillo.

Lei lo fissò. «Sai cosa voglio dire».

«Bene», ripeté lui. Perché lo sapeva, cosa voleva dire. Tamburellò sulla lattina con le dita. «Mi hai detto che adesso siamo due persone diverse ed è meglio se restiamo soltanto amici». Cercò di mantenere un tono leggero. «Davamo troppe cose per scontate, ecco perché continuavamo a tornare l'uno dall'altra. Sono piuttosto sicuro che tu abbia detto così». Sorrise per mostrarle che non provava alcun risentimento nei suoi confronti.

Lei arricciò il naso. «Non ho detto proprio così».

Però aveva detto qualcosa di simile, e lui all'epoca aveva odiato quelle parole, se l'era legata al dito ed era uscito dalla stanza in preda alla furia. Poi aveva concluso che era tutta colpa di Erin, che stava solo cercando di sbarazzarsi di lui. Le aveva urlato che avevano già passato momenti simili, che lei doveva prendere una decisione, in un senso o nell'altro, e le aveva anche detto che era stufo di essere quello da cui lei correva in lacrime ogni volta che qualcosa le andava storto nella vita. Ci era rimasto male perché era stata lei a voler mettere fine alla loro relazione, e non si era nemmeno preso la briga di chiedersi se in fondo non avesse ragione. Ma poi, nel corso dell'ultimo anno, si era reso conto che si era comportato nello stesso modo con lei: Erin era l'unica persona da cui correva quando si trovava in difficoltà, senza nemmeno considerare se fosse la cosa giusta da fare, se fosse giusto per entrambi. E allora aveva ammesso che in fondo aveva ragione, che avrebbero fatto meglio a essere solo amici, perché stare insieme per loro significava trovarsi sempre sul punto di scoppiare: erano entrambi cresciuti, eppure erano incapaci di comportarsi da adulti, e dopo ogni crisi continuavano a cercarsi e a rimettersi insieme.

«Quest'ultimo anno», continuò Erin, quando fu chiaro che lui non avrebbe espresso i propri pensieri a voce alta, «mi ha aiutata a capire. Mi ha fatto pensare che forse... forse dare le cose per scontate non è sbagliato». Fece un respiro profondo, sollevando il petto. «Voglio esserci per te, Max». In quel momento, lui fece una smorfia, ma Erin scosse la testa con decisione. «Io voglio... Be', insomma, credo che dovremmo riprovarci». E diede un morso a una fragola continuando a fissarlo, anche se lui non incrociò il suo sguardo. Gli piaceva la franchezza di Erin ma allo stesso tempo lo spaventava, perché sapeva come ottenere quel che desiderava.

Gli offrì le fragole, e ne prese una. «Sono stupito che la mamma non abbia messo pure lo champagne nel cesto», mormorò Max, ed Erin, con suo grande sollievo, rise. Probabilmente aveva preso in considerazione l'idea, ma poi si era ricordata che in quel periodo Max non stava bevendo alcolici.

Lui s'infilò la fragola intera in bocca, e lei alzò il viso al cielo inarcando la schiena. «Penso che dovresti trasferirti da me, una volta tornato in Inghilterra». Lui quasi si strozzò, ma lei si limitò a chiudere gli occhi per godersi la sensazione del sole che filtrava attraverso le foglie. «A Edimburgo», specificò, come se fosse la questione principale della sua proposta. «So che non hai un altro posto dove stare».

«Davvero?», brontolò lui, ripromettendosi di scambiare due parole con sua madre una volta rimasti soli.

Erin aprì gli occhi, lo guardò e annuì. «E il fatto è...». Si guardò alle spalle e si morse il labbro, e lui si domandò se avesse visto Chloe. «Non mi dispiace se viviamo insieme solo come amici». Si lasciò sfuggire un sospiro, poi lo guardò di nuovo. Lui inarcò le sopracciglia, e lei interpretò il gesto come una risposta. «Preferirei di no, come avrai capito. Ma l'offerta è sempre valida, in un senso o nell'altro». Gli sorrise dolcemente. Non stava scherzando: non gliel'avrebbe detto, se non fosse stato vero. Non era tipo da giochi complicati, e Max non pensava che stesse giocando con lui. Ma anche se avessero vissuto insieme solo come amici, sarebbe stato comunque un terreno ad alto rischio.

«Allora». Erin si scrollò i lunghi capelli biondi. «Cosa ne pensi?».

Oddio, così, su due piedi, come poteva decidere? Si accarezzò la nuca. «Erin...». Lei si guardò di nuovo alle spalle, e lui si girò leggermente a controllare. Non si era sbagliato: Chloe stava tornando verso di loro, ed era sicuro che né lui né Erin volessero parlare delle loro cose davanti a sua sorella. Si schiarì la gola e si rivolse nuovamente a lei. «Erin, io...».

Poi si fermò, girandosi di scatto verso la fontana. Aveva visto qualcosa. O meglio, *qualcuno*. Ne era sicuro. Era stato solo un attimo, ma quel viso era inciso nella sua memoria. Scrutò disperatamente tra la folla, finché non puntò gli occhi su un profilo: i capelli castani ramati, che spiccavano come foglie autunnali in primavera, il naso piccolo, le labbra carnose. Non era possibile. Eppure si era già alzato in piedi, spostandosi per vedere meglio. Scosse la testa: era impossibile, non poteva essere vero. Forse, gli era sembrato di vederla solo perché aveva pensato a lei.

E poi sentì la musica della sua risata.

«Max?». La voce di Erin gli sembrò lontana adesso, paragonata al tamburo del suo cuore, ai rumori indistinti intorno a lui.

«Torno subito», disse, consapevole del suo tono brusco, della voce quasi in preda al panico. Non riuscì a fermarsi. Camminò in fretta in direzione della ragazza, cercando di tenere lo sguardo fisso su quella nuca, maledicendo la gente che continuava a mettersi tra loro. Poi sentì una mano su un braccio e si girò di scatto.

Chloe mollò subito la presa, alzando le mani come in segno di resa. «Ehi, ma che cosa succede? È andata tanto male?». Poi si batté il petto con una mano, con gesto drammatico. «Non temere, fratello mio, tornerò da te e scaccerò tutti i nemici...».

«Dammi un minuto, okay, Chlo?».

Chloe si accigliò. «Ehi, ma che cosa...».

Ma lui la ignorò e scappò via, imprecando sottovoce quando non riuscì a individuarla tra la folla. Di sicuro non poteva essere lei. L'aveva lasciata a Londra. L'aveva lasciata, sapendo che non l'avrebbe più rivista. Ancora una volta girò la testa di scatto, esaminando con attenzione la zona intorno alla fontana. Doveva solo esserne sicuro, tutto qua. Era l'unico pensiero che gli martellava in testa, anche se in fondo sapeva quanto fosse irrazionale. Col cuore al galoppo corse intorno alla fontana, ignorando gli sguardi incuriositi: non c'era da stupirsi se lo fissavano, non era certo vestito per il jogging. Aveva già un po' di fiatone e si rese conto di quanto fosse fuori forma negli ultimi mesi: e pensare che due anni prima aveva partecipato alla maratona di Edimburgo, accidenti, e ora invece...

Poi lo vide, il guizzo dei suoi capelli di fronte a lui, e allungò il braccio per afferrare la ragazza che già si stava allontanando. Lei lo guardò, agitata e scura in volto. Lui mollò subito la presa. «Scusami», si affrettò a dire, e si fece indietro quando comparve un uomo accanto alla ragazza. «Ho solo... scusami tanto». Fece un respiro e si passò le mani tra i capelli. La ragazza si limitò a scrollare le spalle mentre il tizio che l'accompagnava lo guardava truce, poi i due si allontanarono insieme.

Non era Josie. Be', certo che non era lei. Era del tutto improbabile, dannazione! Eppure, quella risata... Non l'aveva dimenticata la sua risata calda e disinibita, il genere di risata che ti spinge a fare battute solo per poterla sentire. Diede un'ultima occhiata intorno, poi ammise la sconfitta e ritornò da Chloe ed Erin, che se ne stavano in piedi a fissarlo.

Chloe alzò entrambe le mani, con i palmi rivolti verso l'alto, come a pretendere una spiegazione. «Cosa diavolo succede?»

«Scusatemi, è solo che... mi era sembrato di vedere una persona». Entrambe continuarono a guardarlo, e Chloe si accigliò ancora di più. Lui si augurò che la sorella non cominciasse con le domande: aveva saputo di quella sua storia romantica e travolgente sotto Natale, ma Erin ne era all'oscuro, e considerato il discorso che gli aveva appena fatto non l'avrebbe presa bene. Si schiarì la voce. «Non è niente, non c'è da preoccuparsi. Ho solo creduto di avere visto un'amica, tutto qua. Dai, andiamo al castello, mi sembra un'ottima idea».

Si lasciò sfuggire un sospiro silenzioso quando tutte e due le ragazze lasciarono cadere il discorso e cominciarono a riporre le cose nel cesto del picnic. E comunque non era sicuro di poter spiegare veramente cos'era successo, o almeno non in modo che loro potessero capire. Non era nemmeno del tutto certo dei suoi stessi pensieri. Sapeva solo che, in quel primo istante, il suo cuore aveva fatto un balzo al pensiero che avrebbe potuto rivederla, forse; e per un secondo soltanto, tutto il resto aveva cessato di avere importanza.

Capitolo quattordici

Non era ancora buio quando accostarono fuori dal locale a Brooklyn: il cielo stava diventando color porpora, le luci giù in strada cominciavano ad accendersi. Siccome si trovava sul lato del passeggero, vicino al marciapiede, Max fu il primo a scendere dal taxi, lisciandosi la giacca nera che indossava su una camicia azzurra – aveva deciso che per un'occasione come quella non potevi sbagliare se ti vestiti in modo semplice e discreto – poi pagò il tassista dal finestrino, mentre gli altri tre scendevano.

Chloe si mise le mani sui fianchi e fissò l'edificio che aveva di fronte. «Non mi sembra granché».

Max si lasciò sfuggire una risatina. «E che cosa ti aspettavi?». A lui sembrava perfetto: non era esattamente un esempio di capolavoro architettonico, ma era solido, e i proprietari avevano valorizzato la struttura, conservando il portale ad arco al piano terra e usando i caratteri tradizionali per il nome del locale. Era un edificio alto in mattoni, e Max sapeva che quella sera avrebbero esplorato i primi due piani: una galleria d'arte/bar che il proprietario – cliente di Max e Liam per un progetto totalmente diverso – sperava di trasformare in un locale di "tendenza", dove la gente avrebbe potuto comprare opere d'arte eleganti e astratte, e allo stesso tempo bere un drink in un'atmosfera artistica. A Max sembrava un'idea un po' pretenziosa, ma lui e Liam erano stati invitati all'inaugurazione ed erano stati "istruiti" da uno dei partner più anziani dello studio di architettura che gli aveva raccomandato di andarci, perché quel cliente poteva offrire altro lavoro allo studio, in futuro.

«Non lo so. Mi aspettavo qualcosa di più… moderno». Chloe si guardò intorno e vide Liam che si avvicinava alla sua destra. Indossava pantaloni neri, come Max, ma la somiglianza del loro abbigliamento finiva là. La giacca grigia sembrava essere stata confezionata su misura per lui, e ci aveva aggiunto il solito tocco di colore con una polo verde. Chloe lo prese a braccetto. «Dai, andiamo», disse. E con quelle parole, lo accompagnò dritto all'ingresso. Liam, con un'espressione leggermente colpevole, si voltò a guardare Max, che si limitò a scrollare le spalle, come a dire, *Auguri, amico, ora te la devi cavare da solo.* Grazie all'assenza dei genitori, e poiché in taxi si erano ritrovati schiacciati l'uno contro l'altra, Chloe e Liam sembravano aver superato la fase della relazione in cui si erano ignorati a vicenda. Max non aveva ancora deciso se fosse meglio così, ma Liam si era fatto trovare in ufficio sabato, nonostante Max avesse pensato il contrario, e aveva invitato personalmente Chloe ad "andare a fare baldoria", quindi non poteva quindi farci niente. Non gli dispiaceva che la sorella si divertisse, ma preferiva che non distruggesse le sue amicizie in nome del divertimento; e poi Liam gli piaceva davvero, per non parlare del fatto che si stava rivelando un contatto utile per il lavoro. Anche se non pensava che avrebbe avuto ancora bisogno del suo aiuto, voleva poter conservare quella possibilità. Comunque, Chloe era a New York solo per una settimana, perciò sperava che non avesse tempo a sufficienza per fare danni; e a essere sinceri, dopo tutto Liam sembrava uno con la testa sulle spalle.

Max ed Erin seguirono Liam e Chloe nell'edificio. Sua sorella si girò e si scrollò di dosso la giacca di pelle nera, sotto la quale indossava un abito nero a pois verdi: era così aderente da mostrare il fisico tonico e perfetto, il che lo fece trasalire quando vide che Liam la guardava con ammirazione. Max decise di ignorare lo sguardo che indugiava sulle gambe della sorella, messe in mostra dagli stivali col tacco alto. Chloe gli passò la giacca e gli rivolse un sorriso compiaciuto. «Pensaci tu alle giacche, io e Liam andiamo a prendere da bere». Erin guardò Max con un'aria perplessa ma Chloe si era già allontanata, perciò concluse che fosse più semplice assecondarla. Si accorse che Liam la stava guardando con occhi sognanti mentre si spingevano nella parte del locale adibita a galleria: a quanto pareva, l'amico trovava tenero l'atteggiamento presuntuoso e prepotente di sua sorella. Almeno, lui ed Erin si erano sempre contenuti in pubblico, pur provando una forte attrazione reciproca.

Consegnarono giacche e cappotti alla guardarobiera e seguirono Liam e Chloe nella galleria: era fiocamente illuminata, con poche luci collocate precisamente a dare risalto a ogni quadro, per farlo sembrare – Max ne era sicuro – molto più bello e prezioso di quanto non fosse in realtà. Erin fece scivolare la mano nella sua: un gesto caloroso e rassicurante, e lui le sorrise senza nemmeno pensarci. Lei ricambiò il sorriso in modo molto intenso, e Max fu sollevato quando arrivò un cameriere con il vassoio dei cocktail, tutti di colore rosso, e dovette chiedergli quale fosse la versione analcolica, trovando così una scappatoia da quella situazione. Sì, senza dubbio provava affetto per Erin, ma era difficile capire quanto di quel sentimento fosse amicizia, quanto fosse lo strascico di una lunga relazione ormai finita, e quanto fosse solo momentaneo. Certo, Erin gli aveva detto chiaramente che voleva tornare con lui, ma non ne era stata così sicura un anno fa, quindi chi poteva sapere quanto a lungo sarebbe durata la sua decisione?

Quella sera, però, Erin era fantastica con l'abito nero a righe bianche sulla parte superiore, le unghie dei piedi laccate di rosso che spuntavano dalle décolleté col tacco a spillo, e un ciondolo che cadeva proprio in mezzo alla scollatura. Le braccia nude e abbronzate – anche se era un'abbronzatura artificiale – la rendevano ancor più attraente, e si era truccata gli occhi in modo da metterne in risalto l'azzurro.

Si spostarono per non stare in mezzo alla gente che cominciava a affluire, e Max bevve un sorso del cocktail, rimpiangendo che non fosse alcolica perché così almeno l'avrebbe calmato: era teso mentre scrutava la stanza in cerca di Chloe e Liam.

«Sono contenta di essere qui», disse Erin, e Max la guardò: lei aveva poggiato il bicchiere su una sporgenza del muro alle loro spalle.

«Anch'io sono contento che tu sia qui», disse Max, ed era vero, al di là di tutto.

Poi Erin si avvicinò, piegò la testa verso di lui e lo baciò. Le sue labbra erano decise e rassicuranti, e avevano sapore di rossetto, come sempre. Lui non oppose resistenza: ci avevano girato intorno tutto il weekend, perché diavolo non farlo allora? Era solo un bacio amichevole. Eppure provò un turbamento familiare, segno che la chimica tra loro non era svanita. Forse era impossibile che accadesse, considerata la loro storia e il fatto che sapessero esattamente come accendere la passione l'uno nell'altra.

Erin si staccò da lui, gli sorrise sicura di sé, poi prese

il bicchiere e si buttò nella mischia. Lui chiuse gli occhi per qualche istante e poi la seguì. Sarebbe stato così facile lasciarsi andare, quella sera: seguire il flusso, farsi un paio di drink e finire a letto insieme. E, oddio, erano passati quattro mesi ormai. Forse sarebbe stato più facile ricominciare con Erin, trasferirsi da lei, riabituarsi l'uno all'altra, sistemarsi. Lei sapeva tutto di lui, o quasi tutto, e ciò significava che non avrebbe potuto sconvolgerla più di tanto.

Fecero un giro obbligato delle opere esposte, tutte un po' troppo oscure secondo Max, poi salirono le scale fino al piano successivo, dove trovarono Liam e Chloe al bar. Ordinarono un altro drink ciascuno – quella sera era tutto offerto dalla casa – e Max cercò di non pensare al calore del braccio di Erin premuto contro il suo.

Liam bevve un sorso di birra. «Be', eccoci qua, amici, in questo locale nuovo di zecca in una bella zona promettente della città».

«Be', direi che Brooklyn promette bene già da un po', amico».

Max accettò il drink analcolico che gli porse Erin. «E tu non vivi proprio qui vicino?».

Liam fece una smorfia. «Insomma, dire che vivo qui vicino è un po' esagerato; comunque sia, non tutti possiamo permetterci di vivere alle spalle dei nostri genitori, giusto?»

«Cos'è, una specie di ossimoro?». Max guardò Erin con aria interrogativa e lei fece un sorrisetto.

«Oddio», mormorò Liam, girandosi di scatto verso l'altro lato della stanza. «Stanno arrivando».

Max si voltò in tempo per vedere Tim, il partner più anziano dello studio di architetti, e Bradley, il proprietario del locale nonché cliente di Max e Liam, che si avvicinavano.

«Be', meglio adesso che quando sarete tutti sbronzi», commentò Max, facendo sorridere Chloe.

«Liam!», esclamò Tim, inserendosi nella cerchia e dandogli una pacca sulla spalla, alzando parecchio il braccio per riuscirci. Poi si sistemò gli occhiali sul naso e rivolse un sorriso benevolo a tutti. «Stavo giusto dicendo a Bradley che, secondo me, state facendo un lavoro eccellente». Dopo aver mormorato qualcosa a un cameriere lì vicino con un vassoio pieno di bicchieri, Bradley si fece avanti sorridendo. Max sapeva fin troppo bene che non doveva lasciarsi ingannare da quel sorriso: Bradley era molto intelligente e dedicava un'attenzione maniacale ai progetti in cui si lasciava coinvolgere, nonostante il gran numero di idee che sfornava. Probabilmente era per questo che si manteneva così in forma, anche se aveva già sessantacinque anni.

«Sì, sì», disse Bradley, facendo un cenno del capo a Tim, come se volesse accontentare un bimbo piccolo. «Sono rimasto colpito dal lavoro svolto finora da Max e Liam, ma aspettiamo di vederlo quando sarà finito, eh?». Strizzò l'occhiolino a tutti, e loro risposero con un sorriso zelante. Max, in realtà non avrebbe visto la realizzazione completa di quegli appartamenti lussuosi, progettati su misura, ma aveva ricevuto l'ordine esplicito di non rivelare che era sul punto di partire, per evitare proteste.

«Ma sì», continuò Bradley, prendendo il bicchiere di champagne che gli aveva porto il cameriere, «sono contento che siate riusciti a venire. Volevo proprio che la mia squadra vedesse il genere di atmosfera che ho creato qui, così vi potrete fare un'idea più precisa di quel che desidero». Bevve un sorso di champagne, senza scomporsi per avere usato l'espressione "la mia squadra" con tanta disinvoltura.

Max reagì con un'espressione che indicava un muto consenso, e vedendo Chloe inarcare le sopracciglia sperò che non aprisse bocca.

«Il locale è splendido», disse Liam, gesticolando; Tim e Bradley si limitarono ad annuire.

«Sì, certo, ma bisognerà vedere se porterà profitti, giusto? Quella è la cosa che conta». Allontanò lo sguardo per un attimo e scrutò nella stanza, forse in cerca di qualcuno di più interessante o importante. Mentre Bradley era girato di spalle, Max mimò con le labbra "Splendido", rivolto a Liam, e l'amico alzò le spalle con aria impotente. «Ah, ecco il mio PR», continuò Bradley. Fece cenno a un tizio di avvicinarsi, poi si rigirò verso di loro escludendo leggermente Tim dalla cerchia. «Volevo avervi tutti qui, nella stessa stanza, sapete. Va bene per gli affari, no? Fa sempre bene stabilire contatti e festeggiare i successi con le persone che hanno contribuito a ottenerli».

«Esatto, hai ragione», commentò Tim annuendo, come se Bradley avesse rivelato una profonda verità.

Bradley continuò, come se Tim non avesse parlato. «E Ollie sta facendo il PR proprio per questo locale. Ollie!».

Quel tizio si stava già dirigendo verso di loro, ma affrettò il passo quando Bradley urlò il suo nome, e si notò, perché era un po' più basso della media.

Ollie si presentò, stringendo le mani a tutti. I suoi occhi castani indugiarono un attimo su Max. Si conoscevano già, Max ne era sicuro. Ricordava il suo aspetto da elfo, con il mento appuntito e le orecchie leggermente aguzze. Era l'ex di Josie. Si sentì lo stomaco in subbuglio, e bevve un sorso del suo drink nel tentativo di calmarsi. Di tanto in tanto, lo sguardo di Oliver guizzava verso di lui, lasciandogli intendere che l'aveva riconosciuto a sua volta.

Max si rese conto che probabilmente lo stava fissando con insistenza perché Erin lo guardò incuriosita, allora cercò di riscuotersi.

«Sei qui da solo, Ollie? Non hai portato nessun collega?», chiese Bradley, e agitò una mano in aria come per chiamare qualcuno. Ancora una volta, Chloe arricciò il naso ma non disse nulla.

«Gli altri non volevano fare tardi visto che è lunedì, quindi ci sono solo io, purtroppo». Oliver alzò le mani in segno di scusa, poi si lisciò i capelli perfettamente in ordine.

«No, non devi scusarti», disse Bradley, prendendo un secondo bicchiere di champagne da un vassoio e porgendoglielo: a quanto pareva, era l'unico del gruppetto al quale bisognava offrirne. Liam lanciò a Max un'occhiata perplessa, vedendo che l'amico continuava a guardare torvo Oliver. Max scrollò le spalle, e disse a sé stesso di smetterla di essere ridicolo. Se lo ricordava a stento, quel tizio, e non ci aveva mai più pensato da quando l'aveva conosciuto. Ma ricordava di aver pensato che fosse un imbecille all'epoca, e quel pensiero ora si era intensificato. Non aiutava certo il fatto che Bradley lo adulasse: sembravano una stupida coppia di pavoni che si facevano la ruota a vicenda.

«Però sono riuscito a trascinarmi dietro la mia fidanzata», continuò Oliver.

«Davvero? Sarei molto contento di conoscerla…». Max lasciò che le parole di Bradley lo travolgessero per un momento. *Fidanzata.* Quella parola rimbombò nella sua testa. Non poteva essere.

Ma poi Oliver si girò e fece cenno a una donna di avvicinarsi. Lo sguardo di Max sfrecciò nella sua direzione: ed era lei.

Josie.

Josie, incredibilmente bella con i jeans neri aderenti, i tacchi che facevano sembrare le sue gambe ancora più lunghe, e un top a collo alto: verde, bianco e nero. Spiccava ancora di più perché non indossava un vestito, a differenza di tutte le altre donne, e mentre avanzava verso di loro sorrideva a Oliver, come se la stanza fosse sua. Non portava più la frangia, e stava bene così: si era legata i capelli in una crocchia elegante, e due piccoli orecchini scintillavano ai lobi.

Max registrò il momento in cui lo riconobbe. Lo sguardo di Josie sfrecciò da Oliver agli altri, passando su Chloe, Liam ed Erin, finché non si posò su di lui. Vide che barcollò leggermente, prima di distogliere bruscamente lo sguardo, e così non ebbe il tempo di cogliere la sua espressione. Quegli occhi meravigliosi restarono puntati su Oliver quando infine Josie si unì alla cerchia. Max si ritrovò a stringere troppo forte il bicchiere e di proposito fletté le dita, cercando di scaricare un po' della tensione che all'improvviso si era diffusa in tutto il suo corpo.

«Lei è Josie», disse Oliver orgoglioso, facendo un cenno a Bradley. Gli occhi di Josie si fissarono su Bradley mentre gli tendeva la mano sorridendo. A Max sembrò che avesse irrigidito un po' la mascella.

«Che piacere conoscerla».

Bradley sorrise. «Mi sembra di sentire un altro accento inglese, vero?». Senza darle il tempo di rispondere aggiunse rivolto a Oliver: «Affascinante. Non fartela sfuggire», anche se non sapeva assolutamente niente di lei.

Lei prese Oliver sottobraccio, e lui le cinse la vita. Max non riusciva a distogliere lo sguardo, anche se Josie si rifiutava di guardarlo, come se lo evitasse di proposito. Lui pensò di schiarirsi la gola per indurla a girarsi. Ma poi cosa diavolo le avrebbe detto?

Josie non doveva nemmeno essere lì, in quella città, e soprattutto non con quello stronzo che l'aveva tradita, per amor del cielo.

«Bene», esclamò Bradley battendo le mani. «Sono circondato dagli inglesi! Anche Max è inglese, Ollie, sta lavorando a quel mio piccolo progetto degli appartamenti, perciò sono sicuro che avete un sacco di cose in comune». Max provò a staccare lo sguardo da Josie, senza riuscirci, consapevole del fatto che lei doveva sentirselo addosso e per questo non voleva girarsi a guardarlo. Aveva appena un filo di trucco, ma in quella luce fioca splendeva molto più di Erin o di sua sorella. Bevve un sorso del suo drink. Avevano un sacco di cose in comune, in effetti, lui e Oliver.

Chloe inarcò un sopracciglio, come le aveva insegnato a fare lui quando erano piccoli, e incrociò le braccia sul petto. Max le lanciò una breve occhiata, per vedere se fosse sul punto di aprire bocca. Era offesa perché nessuno l'aveva ancora presentata ufficialmente. Liam, in quello stesso istante, sembrò rendersene conto e si affrettò a dire: «Posso presentarle anche Chloe, signor Vane?». Oliver e Bradley si voltarono entrambi a guardarla mentre Liam la indicava, ma Max vide lo sguardo di Josie oltrepassare Chloe e indugiare su Erin, prima di riconcentrarsi su Oliver. *Guardami*, la supplicò lui in silenzio. «Chloe è la sorella di Max», continuò Liam, «ed è inglese anche lei». Bradley le rivolse un sorriso sbrigativo e Chloe annuì cortese, lanciando una breve occhiata a Max come a voler confermare che sì, era proprio il coglione che le aveva descritto suo fratello.

Max però presto scarsa attenzione alla scena, perché quando udì il suo nome finalmente Josie spostò lo sguardo su di lui, come se a quel punto fosse ormai inevitabile. E poi lui le aveva dato validi motivi per volerlo evitare, giusto?

Max si sentì serrare la gola quando le labbra di Josie si schiusero in un sorriso perfetto. Poi inclinò la testa nel modo che lui ricordava così bene e disse: «Ciao, Max».

Capitolo quindici

Max si sentiva un totale idiota. «Ciao», si limitò a rispondere. Oddio, ma cosa c'era che non andava in lui? Ciao? *Ciao?*

Josie annuì, poi distolse lo sguardo ancora una volta, e il sorriso che aveva stampato in volto vacillò lievemente quando diede un'occhiata a Oliver e poi alla stanza.

Bradley guardò prima Max e poi Josie, più volte, con curiosità. «Oh, allora voi due vi conoscete, eh? L'Inghilterra è deliziosamente piccola, vero?». Poi si rivolse a Oliver, abbassando la voce e sporgendosi verso di lui mentre restituiva distrattamente il bicchiere a un cameriere di passaggio. «Ollie, ci vediamo tra un po', va bene? Devo andare a salutare una persona».

Oliver annuì, con il braccio che ancora cingeva Josie, e Bradley agitò una mano in segno di saluto verso due uomini di mezza età. Quando si fu allontanato, Oliver si girò a fissare Max con uno sguardo furente e strinse Josie con più forza, tirandola a sé. Quindi l'aveva riconosciuto! In quel mentre si avvicinò Tim e si mise accanto a Liam, dandogli una serie di istruzioni. Liam annuì per tutto il tempo, guardando con rammarico Chloe.

Sua sorella però non se ne accorse, perché lei ed Erin stavano osservando Max, Josie e Oliver, cercando di capire quale rapporto ci fosse tra loro.

Erin si accigliò. «Ma vi conoscete?». Per qualche ragione, la sua cantilena scozzese si accentuò, mentre di solito Max la notava appena.

Josie si mordicchiò il labbro, come Max l'aveva vista fare a Londra, quando cercava di pensare a cosa dire o a come uscire da una situazione imbarazzante. Lo sorprese a osservarla, e per un momento i loro sguardi si incrociarono: lei smise di torturarsi il labbro coi denti, come se si fosse resa conto di quel che stava facendo. «Sì», rispose Josie, schiarendosi la gola. «Ci siamo conosciuti a Natale, a Londra».

Oliver non reagì a quelle parole; spostò lo sguardo su Chloe ed Erin, come se stesse tentando di capire chi fossero all'interno di quel piccolo mistero. Josie alla fine doveva avergli raccontato la verità, confessando che lei e Max non erano, in realtà, amici di lunga data. Max si chiese cosa gli avesse detto esattamente, come gliel'avesse spiegato.

Chloe sgranò gli occhi per un istante, e Max serrò la mascella: sua sorella aveva capito tutto. Le lanciò un'occhiata, e per tutta risposta lei bevve una bella sorsata di vino, poi fissò Josie scrutandola dall'alto in basso.

Erin aggrottò la fronte. «A Natale?».

Cazzo. Max si schiarì di nuovo la gola. «Già». Si sforzò di sorridere a Erin come se fosse una storiella di poco conto. «Quando ho perso l'aereo, ti ricordi? Te l'ho raccontato».

Oliver, che arriva al mento di Josie, annuì vigorosamente a quell'affermazione e fece un sorriso poco convincente. «Sì, ora mi ricordo di te». Max cercò di non guardarlo storto, quello stronzo. Stava facendo finta di averlo appena riconosciuto, che stupido. «Non eri venuto alla festa di Natale?». Josie accarezzò la schiena di Oliver, come se lo volesse calmare. Un movimento che sarebbe passato inosservato, se

Max non l'avesse fissato così intensamente. Oliver e Josie incrociarono lo sguardo per un secondo, e quando lei gli rivolse un breve sorriso, lui annuì: una sorta di codice segreto, di cui nessun altro era al corrente.

Oliver era stato trasferito a New York per lavoro, così ricordava Max. Quindi Josie era andata lì solo a trovarlo? Si sentì addosso lo sguardo di Erin e bevve il suo drink, concentrandosi di proposito sul bicchiere ed evitando le persone accanto a lui.

Oliver si rivolse a Chloe ed Erin, e Max pensò che avesse un tono eccessivamente gioviale. «E voi due?»

«Io sono la sorella di Max», rispose Chloe, perfettamente a suo agio. Lo sguardo di Josie si spostò lesto su di lei, e quando Chloe le fece un sorrisetto rispose con la stessa espressione forzata. Max le aveva fatte parlare al telefono, no? Chloe era preoccupata che Max potesse toccare il fondo, si era fissata sul fatto che restare da solo a Natale potesse innescare chissà quali dinamiche in lui, e quindi l'aveva tormentato per assicurarsi che stesse bene. Chissà se Josie ricordava di aver parlato con Chloe. Non che le avesse raccontato tutti i particolari, si era limitato a passarle il telefono per dimostrare a Chloe che era riuscito a trovare una ragazza con cui trascorrere il tempo mentre era bloccato a Londra.

«Vivete tutti e due qui?», domandò Oliver, facendo oscillare lo sguardo tra Chloe e Max: sembrava particolarmente interessato a unire tutti i puntini. Josie sorseggiò il suo vino bianco, e quando incrociò lo sguardo di Max oltre l'orlo del bicchiere lo distolse subito. Si stava chiedendo anche lei la stessa cosa? Si domandava cosa ci facesse Max a New York?

«Non proprio», rispose con voce un po' roca e poi si bagnò le labbra. «Non era mia intenzione restare qui, all'inizio dovevo venirci solo per le vacanze di Natale». Quell'ultima frase era diretta a Josie: voleva farle sapere che non le aveva mentito, o almeno non riguardo a quello. «Ma poi mi hanno offerto un contratto di collaborazione qui, nello studio di architettura dove lavora Liam, e ho deciso di fermarmi per un po'». Fece un cenno verso l'amico, che solo in quel momento si inserì nella conversazione, dopo essere stato impegnato con Tim, che nel frattempo si era congedato. Liam si limitò ad annuire, cercando di mettersi al passo.

«E io sono qui in vacanza», spiegò Chloe, guardandosi intorno. «Sapete se serviranno qualcosa da mangiare?».

Nessuno le rispose, ma Josie si guardò in giro come lei, grata di avere una scusa per spostare l'attenzione altrove.

Max si passò una mano tra i capelli.

«Anch'io», intervenne Erin con voce ferma. Max notò che Oliver la osservò un secondo di troppo, e serrò la mano a pugno. Non perché Erin fosse sua proprietà – era bella, ed era naturale che gli altri uomini la ammirassero – ma si innervosì perché Oliver era con Josie, e non avrebbe dovuto guardare nessun'altra donna, nemmeno per un istante.

«Sei scozzese?», chiese Josie, concentrandosi su Erin; si mosse leggermente e gli orecchini scintillarono.

Erin annuì. «Ho conosciuto Max all'università». Posò una mano sul braccio di lui e glielo strizzò: non disse chiaramente di essere la sua fidanzata, ma quel gesto lo lasciò intendere. Max vide lo sguardo di Josie piombare sulla mano di Erin, e capì che aveva colto nel segno. Si sentì irrigidire. Non poteva scrollarsela di dosso, perché l'avrebbe offesa, ma desiderò liberarsi per far capire a Josie che le cose non stavano così. O almeno, non stavano così quando loro due si erano incontrati.

Si costrinse a prendere fiato lentamente, per calmarsi. Cazzo.

Josie annuì, schiarendosi la voce. «Che cosa carina».

Erin mollò la presa sul braccio di Max, ma si spostò in modo da strofinare il fianco addosso di lui. «E voi due, come vi siete conosciuti?».

Josie lanciò un'occhiata a Oliver, che continuava a cingerla con un braccio mentre si guardava intorno: qualsiasi minaccia potesse rappresentare Max era stata ormai liquidata. Forse era così sicuro della sua relazione con Josie che imbattersi in lui non era stato niente di grave, solo una storiella divertente da raccontare ai nipotini. Idiota.

«Al lavoro», rispose Josie.

«Ma davvero qui non ci danno da mangiare?», sbottò Chloe, guardando Max con un'espressione che diceva *Allora andiamocene*, consapevole dell'imbarazzo della situazione. Era l'unica di quel gruppetto a capire il disagio di Max. Però lui non se ne voleva ancora andare: e se Josie poi fosse scomparsa, e lui non avesse mai più avuto l'opportunità di parlarle?

Max la guardò. «Allora, come stai?». Bevve un sorso del suo drink, sforzandosi di sembrare disinvolto, di non farle capire che aveva sempre pensato a lei da quando se n'era andato, che aveva desiderato spiegarle di più nel biglietto d'addio che le aveva lasciato. E che non si era reso conto che avrebbe rimpianto la sua scelta, se non quando si era ritrovato sull'aereo, quando ormai era troppo tardi per cambiare le cose.

Lei scrollò le spalle nude. «Sto bene, grazie».

«Fai ancora foto?». Max stava pensando allo scatto sulla spiaggia, all'ingrandimento che lei gli aveva regalato a Natale.

Lei annuì. «Sì». Liberò il braccio da quello di Oliver e si sistemò una ciocca sfuggita dallo chignon. Poi fece una pausa e ricominciò a guardare Oliver. «A dire il vero», continuò con voce più ferma, «ho aperto un account Instagram per le mie foto, ora che ne ho il tempo».

Oliver le strizzò una spalla, riportando l'attenzione sul gruppo. «Ha avuto un successo travolgente, la mia ragazza». Max si sforzò di non fare una smorfia.

«Bene, mi piacerebbe vedere le foto», disse Erin con gentilezza, anche se Max non era sicuro che fosse sincera.

Josie esitò, mordendosi di nuovo il labbro. Poi sembrò calmarsi e tirò fuori il telefono, mostrando le foto e ricevendo i complimenti generali. L'ultima, postata il giorno prima, era di Central Park: il parco sembrava più bello in foto che nella realtà. Allora, forse, Max l'aveva vista davvero! Non poteva chiederglielo però, o avrebbe fatto scattare troppi allarmi.

«Davvero, non dovete continuare a guardare le mie foto, non è così entusiasmante», si affrettò a dire Josie, e Max si ricordò di quando, sulla spiaggia, era stata così restia a mostrargliele. Ma Erin continuò a scorrere lo schermo, andando a ritroso: Max e Chloe sbirciavano le foto da dietro le sue spalle, e Liam si stava chiaramente sforzando di mostrarsi interessato. Josie si spostò goffamente, a disagio, e lui desiderò potersi avvicinare, stringerle la mano per rassicurarla o anche solo accarezzarle un braccio.

«Queste foto sono splendide», disse Max, costringendo Josie a guardarlo. «Sai, ho un amico che fa il fotografo. Se ti va, posso presentartelo». Chloe lo guardò perplessa e Max fece spallucce, come a dire *Che c'è?* Stava solo cercando di essere cordiale, tutto qua.

«No, ti ringrazio», rispose Josie, un po' troppo in fretta. «Per me è solo un hobby, davvero, ho un lavoro come freelance».

«Be', comunque sono proprio belle», concordò Chloe prendendo il telefono a Erin e restituendolo a Josie. «Da quanto tempo hai questo profilo?».

Josie sembrò visibilmente sollevata di avere riavuto il suo cellulare. «Be', ho aperto l'account quando sono arrivata a New York».

«Quindi adesso vivi qui?», chiese Max, senza riuscire a trattenersi.

Lei annuì e ritornò a fare quello strano sorriso. «Sì, giusto. Oliver e io ci siamo trasferiti qui a gennaio».

Tutti trattennero il fiato in attesa della reazione di Max: quando non rispose, calò un silenzio imbarazzante.

«Be', stupendo», s'intromise Liam. «E ti piace vivere a New York?».

Il sorriso di Josie questa volta sembrò sincero, e a Max ricordò il calore spontaneo che aveva conosciuto a Natale. «Sì. Abbiamo fatto tutte le cose tipiche dei turisti, ed è stato bello, no?». Guardò Oliver, che ancora una volta scandagliava la sala con lo sguardo.

«Eh?», fece lui. «Giusto. Sì, certo. È stata una cosa epica, vero, piccola?». Josie lo guardò indispettita, e Max non capì se l'avesse irritata quel "piccola" o il fatto che le avesse rigirato la domanda. «Sentite, mi scuso con tutti voi», annunciò poi in un tono che Max considerò eccessivamente pomposo, come se stesse recitando la parte dell'inglese per il pubblico americano, «ma devo parlare con un paio di persone. Sono qui per lavoro, in fin dei conti». Scrollò la testa con espressione triste, come se non avesse nessuna voglia di andare.

«E io devo fare un salto alla toilette», disse subito dopo

Josie, come se non vedesse l'ora di abbandonare la conversazione. In tutta sincerità, Max non poteva biasimarla: non era certo brillante. Oliver annuì, le strizzò un'ultima volta la spalla e poi s'incamminò deciso verso l'altro lato del bar.

Josie si voltò, esitante, poi si girò di nuovo verso Max. «È stato bello rivederti. Scusa, avrei dovuto dirtelo prima». Abbozzò un sorriso, poi guardò velocemente Erin prima di chiedergli: «Stai bene?». Lo disse solo in un secondo momento, come se ci avesse riflettuto, e Max si limitò ad annuire. «Be', vi auguro una buona serata, allora. E godetevi New York, voi che siete in vacanza». Quell'ultima frase era diretta a Chloe ed Erin, come se volesse mettere in chiaro che lei non era lì di passaggio.

Chloe sollevò il bicchiere per fare un brindisi a Josie. «Salute».

Poi Josie si allontanò con passo deciso e Max la osservò scomparire, scolando l'ultimo goccio del suo drink.

«A dire il vero, anch'io devo fare un salto alla toilette», disse Erin. Finì il suo drink e lasciò il bicchiere sul bancone dietro di lei. «Torno tra un minuto, okay?». Diede una stretta al braccio di Max e si precipitò verso Josie.

Max fece mezzo passo per seguirla, pensando per un attimo di fermarla: e se avesse messo Josie alle strette, o le avesse detto qualcosa? Ma Chloe si girò verso di lui, bloccandolo lì, accanto a Liam.

«Chi diavolo era quella, e perché sembravi così preoccupato?».

Max guardò Liam in cerca di aiuto, ma l'amico si limitò a scuotere la testa con un'espressione leggermente divertita. Gran bell'amico.

«È lei la ragazza, no?», lo incalzò Chloe.

«Quale ragazza?», rispose Max, poggiando il bicchiere

vuoto dietro di sé. Dalla faccia che fece sua sorella, capì che non doveva sembrarle così disinvolto come sperava.

«La ragazza». Chloe annuì quando lui non disse niente: il silenzio di Max era una risposta sufficiente; poi incrociò le braccia, picchiettando le dita contro un gomito. «Carina», commentò. Agli occhi di Max dire che Josie era "carina" significava sminuirne la luminosa bellezza.

«Aspettate un attimo», s'intromise Liam, «mi sto perdendo qualcosa».

Quando Max scrollò la testa, Chloe si voltò verso Liam. «Si è innamorato di una ragazza quando è rimasto bloccato a Londra l'anno scorso, e poi l'ha semplicemente *abbandonata* e non le ha più parlato da allora. E lei è la ragazza in questione, insomma», aggiunse, anche se a quel punto era superfluo.

Lo sguardo di Liam oscillò tra Max e Chloe. «Ho capito», disse. «Ma, precisamente, ehm, perché l'hai lasciata?».

Max rivolse a Chloe un'espressione del tipo *Guai a te se parli*, e lei sbuffò. Liam guardò fratello e sorella. «Ho capito», ripeté. «Che ne dite se vado a prendere da bere?».

Max annuì grato. Era una gran fortuna avere un amico come Liam: non insisteva mai quando era evidente che non voleva parlare di qualcosa, e quella era una delle ragioni che rendevano così facile la loro amicizia.

Lo sguardo di Max sfrecciò in un angolo della sala: Josie stava ritornando dai bagni. Era una sua impressione, o adesso si muoveva in modo più rigido? Scrutò velocemente la sala per trovare Oliver: stava chiacchierando con un altro tizio, più anziano, che indossava un completo; era concentrato nella conversazione, completamente ignaro di Josie, o almeno così sembrava.

Era il momento giusto, quindi.

Aveva appena mosso un passo, quando gli si parò davanti Chloe. «Pensi davvero che sia una buona idea?». Max non replicò. «Cosa le dirai?».

Le rivolse una breve occhiata. «Non lo so, ma devo spiegarmi».

Chloe sbuffò. «Ora lei sta con un altro, non ha senso creare confusione».

Max si accigliò. «Quello è un idiota».

Chloe lo schernì. «Non è questo il punto. E con Erin, come la mettiamo?».

Max la fulminò con lo sguardo, e in quel mentre arrivò Liam e porse a entrambi un bicchiere pieno, sforzandosi di pensare a qualcosa di costruttivo da dire: in tutta onestà, era ben difficile quando non avevi idea di cosa stesse succedendo.

Chloe sospirò. «Non è giusto, Max. Nei confronti di nessuno. Penso solo che non dovresti riaprire la questione». Tamburellò con le dita sullo stelo del calice di vino. «Anche se non dovevi rendere tutto così drammatico quando te ne sei andato. Che fine hanno fatto le lunghe chat su WhatsApp per mettere gradualmente fine a una storia?».

Max socchiuse gli occhi, poi si rivolse a Liam. «Ti ho mai raccontato di quella volta che Chloe disse a un tipo di avere una gemella con la quale si era scambiata diverse volte, soltanto per farsi mollare?».

Liam inarcò le sopracciglia. «Una gemella, eh?».

Chloe arrossì. «Guarda, non è stato così terribile, è solo che io…».

Ma prima che aggiungesse altro, Max si allontanò per andare a raggiungere Josie e la afferrò per un gomito prima che lei potesse vederlo. Lei barcollò, poi lo vide e arrossì. Quindi si divincolò dalla presa con uno scatto.

«Scusami», mormorò lui. «Volevo solo... Posso parlarti per un secondo?».

Lei esitò, studiando il suo viso, poi fece sì con la testa, una sola volta. «Va bene».

Lo seguì nell'angolo più vicino, dove la luce arrivava appena. Portarla al piano di sotto avrebbe destato qualche sospetto.

Una volta che si furono appartati, lei incrociò le braccia, in attesa, e lui si schiarì la gola. «Non mi aspettavo di vederti qui stasera».

Lei lo guardò, aggrottando la fronte. «Be', siamo in due».

«Io volevo solo...». *Oddio, cerca di parlare in modo coerente, Max.* «Volevo scusarmi per come mi sono comportato».

Lei rimase impassibile, ma quando annuì lentamente sembrava turbata. «Sì, non è stato il massimo, devo ammetterlo».

Lui sussultò al suo tono di voce. «Volevo solo...», riprovò a dire, ma lei scrollò la testa per fermarlo.

«Ascolta, va tutto bene. Ci siamo solo divertiti un po', no?». Sospirò. «E sì, lo ammetto, forse mi sono fatta prendere dalla situazione romantica. Ma è stato solo un flirt, no?». Lasciò cadere le braccia lungo i fianchi e raddrizzò le spalle. «Tu non mi devi nulla, quindi non preoccuparti di nulla, okay?».

Max si accigliò: voleva che lei fosse arrabbiata con lui. In qualche modo, quell'ambivalenza peggiorava le cose: se fosse stata soltanto un'avventura, come mai non riusciva a togliersela dalla testa? Fece un bel respiro e ci riprovò. «Vorrei...».

«Ascolta, Max, tutti e due siamo andati avanti con la nostra vita, no?».

Max guardò di proposito in direzione di un punto preciso della sala e vide Erin che si dirigeva verso Chloe: sua sorella le aveva fatto cenno di avvicinarsi, chiaramente per distrarla.

Max ritornò a guardare Josie e s'incupì. «Tu non sei andata avanti con la tua vita. Sei tornata indietro». Stava cercando di scatenare una reazione in lei, ma a parte una piccola smorfia non ottenne nulla. Voleva scuoterla, scrollarle di dosso quella strana compostezza e farla tornare a essere la vera Josie, quella che aveva conosciuto a Natale, non questa sagoma di cartone a grandezza naturale che non riusciva proprio a decifrare.

Josie scosse fermamente il capo. «Forse puoi pensarlo, ma ti assicuro che non è così».

«Che cosa?».

Lei lo sfidò puntandogli il mento contro. «Non sono tornata indietro. Vivo a New York, no?». Indicò la stanza con un ampio gesto della mano, poi piegò la testa di lato. «Se non ricordo male, pensavi che in fondo fossi una tipa avventurosa. Quindi, sì, avevi ragione». Sentì quasi una nota di rimprovero nella sua voce, ma poi i loro sguardi si incrociarono e si domandò se Josie si ricordasse di quella sera così vividamente come la ricordava lui. Il cocktail bar, i loro occhi che danzavano nella luce tremula delle candele. Il sapore che aveva, quando Max più tardi quella sera l'aveva baciata.

«È lei?», chiese bruscamente Josie, lanciando di nuovo un'occhiata a Erin, come se non potesse trattenersi. Quando Max la guardò perplesso, aggiunse: «La ragazza che ti ha spezzato il cuore?». La fissò per un momento. Be', cosa si era aspettato che pensasse? Le aveva fatto credere di avere il cuore spezzato: era stato il modo più facile per spiegare perché all'inizio fosse stato così sgradevole con lei. Se lo ricordava bene, in modo straziante, il peso di quello che provava, e come Josie l'avesse aiutato a liberarsene, anche se era stato un gran maleducato quando l'aveva conosciuta. Cominciò a scuotere la testa per spiegare che sì, Erin era la sua ex ragazza, ma non era lei la ragione del suo comportamento. Con la coda dell'occhio, si accorse che Chloe li stava guardando di sottecchi, e gli sembrò di sentire sua sorella che gli diceva di lasciar perdere. Poi Josie alzò la mano per salutare qualcuno in sala, sorrise e annuì, e Max si girò: c'era Oliver, che li fissava. Proprio così, tempo scaduto.

Josie si sistemò una ciocca di capelli dietro l'orecchio e fece un passo per allontanarsi. Lui si accorse che stava esitando, e infatti lei si girò. «Max, ascolta. Devo ammettere che è un po' strano vederti qui. Ma a essere sincera, te lo dico così non ti sentirai meglio, lasciarmi in quel modo, come hai fatto tu, è stata probabilmente la cosa migliore che potesse capitarmi». Spostò l'attenzione verso Oliver, che la stava aspettando dall'altra parte della sala, poi incrociò lo sguardo di Max. «Mi ha fatto capire quel che avevo con Oliver», disse decisa. «Mi ha fatto capire che volevo riprovarci».

«Ma ti ha tradita», disse Max con voce neutra.

«Lo so bene, grazie», replicò tesa, e lui subito si pentì di averlo detto. «Ma tutti possono sbagliare». Di nuovo quel gesto: piegò la testa di lato, come faceva spesso. «O mi stai dicendo che tu non hai mai fatto errori?». Max non replicò, perché ovviamente non poteva certo dirlo. «E così ho avuto la possibilità di venire qui», continuò Josie. «Andiamo a Broadway e a Central Park, facciamo tutte queste cose che mai mi sarei sognata di fare, ed è semplicemente…», agitò una mano in aria, «fantastico». Annuì, come se fosse proprio la parola che stava cercando. «È fantastico», ripeté.

Allora forse per lei Max era stato soltanto una storiella consolatoria, l'imprevisto divertente di cui aveva bisogno per uscire dagli schemi. Max si ricordò che, quando erano andati a quel dannato Winter Wonderland e si erano imbattuti in Oliver, aveva capito subito che loro due si erano appena mollati. All'epoca aveva pensato che non ci sarebbe stato niente di male se anche lui si fosse divertito: Josie, in fondo, si stava riprendendo dalla fine di quella storia e cercava un po' di svago. E il fatto che fosse stupenda e intelligente, e lo facesse ridere, erano sicuramente dei vantaggi in più. Ma poi… Max non aveva capito, fino a quel momento almeno, che forse era stata davvero solo una storiella divertente, per lei.

Josie sospirò, e lui osservò il petto di lei che si sollevava e si abbassava. «Quindi», continuò, «forse è questa la ragione per cui il destino, o chi per lui, mi ha fatto incontrare proprio *te* quel giorno. Altrimenti forse non avrei dato un'altra possibilità a questa storia».

Max scosse il capo, improvvisamente stanco. «Credi davvero che ogni cosa accada per una ragione? Per me sono solo stronzate».

Lei lo guardò perplessa, meravigliata di quel tono duro, poi fece spallucce. «No, a dire il vero no», mormorò incupita, e sembrò ritirarsi nel suo mondo interiore. Max si domandò se stesse pensando ai suoi genitori e ancora una volta si pentì di aver parlato. «Ma ciò non significa che tu non debba provare gratitudine quando le cose funzionano». A quelle parole si allontanò un po' troppo in fretta, ticchettando sui tacchi, e lui si allungò verso di lei per prenderle una mano. Lei si girò a guardarlo e non tirò via la mano. Max però non sapeva cosa dire, con quali parole salutarla.

«Pensi che ci rivedremo?».

A quel punto lei si divincolò da quella stretta, e lui non le staccò gli occhi dal viso: le ombre guizzavano nel suo sguardo. Josie respirò lentamente, scuotendo la testa. «No, ne dubito, e tu?».

E poi, senza dargli la possibilità di rispondere, si allontanò, ritornò dal suo fidanzato e lo lasciò lì, da solo.

Max prese un lungo sorso di birra e si accorse che Erin lo stava osservando accigliata. Non poteva biasimarla. Né poteva biasimare Josie: aveva tutto il diritto di voltare pagina e andare avanti. Aveva ragione, era stata solo un'avventura: lui aveva fatto in modo che fosse solo un'avventura divertente. Si era rifiutato di credere che potesse essere qualcosa di più, convincendosi che fosse meglio così per entrambi.

Bevve un altro sorso di birra e sentì l'amaro in bocca. Un altro scherzo crudele del destino: si era accorto di desiderare qualcosa di più quando ormai era troppo tardi.

Terza parte
Settembre

Capitolo sedici

«Ecco, sono arrivata!». Josie girò il cellulare per offrire a Memo l'immagine del castello di Dundas attraverso il finestrino del taxi mentre il veicolo sobbalzava lungo il vialetto di ghiaia. Cavolo, era un vero e proprio castello, senza dubbio! La dimora incombeva su di loro, con due torrette circolari ai lati di quella che sembrava l'area principale, poi un'altra torretta quadrata più distante. Era di pietra grigia e sembrava un disegno uscito da un libro di storia medievale. A destra svettava qualche albero dalla chioma rigogliosa, le cui foglie davano già il benvenuto all'autunno con sfumature dorate conferendo un'aria ancora più maestosa al paesaggio. Per coronare il tutto, il cielo era di un azzurro terso e luminoso, e anche se si sentiva lo stomaco ancora in subbuglio al pensiero del fine settimana – con tutte le coppie felici che, com'era inevitabile, i matrimoni richiamavano –, quella vista le strappò un sospiro ammirato.

«Oh, guarda che meraviglia!», commentò Memo, e Josie rigirò il cellulare verso di sé, sorridendo davanti agli occhi lucidi della nonna. «Adoro la Scozia! Sarà un matrimonio bellissimo».

«Già», concordò Josie, nel tentativo di ignorare la parte di sé che tremava al pensiero dell'evento.

«Fa' tante foto, mi raccomando».

«Certo», rispose Josie disinvolta. Aveva la macchina fotografica già bella pronta sul sedile accanto.

«E saluterai quell'amore di Laura da parte mia?». Memo guardò qualcosa fuori campo sopra lo schermo del portatile e annuì. Il nonno, probabilmente.

«Sicuro!», promise Josie. Memo aveva incontrato Laura solo una volta, ma possedeva una straordinaria capacità di ricordare nei minimi dettagli chiunque entrasse nella vita della nipote.

«E tu starai bene, lì da sola?». Memo sembrò scrutarla più da vicino, aveva senza dubbio colto le lievi borse sotto gli occhi, la pelle pallida che più tardi Josie avrebbe dovuto nascondere. Non aveva dormito molto bene da quando era tornata da New York, con quella vocina che le ronzava nella testa domandandole cosa diavolo avrebbe dovuto fare adesso della sua vita.

Josie esitò per un brevissimo istante prima di dire: «Non sarò sola, ci sarà Bia con me. E Laura».

Memo alzò gli occhi oltre lo schermo e sorrise. Josie era perplessa. «Il nonno ha detto qualcosa su Bia, vero?»

«Dice di salutarla», riferì Memo con un altro sorriso.

Il nonno mormorò qualcosa di impercettibile mentre andava a sedersi sul divano rosso accanto a Memo, e un unico sopracciglio folto ne denunciò la presenza. Josie aggrottò la fronte, ma a Memo sfuggì una risata.

«Che ha detto?», chiese Josie.

«Che immagina non ti dispiaccia prenderti una pausa da Helen, a ogni modo».

«Guarda che sono qui, Cecelia», brontolò il nonno. «Posso parlare da solo».

«Allora parla!». Josie vide una mano esile allungarsi per sistemare il monitor, e poi il volto del nonno apparve in bella vista. Si chinò in avanti, stringendo tra le mani una tazza con una bevanda calda: tè nero, di sicuro.

«Ti sta facendo impazzire, Josie? Tranquilla, puoi dircelo».

«No, non mi dà problemi!», mentì. In realtà, sì, Helen la stava facendo leggermente impazzire, ma sapeva di non potersi lamentare: del resto, permetteva a Josie di vivere a casa sua senza pagare l'affitto, mentre cercava di rimettersi in piedi.

Memo spostò lo schermo dalla sua parte del divano. «Oh, sappiamo bene com'è fatta, tesoro mio. È nostra figlia e le vogliamo bene, ma era un vero incubo stare sotto il suo stesso tetto quando era adolescente, e giuro che non è cambiata nemmeno un po'. Comandava sempre tuo padre a bacchetta; te lo dico io, mi faceva venire il mal di testa». Memo sorrise in un modo che sembrava sincero, ma Josie si domandò se avesse quel piccolo tic ogni volta che pensava al figlio che aveva perso, proprio come lei ogni volta che era troppo assorta nel ricordo dei genitori. Eppure era una delle cose che amava di Memo... il fatto che parlasse di sua mamma e di suo papà con affetto, piuttosto che con tristezza. In sua presenza, anche lei si sentiva capace di farlo.

«Vuole che l'aiuti a togliere la carta da parati nella sua camera da letto», ammise Josie. Anche se, a voler mettere i puntini sulle i, non aveva molto altro da fare al momento.

«Mandala al diavolo, Josie», propose il nonno, sorseggiando il tè.

«Già, e dalle una sigaretta, se si lagna», aggiunse Memo.

Josie tentò di non sorridere quando il nonno borbottò sottovoce. Colse la parola "incoraggiare" e poco altro.

«Comunque», continuò Memo. «Cercheremo di venire a trovarvi a Guildford, presto».

«Fantastico!», esclamò Josie. Era passato troppo tempo dall'ultima volta che si erano visti.

La testa del nonno spuntò nello schermo del cellulare. «Sì, e già che ci sei, di' a tua nonna che sono perfettamente in grado di guidare».

«No che non lo è», intervenne Memo, prima che Josie potesse replicare. «La sua schiena fa di nuovo le bizze e il dottore gli ha detto di evitare sforzi».

«Oh, suvvia», disse il nonno, svanendo di nuovo dall'inquadratura, «guidare non è affatto uno sforzo».

«È la mia foto quella che vedo sul muro?», chiese Josie. Da tempo aveva imparato che era meglio non mettersi in mezzo ai loro battibecchi: d'altronde tendevano a ignorare quello che diceva, quindi era meglio lasciarli fare. Alla fine, comunque, sarebbe stata Memo a prevalere, per quanto facesse credere al nonno di avere voce in capitolo.

Memo si guardò alle spalle. «Oh, sì!». Era una foto che gli aveva mandato lei e che la ritraeva da sola sul ponte di Brooklyn, infagottata in sciarpa e cappello, ma comunque raggiante. «La adoriamo, non è vero, John?». Il nonno grugnì in segno di assenso. Era stato Oliver a scattarla, ricordò Josie, sebbene la fitta che le provocava il suo nome fosse ormai quasi impercettibile.

Il taxi si fermò fuori dal castello mentre Memo tornava a guardare la nipote. Josie lanciò un'occhiata al tassista, ma lui si limitò ad ammiccare scendendo dall'auto. «Ti ho raccontato di quando tuo nonno mi ha portata a New York per il nostro ventesimo anniversario di matrimonio?»

«Ehm…». Josie guardò dietro di sé: l'autista stava aprendo il bagagliaio per tirare fuori la valigia.

«Abbiamo lasciato tuo padre e Helen a casa da soli. Non puoi immaginare com'era *ridotta*, quando siamo tornati».

«Memo», disse Josie, «devo andare, sono arrivata».

«Oh! Certo, tesoro mio, scusa».

Josie inclinò la testa. «Non mi chiedi la citazione?».

Memo sorrise. «Cercavo di essere gentile e lasciarti al tuo fine settimana esaltante. Ma tocca a te, no? Ne hai una?».

Josie tirò fuori il messaggio che aveva scritto sul cellulare e lesse: «La beffa più grande che il diavolo abbia mai fatto è stato convincere il mondo che lui non esiste».

«Oh! Oh, la so quella!». Memo agitò la mano esile davanti allo schermo. «È… aspetta, non andare, la so. È… John!». Si sentì un tonfo e poi un gemito: Memo aveva senz'altro colpito il marito, Josie ne era sicura.

«*I soliti sospetti*», disse il nonno fuori dall'inquadratura.

«Sì, esatto», replicò Memo, sorridendo e accasciandosi di nuovo sul divano. «Ci sarei arrivata prima o poi».

Josie rise mentre chiudeva FaceTime, infilava il cellulare in tasca e scendeva dal taxi. Rivolse un cenno cordiale all'autista calvo che le porgeva la valigia, più grande di quella che di solito portava per viaggi di pochi giorni, ma necessaria per le tre diverse occasioni formali previste dall'evento.

«Da qui se la cava da sola?», domandò l'autista, apparentemente senza fretta, agganciando le dita nel passante dei pantaloni. Alla faccia dei taxi di Londra o di New York.

«Sì, grazie mille», rispose, porgendo il denaro.

«Non c'è di che».

Per qualche istante si soffermò a guardare l'auto allontanarsi, poi emise un lungo e lento respiro e storse il collo da una parte all'altra per alleviare un po' di tensione. Fece un giro su sé stessa per contemplare il paesaggio, permettendo all'aria leggermente frizzante del mattino di accarezzarle le guance. I giardini erano maestosi quanto il castello, sembravano estendersi all'infinito, anche se non voleva pensare a quante ore di lavoro al giorno servissero per mantenere il prato così perfetto.

Annuì tra sé e sé, poi raddrizzò le spalle. Ormai era arrivata e anche se, alla fine dei conti, si fosse rivelata l'unica persona single di tutto il fine settimana e fosse stata bombardata da un'infinità di domande su quello che era successo tra lei e Oliver, era lì perché voleva bene a Laura, quindi avrebbe approfittato di quell'occasione. E poi era fortunata: poteva starsene per tre notti in un castello vero e proprio, dato che Laura l'aveva ritenuta un'amica abbastanza intima da assegnarle una delle poche camere disponibili. Davvero, non esisteva un luogo più bello dove passare il fine settimana... forse avrebbe scoperto che era proprio quello di cui aveva bisogno.

Con quel pensiero in mente, appoggiò di lato la valigia e prese la macchina fotografica. Era l'occasione perfetta per cogliere il castello in tutta la sua bellezza: c'erano due auto parcheggiate, ma erano fuori mano e praticamente nascoste. "Imponente", ecco la parola giusta per descriverlo. Immaginò che dovevano averlo costruito proprio con l'intenzione di farlo sembrare così. Il paesaggio era semplicemente magnifico – il cielo azzurro, i riflessi del sole che danzavano su alcune finestre in cima alle torrette – ma forse un luogo del genere avrebbe ostentato altrettanta bellezza, anche con un cielo uggioso in tempesta sullo sfondo. Meno male per Laura che faceva bel tempo, però. Settembre era uno dei periodi dell'anno preferiti di Josie: uno di quei mesi in cui non ti aspetti un clima gradevole, perciò gli ultimi sprazzi d'estate sono una vera delizia.

Dopo aver scattato qualche foto, Josie ne fece una con il cellulare e inviò un WhatsApp a Bia.

Il castello!

Ricevette in risposta una linea di cuori, poi le parole:

Non sto PIÙ nella pelle. Ci vediamo domani!!!

Josie sorrise mentre infilava il cellulare nella tasca del cappotto. Per fortuna Bia aveva accettato di accompagnarla dopo che Josie aveva informato Laura dell'assenza di Oliver: non pensava di poter sopportare un weekend in solitudine e fare finta di non avere il benché minimo problema con il fatto di essere single proprio quando si festeggiava la felicità coniugale della sua amica.

Josie rimase lì immobile per un minuto abbondante, sforzandosi di godersi quel momento. Doveva ammettere che qualcosa, nell'atmosfera del luogo e nella sua bellezza, la rasserenavano più di quanto si sarebbe aspettata. Ma non solo lì... aveva avuto la stessa sensazione anche a Edimburgo. Appena messo piede sulla banchina della stazione, aveva adorato quella città e si era subito rattristata al pensiero di avere solo una notte a disposizione per godersela. Non era mai stata in Scozia prima di allora – i nonni l'avevano portata in vacanza in Galles un paio di volte, ma mai in Scozia – e ora faceva fatica a trovare un motivo per cui non si era mai decisa a visitarla.

Dopo essersi concessa quel momento di riflessione, trascinò la valigia attraverso le doppie porte – più pesanti di quanto sembrassero – e si ritrovò nella sala principale. Dentro regnava il silenzio, l'atmosfera quasi pervasa da un senso di inquietudine. Sulla destra c'era un caminetto, anche se al momento era spento, e sparsi qua e là erano stati posizionati alcuni candelabri macchiati di cera. Tra l'abbondanza di mobili in legno e il grande tappeto, Josie ebbe l'impressione di essere tornata indietro nel tempo: era il genere di arredamento che andava di moda quando era bambina. Eppure faceva parte del fascino del castello.

Davanti a un tavolo azzurro – esisteva il granito azzurro? – con sopra il più grande mazzo di fiori che avesse mai visto, un uomo dal completo elegante sfoggiava un sorriso educato mentre reggeva un portablocco. «Salve, signorina», disse, l'accento più lieve di quello del tassista. L'aspetto ordinato gli conferiva un'aria troppo moderna per quel luogo. «È qui per il matrimonio? Posso sapere il suo nome?»

«Josie Morgan», rispose continuando a guardarsi intorno, nel tentativo di cogliere ogni minimo dettaglio.

L'Uomo Portablocco annuì. «È nella Ranuncolo».

«Ranuncolo?», ripeté Josie, leggermente confusa.

«Il nome della sua camera, signorina».

«Oh, giusto. Scusi».

L'uomo le prese la valigia. «L'accompagno?». Al cenno di Josie, si incamminarono. La condusse a sinistra, oltre un tavolo di legno circolare e quattro sedie ornate, e su per una scala maestosa, ampia abbastanza da contenere almeno quattro persone fianco a fianco. Passarono davanti a una sedia e un tavolo, pronti lì nell'angolo nel caso qualcuno volesse riposare le gambe. Josie fece scorrere la mano lungo la ringhiera e sentì dei piccoli formicolii salirle lungo il braccio. Una volta quel castello era abitato. Non riuscì a trattenersi dal rivolgere un sorriso all'Uomo Portablocco, che lo ricambiò, come se sapesse esattamente quel che stava pensando.

Mentre raggiungevano la cima delle scale, si levò il suono di alcune voci che riecheggiavano sommesse tra le pareti. «Okay, be', senti, non mi serve un microfono, penso che sia troppo formale per questa serata, ma almeno fai in modo di… Josie!». Laura si voltò non appena vide l'amica. Aveva una mano tra i capelli, biondi e scompigliati come non mai, ed era in compagnia di una donna più anziana dall'aria familiare… ma certo, era la madre di Laura: Josie l'aveva incontrata a un barbecue qualche tempo prima. Anche quelle due donne minute erano quasi identiche, ed entrambe reggevano un portablocco ciascuna. Laura si tolse la mano dai capelli e sfoderò un gran sorriso mentre si avvicinava a Josie. «Eccoti qua!». Si rivolse poi all'Uomo Portablocco. «Può mettere i suoi bagagli nella sua camera e lasciare la chiave nella porta?».

L'Uomo Portablocco annuì. «Certo», disse con calma, poi si rivolse a Josie: «Riuscirà a trovare la sua stanza da sola?»

«Dove alloggia?», chiese Laura.

«Nella Ranuncolo, credo», rispose Josie.

Laura sventolò la mano. «Non c'è problema, so dov'è». Josie fece un sorriso sardonico. Ovvio che lo sapeva. Senz'altro aveva studiato e memorizzato la planimetria del castello settimane prima. Laura tornò dalle altre tre donne. «Questa è mia madre, Jose», disse, confermando l'ipotesi di Josie quando indicò la signora con un abito di alta classe, la quale le rivolse un sorriso educato, come se l'avesse riconosciuta ma non riuscisse a inquadrarla. «E queste sono Tiffany e Abigail», disse, girandosi verso le donne con il portablocco. *Ma che ci fanno tutti con un portablocco?*, si domandò Josie. *È stata Laura a fare da apripista o è un'abitudine di queste parti?*

«Non ho idea di dove sia John», continuò Laura. «È fuori con alcuni dei suoi parenti scozzesi ma non so dove, giuro che spuntano come funghi, e ogni volta che parla con loro diventa sempre più scozzese. Ti assicuro che nemmeno io riesco a capire la metà di quel che gli esce dalla bocca, quindi chissà come sarà il discorso». Parlava a macchinetta ed era leggermente più agitata del solito. «Comunque sia», proseguì indicando di nuovo le cartelline, «stavamo ultimando la disposizione dei posti a sedere per stasera. Ti ho messa a un tavolo con Jess e Tom del lavoro ed Erin, un'amica di John... ti sta bene? Lui è sicuro che ti starà simpatica, anche se ha pensato di dirmelo solo *oggi*, ovviamente, e lei non ha *ancora* confermato se porterà qualcuno con sé, ma è una delle migliori amiche di John, quindi...».

Se Josie avesse continuato a sorridere così per tutto il fine settimana, le si sarebbero strappati i muscoli facciali. «Fantastico». Anche se, da quando se n'era andata, non aveva parlato con nessuno degli ex colleghi, a parte Laura. Una buona cosa, quindi, che non fossero solo loro due e Josie... significava che il lavoro non sarebbe stato l'unico argomento di conversazione per tutta la serata. E anche Jess e Tom erano senza accompagnatore. A quel pensiero si rilassò leggermente: forse sarebbe stato davvero bello ritrovarsi, a patto che non si soffermassero troppo a lungo sulle ultime novità nelle loro vite.

«Bia non arriva prima di domani, giusto?». Laura gettò uno sguardo al portablocco di una delle due donne per controllare qualunque cosa ci fosse scritta.

«Giusto. Prende il treno notturno». Dato che Bia aveva preso il posto di Oliver, Laura avrebbe chiuso un occhio sulla sua partecipazione alla cena. L'amica di Josie ora faceva l'agente immobiliare – lavoro in cui, per sua stessa ammissione, era piuttosto brava visto non richiedeva nient'altro che la capacità di *persuadere la gente, Jose* – e non poteva liberarsi da un appuntamento dell'ultimo minuto, visto che era venerdì.

«Be', purché sia puntuale», disse Laura, tamburellandosi

la coscia con le dita. Laura e Bia non si conoscevano così bene, ma si erano incontrate qualche volta ai compleanni di Josie e a eventi simili. Era evidente che Laura stava pensando all'ultima festa a cui erano state insieme: quella che avevano organizzato per salutare Josie prima del suo trasferimento a New York. Bia si era presentata un'ora dopo convinta di essere in anticipo di trenta minuti, con le decorazioni da sistemare sul tavolo del pub per farle una sorpresa prima del suo arrivo.

«Lo sarà», replicò Josie con fermezza.

Laura sbuffò e guardò la madre. «Mi fai un favore e vai a cercare papà? Voglio solo assicurarmi che conosca il piano per oggi e domani».

La madre di Laura – Andrea, Josie era quasi sicura che si chiamasse così – sorrise e accarezzò il braccio della figlia in modo rassicurante. «Conosce il piano, tesoro, ma andrò a cercarlo, penso che sia nella nostra stanza».

«Grazie». Tornò alle donne con il portablocco. «Penso che per ora sia tutto, grazie».

Annuirono in sincrono.

«Siamo qui se hai bisogno di qualcosa», disse una di loro.

Non appena se ne furono andate, Laura trascinò Josie a sedersi in cima alle scale. «Sono bravi qui, comunque», commentò, guardandosi intorno. «All'inizio pensavo fossero una palla al piede, ma in realtà hanno fatto un buon lavoro». Era un grande elogio da parte di Laura: Josie non aveva dubbi che avesse il potenziale per trasformarsi in una sposazilla coi controfiocchi, se non altro perché voleva che tutto venisse fatto esattamente a modo suo e aveva molta esperienza in quel campo, essendo un'addetta alle pubbliche relazioni. «È stato parecchio stressante cercare di organizzare un matrimonio all'aperto, in *Scozia*... il tempo sembra reggere, ma abbiamo dovuto elaborare un piano di emergenza, tanto per stare sul sicuro». Si picchiettò le dita sulle gambe, avvolte in un paio di jeans sbiaditi.

«Be', perché non mi distrai un po'?». Guardò Josie. «Sei arrivata prima, non mi aspettavo nessuno così presto».

«Mi spiace», disse subito Josie. «Non...».

Laura rifiutò le sue scuse. «No, no, non voglio dire che... più che altro mi domando come ci sei riuscita».

«Oh, be', ho pernottato a Edimburgo... non volevo mica fare tardi per la cena». Cercare di prendere il treno e fare tutto in un giorno era, agli occhi di Josie, un rischio. Inoltre, per quanto volesse bene alla zia, una notte in più per conto suo, lontana da Helen, era un'occasione da cogliere al volo.

Laura fece un cenno di approvazione: del resto, il motto dell'amica era sempre stato "Chi prima arriva, meglio alloggia". Scosse la testa all'indietro, i capelli biondi ora le arrivavano quasi alla vita, poi fissò Josie con aria severa. «Perché diavolo non sei venuta a trovarmi?». Josie la guardò confusa e Laura sventolò la mano. «A Londra, voglio dire. Non sei tornata, tipo, da maggio?»

«Giugno», la corresse Josie. Laura era perplessa e Josie le rivolse un sorrisino colpevole. «Be', tecnicamente era giugno. Il due è comunque giugno». Laura non era divertita, così Josie le lanciò uno sguardo di scuse.

«Com'è andata, allora?», chiese Laura. «A New York».

«È andata...». Josie agitò una mano. Sospirò. «Sai che c'è? Per lo più, è stato fantastico. Abbiamo visto di tutto e di più, la Statua della Libertà, il Rockefeller Center e altro ancora. E sono andata a un sacco di belle feste con Oliver». Era stato come vivere in un film. Erano arrivati in un appartamento fornito dalla Peacock che nessuno dei due si sarebbe potuto permettere, a soli quarantacinque minuti di metro dal centro di Manhattan, e quella prima sera si erano seduti sul divano nuovo di zecca a bere champagne, anche se erano stremati. Durante il primo mese o giù di lì, Oliver aveva programmato ogni fine settimana, deciso a dimostrarle che faceva sul serio quando aveva detto di voler farsi perdonare, e l'aveva portata a visitare tutti i luoghi di interesse. All'inizio aveva provato un turbinio di emozioni, e per un po' si era concessa di credere che lasciare Londra fosse stata la decisione giusta.

«E con lui com'è andata?», indagò Laura.

«Be', ci siamo lasciati», rispose Josie con un sospiro esasperato. Forse, sì, era naturale che la gente glielo chiedesse. E non era una ferita che sanguinava così tanto da non poterne parlare – negli ultimi mesi aveva avuto il tempo per concludere che fosse meglio così – ma comunque non era proprio uno spasso ammettere che la sua unica relazione seria era andata in fumo, nonostante si fossero trasferiti in una città diversa per vivere insieme.

«Lo so benissimo». Josie riusciva quasi a sentire il "razza di idiota" alla fine della frase. «Ma perché?», proseguì Laura.

«È che...». Josie alzò una mano e la lasciò cadere di nuovo. «Non funzionava, punto e fine. Ci abbiamo provato, ma...». Laura annuì e non insistette. Il fatto era, che all'inizio, tra loro andava alla grande. Josie aveva deciso di dare a Oliver un'altra possibilità dopo che Max l'aveva lasciata: le aveva fatto capire che, per far funzionare un rapporto, bisognava impegnarsi. E all'inizio si erano dati da fare *tutti e due*: lei aveva fatto lo sforzo di andare con lui a ogni festa di lavoro, mentre Oliver l'aveva presentata a tutti, si era assicurato di avere il weekend libero per fare quello che voleva *lei*, e Josie aveva tentato di sostenerlo, a prescindere dai sentimenti che provava nei confronti di Janice o della compagnia. Era riuscita a superare la storia di Cara – più o meno – e aveva accettato che fosse un caso isolato, un errore di cui lui si pentiva profondamente, e non significava che non ci tenesse a lei. Ma, dopo i primi due mesi, le cose si erano fatte più complicate: sembrava che tutti e due si stessero impegnando troppo, quando non avrebbe dovuto essere *così* arduo. E poi aveva visto Max.

Non si spiegava perché fosse stato così drammatico, visto che in realtà non era successo nulla di che. Forse le aveva ricordato i tempi in cui si erano appena conosciuti, quando lui l'aveva lasciata in quel modo. Ci aveva pensato e aveva cercato di immaginare come si sarebbe sentita se Oliver si fosse comportato nello stesso modo. Sarebbe andate su tutte le furie, naturalmente, non c'erano dubbi. E avrebbe pianto, urlato e inveito, si sarebbe domandata se fosse stata colpa sua. Come sempre. Ma, guardando Oliver in quella galleria di Brooklyn, aveva avuto la spiacevole sensazione che il vuoto che le era rimasto dopo Max… forse non lo avrebbe provato dopo Oliver. Forse sarebbe stata quasi sollevata.

Quella sera, dopo essere tornati a casa, lei e Oliver avevano finito per litigare. Secondo lui Josie era stata strana tutta la sera, non aveva ancora superato la relazione con un tipo che conosceva appena e non aveva più interesse per lui. Il fatto che il sesso non andasse a gonfie vele non era stato d'aiuto. Si erano lasciati ufficialmente solo un mese dopo: erano giunti alla conclusione che tutti i loro sforzi per passare più tempo insieme e far funzionare la loro relazione avevano avuto l'effetto contrario. Si era resa conto, dopo la lite, che non potevano tornare indietro. All'inizio la nuova città li aveva distratti, nascondendo la verità: non potevano tornare a quel che erano stati, prima che lui andasse a letto con Cara, e lei non poteva fingere che Max non fosse mai esistito.

Con sua sorpresa, era stato fin troppo facile lasciarlo e dirgli addio, e questo la diceva tutta, pensò Josie. Lui l'aveva accompagnata all'aeroporto e avevano riso davanti a un ultimo drink. Era contenta che il risentimento non li avesse logorati. Era contenta che fosse stata una decisione reciproca, e non perché stavolta si erano feriti a vicenda. Eppure non era stata una passeggiata ammettere a sé stessa di aver buttato via la sua vita a Londra e aver fatto il passo più lungo della gamba per una relazione destinata a fallire. Subito dopo aver quasi regalato il suo cuore a un uomo che l'aveva trattata come i bambini trattano i giocattoli a Natale: all'inizio non vedono l'ora di giocarci, ma poi non esitano ad accantonarli.

«Mi dispiace, Jose», disse Laura, stringendole la spalla per darle conforto. Josie si mostrò indifferente, serafica. «Penso comunque che hai avuto coraggio. Fare un tentativo, andare a New York. Nessuno può dire che non ci hai provato».

«Già», rispose Josie, sforzandosi di fare un sorriso sardonico. «È vero». Nei giorni in cui si sentiva un po' più lucida, si concedeva addirittura di pensarlo. Forse non poteva sapere con assoluta certezza quali scelte si sarebbero rivelate sbagliate senza fare prima un tentativo… almeno aveva chiarito ogni dubbio e non sarebbe stata occupata a vagliare ogni possibile scenario che le passava per la testa.

Laura diede a Josie una leggera gomitata. «Potevi almeno restare a New York fino alla fine dell'estate, però… avrei potuto approfittarne per un secondo addio al nubilato. Mi sarebbe piaciuto fare shopping lì». Laura sfoderò un sorrisino. «Dove vivi adesso?»

«Guildford». Non aggiunse che al momento stava nella minuscola camera per gli ospiti di sua zia, che era precaria e che, tra il lavoro inesistente e la condizione abitativa, era sull'orlo della pazzia. Era una grande battuta d'arresto nella sua vita, e aveva bisogno di chiarirsi le idee prima di richiedere l'opinione altrui.

«Mi manchi in ufficio», disse Laura un po' imbronciata. «Non è lo stesso senza di te. Non ho nessuno con cui prendere in giro gli altri o escogitare modi per far impazzire Janice».

Josie soffocò una risatina. «Ma se non abbiamo mai fatto nulla del genere».

«Sì, ma era divertente pensarci». Laura si guardò intorno, batté di nuovo le dita sul ginocchio. «Jose, vorrei tanto restare a chiacchierare, ma...».

«Ma sei impegnata», concluse Josie, che si alzò in piedi, seguita da Laura. «Tanto penso non ci sia qualcosa che posso fare...».

Laura strinse Josie in un abbraccio. «Basta la tua presenza». Si scostò, inclinò la testa. «Però vedi di leggere il programma, se non l'hai già fatto». Josie rise di nuovo e Laura sventolò una mano. «Lo so, lo so, ma anche le persone che lo trovano ridicolo in realtà ne saranno felici».

Era difficile contraddirla: il programma di Laura era senz'altro utile, visto che includeva gli orari di ciascuna cena, le attività facoltative previste per il fine settimana, le strutture dove alloggiare se non si pernottava nel castello, il dress code e l'orario in cui lei e John sarebbero partiti l'ultima sera.

Laura le indicò dove la sua stanza e, dopo essersi avviata, Josie sentì urlare: «John ha degli amici single, se proprio lo vuoi sapere!». Si voltò, interdetta. Laura le rivolse un sorrisone raggiante. «Sempre se ti interessa».

Josie scosse la testa e la salutò, nascondendole la smorfia che le comparve sul viso. Sapeva che l'amica aveva buone intenzioni, ma non sopportava l'idea di un incontro combinato, con tutto ciò che comportava, e il fatto di doversi fingere entusiasta.

Trovò la stanza, la chiave nella serratura come promesso, ed entrò. Fu colpita da un'esplosione di giallo, e poi realizzò che era un alloggio più adatto a una donna sulla settantina. Il copriletto si abbinava alle tende – sempre gialle, più scure delle pareti, con sopra un motivo azzurro – e su un muro erano state appese sei foto di diversi tipi di pesce. Il bagno era enorme, con uno specchio a figura intera e una vasca da bagno di cui avrebbe senz'altro approfittato. Sulla toletta era stato sistemato, in caso di bisogno, un computer... una fusione involontaria di antico e moderno. Josie decise all'istante che le piaceva tutto quanto.

Dalla valigia accanto al letto tirò fuori la macchina fotografica e il portatile, poi caricò su Instagram la foto migliore del castello, dopo averla leggermente editata: come per tutti i post del suo account più "professionale", si limitò a includere una didascalia che indicava il luogo. Poi spense il computer e andò a esplorare il castello munita di macchina fotografica.

Capitolo diciassette

Quando Josie arrivò alla Sala Croquet c'erano già circa quaranta persone, il che, combinato con i tavoli – tre circolari e un lungo tavolo imperiale ad angolo che costeggiava una parete – la fece sentire un po' oppressa. Forse era quello, in parte, il problema: una cena prematrimoniale dall'atmosfera intima, con una sessantina di ospiti selezionati. Josie sapeva che Laura aveva un numero esiguo di parenti (niente fratelli o sorelle, solo una coppia di zii): ecco perché aveva invitato qualche amico in più... Che bello, rifletté Josie decisa, essere considerata un'amica prediletta. Era inutile degnare di attenzione il leggerissimo voltastomaco che l'assalì mentre entrava titubante nella sala da sola, alcuni sconosciuti che la osservavano distratti. Proprio inutile.

Si concentrò sulla sala, chiara e luminosa: pareti color crema con dipinti di paesaggi appesi qua e là, un camino con un fuoco scoppiettante nonostante la giornata fosse calda, e candele sui tavoli e sulla mensola del camino. I tavoli erano apparecchiati con tovaglie bianche, la cristalleria sembrava quasi scintillare, e gli ospiti si sarebbero accomodati su sedie con schienale dorato e cuscini azzurri.

Josie vide Laura vicino al camino, splendida in un abito nero con farfalle azzurre e rosse, stretto in vita da una sottile cintura bianca, che le scendeva appena sopra il ginocchio mettendo in mostra le sue gambe abbronzate. Portava i capelli sciolti in morbidi riccioli biondi: un look più femminile di quello che sfoggiava di solito, perfetto per una futura sposa, senza un'acconciatura eccessivamente leziosa o casta, che non le avrebbe donato affatto. Era in compagnia di John, con la barba curata e il consueto kilt, e pochi altri, tutti immersi in una conversazione. Invece di interromperli, Josie andò in cerca del posto assegnatole, e lo trovò a uno dei tavoli rotondi, tra una "Erin" da una parte e un "Graeme" dall'altra. Si morse il labbro al pensiero di essere incastrata tra due persone che non aveva mai incontrato.

Poco dopo si voltò udendo alcuni strilli e si ritrovò con Jess e Tom del team di pubblicità e marketing della Peacock, che le saltarono addosso. La risata sbuffante che si lasciò sfuggire esprimeva il suo sollievo per l'arrivo di persone che conosceva. Erano uguali a come se li ricordava dall'anno scorso: Jess, un po' bassina e paffuta, era raggiante, il viso rotondo già leggermente roseo, e Tom ancora magro come sempre, nonostante avesse preso a rimpinzarsi di frullati proteici poco prima che lei partisse. Fu travolta da un'ondata di nostalgia mentre ricambiava gli abbracci e gli: «Oddio, è passato un secolo!». Per due anni aveva lavorato di fronte a Jess, anche se lo schermo del computer le nascondeva quasi sempre il viso, e insieme avevano affrontato gli stessi sbalzi d'umore, avevano partecipato alle stesse riunioni, si erano scambiate le stesse chiacchiere insulse ogni lunedì mattina. Che strano passare dall'incontrare qualcuno quasi ogni giorno al vederlo sparire da un momento all'altro… un po' come in una relazione, ma una che è già destinata a essere passeggera.

Un cameriere con indosso un elegante smoking entrò nella

sala e suonò una campanella d'oro, strappando un sorrisetto a Jess e Tom. «Signore e signori, la cena verrà servita tra poco, se non vi dispiace prendere posto».

«Non penso che faremo storie», disse Tom, accomodandosi accanto a Jess. Josie, un po' impacciata, si ritrovò seduta tra due sedie vuote in attesa che le altre tre persone si unissero al loro tavolo da sei. Ai matrimoni si tratta sempre di numeri pari, no?

«Allora, dove alloggi, Josie?», chiese Jess, sporgendosi sul tavolo per sovrastare il chiacchiericcio della sala. Josie adocchiò il cestino del pane che un cameriere aveva portato e si domandò se fosse troppo presto per prenderne una fetta, dato che il tavolo non era ancora al completo. «Nella Ranuncolo». Ma quando Jess la fissò con sguardo assente, specificò: «Nel castello».

Jess emise un leggero sospiro malinconico, mentre Tom mise il broncio. «Noi siamo in un hotel», spiegò lei.

«Già, e condividiamo una camera doppia», aggiunse Tom. «Il massimo del glamour».

«Costava di meno», ribatté Jess con contegno. «Quindi non capisco che hai da...».

«Eccolo», sibilò Tom, dando una gomitata brusca alle costole di Jess e muovendo a scatti la testa. «È lui. È un accompagnatore, te lo giuro, non sembrava conoscere né John né Laura quando gliel'ho chiesto».

Jess sospirò. «Sei ridicolo. Finiscila». Gli spinse indietro la testa, poi rivolse un'espressione esasperata a Josie. «È di cattivo umore perché non gli è stato permesso di aggiungere un accompagnatore all'ultimo minuto. È già una *fortuna*», disse enfatizzando la parola e lanciando un'occhiata severa a Tom, tanto per rincarare la dose, «essere stati invitati alla precena. E poi», aggiunse, sistemandosi i capelli vaporosi, «hai iniziato a vedere quel tipo solo due settimane fa, cosa ti aspettavi che dicesse Laura?». Josie sentì un sorriso tirarle le labbra, mentre le tornavano alla mente tutte le ore passate a scambiarsi battute in ufficio.

Tom scosse la testa, versandosi un bicchiere di acqua frizzante. «Quando lo sai, lo sai».

«Anche tu ti vedi con qualcuno, Jess?», chiese Josie.

«Sì, ma ho deciso di non portarlo… ci esco solo da due mesi, sarebbe stato un po' troppo». Rivolse uno sguardo eloquente a Tom, che si limitò a scrollare le spalle.

«Tu sei dalla mia parte, vero, Jose?».

Josie decise che l'opzione più sicura, al momento, era non dire nulla, ma per fortuna la discussione venne interrotta da un uomo piuttosto grasso, sulla cinquantina, che incombeva sul loro tavolo. Dopodiché lo aggirò con calma, in apparenza indifferente al fatto che lo stessero guardando tutti.

Si fermò davanti allo spazio vuoto alla sinistra di Josie lo scrutò, poi annuì ed estrasse la sedia.

Jess e Josie si scambiarono un'espressione un po' confusa quando lui si accomodò tra loro, costringendole a spostarsi leggermente per accogliere la sua mole. L'uomo si asciugò la fronte lucida – a quanto pareva, lo sforzo di sedersi era stato troppo grande – e poi fece rimbalzare gli occhietti, che sembravano più piccoli a causa del viso paffuto, tra Jess e Josie, senza dare peso a Tom. «Allora», disse con un accento scozzese incredibilmente forte, «voi due siete le mie compagne di cena, giusto?».

Josie si schiarì la gola. «Sì, immagino di sì». Si rese conto di quanto suonasse snob il suo accento. «Sono…».

L'uomo aggrottò la fronte e si sporse verso di lei, la sedia che scricchiolava distintamente a ogni movimento. «Che hai detto? Non ti sento, figliola, devi parlare forte, ho un po' di infezione all'orecchio».

Josie lanciò uno sguardo un po' allarmato a Jess, che cercò di celare con un sorriso. «Josie», quasi urlò, sentendosi a disagio. Lui annuì, senza farglielo ripetere. Diede un'occhiata ai due posti vuoti alla sua destra. Quel tizio non poteva essere l'accompagnatore dell'amica di John – il che spiegava l'ultimo posto vuoto – ma forse conosceva Erin? Altrimenti sembrava un'aggiunta un po' strana al tavolo, e Laura non era tipo da assegnare posti a caso.

«Sono Graeme», disse con un cenno del capo.

«E… ecco… come fa a conoscere gli sposi?», domandò Josie con educazione, sconcertata dal fatto che l'attenzione dell'uomo ora sembrava essere rivolta esclusivamente a lei.

«Sono lo zio di John», grugnì, prendendo una fetta di pane. Be', se lo faceva lui, allora Josie l'avrebbe seguito a ruota. Ma proprio quando stava per attingere al cestino, Graeme riprese a parlare con voce tonante. «Dovevo sedermi laggiù», disse fissando un tavolo che ospitava cinque persone della sua età, perse in allegre chiacchiere.

«Oh», commentò Josie. «Capisco».

«Ma mia moglie mi ha lasciato». Stava ancora guardando torvo il tavolo, quando Josie si chiese quale fosse la moglie. La donna minuta che aveva deciso di sfoggiare con orgoglio i capelli brizzolati o la bruna dall'aria amichevole con un bicchiere in mano? Nessuna delle due sembrava una candidata probabile.

«Oh», ripeté Josie. Lanciò un'occhiata a Jess, nel tentativo di coinvolgerla nella conversazione, ma lei e Tom stavano parlottando tra loro: Jess arricciava le labbra a qualunque cosa il collega le stesse sussurrando. Fantastico. «Be', è… Accidenti, mi dispiace».

«Mi ha lasciato per un modello più giovane», disse burbero, con un'espressione che le fece provare pena per lui. Spalmò il burro sul pane, lanciandole un'occhiata mentre ne addentava un grosso morso. «Una specie di scrittore», aggiunse, e una briciola che gli volò dalla bocca per poco non atterrò sulla guancia di Josie. Cercò di allontanarsi con più discrezione possibile. «Che capocchio», continuò Graeme. Josie annuì, non avendo idea di cosa intendesse, ma immaginò che fosse una specie di insulto. «Non ha un centesimo. Tu guarda come se ne pentirà. Ma tanto non la perdonerò». Fissò truce Josie, come se lei avesse suggerito il contrario.

«No», disse subito Josie. «No, certo che no». Di che diavolo stavano parlando Jess e Tom? E che fine aveva fatto l'amica di John, Erin? Le sarebbe andato bene chiunque, pur di scappare da quella conversazione.

«Comunque», continuò Graeme, fissando di nuovo bieco il tavolo a cui avrebbe dovuto sedersi. «Ho detto a John che non volevo stare con tutti i suoi amici». Allora, forse la moglie non c'era nemmeno? Josie non osò indagare. «Gli ho detto che doveva spostarmi quando ho visto le disposizioni per stasera». Chissà quanto Laura aveva odiato fare un cambiamento all'ultimo minuto.

Un cameriere arrivò con una bottiglia di champagne e la versò nei bicchieri sul tavolo, il che, per fortuna, fornì a Graeme una breve distrazione da Josie. Grata, aveva bevuto il primo sorso di quella bevanda frizzante quando si avvicinò una donna snella e bionda, con indosso un vestito rosso brillante, il rossetto in tinta, gli occhi azzurri incorniciati da un eyeliner dorato che risaltava il colore dell'iride in una maniera quasi inquietante. Josie quasi si strozzò con lo champagne e notò che Graeme la scrutava perplesso.

Jess le lanciò uno sguardo interrogativo, ma l'attenzione di Josie era focalizzata sulla donna, i cui occhi la fissavano a sua volta. Interdetta, la nuova arrivata inarcò un sopracciglio perfettamente curato.

Josie si ricordava di lei. Erin. La ragazza di Max. *Cazzo.* Bevve un altro sorso di champagne. Ma che coincidenza del cavolo! Non le era nemmeno passato per l'anticamera del cervello che potesse essere la stessa Erin… del resto, non era un nome poco comune! Oddio. Il suo accompagnatore. Josie sussultò e si guardò intorno all'istante, gli occhi ancora lucidi per colpa dello champagne che le era andato di traverso. Ancora non lo vedeva. Magari non era venuta con lui, magari dall'ultima volta che li aveva visti si erano lasciati, proprio come lei e Oliver.

Raggiunto il tavolo, Erin incurvò le labbra carnose e sensuali in un sorriso quando vide Josie, anche se non sembrava così sorpresa di trovarla lì… o forse era più brava di Josie a nasconderlo.

«Salve a tutti», disse, accomodandosi proprio accanto a Josie. «Sono Erin». A differenza di quello di Graeme, l'accento di Erin era cadenzato e musicale, e a Josie bastò un'occhiata veloce per capire che nella testa di Jess e Tom frullavano gli stessi identici pensieri che l'avevano assalita durante il suo primo incontro con Erin, a New York: nessuno sarebbe stato capace di guardare quella donna senza pensare che fosse estremamente sensuale. Anche Graeme la stava fissando, il bicchiere di champagne sospeso davanti alla bocca, e Josie non sarebbe rimasta sorpresa se si fosse passato la lingua sulle labbra. Rabbrividì disgustata, ma cercò di non darlo a vedere.

«Il mio accompagnatore è un po' in ritardo», disse Erin, indicando il posto vuoto. Rivolse un sorrisino a Josie, inclinando la testa. Come riusciva a emanare tanta eleganza con gesti così semplici? «Mi fa piacere rivederti».

Josie pronunciò a forza le parole: «Anche per me», mentre Tom brontolava: «Vedi, *a lei* è stato concesso un accompagnatore».

Graeme coinvolse subito Erin in una conversazione e Josie ne fu grata, perché significava che tutto quello che doveva fare era mugolare in segno di assenso di tanto in tanto, mentre cercava sia di non fissare Erin sia di non guardarsi intorno in attesa dell'imminente arrivo del suo accompagnatore. Si sentiva irrequieta, incapace di concentrarsi su qualcosa, e non si rese conto di aver bevuto un bicchiere intero di champagne finché il cameriere non venne a riempirlo. Vennero serviti gli antipasti, un piatto di asparagi e uova in camicia per i vegetariani, uno di asparagi avvolti nel prosciutto di Parma per gli onnivori, mentre tutti parlavano di come conoscevano gli sposi – Erin era una delle migliori amiche di John ai tempi della scuola, a quanto pareva – quando arrivò il fantomatico accompagnatore.

Ed eccolo lì. Max.

Che destino funesto... Max era al matrimonio della *sua* amica. Era lì con quello schianto di fidanzata, mentre lei era triste e sola, seduta accanto allo zio grasso di John. Voleva sbattere la testa sul tavolo. Voleva prendere e andarsene, per non doverlo affrontare, per non dover sorridere e fingere di averlo dimenticato, di non aver pensato minimamente a lui da quando l'aveva incrociato a New York. Non voleva ammettere che fosse Max il motivo principale per cui era tornata a casa.

Ma non poteva fare nulla del genere. Poteva soltanto guardarlo mentre attraversava la sala e veniva verso di loro, insolitamente agitato, i capelli ramati scompigliati, i polsini della camicia grigio scuro non abbottonati per bene, la cravatta leggermente storta. Era più magro di quando l'aveva visto l'ultima volta e aveva il viso un po' pallido, come se gli servisse una bella dormita, ma era bello come sempre, la stessa falcata lunga che Josie ricordava bene.

«Ci siamo fatti notare, eh?», gli bisbigliò Erin mentre si sedeva accanto a lei.

Max borbottò le sue scuse, si sistemò la cravatta – rifiutando con un gesto l'aiuto di Erin – poi lanciò un'occhiata dall'altra parte del tavolo, direttamente a Josie. I loro sguardi si incrociarono e lei sentì un tuffo al cuore, ma si rifiutò di staccargli gli occhi di dosso, di dare a vedere quanto fosse rimasta spiazzata. Al tavolo poteva regnare il silenzio assoluto o esserci un continuo chiacchiericcio, per quel che le importava.

Max le fece un piccolo cenno col capo, poi si schiarì la gola. «Ciao», si limitò a dire. Josie rifletté, con una punta di amarezza, che non sembrava molto sorpreso di trovarla lì. Stava seduto dritto, forse era un po' teso, ma continuava a sostenere il suo sguardo. Forse, visto che Laura era la sposa, aveva immaginato che sarebbe stata lì, mentre lei non ne aveva idea. Conosceva gli sposi, no? Poteva senz'altro aspettarsi che avrebbe partecipato al matrimonio, giusto?

Josie ricambiò il cenno di saluto. «Ehi». Okay, bene, la sua voce sembrava calma, disinvolta. Prese un altro sorso di champagne, nel tentativo di venire a patti con il leggero sfarfallio del suo cuore, il battito frenetico del polso. Quasi cinque mesi da quando l'aveva lasciato in quella galleria di Brooklyn e da allora non l'aveva più visto né sentito… né, a dirla tutta, lei aveva cercato di mettersi in contatto. Perché avrebbe dovuto? All'epoca avevano tutti e due una relazione, e anche se la sua era andata in malora, quella di Max, a quanto pareva, no.

Josie si voltò verso Graeme, dando le spalle alla coppietta. Jess, mitica come sempre, aveva chiaramente percepito quella strana atmosfera, perché si unì alla conversazione: anzi, ne prese il controllo e cominciò a chiacchierare allegra del suo lavoro alla Peacock, ignorando le interiezioni di Graeme e permettendo a Josie di limitarsi ad annuire mentre cercava di non voltarsi, di non ascoltare ciò di cui Tom, Max ed Erin stavano parlando. Cavolo, perché Bia non era lì con lei? Le pulsava la testa e scansò lo champagne, preferendo invece dell'acqua frizzante.

Quando i piatti degli antipasti vennero sparecchiati, Laura si alzò in piedi al centro del lungo tavolo e tutti tacquero. Rivolse un sorriso sereno alla sala. «Grazie a ognuno di voi. Come tutti sapete, i discorsi ufficiali sono previsti per domani, ma stasera tocca a me. Domani non dirò una parola, perché il mio unico compito sarà quello di essere bella». Un sommesso mormorio di risate si diffuse nella sala. «Voglio solo ringraziare tutti quanti per essere qui, ma soprattutto i miei invitati, che hanno fatto questa scarpinata fino in Scozia». Continuò con i ringraziamenti, fece qualche battuta, raccontò del suo primo incontro con John a un evento, che lui avrebbe dovuto recensire in un articolo per un sito web culturale. La sua voce era soave e sicura, la postura rilassata: Josie si ricordò che era sempre stata brava a parlare in pubblico. Se anche fosse stata in preda all'ansia, non l'avrebbe mai dato a vedere.

John la fissava con sguardo adorante, e Josie cercò di ignorare la leggera pugnalata al cuore che provava nel vederli così innamorati. Pensava che Oliver non l'aveva mai guardata in quel modo. Cercò anche di fingere di non aver notato lo sguardo che Max continuava a rivolgere a lei, invece che alla sua ragazza, e di non essere pervasa da una profonda sensazione di calore, mentre Laura brindava all'amore della sua vita.

Alzarono tutti i bicchieri, sorridendo e applaudendo mentre Laura si accomodava. Chissà se l'amica sapeva che Max sarebbe venuto, se si ricordava di lui dalla festa di Natale. Tanto Josie non glielo poteva chiedere... Laura aveva cose molto più importanti su cui concentrarsi.

Mentre i camerieri si avvicinavano per offrire vino rosso e bianco, Erin attaccò bottone con il tavolo: si mise a parlare del castello e della sua architettura. Graeme blaterava che tutti loro non ne sapevano un bel niente, e visto che superava ogni commensale di una ventina d'anni – Josie gliene dava qualcuno in più – era lui ad avere l'autorità sulla storia del posto, come se essere più vecchio significasse conoscere meglio di chiunque altro un argomento. Max ed Erin si stavano punzecchiando: discutevano su una delle strutture del castello in modo disinvolto e amichevole, ridendo l'uno dell'altra per aver fatto la stessa ricerca. Quindi Erin era un'architetta. E ti pareva. Intelligente e sexy, Max aveva vinto la lotteria. Josie bevve un sorso d'acqua, preferendo stare sul sicuro: non voleva ubriacarsi e dire qualcosa di stupido. Non era amareggiata. Davvero. Non era nemmeno concentrata sulla conversazione, così che, quando Erin chiese in un tono fin troppo educato: «E tu, Josie?», tutto quello che lei riuscì a dire fu: «Eh?».

Max si concentrò su di lei, quasi come se Erin, rivolgendole la parola, gli avesse dato il permesso di guardarla. Josie non riuscì a trattenersi dal lanciargli una rapida occhiata, anche se col cuore in gola. «Che ne pensi?», domandò Erin, inclinando leggermente la testa. «Chi ha gli edifici più belli? Edimburgo o Londra?».

Pensò a Max che ammirava l'architettura del Battersea Arts Centre e alla svelta scacciò via il ricordo, fissando imperturbabile Erin e non lui. «Edimburgo», rispose con tono più sicuro di quanto avrebbe voluto, data la sua scarsa conoscenza di ciò che rende un edificio "bello". "Carino" esprimeva meglio quello a cui mirava. «Cioè, non che abbia visto abbastanza Edimburgo per esserne certa», aggiunse, in parte perché aveva visto le labbra rosse di Erin dischiudersi e voleva anticiparla nel caso avesse intenzione di controbattere. «E Londra è incredibile, ovviamente, e tutti gli edifici più iconici sono lì. Ma, ecco, adoro le strade acciottolate di Edimburgo, il modo in cui la città sembra essere un piccolo mondo a sé stante… e gli edifici sono in parte ciò che la rendono tale, giusto?».

Avvertì lo sguardo bruciante di Max su un lato del viso mentre parlava. Non poteva fare così. Non era giusto, da parte sua, fissarla in quel modo mentre la sua ragazza era seduta accanto a lui.

Tom inarcò le sopracciglia, Graeme grugnì, come se quello che aveva detto non avesse valore, mentre Jess era impegnata a cercare di attirare l'attenzione del cameriere per chiedere altro vino. Erin rimase interdetta per un istante, poi scrollò le spalle. «Be'», reagì, lanciando un'occhiata a Max da sotto le ciglia lunghe e folte. «Solo perché una persona è d'accordo con te, non significa che tu abbia ragione».

Grazie alla disposizione dei commensali, Josie riuscì a evitare di parlare direttamente con Max per tutta la cena, sforzandosi di coinvolgere Graeme più di quanto desiderasse, al solo scopo di non creare dei silenzi da riempire. Anche se diceva a sé stessa di non farlo, che non aveva senso, non poteva fare a meno di paragonare la sua situazione con quella di Max: lui chiacchierava allegro con Erin, lei era bloccata a parlare con Graeme. Si congedò non appena possibile, subito dopo il dolce. Approfittò di un momento in cui Max era in bagno, in modo da non essere costretta a salutarlo, e ignorò le suppliche di Jess e Tom di rimanere per qualche "bicchierino in più".

«Voglio essere in forma per domani», insistette. «E anche voi due dovreste pensarci», aggiunse, in volto un'espressione di finto rimprovero. «Laura ci farà caso se qualcuno si presenterà con i postumi di una sbornia».

Cominciarono a brontolare, ma dallo sguardo che si scambiarono capì che il suo commento aveva colto nel segno. Erin le rivolse un sorrisetto distante, annuì in modo quasi regale quando la salutò. Josie si sforzò di riprodurre la sua stessa espressione, determinata a comportarsi bene. Non era colpa di Erin, dopotutto, se il suo ragazzo aveva avuto una breve storia con Josie nove mesi prima. Non era colpa di Erin se, rivedendolo, aveva capito che non riusciva ancora a dimenticare lui e il modo in cui l'aveva lasciata. Ma quello che poteva fare, si disse con fermezza, era accettare la realtà. Poteva accettare il fatto che lui fosse andato avanti, che stesse con un'altra. Doveva farlo.

Capitolo diciotto

Laura e John erano uno di fronte all'altra, mano nella mano con le mura del castello sullo sfondo, le cime degli alberi appena visibili sopra, le foglie un misto di verde e rosso dorato, una torretta alla loro sinistra. Il dolce suono dell'acqua nella fontana di pietra, tre file di quattro cavalli bianchi alla base, che zampillava in sottofondo. Josie poteva quasi percepire la storia del luogo, vite passate che si scontravano con il presente, nel cortile in pietra. Teneva le mani giunte, un groppo in gola mentre guardava i due sposi, così completi in quell'istante, incuranti delle duecento persone che li osservavano.

Laura era magnifica: un vestito bianco a cascata, con baste in tutti i punti giusti, i riccioli raccolti e fissati dietro, fiori azzurri e bianchi tra i capelli dorati. Sembrava una principessa che si preparava a governare il suo castello. Aveva sempre avuto le idee più che chiare su quello che voleva per il suo matrimonio, e aveva perseverato. John indossava un kilt e un'elegante giacca nera: sembrava uscito da *Outlander*. E il tempo, come promesso, stava reggendo, il sole abbastanza caldo da rendere superflue le giacche. Le foto di quel momento sarebbero state meravigliose, pensò Josie.

Bia era seduta alla sua sinistra, con i capelli tagliati in un caschetto corto e liscio – aveva dovuto farli piastrare da un professionista, per ottenere quell'effetto – ora di un colore marrone purpureo, mentre Jess e Tom erano alla sua destra. Max era lì, da qualche parte, con la ragazza perfetta, ma non aveva visto nessuno dei due, non li aveva cercati di proposito. Alla fine della cerimonia, quando John e Laura si baciarono, Josie non riuscì a trattenere le lacrime, che tracciarono due righe parallele sul trucco applicato con cura. Singhiozzò e rise insieme quando vide che anche Bia stava piangendo, l'eyeliner – viola, in tinta con i capelli – leggermente sbavato, e l'amica ricambiò con un sorrisino colpevole. Josie credeva fosse impossibile, a meno che non si avesse un cuore di pietra, non commuoversi con quel tipo di atmosfera.

Al termine della cerimonia, il fotografo portò via Laura e John, insieme al resto del corteo nuziale, per scattare delle foto splendide nei giardini, mentre gli altri invitati vennero accompagnati davanti al castello per un aperitivo sul prato. «Oddio!». Bia era raggiante; sia i suoi tacchi, più alti di cinque centimetri, sia quelli di Josie affondavano nel terreno morbido. «Hanno messo addirittura i *chioschetti*, Jose!». Be', aveva ragione, pensò Josie, doveva riconoscerglielo. In effetti, avevano sistemato vari gazebo lungo l'acciottolato, con diverse opzioni per le bevande: gin, whisky e qualcosa ai fiori di sambuco, da quel che poteva scorgere. Bia e Josie si allontanarono da Tom e Jess per prendere un drink: Tom si avventò sul whisky, Jess optò per il Pimm's – «Anche se non è molto scozzese, eh?» – mentre Josie e Bia scelsero il gin.

Max si stava dirigendo proprio verso di loro. Josie lanciò a Bia un'occhiata eloquente, e l'amica si girò di scatto, con il gin già in mano, per guardarlo. «Dov'è la fidanzata?», sussurrò Bia. Ovviamente, Josie l'aveva già informata su tutta la faccenda. Tuttavia Max era troppo vicino perché Josie potesse rispondere, quindi abbozzò un sorriso. La sera prima aveva deciso che, a ogni occasione in cui avrebbe dovuto interagire con lui, sarebbe stata imperturbabile, calma e serena. Non avrebbe assolutamente permesso al rancore di trasparire… soprattutto non il giorno del matrimonio della sua amica. Bia, però, non aveva ancora recepito il messaggio.

«Non guardarlo male», bisbigliò Josie.

Bia si ricompose. «Hai ragione», disse con un tono un po' troppo forte per i gusti dell'amica. «Fare la gnorri è meglio».

Josie prese un sorso abbondante del suo gin – con menta, frutti di bosco e altri aromi – quando Max si avvicinò a loro. «Sei bellissima», le disse d'impulso.

Gli rivolse un sorriso, nel tentativo di sembrare impassibile. «Grazie». Aveva curato il look in ogni dettaglio: d'altra parte, quale occasione migliore di un matrimonio in un castello per mettersi eleganti? Aveva raccolto con cura i capelli e arricciato qualche ciocca a incorniciarle il viso, gli orecchini a spirale perfettamente intonati allo stile. Il vestito era composto da un corpetto blu scuro e una gonna fluttuante color crema con righe blu. Calzava sandali blu scuro con cinturino abbinato all'abito, il trucco leggero eppure deciso.

Max si volse verso Bia e sfoderò il sorriso gentile e affascinante che usava con gli sconosciuti. «Io sono Max».

«Già, l'ho saputo», disse Bia spigliata. Di fronte allo sguardo perplesso di Max e all'occhiataccia di Josie, sorrise e tese una mano. «Cioè, ciao. Io sono Bia. La migliore amica di Josie». Mise un pizzico di enfasi sulla parola "migliore".

Max annuì piano. «Ne prendo atto».

«Be', noi stavamo per andare in bagno», disse Josie, decidendo che evitarlo era probabilmente la strategia migliore.

«Sì», disse Bia all'istante. «Mi dispiace davvero tanto non poter chiacchierare».

Accidenti, Bia, almeno provaci a essere discreta.

Lasciarono Max lì impalato giusto in tempo: quando Josie si lanciò un'occhiata alle spalle vide Erin avvicinarsi leggera verso di lui, come un cigno, i capelli biondi che quasi scintillavano alla luce del sole. Bia guardò Josie con fare perplesso – forse l'aveva sentita mugolare – e si voltò. «Ah... quindi è lei la ragazza».

Josie sospirò. «A quanto pare».

«Non è *così* carina», commentò Bia, e Josie rise.

«Ma a chi vuoi darla a bere?».

Bia trangugiò quel che le rimaneva del gin in un sorso solo. «Be', a prescindere dal su aspetto, sono più che disposta a odiarla, non ti preoccupare».

Josie riuscì a evitare Max per il resto del pomeriggio, e fu un sollievo quando la festa si spostò al padiglione, tutto bianco, con lucine sul soffitto e fiori su ogni tavolo circolare, perché la disposizione dei posti aveva diviso lei e Bia da Max ed Erin. Anche Tom e Jess erano finiti a un tavolo diverso. Josie e Bia erano sedute accanto a un ragazzo ciascuna... chissà, magari Laura le aveva sistemate all'immancabile tavolo dei single. Da uno rapido sguardo ai segnaposto, Graeme non era incluso, per fortuna.

Le due amiche si accomodarono, Bia incespicò leggermente sui tacchi, Josie si guardò intorno. A prima vista, la maggior parte dei circa duecento ospiti erano invitati di John: gli accenti scozzesi sembravano diventare più marcati, più prorompenti. Con lo sguardo perso nel vuoto, Josie non notò subito un uomo con gli occhiali tartarugati, i capelli intrisi di gel e una pancia un po' sporgente, che si accomodò accanto a lei. Emise un sospiro soddisfatto, come se fosse felice di far riposare i piedi, anche se doveva avere solo una trentina d'anni. Le rivolse un sorriso. «Ehilà». L'accento era pesante, senz'altro uno degli amici di John. «Io sono Rob».

Josie annuì educata e gli riferì il suo nome. Aveva dimenticato quella particolarità dei matrimoni: le presentazioni infinite. Si guardò intorno e vide che Bia era già immersa in una conversazione con l'uomo al suo fianco: un tipo biondo e abbronzato che già aveva fatto ridacchiare Bia. *Proprio come una scolaretta.*

«Allora, Josie, di cosa ti occupi?».

Prese un sorso del suo cocktail ai fiori di sambuco e prosecco, a cui lei e Bia erano passate dopo il gin. «Io, ecco, faccio varie cose». Inutile specificare che "varie cose" consisteva nel lavorare alla reception di un concessionario e rispondere distrattamente alle chiamate. «E tu?», chiese in fretta, prima che lui potesse fare ulteriori domande. E così Rob si addentrò in spiegazioni noiosissime sul suo lavoro, che pareva avesse a che fare con l'analisi statistica e che lui sentiva il bisogno impellente di ostentare, vomitando numeri su numeri. Più di una volta, Josie cercò di attirare l'attenzione dell'amica, ma Bia non le dava retta: di tanto in tanto si lasciava sfuggire una risata acuta – chiaro segno che era sulla buona strada per una solenne sbornia – suscitata da qualcosa che il tizio le stava dicendo. Per un attimo, Josie si domandò se fosse Rob l'uomo per cui Laura le aveva suggerito di agghindarsi e, in tal caso, se avrebbe dovuto prenderla sul personale. Con la coda dell'occhio, vide Max a un tavolo vicino e cercò di non badare al modo in cui Erin gli toccava la mano. Provò a non ricordare la sensazione di quella mano, calda e forte, lo scorso dicembre.

Bia alla fine rivolse la sua attenzione a Josie, proprio quando Rob aveva troncato il discorso sul suo lavoro per dilungarsi in una descrizione dei suoi hobby, che includevano l'arrampicata su roccia, qualcosa di cui Josie non era del tutto convinta, *collezionare* sassi – attività perfetta per lui – e le farfalle. Non capiva come facessero a essere un hobby le farfalle, ma decise che era meglio non indagare. Bia le lanciò un'occhiata, ma non c'era niente che potessero fare.

«E tu che mi dici?», chiese Rob, tra un boccone di cervo e l'altro, servito con un gratin di patate davvero delizioso, nonostante la quantità di invitati da sfamare.

«Oh, a dire il vero, mi piace il giavellotto». Josie non sapeva cosa l'avesse spinta a dirlo – forse era colpa dell'ultimo bicchiere di vino bianco – ma le sfuggì prima che potesse rifletterci meglio. Accanto a lei, Bia quasi prese a tossire e dovette prendere diversi sorsi d'acqua prima di mitigare le preoccupazioni del tizio che ci provava con lei.

Rob sembrò non notarci nulla di strano, e si limitò a inarcare lievemente le sopracciglia. «Davvero?».

Josie annuì. «Oh, sì. Ho partecipato a diverse gare di lancio del giavellotto in tutta la contea».

«È addirittura arrivata prima, un paio di volte», aggiunse Bia per avvalorare la sua bugia.

«Fantastico», commentò Rob, anche se era difficile capire se ci credesse davvero, dato che usava lo stesso tono monosillabico di quando descriveva il suo lavoro. «Mi piace anche progettare sculture di marshmallow», continuò Josie. Faceva fatica a mantenere una faccia seria e si rifiutava di guardare Bia, che sorrideva beffarda.

Rob era confuso, interdetto. «Sculture di… marshmallow?»

«Esatto», disse Josie con un sorriso. «Sono nel libro del Guinness dei primati per aver costruito la più grande torre di marshmallow mai esistita… dovresti cercarmi».

Rob annuì lentamente. «Lo farò».

Quando iniziarono i discorsi, Josie e Bia si scambiarono un'occhiata e si girarono verso il palco. John riuscì a suscitare qualche risata, e Josie addirittura si commosse quando il padre di Laura pianse. Subito dopo, si passò al primo ballo. Laura, data la sua indole perfezionista, aveva chiaramente preso lezioni: si muoveva con eleganza sulla pista, della sua solita andatura veloce e scalpitante nemmeno l'ombra.

Quando si aprirono le danze anche per gli ospiti, il tizio di Bia, di cui Josie non aveva ancora afferrato il nome, si alzò e le tese una mano. «Permetti?».

Bia si morse il labbro e guardò Josie. «Be', ecco…».

Josie scosse la testa. «Vai. Ti raggiungerò quando avrò finito questo». Alzò il bicchiere di vino. Bia esitò, poi prese la mano dell'uomo, che le sorrise raggiante. Gli arrivava a malapena al petto, anche con quei tacchi vertiginosi… non che la cosa sembrasse preoccuparlo.

Rob si concentrò all'istante su Josie, spingendo gli occhiali sul naso. «Allora, dove sei cresciuta, Josie?». Sbatté le palpebre un paio di volte, aspettando paziente una risposta.

Josie cercò di resistere all'impulso di sospirare, prese invece un sorso del vino. Poi fece spallucce. «Be', sono cresciuta in completo isolamento in una foresta per quasi tutta l'infanzia. E tu?». Inclinò la testa.

«Sul serio?», sbottò Rob, in un modo che suggeriva che le credesse sinceramente. «Fan…». Si interruppe quando qualcuno prese il posto lasciato libero da Bia.

Josie si irrigidì e alzò lentamente lo sguardo su Max.

«Posso?». Senza aspettare risposta, si mise a sedere.

Rob e Max si presentarono, stringendosi la mano davanti al corpo rigido di Josie, poi Rob fece un cenno verso di lei. «Josie stava per raccontarmi una storia della sua infanzia. Lo sapevi che è cresciuta in completo isolamento in una foresta?».

Josie arrossì e finì il resto del vino. Max inarcò le sopracciglia, le labbra contratte in quel suo modo tipico. Cercò di non incrociare il suo sguardo. «Ma davvero?», chiese. Josie si schiarì la gola e annuì. «Be'», disse Max con un sorriso sardonico, «dicci tutto!».

Josie li guardò, poi, decidendo di rischiare il tutto per tutto, si lanciò a raccontare una storia inventata di sana pianta della sua vita nella foresta, che includeva andare in cerca di funghi e costruire trappole, affermò di saper accendere un fuoco con nient'altro che due bastoncini di legno e che la nonna amava ballare nuda sotto la luna piena. Rob continuava a scuotere la testa e a dire: «Affascinante», mentre Max la tempestava di domande mirate, così da obbligarla a elaborare risposte sempre più astruse. Passarono ben venti minuti prima che Rob si alzasse e si scusasse. «Torno subito, però», aggiunse. «Voglio saperne di più!».

Max e Josie lo guardarono lasciare il padiglione e dirigersi verso i bagni, poi scoppiarono entrambi a ridere. «Oddio», esclamò Josie, incapace di fermarsi e stringendosi il fianco. Max fece un gran sorriso. «Le tue bugie sanno essere molto convincenti. Non vorrei essere nei panni delle tue vittime». Per qualche ragione, a quelle parole tornò sobria e la risata le morì in gola. Si asciugò gli occhi.

«Dov'è Erin?». Si guardò intorno, ma non riuscì a trovarla.

Max sventolò una mano. «In giro».

Josie era tentata di chiedergli cosa ne pensasse del fatto

che lui fosse venuto a parlarle, ma resistette. Si conoscevano, pensò, quindi in fin dei conti era naturale che si sforzasse di attaccare bottone.

Incrociò lo sguardo di Laura sulla pista da ballo, e quando l'amica le fece cenno di avvicinarsi, Josie praticamente balzò in piedi, felice di avere una vera scusa per lasciare il tavolo prima dell'inevitabile arrivo di Erin. Indicò con la testa la pista da ballo e si voltò, ma poi, sentendosi scortese, tornò a guardare Max. «Vuoi, ehm, venire a ballare? Con tutti, intendo», aggiunse in fretta, perché i suoi occhi verde-oro sembravano penetrarla.

Scosse la testa e alzò un bicchiere di vino rosso. «Nah, stavolta passo, grazie».

Josie annuì e raggiunse Laura, che la trascinò in un cerchio insieme a Jess, Tom, John e un tizio che doveva essere amico del marito. «Sei sposata!». Josie urlò sopra la musica facendo ridere Laura, che la tirò in un abbraccio.

Poi si staccò e la guardò fissa negli occhi. Josie era perplessa. «Perché eri seduta accanto a Rob?».

Josie inarcò le sopracciglia. «Hai fatto tu la disposizione dei posti, non io».

«Dovevi stare vicino a Stuart!».

Josie non la seguiva. «Stuart?»

«Sì». Laura diede una rapida occhiata in giro, poi indicò il tipo biondo e abbronzato, dall'aria incredibilmente compiaciuta, che ballava con Bia. «Lui».

Josie sbuffò. «Ops».

Laura si mise le mani sui fianchi. «Tu e Bia vi siete scambiate di posto».

«Ah, be', almeno Bia è felice. Ed era comunque meglio del mio compagno di cena di ieri sera». Alla sua occhiata eloquente, Laura fece una smorfia.

«Lo zio di John, Graeme?». Josie annuì. «Mi dispiace tanto, Jose, non mi ha lasciato altra scelta, davvero: ha preteso di cambiare tavolo all'ultimo minuto, e poi aveva richieste molto specifiche sul tipo di persona che voleva accanto. John mi ha convinta che sarebbe stato più facile accettare, così Graeme non avrebbe causato problemi durante la cena vera e propria e, oddio, non mi odi per questo, vero?». Laura tirò un forte respiro, come se avesse consumato tutto l'ossigeno per quel breve discorso. Josie ebbe l'impressione che fosse vagamente brilla.

Scosse la testa e rise. «Laura, rilassati, sto scherzando. Non riesco nemmeno a immaginare quanto debba essere complicato organizzare un evento del genere... non te ne farò una colpa per chi mi trovo accanto al tavolo».

Laura arricciò il naso. «Mi dispiace comunque. È che... sapevo che almeno saresti stata capace di tenerlo a bada». Emise un sospiro guardandosi intorno. «E a tal proposito... quel tizio mi sembra di averlo già visto da qualche parte. È quello di Natale, vero?».

Josie si rifiutò di mostrarsi turbata. Era la giornata di Laura, ricordò a sé stessa. Non si sarebbe autocommiserata. «Già», rispose con disinvoltura. E poi la canzone cambiò e tutti iniziarono a ballare con più esuberanza, troncando ogni conversazione.

Josie ballò con Laura per un po', ma quando Erin si presentò per unirsi a John e ad altri in un cerchio, ridendo e tirandosi a vicenda, decise di essersi sforzata abbastanza sulla pista: afferrò la macchina fotografica e sgattaiolò fuori. Non riusciva a trovare Bia, anche se poteva azzardare un'ipotesi su dove potesse essere, pensò con malizia. Sospirando, si allontanò dalle luci e dalle chiacchiere e si guardò intorno. Voleva catturare il castello al chiaro di luna, l'atmosfera del parco che lo avvolgeva. Camminava senza una vera meta, fermandosi di tanto in tanto per qualche scatto, le voci sempre più affievolite, finché non rimase che il suono della musica. Il castello ora era illuminato di un giallo-oro brillante, vistoso e raffinato al tempo stesso. Voleva provare a catturarlo.

Mentre si trovava vicino al lago, a guardare lo specchio d'acqua illuminato dalla luna, d'un tratto udì dei passi lievi dietro di sé.

Si voltò con un sobbalzo, poi trasalì quando capì di chi si trattava.

«Scusa», disse Max sommesso. «Non volevo spaventarti».

L'aveva seguita di proposito?

Decise di non soffermarsi sulla questione, anche se i fumi dell'alcol la spingevano a pensare che fosse molto più attraente del dovuto… una specie di Heathcliff in riva al lago. Ma erano passati nove mesi ormai, si disse per la milionesima volta. Non aveva motivo di ripensare a quando erano stati nudi insieme. Nessun motivo.

«Già stufo della festa?», chiese quando le si avvicinò, lo sguardo fisso sul lago.

«Avevo voglia di un po' d'aria», rispose lui con leggerezza. «Tu invece?». Josie alzò la macchina fotografica a mo' di spiegazione. «Ah», ribatté Max.

La musica giungeva distante, ma Josie riusciva comunque a distinguere le note: era una canzone pop, con molta probabilità Taylor Swift, anche se non ci avrebbe messo la mano sul fuoco. La band se la cavava piuttosto bene ad alternare brani più popolari, classici smielati o romantici e balli scozzesi… così da accontentare tutti. Quando una brezza fresca le accarezzò le spalle nude, fu attraversata da un lieve brivido.

«Hai freddo?». Josie si girò e vide il volto preoccupato di Max. Era sul punto di togliersi la giacca per coprirla.

Lei scosse la testa. «No, mi piace questa brezza. Ha un qualcosa di piacevole e, non so, concreto». Si interruppe: forse era una cosa stupida da dire.

«Hai un'aria raggiante», mormorò lui. «Come se fossi tu la novella sposa».

Josie ebbe un leggero tuffo al cuore, ma provò a riderci sopra e mostrarsi disinvolta. «Adoro stare qui», ammise. Ed era la verità. In qualche modo, camminare al chiaro di luna con un castello che si stagliava davanti a lei rendeva tutto più bello. Rise di nuovo, dolcemente. Era certa di non essere l'unica a provare quelle sensazioni. Max abbozzò un sorriso mentre la osservava, forse tentando di capire la battuta, e i suoi occhi sembravano più chiari, come se avessero assorbito la luce della luna. Rimasero in silenzio e lei sentì l'impulso di stemperare quel sottile imbarazzo. «Non sapevo nemmeno che questo luogo esistesse. Tutto questo, intendo». Gesticolò con la mano libera, come per indicare non solo il castello e il parco, ma oltre, fino alla stessa Edimburgo. «Ma ora che sono qui, sento che occupa già un posto nel mio cuore. Ha senso?».

Lui annuì. «Be', almeno adesso lo sai».

Le sfuggì una leggera risata. «E ora tutti i futuri matrimoni impallidiranno in confronto a questo». Ma poi sentì il proprio sorriso scomparire appena, e si strinse con le braccia.

«Stai bene?», domandò Max in tono sommesso.

Annuì, la testa all'improvviso un po' troppo pesante sul collo. Ma non aveva bevuto *così tanto*. «Sì. Sto bene, sì, pensavo e basta».

«A cosa?»

«Ecco... i miei genitori», rispose, le parole che incespicavano sulla lingua formicolante. Okay, forse avrebbe dovuto darci un taglio con i bicchieri di vino. Ma, del resto, che male c'era? Max sapeva già della loro morte. «Ogni tanto», bisbigliò, «mi tornano in mente tutte le cose che non hanno potuto vedere. Tipo quando ho preso la patente, quando mi sono laureata all'Exeter College. Forse non mi sposerò mai… chi lo sa… ma se dovesse capitare, loro non ci saranno per vederlo». Max la fissava preoccupato. Aprì la bocca per parlare, ma lei scosse la testa. «Non volevo… è triste, ma è anche… L'ho accettato, immagino. È quel tipo di tristezza che va oltre il bisogno di piangere o singhiozzare, hai presente?». Inclinò la testa, abbozzando un sorriso. «Non mi rovinerà la serata e non avrò un crollo emotivo. È solo… quel che è, immagino».

«Josie…».

«Sto bene», ripeté. «Davvero. Ho imparato a conviverci, ma per certi versi ne sono felice, perché significa che gli volevo bene e ne conservo il ricordo, capisci?». Lei alzò lo sguardo e lui annuì, anche se la luce nei suoi occhi si era leggermente smorzata. Josie sospirò. «E quella parte di me, mi rende ciò che sono, e non posso odiarla perché, il più delle volte, non odio chi sono».

Max le infilò una ciocca di capelli dietro l'orecchio. Non poteva restare con lui. Doveva andarsene subito.

«Neanch'io odio chi sei». La sua voce era scesa quasi a un sussurro. «Mai».

«A dire il vero, non credo che tu mi conosca abbastanza per fare certe affermazioni», disse in tono leggero.

Max fece per avvicinarsi, ma Josie indietreggiò, scuotendo la testa. Poteva anche essere brilla, ma sapeva benissimo cosa sarebbe successo se lo avesse lasciato fare, ed era una pessima idea, ci poteva mettere la mano sul fuoco. Fece un altro passo indietro, vide la sua espressione cambiare e farsi imperscrutabile, mentre si infilava le mani nelle tasche.

«Buonanotte, Max», disse con fermezza, e si voltò per lasciarsi alle spalle l'incanto creato dal chiaro di luna e tornare alla sicurezza della festa.

Capitolo diciannove

Josie si svegliò al suono di qualcuno che tempestava di colpi la porta. Gemette, rotolando su un lato. I colpi aumentarono. Maledetta Bia. Non era rientrata la sera prima – con molta probabilità se l'era spassata con il suo fusto scozzese – e aveva dimenticato chissà dove la chiave della stanza.

Josie si tolse di dosso le coperte e sussultò per il dolore quando la testa prese a martellarle a causa del movimento brusco. Disorientata, aprì la porta, ma lo spaesamento non fece altro che aumentare, accompagnato da una contrazione quasi dolorosa allo stomaco, quando vide chi era.

«Max?». Si portò la mano ai capelli, tutti ingarbugliati dato che non si era presa la briga di pettinarsi. «Che vuoi?». La domanda le uscì secca e dura. Trasse un respiro. «Cioè, è presto… c'è qualcosa che non va?»

«No, scusa, io…». Si passò una mano sulla nuca e la guardò per un momento. Senza dire nulla, si dondolò sui talloni, i capelli leggermente umidi, come se fosse appena uscito dalla doccia, un aspetto molto più fresco del suo. Si cinse la vita con un braccio, e solo allora notò che si era allacciata male i bottoni del pigiama di flanella, quindi la maglia era tutta sbilenca. Ed era sicura di non emanare un profumo buono come il suo, agrumato e seducente.

Max aprì la bocca, la richiuse, poi inarcò le sopracciglia.

«Presto?», chiese, la voce troppo roca per conferirle un tono pienamente disinvolto. «Sono le nove del mattino».

Josie sbuffò. «Sì, è presto. E non è questo il punto». Scosse la testa, cercando invano di trovare qualcosa da guardare che non fosse lui. «Ma che ci fai qui, piuttosto?»

«Be', ecco, ho una proposta», disse, in tono misurato e piatto.

«Una proposta», ripeté lentamente Josie.

«Sì». Prese fiato. «Voglio che oggi tu esca con me».

Josie lo fissò, incredula. «E perché mai dovrei farlo?»

«Perché...». Si passò le dita tra i capelli perennemente arruffati, poi lasciò cadere la mano lungo il fianco. «Perché hai detto di adorare Edimburgo e ho pensato che ti sarebbe piaciuto vederla meglio».

Lo guardò sospettosa. «Posso vederla da sola, ma grazie. Ora, se vuoi scusarmi, voglio tornare a letto e dormire almeno altre due ore». Fece per chiudere la porta, ma lui la fermò.

Max indietreggiò di un solo passo quando lei, prima di potersi trattenere, gli lanciò un'occhiataccia. Si sforzò di adottare un'espressione impassibile, anche se il braccio le stringeva sempre più la vita. «Josie, ascolta», esordì. «Lo so che pensi che sia uno stronzo». Lei rise beffarda. «E lo so che il modo in cui... che quello che ti ho fatto non era giusto. E lo so che sei andata avanti...». Più che altro, *lui* era andato avanti. Non che l'avrebbe detto ad alta voce, perché voleva fargli credere che le andasse tutto a gonfie vele. «Ma vorrei tanto farmi perdonare. Ti prego. C'è un posto dove mi piacerebbe portarti». Le scrutò il viso mentre lei stava lì a riflettere.

Sospirò, poi scosse la testa. «Non mi sembra una buona idea, Max. Scusa». Stavolta era riuscita a chiudere la porta a metà quando lui le afferrò le dita. Fissò torva le loro mani giunte, poi lui la lasciò andare.

«Ti prego», ripeté. «Tanto questo fine settimana staremo qui insieme, cos'hai da perdere?»

«Non stiamo *insieme*», sbottò, prima di potersi trattenere. Il viso gli si contorse in una piccola smorfia, poi annuì e ritornò impassibile. Quanto a quello che aveva da perdere... non aveva nulla da ribattere, se non frasi trite e ritrite. Ma a dicembre gli aveva dato così tanto di sé stessa, più di quanto si fosse resa conto, e non era sicura di poter aprire di nuovo quel vaso di Pandora.

«Dov'è Bia?», domandò Max dopo un istante, sbirciando nella stanza come se si aspettasse di vederla lì in agguato. Come se quella conversazione fosse possibile, se ci fosse stata. «Potrebbe venire anche lei».

«Ancora non sai se vengo *io*», disse Josie, un po' tesa. Ma rifletté. E se Bia fosse stata impegnata tutto il giorno con la sua nuova conquista e l'avesse lasciata sola fino a cena? Comunque sia, ora Max l'aveva costretta a pensare a cose deprimenti.

«E dove vorresti andare?», chiese alla fine.

Max si tirò su leggermente. «A Edimburgo».

«Ma dove a Edimburgo? In qualche posto particolare?».

Esitò. «È una sorpresa. Ma ti prometto che ne varrà la pena», aggiunse alla svelta. «E ti assicuro che scatterai delle foto bellissime per il tuo account Instagram».

Josie strizzò gli occhi. «Come fai a sapere che posto ancora?»

«Ho visto la foto del castello che hai caricato quando sei arrivata qui». Josie non proferì parola, ma arricciò le labbra. Ecco perché non era rimasto sorpreso di vederla lì.

«Ed Erin che fine fa?», chiese sospettosa.

«Si deve vedere con degli amici a Edimburgo, quindi non le dispiacerà». Si limitarono a fissarsi per un istante. Josie annuì piano. Se lui si stava sforzando così tanto per mostrarsi amichevole, allora ci avrebbe provato anche lei. In effetti voleva vedere meglio Edimburgo e non aveva alcuna intenzione di passare la giornata da sola… Se fosse riuscita a far venire anche Bia, allora tanto meglio. *E sarebbe solo per oggi*, si ripromise. Un giorno con lui… forse l'avrebbe aiutata ad andare avanti, a capire che aveva ingigantito i momenti romantici dello scorso Natale credendoli più importanti di quanto fossero in realtà. «Va bene. Ma aspetta giù nell'atrio mentre faccio la doccia e mi cambio».

Sembrò rilassare le spalle mentre sorrideva. «Grazie. Non te ne pentirai».

Chiuse la porta, poi sospirò e vi appoggiò contro la testa, abbassando le palpebre senza brontolare, nel caso Max fosse ancora dall'altra parte. Si raddrizzò, andò al comodino e prese il cellulare per inviare un rapido WhatsApp a Bia.

Dove sei? Devi mollare il tuo fusto e tornare in camera. Subito. Andiamo a passare una giornata fuori con Max.

Non apparvero le spunte di consegna. Be', proprio quello che ci voleva. Doveva avere la batteria scarica. Sprofondò sul letto e per un attimo contemplò di telefonare a Laura per scoprire in quale stanza alloggiava Stuart… sempre se era al castello. Ma non poteva svegliare due novelli sposi per un'assurdità del genere. Così, invece, sospirò e si diresse verso la doccia, per cercare di riprendersi dalla notte scorsa.

Josie arrivò all'ingresso circa quarantacinque minuti dopo, con tutta la calma del mondo. Se Max voleva trascinarla in qualche spedizione misteriosa, allora avrebbe dovuto darle un po' di tempo per prepararsi. Non era riuscita a mettersi in contatto con Bia, ma aveva deciso di non aspettarla... chissà quando le avrebbe fatto avere sue notizie. Magari a giorno inoltrato, per quanto ne sapeva. Quello su cui non contava era trovare Erin al fianco di Max, intenta ad ammirare il ritratto di un uomo anziano. Aveva un aspetto immacolato: sfoggiava una coda di cavallo perfetta, come poche persone sanno fare, e indossava una camicetta azzurra inamidata e pantaloni bianchi. Josie rallentò il passo, tuttavia Max l'aveva già vista e le stava facendo cenno di avvicinarsi. Erin si voltò sorridendole, ma a Josie parve che la sua espressione fosse un po' più contenuta. Fermandosi a circa un metro di distanza, Josie fece rimbalzare lo sguardo tra i due.

«I piani di Erin sono saltati», spiegò Max con fare quasi indifferente «quindi viene anche lei».

Erin le offrì un altro sorrisino, leggermente teso. «Spero che non ti dispiaccia se mi intrufolo», disse con un perfetto tono cortese.

«Certo che no», replicò Josie alla svelta. Cos'altro poteva dire? Il suo ragazzo aveva organizzato una strana uscita con una tizia con cui era andato a letto... non c'era da stupirsi che i suoi piani fossero magicamente saltati.

«Andiamo, allora», disse Max, conducendole fuori. Sembrava abbastanza disinvolto, ma aveva le mani infilate con fermezza in tasca, come se volesse fare attenzione a non toccare nessuno. «Ti sei portata la macchina fotografica, vero?», aggiunse in modo un po' ridondante, dato che aveva visto la borsa sulla sua spalla.

Lei annuì, sollevando la custodia. Mentre camminavano sulla ghiaia, Josie guardò prima il taxi e poi Erin, domandandosi se non fosse troppo tardi per accampare una scusa e non andare. Ma Erin stava ormai scivolando sul sedile posteriore mentre Max le teneva aperta la portiera. Quindi, nel tentativo di entrare con la stessa grazia di Erin, salì in auto. Era sensato aspettarsi che Max chiudesse la portiera e si accomodasse sul sedile anteriore, invece salì dietro anche lui, e Josie si ritrovò incastrata in mezzo a loro due. Unì le gambe e cercò di stare attenta a non sfiorare Max, il che era piuttosto arduo, visto che lei non era esattamente minuscola, e sia Max che Erin occupavano tutto il loro lato senza lasciarle spazio. Si mise la macchina fotografica in grembo e incrociò le braccia con fermezza quando il taxi partì.

«Edimburgo, giusto?», domandò l'autista.

«Esatto, grazie tante».

Josie lanciò un'occhiata a Erin. O sapeva già dove erano diretti oppure era abituata a quei comportamenti strani di Max. A ogni modo, sembrava più o meno rilassata, lo sguardo fuori dal finestrino. Josie si spostò, sentì la gamba di Max premere contro la sua e ovviamente trasalì in un modo che attirò lo sguardo della coppia. Si schiarì la voce. «Allora, vi state divertendo in questi giorni?».

Si persero in chiacchiere forzate e imbarazzate. Josie aveva l'impressione che il taxi si muovesse con una lentezza insostenibile; a un certo punto guardò il cruscotto per controllare la velocità. Fu durante uno di quei silenzi troppo lunghi, dopo circa quindici minuti di viaggio, che Max fece sobbalzare tutti in macchina gridando: «Fermo!».

L'autista rallentò, lo fissò confuso nello specchietto retrovisore, mentre sia Josie che Erin guardavano fuori dal finestrino del lato di Max. Per un momento, Josie pensò che dovevano aver rischiato di investire un animale, invece Max si limitò a chiedere con cortesia: «Può accostare qui?».

Indicò una piazzola di sosta vicino a un cavalcasiepe che portava a quello che, per quanto ne sapeva Josie, era soltanto un campo enorme.

Il tassista, ancora confuso, fissò sospettoso Max e si fermò. Josie si chiese se non avesse solo un disperato bisogno di fare pipì.

Ma lui guardò Erin e Josie. «Scendiamo».

«Cosa?», risposero entrambe, quasi all'unisono. Josie lanciò un'occhiata a Erin, che le rivolse un sorrisino quasi sincero. Non sembrava esserci niente di più folle del tentativo di un uomo di far legare tra loro due donne.

«Come?», disse l'autista. «Vuole che vi lasci qui? Avrete problemi a trovare un passaggio, meglio che siate prudenti».

Max scosse la testa. «Solo per pochi minuti, poi proseguiremo per Edimburgo. Non le dispiace aspettarci, vero?»

«E va bene», replicò lentamente, «ma lascio scorrere il tassametro».

«Non c'è problema». Max guardò lo specchietto per controllare la strada, poi aprì la portiera. «Andiamo», ripeté alle due donne, saltando fuori senza aspettare una risposta.

Josie guardò Erin incredula. «È normale?».

La donna fece una risatina sommessa. «Una volta lo era, a dirla tutta». Per qualche ragione, Erin sembrò divertita e le rivolse un sorriso più ampio. «Inutile discutere», disse facendo segno a Josie di seguire Max fuori.

Josie scese goffa dall'auto, facendo attenzione a non finire in una pozzanghera fangosa, e seguì Max oltre il cavalcasiepe. Le décolleté che aveva deciso di indossare non sembravano affatto la calzatura ideale per vagare a casaccio su prati melmosi, ma almeno erano una scelta migliore degli stivaletti scamosciati con tacco di Erin. «Ma che stiamo facendo?», urlò a Max.

Lui si voltò, allargando le braccia come per circondare il campo. «Ce la godiamo».

Josie si mise le mani sui fianchi mentre Erin saliva il cavalcasiepe prestando molta attenzione a non scivolare. «E cosa, con esattezza?»

«*Tutto*». Max girò su sé stesso, allungandosi per indicare la campagna. Erin si avvicinò e Josie le lanciò un'occhiata, pronta a scambiarsi un'altra espressione incredula, ma lei stava sorridendo a Max con una tale tenerezza che Josie distolse imbarazzata lo sguardo, come se si stesse in qualche modo intromettendo in un momento privato. Si allontanò dalla coppia di alcuni passi. Il panorama era bellissimo, doveva ammetterlo. L'erba alta le arrivava alle ginocchia e si fondeva con gli steli dei fiori, i cui colori erano ormai smorzati dall'autunno imminente. Faceva ancora abbastanza caldo, quindi insetti e farfalle svolazzavano in giro. Il limitare del campo lasciava spazio al bosco, reso misterioso e invitante dalle tinte marroni e rossastre, come se all'interno si potessero trovare creature magiche. Ecco cosa l'aveva attirata a Max in passato: la sua leggera imprevedibilità, il fatto che la incoraggiasse a lasciarsi trasportare. Scosse la testa. Pensieri pericolosi da fare in quel momento, considerate le circostanze. Soprattutto perché doveva convincere sé stessa del contrario.

«Facciamo qualche scatto», annunciò Max.

Perplessa, Josie scrollò le spalle e tirò fuori la macchina fotografica. Iniziò con Erin, la quale, ovviamente, era un'eccellente modella, poi ne scattò qualcuna della coppia, cercando allo stesso tempo di non mostrare disappunto quando Erin mise un braccio intorno a Max e appoggiò la testa alla sua spalla. Piuttosto che guardarli, Josie si concentrò sull'ambiente circostante e la strada alle sue spalle, per dare l'impressione che non ci fosse nient'altro. A un certo punto un uccello – un rapace, a giudicare dalle dimensioni, forse un gheppio – venne dal bosco e volteggiò per qualche istante sopra di loro.... Riuscì a scattare una foto di Max mentre lo guardava, l'uccello che si stagliava contro il cielo e Max quasi in controluce: la composizione coglieva sia la natura selvaggia dell'uccello, sia la soggezione che loro, in quanto esseri umani, provavano quando avevano l'occasione di assistere a simili scenari.

Dopodiché, Josie fissò il bosco per un momento, in attesa di scoprire se sarebbe apparso qualcos'altro; ecco perché non notò Max avvicinarsi a lei finché non le fu praticamente addosso. «Incredibile, vero?». Josie sobbalzò, poi rise portandosi una mano al collo. Lanciò un'occhiata a Erin che li fissava, la testa leggermente inclinata. Prima che potesse fermarlo, Max afferrò la macchina fotografica, poi la tenne sopra la testa quando lei si avventò per riprendersela.

«Attento!», esclamò, un po' in preda al panico.

Lui fece una risata sommessa. «Prometto che non le farò del male». La teneva con delicatezza, ma Josie lo fissò torva, scrutandolo. «Voglio solo farti qualche foto». Arricciò il naso d'istinto. Detestava quando le persone si comportavano così, quando volevano che fosse lei il soggetto degli scatti. Non era per quello che lo faceva. «Hai detto di non avere foto di tua madre», sottolineò.

«Sì, ma io non ho figli».

Lui si strinse nelle spalle. «Un giorno potresti averli, ma anche se non dovesse accadere, quando ripenserai alla tua vita non vorrai vederti?».

Serrò le labbra, senza rispondere. Approfittando della sua distrazione, Max le fece una foto. «Ehi!». Lui rise e ne scattò un'altra, mentre lo guardava corrucciata. «Finiscila!». Gli si avvicinò, ma lui si sottrasse.

Sentì la risata musicale di Erin alle sue spalle, e quando si girò la vide sorridere, in apparenza incurante del fatto che Max stesse facendo lo scemo con lei. In effetti sembrava *divertita* da quella scenetta. Josie si domandò se fosse la sua sicurezza a renderla così spigliata: dopotutto doveva esserlo, data la bellezza che la natura le aveva donato. Erin le si avvicinò, riuscendo comunque a sprigionare grazia anche se i tacchi affondavano nella terra. Le mise un braccio sottile intorno alla spalla, il che fece sentire Josie grossa e impacciata, in confronto a lei.

«Forza», disse Erin. «Mettiamoci in posa». I primi scatti furono strani e imbarazzati. Josie ebbe l'impressione di essere tornata a essere un'alunna davanti al fotografo della scuola. Poi, in qualche modo incitata dall'entusiasmo di Erin e di Max, si mise a camminare impettita e ad assumere pose ridicole, insieme a Erin e da sola, mentre Max le spronava fingendosi un fotografo e dicendo cose come: «Favoloso, tesoro» e: «Lo adoro, dacci dentro». Le due scoppiarono in risate incontrollabili, e Josie pensò che, forse, Erin non era poi così stronza. Finì per rivolgere un gran sorriso a Max, e lui scattò un'ultima foto prima di ridarle la macchina.

Tornarono all'auto come un trio affiatato. Che lo avesse voluto o no, Max era senz'altro riuscito ad allentare la tensione. Di nuovo in viaggio sani e salvi, Josie – ancora una volta in mezzo, come se avessero posti assegnati –iniziò a scorrere le foto. Ignorò di proposito quelle di Erin e Max insieme e ne cancellò di nascosto qualcuna che la ritraeva, poi si soffermò su una foto in particolare. Lei sfoderava un ampio sorriso e, anche se non c'era nulla che lo indicasse, si capiva, in un modo o nell'altro, che Max era dietro l'obiettivo a ricambiarlo. Come se fossero stati soli, in quel campo. Sembrava bella, felice e spensierata, e allora capì che l'avrebbe conservata per gli anni a venire, quando avrebbe voluto ricordare quel momento e la gioia che aveva provato. Guardò Max: anche lui le sorrideva. Poi le strinse la mano, senza che Erin potesse notarlo. E, pur sapendo che non avrebbe dovuto, glielo lasciò fare e ricambiò la stretta.

Capitolo venti

Il taxi si fermò in una strada secondaria. In lontananza si stagliava il castello, che quasi si fondeva con il cielo grigio, e Josie pensò che la città assomigliasse a un mondo a sé, le persone racchiuse all'interno che avrebbero potuto vivere separate dal resto del mondo. Le piaceva la combinazione fra capitale moderna e splendore antico, insieme alla sensazione che non servisse molto tempo per conoscere le sue vie e fosse possibile percorrerle senza aver bisogno di una cartina. Come se si potesse trovare conforto nella familiarità intima del luogo, ma anche andare alla scoperta di angoli e recessi nascosti.

Erin lanciò un'occhiata a Josie mentre scendevano dalla macchina, poi scosse Max per il braccio. «Meglio far vedere Edimburgo a Josie più tardi, Max».

Josie storse le labbra. «È così palese?».

Erin sorrise e la prese a braccetto, cogliendola un po' di sorpresa. Cercarono di tenere il passo di Max. «Mi ricordo la sensazione. Sarò anche scozzese, ma sono cresciuta a Glasgow e non posso dimenticare la prima volta che ho visto questa città».

«Allora ci vivi ancora?», chiese Josie, ed Erin annuì. Poi si rivolse a Max, che camminava davanti a loro: «E tu, Max?», domandò alzando la voce.

Lui si voltò a guardarle, e i suoi occhi sembrarono fremere nell'osservare le braccia di Erin e Josie, intrecciate insieme. «Eh?», disse confuso.

«Adesso vivi a Edimburgo?», insistette Josie.

«Oh, no», rispose, tornando a guardare davanti a sé. «Al momento abito a Bristol». Josie annuì lentamente. Quindi lui ed Erin non vivevano insieme... si domandò cosa significasse.

Max le condusse al numero settantadue e suonò il campanello. Josie si sentiva un po' a disagio con il braccio di Erin agganciato al suo. O era in corso un ambiguo gioco di potere, del tipo "tieniti stretti i tuoi nemici", oppure Erin si stava sinceramente sforzando di essere amichevole, il che rendeva di gran lunga più difficile odiarla. Per di più, il fatto che Max non volesse spiegarle la ragione per cui erano lì, e che Erin non si scomponesse anche se pure lei ne era all'oscuro, la angustiava.

Aprì la porta un uomo dall'aspetto scontroso, a occhio e croce sulla quarantina. Era un po' pelle e ossa, sia la barba che i capelli castani picchiettati di grigio. Scuro in volto, la pelle leggermente coriacea, come se avesse passato molto tempo in un luogo caldo, non in Scozia. Li guardò di traverso, aggrottando le sopracciglia foltissime. Quegli occhi, anche assottigliati, erano quasi turchesi, il colore dell'oceano in una giornata luminosa, e li stavano esaminando con sospetto.

Erin sfoggiò un sorriso raggiante. «Che bello rivederti, Geoff».

Quando l'uomo – Geoff, a quanto pareva – socchiuse di più gli occhi, così tanto che Josie pensò non riuscisse più a vedere, Max sospirò. «Te l'avevo detto che saremmo venuti, non startene lì impalato».

Geoff grugnì. «Giusto. Va bene, va bene, entrate». La

sua voce era un po' burbera, l'accento difficile da identificare: irlandese, pensò Josie, ma con accenni dell'Inghilterra settentrionale e forse dell'Australia, il che suggeriva che avesse vissuto una vita un po' nomade. L'uomo fece strada nella casa buia con una grazia in contrasto con il suo aspetto, lasciando la porta aperta dietro di sé. Max fece cenno a Josie ed Erin di entrare e chiuse la porta. Josie si morse il labbro e seguì Erin all'interno. Max l'aveva portata a trovare un amico, un parente? E, se le cose stavano così, perché tutto quel mistero?

L'aria era viziata, come se le finestre non venissero aperte da un po', il soggiorno in preda al disordine: gli scaffali traboccavano di libri, c'erano pile di volumi sparse sul pavimento, il tavolo in legno al centro della stanza, tra due poltrone spaiate, macchiato di caffè. Non c'era il televisore, però in un angolo, su una scrivania di legno, torreggiava un computer costoso, la tastiera sepolta sotto alcuni fogliettini. Le pareti erano spoglie, a parte una fotografia sopra il caminetto: un fiume torbido, circondato da canne, con gli occhi di un coccodrillo appena visibili sopra l'acqua, che fissavano l'obiettivo. Josie sentì un brivido lungo la schiena, dovuto sia alla foto sia all'intensità del momento.

«Immagino che a tutti va qualcosa da bere, no?», domandò Geoff, la voce praticamente un ringhio.

«Molto volentieri». Max si sforzò di assumere un tono fin troppo amichevole, in contraddizione con quello del suo amico. Era bravo a esternare, quando voleva, il fascino dietro il quale a volte sembrava nascondersi. «Caffè?».

Geoff scosse la testa. «Ho solo tè. Il caffè mi fa venire il mal di stomaco».

«Vada per il tè», disse Max.

«Prendo con piacere una tazza di tè», intervenne Erin. Poi tutti e tre guardarono Josie.

«Sì, un tè va benissimo, grazie». Sfoderò un sorriso luminoso che Geoff non ricambiò. L'uomo non chiese come lo prendevano, si limitò a scivolare fuori dalla porta, con molta probabilità in cucina.

Max si accomodò su una delle poltrone, stravaccato, del tutto a suo agio, mentre Erin si appollaiò sul bracciolo accanto a lui, senza dire nulla. Josie lasciò vagare lo sguardo nella stanza, appoggiata a due grandi libri rilegati, sulla scrivania vicino al computer. Quello in cima sembrava una raccolta di fotografie di fauna selvatica. Josie fece per prenderla quando sentì il cellulare vibrarle in tasca.

Scusa!!! Ho messo il telefono sotto carica adesso. Dove sei??? Posso essere pronta in cinque minuti.

Josie scosse la testa leggendo il WhatsApp di Bia. Stava per risponderle quando Geoff riapparve di colpo, poco dopo. Diede a ognuno una tazza: quella di Josie era gialla, con motivi pasquali.

«È nero», disse, con un tono che suggeriva caldamente di non controbattere. «Non c'è latte in casa. Sono intollerante al lattosio». Sprofondò nell'altra poltrona e avvolse le mani intorno alla propria tazza. Con gli unici due posti occupati, Josie rimase in piedi, con fare goffo. Erin le lanciò uno sguardo incoraggiante, ma Josie non ne capì il motivo.

«Josie», disse Max, «questo è l'amico di cui ti ho parlato. Geoffrey Gilligan». Fece un cenno a Geoff e Josie abbozzò un sorriso educato, anche se non ricordava che Max le avesse menzionato un amico in particolare. «Geoffrey», continuò, «questa è Josie. La ragazza di cui ti ho accennato».

Geoffrey Gilligan... Il nome le si accese nella mente e il suo sguardo scattò verso il libro di fotografia sulla scrivania, gli occhi di coccodrillo sul muro. Un ricordo di quel bar di Brooklyn, di Max che le raccontava di avere un buon amico fotografo da presentarle, se avesse voluto. Josie trattenne il respiro e guardò l'uomo. «Lei è Geoffrey Gilligan?». Barcollò verso di lui, tendendogli una mano.

«È quello che ha appena detto, no?». Gliela strinse, la presa ferma e forte.

Aveva ancora un'espressione corrucciata, ma non era sicura se fosse dovuta alle sopracciglia cespugliose o se fosse sempre così.

«Mi dispiace tanto, non ho...». Prese fiato. «È un tale piacere conoscerla».

«Non è quello che ti aspettavi, eh?», disse con quel suo borbottio roco.

Josie scosse la testa. «No, io... volevo solo dire che Max non mi ha avvertita... non che non mi aspettavo...».

«È il lavoro che dovrebbe essere di effetto, non l'uomo o la donna dietro di esso». Agitò una mano per indicare il proprio corpo. «Il mio aspetto non è importante».

«No, certo che no», disse Josie alla svelta. «Mi ha colto alla sprovvista, tutto qui». Se solo Max l'avesse *avvertita*, allora non sarebbe sembrata così impacciata. Erin lo sapeva? Forse sì, a giudicare dal suo sorriso... ma era una situazione stranissima, loro due che facevano i grandi amici con l'ex conquista di Max. Prese fiato e continuò a parlare, tentando di riacquistare il controllo di sé. «Penso che lei – il suo lavoro, cioè – sia incredibile. Ho visto la mostra alla Somerset House e...». Ma Geoffrey sventolò la mano, la interruppe e guardò invece Max. «Mi hai detto che la ragazza aveva talento, Max, non che fosse una fan».

Josie arrossì, sia per le parole sia per il fatto che parlasse di lei come se non fosse presente. Moriva dalla voglia di lanciare un'occhiataccia a Max, ma Geoffrey la stava guardando. La fissava dritto negli occhi, così lei raddrizzò un po' la schiena. «Mi dispiace tanto. Non ho chiesto a Max di… ecco. E non ho talento, è solo un hobby, un gioco, ma provo una grande ammirazione per…».

La interruppe di nuovo sventolando la mano, poi gliela tese. «Sarò io a decidere se hai talento o no». Guardava con insistenza la macchina fotografica che lei portava a tracolla, in attesa che gliela porgesse.

La afferrò con più forza. «Ci sono solo foto degli ultimi due giorni, e le ho scattate solo per divertimento, non le ho ancora editate».

L'uomo continuava a tenderle la mano. «Be', così capirò meglio se sei brava o meno, senza l'aiuto dei filtri».

Lentamente, Josie prese la macchina fotografica dalla custodia e gliela passò. Geoffrey rivolse subito la sua attenzione sulle foto e Josie strinse le braccia attorno a sé, a disagio. «Davvero», insistette, «non l'ho chiesto a Max, non voglio favori, non sono…».

«Lo so». Stavolta la sua voce, sebbene ancora roca, aveva un tono più paziente mentre si concentrava sulla macchina fotografica e non su di lei. Le lanciò un'occhiata vaga e lei si morse il labbro. «Ma il caro Max sa essere ostinato quando vuole, ne sono consapevole. Ti ha portata qui, del resto, no?». Max si limitò a sorridere e, a quel punto, Josie lo incenerì con lo sguardo. Geoffrey si mise a ridere. «Esatto». La sua espressione si addolcì un po', e rilassò la fronte mentre fissava Max. «Anche se sarebbe bello vedere un po' di quell'ostinazione ripresentarsi… si è data alla macchia l'anno scorso, non è forse vero?».

Max sorseggiò il tè. «Ogni tanto ritorna».

«Mi fa piacere sentirlo. Ora silenzio». Sfogliò le prime foto, poi guardò Max. «Immagino che queste siano opera tua».

Josie fece una smorfia: le foto di lei ed Erin sul campo.

«Colpevole», replicò Max, allungando le gambe. «Sto scoprendo il mio talento in tarda età».

Geoffrey non fece commenti, si limitò a scorrere le foto. Josie rilassò le braccia e prese a torcersi le mani, consapevole di trattenere il respiro ma incapace di fermarsi. Si sentiva incredibilmente vulnerabile a starsene lì davanti a qualcuno del settore che valutava il suo lavoro, mentre Max e la sua ragazza del cavolo erano seduti sulla stessa poltrona, con aria compiaciuta.

Geoffrey alzò lo sguardo, grugnì e le restituì la macchina fotografica. «Talento, sì». Bevve un sorso di tè.

Quando fu chiaro che non avrebbe aggiunto altro, l'atmosfera si fece carica di imbarazzo. «Ehm, grazie», disse lei titubante. L'uomo la fissò e, anche con le guance tinte di rosso, Josie continuò a sostenere il suo sguardo, percependo in qualche modo che distoglierlo sarebbe stata una mossa azzardata.

«Inviami un'e-mail con alcuni dei tuoi lavori migliori», disse l'uomo alla fine. Si alzò, andò alla scrivania e spostò un paio di cose, poi tornò da lei con un biglietto da visita. Josie lo prese.

«Ho… ehm… ho un account Instagram».

Geoffrey scosse la testa e corrugò di nuovo le sopracciglia.

«No. Odio certe cazzate social».

Max alzò gli occhi al cielo. «Ma dai, Geoff, mica sei un novantenne, hai quarantacinque anni».

Geoffrey sbuffò. «Adesso ci mettiamo a svelare la mia età davanti a due belle ragazze?». Si alzò, afferrò la tazza di Max senza controllare se avesse finito, poi prese quella di Erin quando lei gliela porse. Josie, rendendosi conto di avere ancora quasi tutto il tè, ne bevve in fretta un bel sorso. «No», disse, guardandola. «Fai con calma. Ne preparerò ancora per noialtri, vedo se riesco a trovare dei biscotti».

Quando Geoffrey uscì dalla stanza, Josie si girò verso Max cercando di controllare la propria espressione, visto che Erin sedeva in mezzo a loro. «Avresti potuto avvertirmi», sibilò.

«Ma poi avresti detto di no».

Incrociò le braccia, lottando contro l'impulso di mettere il broncio. Erin gli lanciò uno sguardo che Josie non riuscì a interpretare, invece Max si limitò a scuotere la testa, poi scrutò Josie. «Pensavo che saresti stata contenta», disse.

Tutti e due la stavano fissando. Accidenti, alla faccia della pressione. Si passò una mano tra i capelli. «Ma sono contenta». Si costrinse a bere un sorso di tè nella speranza di calmarsi, sebbene fosse ormai tiepido. «Davvero», insistette, e abbandonò ogni proposito di prendersela a male. Memo le aveva sempre detto che non era una qualità apprezzabile. Si guardò di nuovo intorno nella stanza e sospirò. «Sul serio, è pazzesco». E avrebbe voluto avere qualcuno a cui raccontarlo, qualcuno che capisse il settore e quanto fosse davvero incredibile quell'opportunità.

Geoffrey ritornò, portandosi dietro uno sgabello della cucina, su cui Josie si appollaiò, e dei biscotti allo zenzero. Dopo circa mezz'ora di chiacchiere, durante la quale Max e Geoffrey non smisero di punzecchiarsi mentre Josie ed Erin sorseggiavano educate il tè, i tre se ne andarono o, a essere più precisi, Geoffrey li cacciò fuori. Si voltarono per ringraziarlo. Lui rimase sulla soglia.

«Mandami un'e-mail», disse a Josie, con voce autoritaria. «Vedrò se c'è qualcosa che posso fare per aiutarti».

Per una volta, non addusse la solita scusa che era solo un hobby. Invece fece una domanda che le frullava nella testa da qualche mese. «Non è troppo tardi per iniziare? Ho quasi trent'anni».

Geoffrey strizzò gli occhi e con un gesto teatrale si portò una mano alla fronte. «Oh, mamma, che orrore. Presto sarai decrepita». Poi abbassò la mano e la guardò. «No», disse pacato. «Non c'è limite di età. Non è come fare la modella».

Josie sorrise. «No, e per fortuna non ho mai voluto farlo. Mi piacciono troppo il vino e il formaggio».

Geoffrey abbozzò un sorriso, poi fece un cenno a Erin. «Continui a tenerlo d'occhio?»

«Certo», rispose.

Geoffrey annuì. Josie si sentì un pesce fuor d'acqua.

«È già qualcosa, allora». Si voltò e diede una pacca sulla schiena a Max. «Due donne, eh? Non può andarti così male adesso, no?». Max fece un gran sorriso e Josie arrossì, mentre Erin lo pungolava nelle costole, come se fosse complice della battuta. «Fatti vivo ogni tanto, okay?».

Max ricambiò l'abbraccio. «Farò del mio meglio, ma non ti prometto niente».

«Non chiedo di più». E, con un piccolo saluto, Geoffrey quasi sbatté la porta. Josie fece strada sentendosi di nuovo il terzo incomodo. Camminava immersa nei pensieri. Si era lasciata trascinare in quella situazione, anche se era contenta del risultato. Era una brutta cosa? Era solo un'altra dimostrazione di quanto fosse sprovveduta?

Josie sentì Erin mormorare qualcosa a Max dietro di lei, e le formicolò la nuca, anche se non riusciva a distinguere le parole. Poi Erin si staccò da Max e raggiunse Josie per prenderla di nuovo a braccetto. Ma che intenzioni aveva? «Allora», esordì Erin. «Direi che ora ti meriti un bel drink, che ne pensi?».

Josie esitò: un drink insieme a Max ed Erin non era esattamente il modo in cui voleva trascorrere il pomeriggio. «Be', dobbiamo tornare presto al castello...».

«Oh, non dire sciocchezze», disse Erin allegra, stringendo la presa sul suo gomito. «Abbiamo tutto il tempo del mondo».

Josie resistette all'impulso di chiedere aiuto a Max... ma, a dirla tutta, non avrebbe dovuto darle manforte? Non poteva desiderare che si rintanassero tutti e tre insieme da qualche parte. O forse, a giudicare dal contegno rilassato di Erin, lui le aveva già raccontato di lei dicendole che Josie non significava nulla... forse per questo Erin era così placida nei suoi confronti. *Be'*, pensò Josie aggrottando leggermente la fronte, *se è così allora posso adattarmi anch'io, no?*

«Okay», disse ad alta voce. «Ma prendiamoci un caffè... niente alcol. Non voglio presentarmi alla cena di commiato già brilla». Per di più, non pensava che fosse una buona idea abbassare la guardia in quel momento.

«Affare fatto», disse Erin con un cenno del capo, e procedette a guidare Josie per la città, dilungandosi in chiacchiere, lungo la celebre Princes Street brulicante di gente, su per una piccola salita e attraverso alcuni giardini, a quanto pareva certa di dove fossero diretta. Cinque minuti dopo, Erin si accorse che Max restava sempre indietro, così si voltò per chiedergli di accelerare il passo. Poi guardò Josie con quei luminosi occhi azzurri, occhi di cui era difficile non sentirsi gelosa. «Neanche lo stessimo costringendo a salire a bordo del *Titanic*».

Josie riuscì ad accennare un sorriso, mentre una parte di lei si domandò che cosa sarebbe potuto succedere se Erin e Bia si fossero trovate l'una di fronte all'altra. Non appena Max le raggiunse, Erin prese a braccetto anche lui e li guidò in una nuova strada: Broughton Street, lesse Josie, ansiosa di distogliere l'attenzione da Max con qualsiasi pretesto. Erano abbastanza vicini da potersi toccare, se non fosse stato per la ragazza alta, magra, bella – e, finora, *adorabile* – in mezzo a loro.

Erin continuò a parlare, inconsapevole o determinata a ignorare l'imbarazzo, raccontandole piccole curiosità storiche mentre procedevano. Aneddoti personali, più che altro, invece di informazioni prettamente turistiche: le confidò, per esempio, di quando lei e i suoi amici avevano ballato la salsa Ceilidh all'aperto la notte di Capodanno, o di quando una sua amica si era ubriacata così tanto da vomitare dietro un bidone. Josie sorrideva suo malgrado, immaginando la città come qualcosa di più di una bella località turistica, un posto dove la gente viveva davvero, faceva cose stupide, si metteva nei guai.

Poi «*Voilà!*», annunciò Erin, fermandosi di colpo fuori da un piccolo caffè. «Quando andavamo all'università, passavamo un'infinità di ore qui a studiare per gli esami, Josie». Sorrise con un pizzico di tristezza… nostalgia, forse. «Ti ricordi, Max?».

Josie lo osservò annuire, con quel mezzo sorriso sulle labbra. «Certo che sì». Oh, fantastico. Un caffè che evocava bei ricordi romantici per loro due… dalla padella alla brace.

Da fuori sembrava un locale piccolo, nascosto, con una scala nera che scendeva su un lato e un'insegna di legno sopra la porta rossa, che contrastava con l'esterno grigio. Si chiamava Artisan Roast.

Erin le lasciò il braccio per controllare il cellulare, e Josie indietreggiò leggermente per esaminare con finto interesse l'esterno del piccolo edificio. Sentì Erin mormorare: «Porca miseria». La donna si voltò e fece rimbalzare lo sguardo tra Max e Josie. «Me ne ero completamente dimenticata, ho detto a una mia amica che oggi avremmo bevuto qualcosa insieme… ha qualche problema con il ragazzo». Le guance di Erin arrossirono, anche se di poco. Quindi, pensò Josie, forse non era così insensibile come fingeva di essere.

«Quale amica?», chiese Max. Era un'impressione di Josie o c'era una punta di sospetto nella sua voce? Ma era ridicolo: era stata Erin a suggerire di prendere un drink, perché avrebbe dovuto cercare di tirarsene fuori?

«Amy», rispose Erin all'istante. «Ti ricordi di Amy?».

Max la fissò per un momento, poi disse: «Bene. Invitala. Può venire a prendere un caffè».

«Sì!», concordò Josie forse con un po' troppo entusiasmo, a giudicare dal modo in cui Max ed Erin la guardarono. «Cioè, non mi dispiacerebbe se venisse la tua amica, Erin». Almeno così non sarebbero stati solo loro tre.

Erin aggrottò la fronte. «Non essere sciocca, non la conosci nemmeno… e non puoi stare a sentire tutti i suoi problemi, fidati, metterebbero di cattivo umore chiunque. No, no», continuò, quando Max e Josie aprirono di nuovo la bocca, «sei qui per festeggiare, Josie. Tu e Max andate a bervi un caffè e io raggiungo Amy per un drink veloce in fondo alla strada, okay? Non ci metterò molto: lavora in un pub e tra un po' inizia il turno». Rivolse a tutti e due un ampio sorriso e, senza lasciargli altra scelta, si voltò e si incamminò con un'andatura rilassata, i capelli biondi che ondeggiavano.

Per un momento, Josie e Max rimasero lì, senza dire niente. Poi lui si schiarì la gola, facendola sobbalzare leggermente. «Be', entriamo?». Indicò la porta rossa.

Josie annuì. «Sì, dai». Era inutile sentirsi in imbarazzo, si disse con fermezza. Avevano passato tutta la mattinata insieme, per la miseria.

Non da soli, le sussurrò con arroganza una vocina nella testa. Max le tenne la porta aperta, e quando Josie entrò, gli sfiorò per caso il braccio. Lo ritrasse con fermezza. Ma a chi era saltato in mente di fare le porte così strette? Non era pratico.

L'atmosfera del caffè era intima ed elegante: pavimento in legno, un'illuminazione così curata che sembrava quasi quella di un bar, una lavagna in fondo alla stanza. Il profumo del caffè era inebriante, aveva un aroma dolce ma distinto – forse c'era un pizzico di zenzero – e il suono dei chicchi che venivano macinati alleviò la tensione tra Josie e Max. Era solo un caffè. Un caffè da godersi al calduccio in una stanza ben illuminata. Josie si sfilò la giacca, lasciò andare Max a prendere le tazze quando trovarono un tavolo, uno di quelli rotondi con piccoli sgabelli da bar.

«Grazie», disse Josie non appena Max le posò davanti quel caffè ricercato, servito in un bicchiere alto come se fosse latte macchiato, il marrone lattiginoso dello strato superiore si fondeva con il rossastro sottostante.

«Non sapevo cosa volevi», affermò Max quasi a mo' di

scusa, accomodandosi sullo sgabello accanto a lei… a una sana distanza di sicurezza, per fortuna. Lo spazio tra le loro ginocchia sembrava fremere, ma non per chissà quale motivo recondito, solo per il calore nel locale, nient'altro.

Josie bevve un sorso e assaporò lo zenzero che sentiva nell'aria. «È delizioso».

«La specialità della casa», disse Max, la voce che trasmetteva ancor di più quel tono ironico a cui era abituata. Mentre sorseggiavano il caffè, scese di nuovo il silenzio. Josie fece finta di guardarsi intorno – il locale si stava riempiendo di minuto in minuto – nel tentativo di distrarsi dall'atmosfera colma di imbarazzo. Cavolo, la notte scorsa, nel parco del castello, non era stato così. Ma, a pensarci bene, ora non avevano bevuto un po' di vino che li aveva sciolti e non erano nascosti nell'ombra: lì, alla luce del giorno, in un locale pieno di gente, era fin troppo facile ricordare che l'aveva lasciata… l'aveva lasciata e adesso stava con un'altra donna, quindi non poteva accadere nulla.

«Allora, che vuoi fare?», domandò Max. «Scriverai a Geoff?».

Josie sussultò ingoiando un sorso troppo abbondante, che le scottò leggermente il palato. Distolse lo sguardo mentre tossiva. *Bella mossa, Josie.* «Sì», rispose. E dirlo ad alta voce le fece capire che ne aveva tutta l'intenzione. Annuì, alzando di poco il mento. «Sì», ripeté, più decisa. «Gli scriverò. Chissà cosa accadrà, ma vale la pena provare, giusto?».

Max fece un cenno col capo. «Sono assolutamente d'accordo».

Esitò, poi disse, con voce sommessa: «Grazie». Lo guardò dritto negli occhi, quegli splendidi occhi dal colore sfumato. «Davvero. Anche se non porterà a nulla… Grazie. Per aver pensato a me».

Max indugiò con lo sguardo sul suo viso in un modo che le fece formicolare la pelle. «Ci penso», sussurrò.

Josie trasalì. «Cosa?»

«Ci penso. A te».

Che dichiarazione. Voleva arrabbiarsi, odiarlo per quelle parole. Ma incrociarono gli sguardi e si fissarono troppo a lungo. E in quel momento, Josie era di nuovo nel bar, a Natale, a sorseggiare un cocktail in un angolo, Max che le sfiorava la pelle, sussurrando sopra il frastuono della musica. Il ricordo di ciò che accadde quella notte la travolse come un'onda calda. Sbatté le palpebre e tornò al presente, un bambino piangeva in un angolo, la macchina del caffè ronzava. Prese un respiro profondo e abbassò lo sguardo sulla tazza, sopraffatta dal rimpianto di non aver chiesto un tè freddo.

«Allora», disse, senza guardarlo. «Tu ed Erin». Un modo per rammentarlo a sé stessa, oltre che a lui. Non aveva senso ignorare la cosa, comunque… meglio mettere tutto in chiaro.

Max si passò una mano sulla nuca. «Ecco, senti, Josie, riguardo a…».

«Non ti chiedo una spiegazione», si affrettò ad aggiungere. Non voleva che pensasse di averne bisogno, non dopo tanto tempo. «Volevo solo dire… Sembra simpatica».

«È così», replicò Max, e per qualche ragione Josie sentì un tuffo al cuore, anche se l'aveva detto *lei* per prima. «Ma è solo… Erin è…».

Cosa fosse Erin con esattezza Josie non ebbe la possibilità di scoprirlo, perché in quel momento due signore, una con una gonna a quadri, l'altra con un berretto della stessa fantasia messo di lato – una scelta di stile, ipotizzò – si avvicinarono.

«Vi dispiace se condividiamo il tavolo?», chiese la donna con la gonna. Americana, notò Josie. «Non ci sono altri posti a sedere».

«Oh», disse Josie. «Be'...».

«Il locale è il più votato su TripAdvisor», aggiunse in tono stridulo la donna con il berretto. Li guardò con un sorriso così tenero, su quella sua faccia paffutella, che Josie si sentì in colpa per aver esitato.

Lanciò un'occhiata a Max. «Immagino di sì?», accettò, quasi ponendo una domanda.

«Fantastico!», esclamò la signora con la gonna, prendendolo come un invito diretto. «Non vi daremo noie, ve lo prometto, godetevi pure il vostro appuntamento». Josie era dubbiosa. Vedere Max con la stessa espressione in faccia le strappò una leggera risata. Incrociando il suo sguardo, lui rilassò il volto. Le due donne afferrarono degli sgabelli e si strinsero al tavolo, che chiaramente non era adatto a più di due persone.

«Vi dispiace spostarvi un po'?», domandò la signora con la gonna, e Josie, le buone maniere fin troppo radicate, l'accontentò. Così fece anche Max. Dopodiché, lo spazio tra loro scomparve. A quel tavolino affollato, con le mani avvolte intorno al caffè, Josie sentì la gamba di Max toccare la sua: senza sapere dove rifugiarsi, non la spostò. La pelle le formicolava, il cuore le martellava. Era conscia degli occhi di Max fissi sul proprio bicchiere: si rifiutava di guardarla, anche se il calore tra i loro corpi pulsava. Accidenti, poteva *annusarlo* così da vicino, quel raffinato dopobarba mescolato a qualcosa che sapeva *solo e unicamente di lui.*

Josie distingueva a malapena le parole delle due donne. Le parve che stessero parlando della Royal Mile e del whisky, ma le loro voci erano ovattate, come se si trovassero fuori da una bolla che racchiudeva solo lei e Max. La macchina del caffè, il bambino che piangeva, le risate della gente: tutto sembrava distante, separato, ogni centimetro del suo corpo concentrato esclusivamente sulla sensazione del loro contatto.

E poi il cellulare di Max gli vibrò in tasca, facendolo sobbalzare. Josie, sorpresa dalla sua reazione, trasalì.

«È Erin», mormorò lui, la voce leggermente roca. «Ci sta aspettando fuori».

Josie annuì e, senza aggiungere altro, si alzò. «Vado un attimo in bagno. Ci vediamo fuori». Senza dargli la possibilità di replicare, si voltò e si precipitò verso la toilette. Là dentro si guardò allo specchio, facendo respiri profondi. *Datti una calmata*, si disse. *E fattene una ragione.* Dopo un altro respiro profondo si sentì, se non pronta, almeno disposta ad affrontare la coppia.

Fuori dal locale l'aria era più fresca di quanto ricordasse, la brezza le pizzicava la pelle calda. Erin e Max erano proprio lì, vicino alla ringhiera nera, ma nessuno dei due si voltò quando chiuse la porta dietro di sé.

Sentì la voce di Erin: «Allora? Gliel'hai detto?».

Josie si bloccò, il cuore in tumulto.

«Lasciami in pace, Erin, non è così semplice».

«Lo prendo per un no». Parlava con chiarezza, in un tono più duro di quello che aveva usato prima. Quindi forse non era così felice e accomodante come lasciava credere. Voleva che Max le dicesse qualcosa. Josie assimilò quelle parole.

Fin dove si erano spinti? Qual era l'impegno che si erano

presi l'uno con l'altra? Chiuse gli occhi per un istante. No. Meglio non ricascarci.

«Josie».

Josie sussultò al suono della voce di Erin, l'acredine ormai scomparsa. La guardò in viso: sorrideva. Non riusciva, neanche volendolo, a odiare quella donna. Perché, nonostante tutto, lei non gliene faceva una colpa, non la disprezzava per la sua storia con Max.

«Ciao», disse Josie, evitando gli occhi di Max anche se lui la cercava con lo sguardo. Si avvicinò a loro di un passo.

«Chiamo un taxi, okay?», riferì Erin, tirando fuori il cellulare. Nessun accenno al caffè o all'opportunità con Geoffrey Gilligan, al che Josie si considerò fortunata.

Sul ciglio della strada i tre aspettarono imbarazzati il taxi: Josie da un lato del locale, Max ed Erin dall'altro. Josie salì sul sedile anteriore, lontano dalla coppia, prima che qualcuno potesse obiettare.

Capitolo ventuno

Non appena tornò nella sua stanza al castello, Josie inviò qualche foto a Geoffrey insieme al suo numero di telefono, sapendo che, se non l'avesse fatto subito, si sarebbe persa d'animo. Nemmeno due ore dopo, quando lei e Bia stavano andando alla cena di commiato, ricevette una chiamata da un numero sconosciuto. Rispose cauta: «Pronto?»

«Josie?». La voce era un borbottio roco. «Sono Geoffrey Gilligan».

«Oh!», esclamò lei. «Salve». Bia, con indosso un vestito verde acceso in pendant con i capelli viola, rivolse a Josie uno sguardo curioso, e lei fece spallucce.

«Ho appena dato un'occhiata ai tuoi lavori e sono colpito, e non lo dico alla leggera. Ascolta, terrò un corso qui a Edimburgo in autunno. È al completo, ma sono disposto a fare un'eccezione… in parte perché Max è un mio amico, ma soprattutto perché vedo che ci sai fare. Da quanto mi ha detto Max, al momento stai sprecando il tuo talento, ed è un vero peccato».

«Non sto…». Josie cercò di protestare, ma lui la interruppe.

«Fammi finire. È un'occasione per sviluppare quel talento, per concentrarti esclusivamente sul tuo lavoro. Inizia tra due settimane e durerà fino a Natale. Alla fine c'è una mostra studentesca che ti darà la possibilità di esibire il tuo lavoro… invitiamo persone del settore e via discorrendo. Non ci sono borse di studio disponibili, ma posso offrire dei fondi sufficienti per fare una differenza sostanziale, direi».

Si fermò di colpo, e anche Bia si bloccò, confusa mentre cercava di capirci qualcosa. Josie emise un respiro lento. Era tutto un po' improvviso, e non sapeva cosa pensare. Quando gli aveva scritto, si aspettava più che altro che le suggerisse qualche concorso fotografico, quel genere di cose. Ma dedicarsi completamente a un corso… Davvero poteva prendere armi e bagagli e trasferirsi a Edimburgo? Impegnarsi a studiare per il resto dell'anno, senza alcuna garanzia che avrebbe portato a qualcosa? Era una scelta un po' avventata, a dirla tutta, un gesto che ci si poteva aspettare da Bia, pensò lanciandole un'occhiata. «Non ne sono sicura, io… devo pensarci».

«Va bene, ma pensaci in fretta. Se non ti sento entro la fine della settimana, lo prenderò per un no. Buona serata e spero di sentirti presto». Josie tenne il telefono all'orecchio anche dopo che lui aveva riattaccato, fissando Bia un po' interdetta.

«Che storia è questa?», domandò l'amica.

Josie la ragguagliò mentre si dirigevano verso il torrione, dove si teneva l'ultima cena del fine settimana. Com'era prevedibile, Bia pensava che fosse un'idea meravigliosa e riteneva che l'aspetto finanziario non fosse un problema. Si limitò a scrollare le spalle e dire: «Te la caverai». Josie si sentì un po' sollevata quando arrivarono al torrione, che in qualche modo sembrava più antico del resto del castello, perché le fornì la scusa per smettere di discutere.

Si diressero verso la Sala del Cervo, così chiamata perché

su una delle pareti era appesa proprio una testa di cervo: Josie cercò di non guardare i suoi occhi leggermente vitrei. Non aveva mai apprezzato la tradizione di esporre teste di animali morti, di creature una volta vive messe in mostra come meri trofei... anche se immaginò che aggiungessero un tocco di autenticità al luogo. Un po' come i muri di pietra originali: Josie non riuscì a trattenersi e li sfiorò senza farsi notare. Erano ruvidi e in qualche modo più freddi del resto della sala. Il soffitto a volta si curvava sopra di loro, rendendole facile immaginarsi in quella stanza vuota, magari imprigionata lì, ragnatele negli angoli e l'incessante gocciolio dell'acqua sulla pietra: il genere di posto dove si veniva abbandonati e dimenticati.

Ai lati della sala erano stati disposti due tavoli rettangolari, su ognuno un runner nero e viola steso al centro. Tra i due si trovava un tavolino più piccolo, senza dubbio riservato a Laura e John. Sui tavoli erano stati sistemati dei candelabri già accesi, mentre sulla parete di fondo c'erano delle luci simili a fiaccole vere e proprie, che conferivano alla sala un'atmosfera soffusa. Josie individuò Erin e le fece un cenno con la testa, mentre si dirigeva con Bia verso un tavolo pieno di bevande, incluso dell'autentico idromele.

Non riusciva a vedere Max, e cercò di ignorare il leggero peso sullo stomaco. Forse era una bella notizia, si disse. Forse era meglio non rivederlo, dopo la tensione che si era creata al caffè. Molti erano già tornati a casa, impossibilitati o riluttanti a prendersi un giorno in più di ferie: anche Stuart se n'era andato, stando a ciò che le aveva detto Bia, e pure Jess e Tom erano ripartiti per Londra la mattina. Via messaggio, Jess aveva detto a Josie di voler organizzare un pranzo con tutti a Londra, ma Josie non aveva dubbi che sarebbero passati almeno sei mesi prima di rivederli. La cena conclusiva era quindi meno numerosa e più intima, per una trentina di persone, soprattutto parenti stretti o invitati che volevano fare il ponte. Josie aveva detto che avrebbe partecipato, perché tanto non aveva nulla a cui tornare: rispondere al telefono alla reception o discutere della ristrutturazione con Helen. E poi, naturalmente, voleva essere presente per Laura.

Al momento, la novella sposa si trovava vicino alla testa del cervo, il viso illuminato dalla luce delle candele, un bagliore tenue e chiaro che le risaltava i lineamenti meglio del trucco. Josie le fece un cenno con la testa e Bia annuì, seguendola. Quando la raggiunsero, Josie venne travolta dal senso di colpa: Laura la considerava un'amica abbastanza intima da includerla fra i pochi invitati della serata – l'unica collega ad avere questo onore – e invece Josie non si era presa la briga di parlarle per tutto il giorno. Laura, tuttavia, non sembrava turbata e sorrise raggiante alle due.

Josie la tirò in un abbraccio e annusò un profumo dolce. «Sei bellissima», si complimentò quando si ritrasse. «Anche se immagino che tu sia stufa di sentirtelo dire, dopo i magnifici capi che hai sfoggiato per tutto il weekend».

Laura gettò indietro la testa e lanciò un'occhiata a Josie. «Nessuno, nemmeno io, Josie, potrebbe stufarsi di sentirselo dire». Sorrise, si guardò intorno mentre le ultime persone arrivavano. «È andata bene, vero?»

«Direi che "bene" è un eufemismo. È andata *alla grande*, Laura». La novella sposa le rivolse un gran sorriso. «Ma com'è stato per te, non ti sei stressata troppo?»

«No, una volta aperte le danze, tutto si è incastrato a meraviglia». Sebbene non volesse esplicitarlo ad alta voce,

Josie aveva la netta impressione che fosse stata solo la sua pianificazione maniacale a far sì che ciò accadesse.

«Be', sappi che hai spaccato», disse Bia con un sorrisone, e abbracciò anche lei Laura, la quale ricambiò.

«Sono contenta che tu ce l'abbia fatta a essere presente».

«Ma scherzi!?», esclamò Bia incredula. «Grazie *a te* per avermi permesso di intrufolarmi tra gli invitati». Nessuna delle due fece alcun accenno al motivo per cui Bia aveva dovuto imbucarsi, e Josie ne fu grata.

John si avvicinò e strinse Josie in un abbraccio caloroso. Josie gli sorrise. «Guarda che eleganza! Dovresti indossare sempre il kilt».

«Ah, lo farei ma lei non me lo permette». Cinse Laura con un braccio e la tirò al suo fianco.

Bia sorrise ai novelli sposi. «Siete proprio da cartolina, eh?»

«Puoi dirlo forte», concordò Laura strappando una risata a Josie.

«E come si sta nella dépendance?», chiese Josie.

«Oddio, è incredibile», rispose Laura. «È proprio sul lago e stamattina abbiamo guardato l'alba riflessa sull'acqua. Non esiste nulla di più bello, anche se dopo si è leggermente rannuvolato».

Josie li fissò perplessa. «Eravate svegli all'alba?».

John finse una smorfia di dolore. «Laura mi ha costretto ad alzarmi».

Laura scosse indietro i capelli, lasciati sciolti e lisci. «Be', abbiamo sfruttato pienamente il resto della mattinata, non trovi?». John arrossì, così Josie e Bia risero quando Laura fece loro l'occhiolino. I genitori di John arrivarono in quel momento, offrendo così alle due amiche una scusa per congedarsi.

Josie emise un leggero sospiro e Bia inclinò la testa verso di lei. «Non riesco a credere che sia già finita», disse Josie.

«Non è *ancora* finita, però. E sto prendendo appunti... mi sa tanto che mi sposerò qui un giorno».

Josie rise. «Ti manca solo trovare un uomo».

Bia sventolò una mano. «Dettagli».

«E Stuart?», domandò Josie con un sorrisetto.

«Nah, ci siamo solo divertiti un po'».

Josie si fermò di scatto quando Max si palesò. Era bello da morire con quelle luci soffuse... c'era da aspettarselo. Nonostante lo splendore della sala, l'atmosfera era un po' più informale: Max indossava jeans neri e un maglione grigio aderente. Erin gli fece cenno di raggiungerla prima che Josie potesse decidere se andare da lui o no.

Notò che Bia la fissava, e la guardò perplessa. «Che c'è?». L'amica sembrava quasi giudicarla mentre beveva un sorso di idromele. «Che c'è?», insistette Josie quando si accomodarono, separati da Max ed Erin da una coppia di anziani, con molta probabilità parenti di John, a giudicare dal kilt dell'uomo.

«Non penso sia una buona idea ricascarci, visto il modo in cui è finita l'ultima volta», disse Bia.

«Non ne ho alcuna intenzione», replicò Josie confusa. «Non è successo nulla. Non succederà nulla».

«Oggi hai passato tutta la mattinata con lui», sottolineò Bia.

«Sì, e con la sua *ragazza*, Bia». Decise che non avrebbe accennato alla parte del caffè perché non c'era niente da dire. Ma non era proprio così.

La voce di Max risuonò nella sua mente. *Ci penso. A te.*

Josie si scrollò il ricordo di dosso, concentrandosi sull'amica. «Ed ero con lui solo perché tu non c'eri».

Bia ignorò la frecciatina. «Provi ancora qualcosa per lui».
«Non è vero», replicò Josie. Ma sapeva che le era uscito fuori un po' troppo affettato per essere convincente.
«Basta che stai attenta, okay?».
Josie sospirò. «Bia, sto *sempre* attenta». Una piccola parte di lei che pensava che, se fosse stato vero, avrebbe potuto avere un semplice flirt con Max, come Bia con Stuart.
L'amica riuscì a distrarla per quasi tutta la cena, così che prestò a malapena attenzione a quello che stava facendo Max. L'idromele era leggermente più forte di quanto avesse previsto, e la testa iniziò a girarle ancor prima che se ne rendesse conto: alzava sempre di più la voce e gesticolava con più enfasi mentre lei e Bia discutevano del futuro. Così Josie si ritrovò un po' spaesata quando Laura e John presero a fare il giro per salutare tutti.
Non appena Josie e Bia videro la coppia avvicinarsi alla loro parte del tavolo, si alzarono. Laura aveva le lacrime agli occhi mentre le abbracciava. «Non chiedetemi perché», disse. «Sono un turbine di emozioni questo fine settimana». John le lanciò una delle sue occhiate ambigue e Laura gli diede una gomitata nelle costole. «È normale, idiota», disse con affetto.
Max ed Erin erano nel piccolo gruppo che si era avvicinato dall'altra parte del tavolo per salutare, e John si girò per abbracciare Erin, la quale gli diede una pacca amichevole quando si staccarono. «Non ci credo che adesso sei un adulto coi controfiocchi», disse lei con un sospiro.
John sbuffò. «Ci arriverai presto, non ho dubbi». Josie si sforzò di non guardare Max. Chissà se era una possibilità concreta per loro. Max ed Erin avrebbero finito per sposarsi, e Josie non sarebbe diventata altro che una storia nel passato di Max? Serrò le labbra. *Lascia perdere, Josie.*

Tutti i commensali seguirono Laura e John fuori per salutarli. Poiché dovevano andare alla dépendance a prendere i bagagli e Laura non indossava l'abito da sposa, quel momento fu molto meno drammatico degli addii tipici dei film romantici.

«Per fortuna», disse Bia, mentre davano un ultimo saluto. «Devo fare pipì da una decina di minuti». Scappò via e Josie ritornò nella sala. Si fermò appena varcato l'ingresso. Max era seduto lì, la luce della candela riflessa sui capelli. Erin era distratta, chiacchierava con qualcuno un po' più distante, e Max alzò lo sguardo e incrociò il suo. Le rivolse un sorriso che avrebbe dovuto essere riservato soltanto alla sua ragazza, e a nessun'altra.

Forse era l'idromele, forse era qualcosa che Bia aveva detto, o forse era colpa del weekend e del modo in cui si era comportato, come se avessero una sorta di legame, come se ancora significassero *qualcosa* l'uno per l'altra, ma in quel momento, Josie decise che ne aveva avuto abbastanza. Si girò di scatto e se ne andò praticamente sbattendo contro qualcuno che veniva dalla direzione opposta. *Che vada a quel paese*, pensò. *Lui e tutte queste stupide coppiette felici.*

Era fuori nel parco quando lo sentì chiamarla. «Josie?». Lo ignorò e continuò a camminare impettita, il vento che le sferzava il volto. «Josie!».

Si girò verso di lui, con sguardo torvo. «Che c'è?», sbottò.

Max si fermò di colpo e aggrottò la fronte, poi iniziò ad avvicinarsi con prudenza, come se Josie fosse una specie di belva da domare. «Cosa c'è che non va?», le chiese piano. Per un momento lei si limitò a guardarlo in cagnesco. Chiaramente Max aveva l'impressione che andasse tutto bene, che loro stessero bene, che fosse *normalissimo* lanciarle tutti quegli sguardi languidi e prenderle la mano approfittando della distrazione di Erin. Solo perché avevano fatto insieme una gita in campagna e aveva organizzato per lei un incontro con un famoso fotografo, non significava che fosse tutto rose e fiori.

Scosse la testa. «Che stai facendo, Max?»

«Che vuoi dire?»

«Che stai *facendo*?», ripeté lei. «Perché stai cercando di insinuarti di nuovo nella mia vita?». Si passò una mano tra i capelli, sentì il vento smuoverli quando li lasciò andare. Quella sera le stelle non sfavillavano, il cielo coperto di nubi. «Non è forse così? È quello che stai cercando di fare… vuoi che siamo amici? Si tratta di questo?»

«No, io…».

«Allora cosa vuoi!?». La sua voce riecheggiò per il parco. «Ti fai vivo di punto in bianco, al matrimonio della mia amica, non hai alcun diritto di stare qui…».

«Ehi, adesso esageri un po'», disse, sempre con lo stesso tono cauto. «Sono stato invitato, non è che l'ho fatto apposta per farti incazzare». Josie gli lanciò un'occhiataccia, e il suo viso si irrigidì. «Neanche per me questa situazione è l'ideale, Josie, è…».

«Oh, sì», disse Josie, lasciandosi sfuggire una risata mordace. «Scommetto che è una faticaccia stare qui con la tua ragazza splendida e intelligente… che mi sta simpatica, tra l'altro».

«Sì, è simpatica, ma non è quello che…».

«Sei stato tu a lasciarmi, Max», sbottò Josie. Adesso le pizzicavano gli occhi. Incurvò le spalle e si strinse nelle spalle, nel tentativo di combattere quel freddo penetrante. «Mi hai lasciata il giorno dopo Natale, dopo che avevo…». Fece un respiro profondo, scosse la testa. «Lascia perdere. Non è questo il punto, ormai è passato».

Max le si avvicinò, gli occhi scuri come le nuvole sopra di loro. Si fissarono per un istante, poi Max prese fiato. «Senti, mi dispiace, non ho mai avuto intenzione di ferirti…».

Josie scoppiò in una risata sprezzante. «Oh, questa sì che è bella».

«Ho provato a parlartene!». Alla fine anche Max sbottò, qualcosa aveva spezzato il suo autocontrollo. Si passò una mano tra i capelli, quasi tirandoseli. «A New York. Ho provato a parlartene, a spiegarti, ma tu mi hai liquidato! Ma tanto mi sembravi perfettamente soddisfatta della tua nuova vita lì», aggiunse con amarezza. Lei si limitò a guardarlo in cagnesco. Ovvio che gli aveva dato l'impressione di essere soddisfatta… Non voleva certo fargli capire quanto le avesse fatto male vederlo lì.

Fu allora che decise di non voler rivangare tutto, e fece per allontanarsi. Lui le afferrò la mano e la tirò indietro quasi con violenza. La lasciò andare subito, come se la sua pelle lo avesse bruciato, e scosse la testa furioso.

«Pensi che sia facile per me?». La sua voce era pacata, ma ogni parola era come un pugno allo stomaco. «Volere quello che non posso avere?».

Le parole le si contorcevano nel petto, e lei abbassò lo sguardo per nasconderlo. «Che cosa ridicola. È una tua scelta, no?», disse, prima che lui potesse intervenire. «Tutto questo… è tutto alle tue condizioni».

«A New York…».

«Fanculo New York. Se mi volevi, allora avresti dovuto provare a stare con me fin dall'inizio!». Aveva il respiro sempre più pesante, ma non riusciva a fermarsi. «O almeno avresti dovuto provare a rimanere in contatto o *qualcosa del genere*, invece di abbandonarmi».

Max sussultò, e per un attimo il fuoco che le si era acceso dentro sembrò sul punto di estinguersi. Ma poi sentì di nuovo la sua voce, fredda. «Non sai nulla, Josie».

E le fiamme ripresero a divampare. «Be', no, perché non mi dici mai niente! Ti ho dato tutto, ti ho detto *tutto* e tu non mi dai nulla». Iniziò a voltarsi di nuovo, non sapendo dove andare. «E forse me ne fai una colpa, in qualche strano modo perverso, ma io no, e non penso…».

Per la seconda volta quella sera, lui le afferrò il braccio e l'attrasse a sé con una tale forza che quasi le tolse il respiro.

I loro sguardi si incrociarono, cercandosi. Un attimo dopo la stava baciando, e lei ricambiò senza pensarci. Josie gli prese le spalle e lo tirò a sé, voleva di più, e Max le affondò le dita nella cintura. Oddio, il suo sapore. Fino a quel momento non si era resa conto di quanto lo desiderasse.

«Josie?». Il suono della voce di Bia li catapultò di nuovo nella realtà, e si staccarono come se avessero preso la scossa. Josie si lisciò i capelli mentre si voltava verso Bia, che sembrava una fatina nella notte, la luce del torrione dietro di lei. Quanto aveva visto? Per fortuna era Bia e non Erin.

«Arrivo subito», disse Josie, nella speranza che Bia non notasse il lieve tremito nella sua voce.

«Va tutto bene?». Lo sguardo confuso di Bia rimbalzava tra Josie e Max.

«Sì». Josie si schiarì la gola. «Va tutto bene. Torna dentro, ho solo bisogno di un momento. Arrivo tra un secondo».

Bia spostò il suo peso da un piede all'altro. «A dirla tutta, pensavo di andare a letto… sono stanca morta».

«Okay», disse Josie calma. «Tu vai avanti, io ti raggiungo tra un po'».

Bia esitò, ma poi li lasciò da soli.

Josie si voltò verso Max e i due si fissarono, gli occhi scintillanti nell'oscurità.

Max scosse la testa. «Scusami. Non avrei dovuto farlo».

Un nodo si strinse al cuore di Josie, ma lei annuì, a labbra strette. «No. Immagino che non avresti dovuto». Si ritrasse di un solo passo.

«Josie, aspetta, non volevo dire…».

Ma ne aveva avuto abbastanza. Ne aveva avuto abbastanza delle mezze promesse, delle allusioni, degli sguardi e degli stupidi messaggi ambigui. Così, quando parlò, la sua voce inflessibile. «No, Max. Ho chiuso. Sei entrato nella mia vita, mi hai fatta sentire… Non lo so». Si passò una mano tra i capelli. «Diversa. Poi te ne sei andato, senza nemmeno prendere in considerazione i miei sentimenti. E va bene, fa lo stesso, se non volevi altro. Forse avresti potuto trovare un modo più gentile per lasciarmi, ma posso accettarlo». Scosse la testa. «Ma non posso accettare questo». Agitò la mano tra loro. «Prima ti comporti come se non fosse successo niente, poi provi a essermi amico, poi insinui di volere qualcosa di più, e io non posso…». Fece un respiro profondo, nel tentativo di calmarsi e non fargli intuire quanto fosse vicina a singhiozzare. «Dopo questo fine settimana, penso che sia meglio se non ci vediamo più».

Quello che aveva capito in quegli ultimi giorni era che non poteva essere sua amica… non senza volere di più. Quindi, se quello era ciò che Max le chiedeva, lei non poteva adeguarsi. Meglio che uscisse del tutto dalla sua vita, così l'avrebbe dimenticato, prima o poi.

Max non disse nulla, si limitò a guardarla con un'espressione indecifrabile. Josie serrò le labbra, ma non avrebbe lasciato che le sue emozioni avessero la meglio, non avrebbe pianto. Ora toccava a lei lasciarlo. Così si voltò, a testa alta, per andare a raggiungere Bia. E stavolta Max non la seguì.

Quarta parte
Dicembre

Capitolo ventidue

Faceva alquanto freddo nella sala sotterranea che Geoffrey aveva affittato per la serata, tanto che Josie non si era tolta la giacca: ovviamente non avevano pensato di alzare il riscaldamento in vista di quella piccola mostra. Il posto aveva un'atmosfera disinvolta e all'avanguardia, con giochi di luce che miravano a mostrare le fotografie al meglio e tavoli posizionati in maniera strategica per far sì che la gente fosse incoraggiata a stare in piedi e guardare i lavori, piuttosto che sedersi e bere.

Josie aveva le mani in tasca, in parte per il freddo ma soprattutto per tenere sotto controllo l'impulso di torcerle di continuo, mentre osservava la gente che si aggirava nella sala. Aveva già abbandonato il suo bicchiere di Merlot per evitare di sorseggiarlo al fine di calmare i nervi. Gli studenti – ventuno, compresa Josie – erano stati incoraggiati a estendere inviti per la "festa" di fine corso, come l'aveva chiamata Geoffrey, ma in tutta quella folla doveva esserci anche qualcuno del settore. Ancora non riusciva a crederci che il *suo* lavoro fosse esposto alle pareti, che la gente lo ammirasse, inclinando la testa incuriosita o spingendo gli amici a notare qualche dettaglio. Josie se ne stava in un angolo come uno stoccafisso, ma poi dall'altra parte della stanza vide Geoffrey strizzarle l'occhio prima di andare a parlare con qualcun altro.

Il tema era un omaggio alla città di Edimburgo. Avevano potuto scegliere come interpretarlo, ritraendo persone, edifici o paesaggi. Josie aveva optato per i paesaggi. Sapeva fin dall'inizio che sarebbe stato difficile proporre qualcosa di innovativo e originale, ma era soddisfatta di ciò che aveva realizzato e sentiva di essere senz'altro cresciuta come fotografa. Erano stati, doveva ammetterlo, i due mesi e mezzo più meravigliosi della sua vita: era stato incredibile potersi abbandonare completamente a ciò che amava fare.

Sorrise quando vide Bia intenta a chiacchierare piena di brio con John e Laura dall'altra parte della stanza, sotto la foto scattata da un compagno, che ritraeva due donne fuori da un caffè. Nel vedere i suoi amici lì, venne assalita da un'indefinita sensazione di calore. Avevano fatto di tutto per essere presenti, non avevano liquidato la mostra come qualcosa di sciocco o insignificante, di cui Josie aveva bisogno come valvola di sfogo prima di tornare al mondo reale... per quanto le sembrasse così, a volte. Il fatto che tutti i suoi ospiti confermati fossero lì non le impediva, però, di sussultare tutte le volte in cui si ritrovava a guardare la porta.

Dopo aver fatto un giro della stanza, Helen, Memo e il nonno si riavvicinarono a lei. Quando Memo l'abbracciò di nuovo, Josie sorrise, inalando l'odore di tabacco e cannella che emanava la nonna. Memo le strinse la spalla con le dita affusolate. «È una meraviglia, tesoro».

Josie era raggiante. «Sono felicissima che siate venuti tutti».

Helen emise un leggero sbuffo. «Ovvio che siamo venuti, cara. Cosa ti aspettavi?». Era perfettamente a suo agio, sorseggiava il vino bianco caldo come se fosse un costosissimo champagne. «E poi è proprio un bell'evento, vero?». Memo accarezzò i capelli di Josie, mentre il nonno le diede una goffa pacca: non era mai stato il tipo da mostrare apertamente il suo affetto, ma Josie si rese conto che era contento mentre le aveva fatto una serie di domande sulle diverse foto.

«Siamo molto fieri di te», disse Memo. E l'avevano sostenuta in maniera incondizionata quando aveva dato loro la notizia che avrebbe seguito il corso. Memo si era offerta di aiutarla a pagare l'alloggio, ma Josie aveva rifiutato: i nonni erano in pensione e avevano modi migliori per spendere i loro soldi, come le bollette. Così gli aveva detto di venire, piuttosto, alla mostra di fine corso. Per pagarsi le spese aveva accettato un lavoro part-time come cameriera la sera e nei fine settimana – un tuffo nel passato dei suoi anni adolescenziali – e aveva condiviso un appartamento con altre due ragazze, che aveva visto a malapena dato che non c'era quasi mai, e quando c'era si rintanava nella sua stanza a dormire. Non pensava di essere mai stata così esausta… o così felice.

Suo nonno ebbe un colpo di tosse e Josie lo guardò preoccupata. «Stai bene?». Quando lui si limitò a sventolare la mano, la nipote insistette. «Hai il raffreddore? Hai fatto il vaccino antinfluenzale?»

«Oh, smettila di preoccuparti», disse in tono affettuoso, mentre la tosse si calmava. «Sono più resistente di quanto sembri». Ma le ricordò il fatto che i due stavano invecchiando… e quel pensiero le lasciò una sensazione di freddo addosso.

Con una leggera stretta sulla spalla Memo riportò la sua attenzione al presente. «Anche i tuoi genitori sarebbero fieri di te, mia Josie».

«Spero sia vero».

«Certo che sì», grugnì il nonno. «Penserebbero che sei stata coraggiosa a inseguire qualcosa che ami».

«Malcolm avrebbe adorato questa mostra», convenne Helen. «Era così orgoglioso di te quando hai imparato ad andare in bici... ed era una cosa molto comune, quindi immagina quel che avrebbe fatto se fosse stato qua, a vantarsi di te». Le rivolse un sorriso complice. Josie restituì il sorriso a tutti e due, anche se sentì un leggero tuffo al cuore. Un altro momento in cui desiderava che i genitori fossero lì per vedere cosa aveva scelto di fare, per vedere la persona che era diventata.

«Devi venire presto a trovarci», disse Memo, cercando qualcosa nella tasca della gonna. Memo indossava *sempre* gonne con le tasche: un aspetto che Josie aveva sempre ammirato di lei. «So che hai da fare a Natale, ma almeno vieni dopo».

«Lo farò», promise Josie, cercando di ignorare il senso di colpa. I suoi nonni non avevano detto niente, ma si domandò se fossero rimasti feriti oppure offesi dal fatto che fosse andata da Helen piuttosto che da loro non appena tornata da New York. Neanche la zia le aveva chiesto il perché, aveva subito accettato la sua compagnia, ma in verità Josie non sopportava l'idea di passare così tanto tempo a casa loro.

«Bene, vado a fumare una sigaretta veloce», disse Memo, e Josie aggrottò la fronte.

«Non dovresti. Pensavo che volessi smettere».

Memo sventolò una mano. «Ormai il danno è fatto, tesoro mio». A giudicare dalla sua espressione, anche Helen avrebbe voluto rimproverare la madre, sebbene fosse impossibile non coglierne l'ironia, dato che nessuno poteva dire alla zia di smettere di concedersi tutti i suoi vizietti.

Josie guardò Memo uscire chiudendosi il cappotto, mentre il nonno salutava Bia dall'altra parte della stanza. Poi Geoffrey si abbatté su di loro con fare plateale. «Mi dispiace molto, ma devo rubarvi Josie per un momento». Le afferrò il braccio con una presa ferma, come se la sfidasse a opporsi. Con la coda dell'occhio, Josie vide Helen, più grande di Geoffrey di dieci anni o giù di lì, che lo squadrava nel tentativo di decifrarlo. Con sorpresa di Josie, l'uomo non si lasciò intimorire dallo sguardo, ma abbozzò un sorriso a Helen e chinò la testa. Poi si allontanò con Josie sul pavimento di pietra.

«Voglio presentarti una persona», disse mentre si avvicinavano a una delle sue fotografie, poi diede un colpetto a qualcuno – con molta probabilità, la persona in questione – sulla spalla. Una donna, poco più grande di Josie, abbronzata e con i capelli biondi striati dal sole, si voltò perplessa. «Charlotte… questa è Josie».

Josie fece un sorriso educato e le tese la mano, nel tentativo di non dare a vedere il proprio nervosismo mentre si domandava chi fosse. «Salve».

Charlotte le strinse la mano, una presa energica e sicura. «Ehilà. Ammiro il tuo lavoro». La voce era proprio come la stretta di mano: fredda e decisa. «Lavoro nel Botswana e quest'anno organizziamo uno stage di fotografia in collaborazione con uno degli alberghi della zona». Per un attimo fece scorrere lo sguardo su Josie, come per valutarla. «Geoffrey mi ha parlato molto bene di te e ha fatto intendere che potresti essere interessata alla fotografia naturalistica». Suonava più come un'affermazione che come una domanda.

Josie si domandò che significato celasse l'espressione "parlare molto bene", dato che negli ultimi due mesi le aveva perlopiù ringhiato ordini e critiche, ma Geoffrey le fece un piccolo cenno col capo. Incrociò lo sguardo molto diretto di Charlotte e si sforzò di non mordersi il labbro. «Wow. È incredibile, grazie mille per aver pensato a me». Eppure la donna non aveva pronunciato proprio quelle esatte parole, puntualizzò Josie tra sé e sé, di colpo molto conscia di quanto potesse sembrare ridicola con le mani che le penzolavano lungo i fianchi.

Charlotte le porse un biglietto da visita. «I dettagli del tirocinio sono sul sito web. Dovrai fare domanda ufficiale, ma dopo aver visto alcuni dei tuoi lavori stasera, direi che le possibilità che tu venga selezionata per un colloquio sono buone. Però hai solo un altro giorno per inviare la tua candidatura: abbiamo dovuto accelerare il processo di selezione perché il finanziamento è stato appena confermato». Sfoderò un sorriso, sempre deciso – a quanto pareva, aveva scoperto l'energia necessaria perché i suoi muscoli facciali producessero l'effetto desiderato – poi fece un cenno a Geoffrey e se ne andò, lasciando Josie un po' frastornata.

Josie guardò Geoffrey, che le fece un sorrisino affettato, come se avesse già visto il potere di Charlotte all'opera, e scosse la testa. «Non ho ben capito che cosa è successo».

«Be', ho l'impressione che ti sia stata offerta la possibilità di vivere un'esperienza unica nella vita, piccola cavalletta».

Fissò il biglietto, poi Geoffrey, sentendosi ancora come se le avessero fatto un brutto scherzo. «È inappropriato abbracciarti adesso?».

Geoffrey alzò una mano e arricciò il naso. «Non faccio certe cose».

Josie rise. «È meraviglioso, grazie mille per aver parlato di me…».

«Ma?».

Sospirò. «Ma non posso permettermi di fare uno stage non retribuito».

Geoffrey inarcò quelle sopracciglia cespugliose. «Perché no?»

«Be'... non ho più ventun anni, tanto per cominciare».

«Oh, sì, dimenticavo che sei vecchia».

«Be', in effetti, sì, in confronto a tutti gli altri qui». Con fare plateale, Geoffrey si guardò intorno nella stanza, che includeva un discreto numero di persone dell'età dei nonni di Josie. «Lo sai cosa intendo», disse lei in tono impaziente. «E ho esaurito la mia quota di pause dalla vita con questo corso, purtroppo».

Geoffrey rimise le sopracciglia nella loro posizione naturale, aggrottata. «Non capisco che problema c'è. Vitto e alloggio sarebbero coperti, ed è solo per un anno».

Josie sbuffò. «Sì, ma non ho soldi, Geoffrey».

«Penso che ci sia una sorta di rimborso spese. In teoria. Ma poi non hai dei risparmi da parte? Una ragazza come te ce li avrà di sicuro».

«Che vuol dire "una ragazza come me"?»

«Lo sai...», le agitò una mano davanti alla faccia, «...organizzata, con la testa ben piantata sulle spalle». Josie arricciò le labbra, non del tutto sicura che lo ritenesse un complimento sentito. «Comunque», continuò Geoffrey, «non devi decidere in questo istante. Adesso devi solo goderti la serata, visto tutto il lavoro che hai fatto. Nel frattempo, sono costretto a fare il giro, temo». La lasciò dandole un'insolita stretta sulla spalla, e Josie andò a unirsi a Laura, Bia e John.

Bia le sorrise radiosa. «Ma guardati! Sei tipo una vera fotografa».

John le diede un colpetto sulla spalla. «Sì, congratulazioni.

Avremmo dovuto chiedere a te di fare le foto del matrimonio». Laura sorrise in un modo che quasi strappò una risata a Josie. Laura non avrebbe mai sguinzagliato un fotografo dilettante al suo matrimonio.

La porta della sala si aprì e Josie alzò lo sguardo d'impulso, ma era solo una sconosciuta che teneva la mano di un bambino. Si voltò di nuovo verso Laura e Bia che si scambiarono un'occhiata. «Che c'è?», chiese Josie, sulla difensiva.

«Cerchi qualcuno, eh?», commentò Bia, portandosi il vino alle labbra.

«No», rispose, ma le guance arrossate la tradirono. «Okay, lo ammetto, pensavo che Max sarebbe venuto. Non è da escludersi, quindi non guardarmi così. È stato pur sempre lui a presentarmi a Geoffrey, no?»

«Mmm, mi ricordo», disse Bia, in un tono che avrebbe potuto far trasparire disapprovazione, nonostante la presenza di tutti fosse dovuta all'iniziativa di Max.

Laura lanciò un'occhiata a John, che si diresse subito al bar, poi si voltò verso Josie. «L'hai invitato?».

Si morse il labbro. «Be', no». Ci aveva fatto un pensierino, ma non l'avrebbe mai ammesso davanti alle sue amiche. L'aveva preso in considerazione perché, in fin dei conti, glielo doveva. E poi aveva deciso che la scelta più sicura fosse non invitarlo. Ma nonostante ciò, e nonostante Josie gli avesse in effetti detto che non voleva più vederlo, magari Geoffrey l'aveva invitato, e magari Max aveva accettato. E, a voler essere davvero sincera con sé stessa, una piccola parte di lei ci aveva sperato.

Laura e Bia si scambiarono un altro sguardo, chiaramente unite dalla disapprovazione nei confronti di Max.

Josie sospirò. «Ho ricevuto dei fiori», ammise. Un grande

e splendido mazzo di fiori azzurri, bianchi e viola, consegnato al suo appartamento la mattina.

«Da parte sua?», domandò Bia.

Josie iniziò a scuotere la testa, poi si bloccò. «Be', non lo so. Non c'era il biglietto». Laura era perplessa, Bia tamburellava le unghie – lo smalto blu scuro abbinato ai capelli quasi del colore del carbone – sul bicchiere di vino ormai vuoto.

«Quindi hai *pensato* che fossero da parte sua e basta?», chiese Laura.

Josie arricciò il naso e non disse nulla, sapendo che non c'era una risposta giusta a quella domanda. Se avesse risposto di no, avrebbero capito che non stava dicendo tutta la verità, e se avesse risposto di sì, non sapeva con esattezza cosa stesse ammettendo. All'inizio aveva pensato che glieli avesse mandati Memo, che però aveva negato. E non le era venuta in mente nessun'altra persona che avrebbe potuto regalarglieli. Forse Max si era fatto dare il suo indirizzo da Geoffrey? Che stupida a ricascarci. Gli aveva detto che non voleva più rivederlo… e doveva attenersi a quel proposito.

Josie e Bia la osservavano con un po' troppa attenzione, e lei si contorceva sotto il peso del loro sguardo combinato.

«Devi scrivergli», dichiarò Bia dopo un momento. Laura aggrottò la fronte, ma Bia ne era convinta. «Chiedigli se erano da parte sua e, se dovesse confermarlo, chiedigli come mai te li ha inviati. Se non hanno niente a che fare con lui, almeno non continuerai a farti domande. Devi chiarire questa storia, Josie».

Laura sembrò rifletterci. «Mmm. Non hai tutti i torti, in effetti».

«Non devo *chiarire* nulla», disse Josie sconcertata, come se trovasse l'idea assurda. Il problema era che, forse, Bia aveva ragione. In fondo, sapeva che non sarebbe venuto. E cosa sperava che sarebbe successo? Sperava di vederlo arrivare con fiori, cioccolatini e champagne in mano a implorarla di dargli un'altra possibilità, dicendole che aveva rotto con Erin e che era lei l'amore della sua vita? Al solo pensiero, quasi emise uno sbuffo sardonico.

John riapparve al fianco di Laura, come attirato da un segnale silenzioso, con quattro bicchieri di vino stretti nelle mani. Li distribuì e Josie sorseggiò distrattamente il suo rosso. Laura la guardò con aria severa. «Penso che l'unica cosa che ti rimane da fare», disse, con un tono un po' troppo formale, «è ubriacarti per benino».

Bia alzò il bicchiere in segno di assenso e Josie inclinò la testa. «Mmm. Non hai tutti i torti, in effetti».

Capitolo ventitré

Una settimana dopo la mostra, che aveva segnato la fine ufficiale del corso, Josie stava trascorrendo l'ultimo fine settimana prima di Natale nel suo vecchio appartamento con Bia, a guardarla mentre in piedi su una sedia raddrizzava la stella dorata in cima all'albero. Quell'anno aveva scelto addobbi argento, viola e rossi, del tutto scoordinati: a quanto pareva, non si era risparmiata nell'acquisto di nuove decorazioni. Aveva aspettato l'arrivo di Josie per spacchettare il cigno di legno, che era stato posizionato sull'albero con solennità. L'appartamento sembrava quasi lo stesso dell'anno scorso, con le lucine intorno alla finestra e sul camino finto, e altre decorazioni appese sopra le porte delle due camere da letto.

Josie fece un cenno alla porta dell'appartamento mentre Bia scendeva dalla sedia. «Niente vischio quest'anno?».

Bia fece una smorfia. «Ho dovuto toglierlo perché Sarah e il suo ragazzo continuavano a usarlo come scusa per pomiciare alla grande lì sotto e io continuavo a rimanere bloccata». Quando Josie rise, Bia sospirò. «Sicura di non voler tornare a vivere qui?». Sarah, la nuova coinquilina di Bia, era già tornata a casa per Natale, quindi non c'era il rischio di farsi sentire.

«Non ho un lavoro, purtroppo, e di certo non puoi cacciarla fuori comunque, non ha un contratto?».

Bia arricciò il naso e non disse nulla, poi lanciò un'occhiata speranzosa alla credenza dei bicchieri. «Vino?»

«Non finché non avrai fatto le valigie, dai». Quasi la trascinò nella sua camera, poi si sedette sul letto mentre Bia tirava fuori la valigia, fin troppo grande. Josie aveva già fatto i bagagli, dato che era stata da Helen e si era portata solo lo stretto indispensabile.

Al momento passava da una casa all'altra: aveva lasciato l'appartamento di Edimburgo, quindi quasi tutte le sue cose erano da Helen, ancora negli scatoloni. Tuttavia, a quello ci avrebbe pensato una volta tornata da Budapest, dove aveva accettato di trascorrere il Natale e il Capodanno con Bia. Dovevano partire con il primo aereo della mattina.

Josie si sentiva come se avesse vissuto una vita alquanto nomade nell'ultimo anno... e non se ne sarebbe mai creduta capace. Le risultava quasi impossibile credere che fosse già trascorso un anno intero. Forse le era sempre sembrato impossibile – era una sensazione comune a tutti, del resto – ma ora davvero non riusciva a crederci, dato che era passata dall'avere il cuore infranto a Londra a vivere a New York, al lavoro precario a Guildford e, infine, a giocare a fare la fotografa a Edimburgo. Dopo tutto quel trambusto, era bello passare l'ultima parte dell'anno nel suo vecchio appartamento con Bia.

«Che dici?», chiese Bia, voltandosi verso l'armadio e alzando un vestito verde molto succinto.

Josie lo esaminò. «Penso che congelerai... si muore di freddo là adesso».

Bia mise il broncio. «Però si abbina con il mio nuovo colore», disse passandosi le dita tra i capelli, di un bruno ramato fresco di due giorni.

Josie scosse la testa e incrociò le gambe per incutere soggezione. «No. Mettilo via».

Bia sbuffò ma le diede retta, poi prese diverse cose dal guardaroba e le gettò sul pavimento dietro di lei, prima di fare la stessa cosa con i cassetti: un metodo non molto convenzionale per fare le valigie. Josie, intanto, tirò fuori il cellulare e rilesse l'e-mail per la milionesima volta. Quando Bia la guardò, capì di non essere stata proprio discreta.

Bia, rinunciando per un attimo a preparare i bagagli, sprofondò accanto all'amica per leggere da sopra la sua spalla, anche se Josie le aveva già recitato l'e-mail ad alta voce ben due volte. «Hai già deciso cosa fare?», chiese Bia.

Josie chiuse l'e-mail: non cambiava, a prescindere da quante volte la leggeva. «No», rispose. Dopo aver incontrato Charlotte, si era buttata e aveva fatto domanda per lo stage in Africa, immaginando che candidarsi non avrebbe portato a nulla: non era detto che avrebbero scelto lei, veniva selezionata solo una persona, quindi le probabilità erano basse. Ma ora le era stato offerto il lavoro. In realtà, l'aveva ottenuto, nel vero senso della parola, dopo il colloquio di un paio di giorni prima, e le avevano dato una settimana per decidere, visto che il tirocinio iniziava a fine gennaio. Dover prendere una decisione talmente importante in un così breve lasso di tempo la faceva sentire sopraffatta. «Non lo so davvero», aggiunse Josie, tamburellando l'indice sul cellulare. «Non so se ce la posso fare a vivere all'estero… ho sempre pensato che sarebbe stato meglio sistemarmi definitivamente in un posto».

«L'hai fatto a New York», sottolineò Bia.

«Sì, ma era diverso… stavo con Oliver, ero lì con lui. Era una decisione importante, sì, ma sapevo che avrei avuto con me qualcuno che conoscevo. E poi», continuò con un sospiro, «ho dimostrato la mia incapacità di cavarmela da sola quando sono tornata in Inghilterra, no?»

«Per colpa di Oliver, non di New York». Diede una gomitata a Josie. «E lo sai benissimo».

Josie si scosse indietro i capelli, guardò Bia cercando di adottare un'espressione sofferente. «Però è proprio ridicolo, no, andarmene addirittura nel Botswana per uno stage?».

Bia scrollò le spalle. «Non mi sembra così ridicolo, se vuoi dedicarti alla fotografia naturalistica. Devi andare per forza in un posto del genere».

«Sì, ma... non lo so, queste cose non andrebbero fatte a vent'anni? Cioè, andare non so dove per "trovare te stessa" o quel che è?».

Bia arricciò le labbra con fare pensieroso. «Be'», disse lentamente, «forse non parti per trovare te stessa. Forse parti perché hai finalmente trovato te stessa».

Josie la fissò, poi sfoderò un sorriso. «Mi piace molto come idea».

Bia ricambiò il sorriso. «Bene, perché ero preoccupata che fosse una cosa ridicola da dire».

Il cellulare di Josie squillò e Bia si alzò dal letto per continuare a fare le valigie. Josie guardò lo schermo e sorrise, mentre rispondeva. «Ciao, zia Helen. Scusa, volevo dirti che sono arrivata sana e salva e stiamo...».

«Ciao, cara». La voce di Helen era più acuta del solito, e Josie si irrigidì d'impulso. «Non voglio spaventarti, ma Memo è in ospedale».

«Cosa?». Josie sentì un brivido lungo la schiena, e Bia si voltò a guardarla, confusa. All'improvviso strinse il cellulare con forza. «Perché? Che cosa è successo?»

«Ecco...». Helen fece un respiro profondo. «Ha avuto un

infarto: stasera il nonno l'ha portata al pronto soccorso e l'hanno ricoverata». Un altro respiro, e stavolta sembrava che Helen stesse cercando di soffocare un'emozione. Fu soprattutto quello a raggelare Josie. «Sta bene… le ho parlato al telefono e lei insiste dicendo che sta bene, che tutti stanno facendo molto rumore per nulla, ma devono fare qualche esame e tenerla sotto osservazione e… be', è pur sempre un infarto. Sono partita adesso da Guildford. Papà mi ha appena telefonato, ma nonostante quello che ha detto la mamma è sconvolto, così gli ho detto che ti avrei chiamato per avvisarti».

Papà. Mamma. Non nonno e Memo.

Quel lapsus le fece tremare le labbra.

«Ma… ma era alla mostra», disse Josie, frastornata. «Stava bene». Non aveva alcun senso. Le era sembrata felice, sana. Di solito l'infarto non colpiva le persone obese o con vari problemi di salute? Non doveva esserci un segnale di avvertimento, qualcosa che suggerisse che bisognava prepararsi a una simile eventualità?

Sentì Bia ricadere sul letto accanto a lei e accarezzarle dolcemente la spalla.

«Lo so, cara. Mi dispiace».

Josie scosse la testa. No. Si diceva così solo quando qualcuno era già morto. Allontanò leggermente il cellulare per controllare l'ora. Non erano ancora le sei. «Prendo subito un treno», riferì a Helen. Senz'altro ne avrebbe trovato uno.

«Be', non è permesso vederla durante la notte… dobbiamo aspettare l'orario delle visite mattutine».

«Voglio comunque esserci, per stare con te e il nonno. A che ora si potrà entrare domani?»

«Alle nove».

«Be', allora andremo tutti insieme, dal cottage», rispose Josie con fermezza.

«Va bene, cara. Ci vediamo lì. Chiamami se dovesse esserci qualche problema».

«Lo farò». Si alzò in piedi, aveva bisogno di muoversi, di fare qualcosa e tenersi impegnata. *Infarto.* La parola le risuonò nel cervello e in risposta le si strinse la gola.

«E... Josie? Cerca di non farti prendere dall'ansia, mi raccomando». Josie notò che Helen aveva riacquistato il controllo della propria voce. «Tuo nonno e io volevamo fartelo sapere solo perché... solo perché tu lo sappia». *Perché non si sa mai.* Le parole non dette rimasero sospese nello spazio tra loro.

Si salutarono e quando Josie riattaccò si limitò a fissare Bia, ancora seduta sul letto. «È mia nonna», disse.

«Oh, Josie». Bia balzò in piedi.

«È in ospedale. Ha avuto un infarto. Devo andare».

«Merda, cosa?».

Josie non sapeva se l'amica si riferisse all'ospedale o al fatto che voleva raggiungere subito la nonna, ma non importava. Uscì dalla camera da letto e andò in soggiorno, dove aveva lasciato la valigia. Per fortuna non aveva ancora tirato fuori niente. Controllò alla svelta gli orari dei treni sul telefono: se si fosse avviata subito, avrebbe potuto prendere l'ultimo treno per tornare a casa, in modo da badare al nonno quella sera ed essere pronta per la visita del mattino.

«Josie?».

Guardò l'amica. «Ha avuto un infarto, Bia, devo andare. Devo andare in ospedale».

«Vengo con te».

«No». Josie le prese le mani e le strinse. «Non possiamo perdere l'aereo tutte e due».

«Merda, l'aereo», sbottò Bia.

«Appunto. Senti, tu vai. Chiamerò la compagnia aerea per vedere se posso salire su un volo successivo, se...». Ma non voleva finire quella frase, non voleva fare ipotesi azzardate, perché non era sicura di come sarebbe finita.

Bia scosse la testa. «Non posso lasciarti andare da sola, Jose».

«Non sarò da sola. Ci sono Helen e mio nonno». Da dove provenisse tutta quella calma, Josie non ne aveva idea.

«Ma...».

«Ti proibisco di venire, okay? Vai a Budapest e divertiti. Incontra un bel ragazzo e preparati a presentarmelo». Provò ad abbozzare un sorriso. «Tanto non puoi fare nulla, e molto probabilmente si riprenderà». Ma le sue parole erano un disperato tentativo di reprimere le fitte di dolore celate da una calma apparente.

Si voltò, afferrò la valigia e la trascinò alla porta d'ingresso, chiudendo la questione: lei era pronta a partire, Bia no. Abbracciò l'amica, che la strinse forte. «Chiamami», sussurrò Bia.

«Certo», promise Josie. «Andrà tutto bene», ripeté.

E mentre correva giù per le scale, fuori dall'edificio e verso la stazione, provò a crederci con tutte le sue forze.

Capitolo ventiquattro

Dopo mezz'ora di auto dalla casa dei nonni, Helen parcheggiò all'ospedale John Radcliffe di Oxford e i tre scesero dalla macchina. Per Josie fu come un tuffo nell'adolescenza. Sia lei che Helen avevano passato la notte dal nonno, la zia aveva insistito affinché Josie dormisse nella sua vecchia stanza mentre lei avrebbe preso il divano. Tanto nessuna delle due aveva chiuso occhio in attesa di una chiamata, aspettando di sentirsi dire che era successo il peggio.

Josie non aveva ancora pianto. Lottava costantemente per trattenere le lacrime, sin da quando aveva iniziato il suo viaggio, durato tre ore: un treno, la metropolitana da Streatham a Marylebone, l'attesa alla stazione, un altro treno per Oxford e poi un taxi. Anche dopo essere arrivata al cottage non aveva ceduto all'impulso di piangere, e fluttuava tra uno stato di quiete imperturbabile e le lacrime che le bruciavano gli occhi.

Arrivarono alle nove meno cinque: alle prime ore del mattino erano già tutti svegli e avevano passato il tempo a chiacchierare del più e del meno finché non giunse il momento di lasciare il cottage. Camminarono in relativo silenzio attraverso il parcheggio e le porte a vetri dell'ospedale. Memo si trovava nel reparto di cardiologia, a detta del nonno, quindi seguirono le indicazioni e giunsero in una piccola sala d'attesa.

L'infermiera alla reception sorrise, infilandosi dei grandi occhiali rotondi, quando Helen le chiese dove potessero trovare Cecelia Morgan. Diede una rapida occhiata a qualcosa dietro la scrivania. «È subito dopo le porte alla sua destra, poi prenda il primo corridoio a sinistra e la troverà. Però posso lasciar passare solo due persone alla volta», aggiunse. «Regole dell'ospedale, mi dispiace». Si tolse gli occhiali e rivolse loro un sorriso benevolo.

«Andate voi due», disse Helen. «Tanto devo fare un salto in bagno».

Così Josie seguì il nonno attraverso le porte, cercando di rimanere rilassata. Non sapevano ancora nulla, ricordò a sé stessa, e non sempre le persone colpite da un infarto morivano. *Alcuni sì, però*, disse una voce malvagia nei meandri della sua mente.

Il letto di Memo si trovava tra altri due, anch'essi occupati. Aveva la testa sorretta da due cuscini. Sorrise quando Josie e il nonno si avvicinarono a lei. Anche se il suo viso era un po' più pallido e più segnato del solito, il caschetto grigio innaturalmente spettinato, a prima vista sembrava stare bene. A dirla tutta, il nonno aveva un aspetto peggiore di Memo, con quelle occhiaie violacee, come se non avesse dormito per giorni.

Memo tese una mano al marito, che andò subito al suo fianco e le accarezzò i capelli all'indietro con una tenerezza che di solito non gli piaceva manifestare in pubblico. Poi tese l'altra mano a Josie, la quale si avvicinò, sempre con un sorriso stampato in volto. Non avevano bisogno di vederla piangere, in quel momento.

«Come stai?», gracchiò il nonno.

«Oh, sto bene, te l'ho detto», replicò Memo in tono rassicurante. «È un po' strano, con i dottori e le infermiere che mi pungolano ovunque. Vogliono tenermi qui sotto osservazione per un po', e il camice non mi dona per niente, ma a parte questo...». Rivolse un sorriso a tutti e due, e Josie si sentì vacillare. Perché il fatto era che, anche se stava soffrendo molto, la nonna non si sarebbe mai e poi mai lamentata: del resto, una volta aveva liquidato un braccio rotto come "un piccolo incidente di percorso quando cerchi di fare la spesa".

«Ti hanno detto per quanto tempo devi stare qui? O cosa succederà dopo?», chiese Josie, guardandosi intorno per osservare tutti gli altri pazienti. Quel grande reparto era pervaso da un odore particolare – disinfettante misto a una lieve puzza di sudore – ed era strano come una stanza così luminosa e bianca potesse risultare tanto claustrofobica.

«Be', sono passati stamattina e hanno detto qualcosa su un'occlusione all'ottantacinque per cento, ma devono fare altri esami, radiografie e via discorrendo per poterci dire cosa fare». Stavolta il sorriso di Memo sembrò un po' più tirato. Josie notò un'infermiera dall'altra parte della stanza – bionda, la pelle soda e giovane – china su un paziente. Sentì il fortissimo impulso di andare da lei e dirle, dire a *qualcuno*, che sua nonna di solito non era così: non era vecchia e malata, andava ancora in bicicletta nel fine settimana, preparava biscotti terribili e ospitava un gruppo di lettura ogni mese, anche se ogni volta non riusciva mai a finire il libro scelto, con suo particolare disappunto. Era una persona, non solo una vecchia signora malata. Josie fece un respiro profondo, riportò l'attenzione sulla nonna e cercò di unirsi a quelle chiacchiere oziose: era chiaro che Memo voleva essere distratta, che non voleva ripetere più e più volte quello che era successo o quello che sarebbe potuto accadere.

Dopo mezz'ora, Josie andò da Helen per farsi dare il

cambio. La zia stava sfogliando una rivista e balzò in piedi nella piccola sala d'attesa non appena notò la nipote. «Sembra che stia bene», disse Josie anticipando la domanda di Helen, che emise un lento sospiro e annuì.

Poi la squadrò. «Torna al cottage», disse. Josie scosse la testa e aprì la bocca per protestare, ma Helen la interruppe. «Cara, lo so che sarà un'impresa impossibile convincere tuo nonno ad andarsene una volta concluso l'orario di visita, ma è inutile aspettare tutti qui, quindi torna a casa… almeno uno di noi deve andarci. Io devo stare con lui», aggiunse, quando Josie provò a dire che allora avrebbe dovuto essere la zia a stare a casa. Helen le diede una piccola carezza sul braccio. «Potrai tornare qui nel giro di mezz'ora. Se vuoi puoi prendere la mia macchina».

Josie esitò. Mezz'ora le sembrava un'infinità di tempo in quel momento, e non si sentiva in pace con sé stessa a lasciarli lì. Ma stava leggendo tra le righe e sapeva che Helen voleva il resto dell'ora per stare con i genitori e, in verità, Josie sentiva il bisogno di dare libero sfogo alle proprie emozioni, lontano dagli sguardi di tutti.

«Va bene», concordò. «Ma chiamerò un taxi, così avrai la macchina. Per favore, avvisami, non appena sai qualcosa».

Helen le accarezzò i capelli. «Certo, cara». Diede alla nipote dei soldi per pagare la corsa senza nemmeno che lei glieli chiedesse e, dato che al momento era al verde, Josie li accettò.

Al cottage, una volta scesa dal taxi, Josie si fermò per un momento, il respiro una nuvola di vapore, e fissò attentamente la sua vecchia casa, alla luce del giorno. Al buio non se n'era accorta, ma sembrava più piccola, in qualche modo, anche rispetto all'ultima volta che era stata lì alcuni anni prima. Era un cottage bifamiliare, vasi di fiori circondavano la porta d'ingresso, il piccolo prato anteriore ben falciato, cesti appesi sotto l'unica finestra del secondo piano sul davanti e sotto le due posteriori. Tutto opera del nonno… era lui il giardiniere. C'era un cancello nero a sinistra, che portava al giardino sul retro: era da lì che Josie entrava dopo la scuola, nelle rare occasioni in cui uno dei nonni non era in casa, perché non si prendevano mai la briga di chiudere la porta secondaria. All'epoca non si preoccupavano per quel genere di cose, non nel loro piccolo villaggio.

I suoi genitori vivevano dall'altra parte del Paese… per avere un minimo di indipendenza, pensò Josie, in modo da non abitare sopra i genitori del padre. Abbastanza vicino, però, da poter chiedere il loro aiuto nel caso ne avessero avuto bisogno e poter fare un salto a trovarli più o meno una volta alla settimana. Immaginò che fosse quello il loro intento. Quando era adolescente, a volte andava davanti alla vecchia casa dei genitori di nascosto, faceva una deviazione tornando da scuola e scendeva dall'autobus a un'altra fermata. Se ne stava lì a guardarla per cercare di ricordare com'era all'interno e per dare un'occhiata alla famiglia che ora viveva lì, la figlia troppo giovane perché Josie la conoscesse. Ma, nonostante tutto, era il cottage dei nonni ad avere un ruolo di primo piano nei suoi ricordi.

Usò la chiave di scorta – era sempre nascosta in uno dei vasi – ed entrò. Attraversò il soggiorno e vide una foto della mostra: quella di Silverknowes Beach con un cielo grigio e uggioso, appesa al muro in un posto d'onore. Memo l'aveva comprata dicendole che voleva essere la sua prima cliente, e vederla lì la fece quasi scoppiare in lacrime. Prese fiato e continuò a camminare per la casa.

Quando raggiunse la cucina, si limitò a fissare il giardino

sul retro, più grande di quello davanti alla casa. Una volta lì c'era un'altalena. I nonni l'avevano messa per lei, ancora prima della morte dei suoi genitori, ma se n'erano sbarazzati quando era diventata adolescente, dato che non l'usava più. Con molta probabilità l'avevano regalata a un'altra famiglia del villaggio. Dietro di lei c'era il tavolo della cucina intorno al quale avevano cenato tutti insieme e aveva anche un vago ricordo della presenza dei suoi genitori, loro cinque stretti intorno a un tavolo per quattro.

Si mise a lavare i piatti della colazione, poi chiuse gli occhi per un istante, le mani nell'acqua saponata. *Infarto*. La parola non voleva andare via, anche se aveva appena visto Memo sveglia e aveva parlato con lei. Non era ancora la sua ora. Non poteva perdere la nonna, non era pronta. Doveva riacquistare un minimo di controllo sulla sua vita prima che accadesse, doveva essere sistemata, con un marito o un compagno, doveva aver costruito una propria famiglia su cui poter contare. Non era ancora pronta a perdere la mamma e il papà che l'avevano allevata dopo la morte dei genitori: non sapeva come avrebbe fatto ad affrontare di nuovo quel dolore.

Qualcuno bussò alla porta e Josie chiuse il rubinetto, ricacciando indietro con determinazione il nodo alla gola, anche se aveva la bocca secca.

Quando aprì la porta, rimase lì impalata, poi sbatté le palpebre diverse volte. Le passò per la mente l'idea che forse era svenuta per l'esaurimento emotivo, che stava facendo un sogno strano.

Anche lui la fissò, lo sguardo che guizzava sul suo viso, come se cercasse di valutare la sua reazione. Nella fredda luce del sole, i suoi occhi sembravano di un verde più nitido e scuro. Era più pallido del solito, come se stesse assorbendo un po' del freddo, le occhiaie marcate. Aveva un'espressione cauta e neutrale, quasi fosse pronto a modificarla a seconda di quello che lei gli avrebbe detto. Josie lanciò un'occhiata dietro di lui, verso il taxi che ora si stava allontanando dal vialetto di ghiaia, poi scosse la testa quando tornò a guardarlo in faccia. «Max. Che ci fai qui?». Era l'ultima delle persone che si sarebbe aspettata di vedere.

Max incurvò un angolo della bocca, non proprio un sorriso, più un cenno di solidarietà, di comprensione. Quel maledetto pizzicore dietro gli occhi riprese.

«Ho parlato con Bia. Ho pensato che ti servisse un amico. Ma se non mi vuoi qui, posso andare. Basta dirlo, Josie».

Lo scrutò negli occhi con una tale tenerezza che dovette serrare le labbra per fermare il tremito. E, nonostante gli avesse detto che non voleva più rivederlo, nonostante il fatto che Max non avrebbe dovuto essere l'unica persona che voleva vedere in quel momento, in qualche modo era felice che fosse lì. Così, quando le si avvicinò con fare titubante e le posò una mano sul braccio, lei cedette e si chinò su di lui, respirando il suo profumo e permettendo alle sue braccia di circondarla con conforto.

Capitolo venticinque

Josie rimase raggomitolata sul divano mentre Max preparava il tè e gliene porgeva una tazza. La avvolse tra le mani, desiderosa di sentirne il calore… non che ce ne fosse bisogno, visto il generoso riscaldamento dei nonni, ma sentiva ancora freddo fino al midollo. Max si mise a sedere accanto a lei e Josie bevve un sorso di tè macchiato di latte.

«Come stai?».

Josie prese un altro sorso. «A voler essere sinceri, non lo so». Lo guardò di sfuggita. «Bia ti ha detto cos'è successo?». Era tipico di Bia aprire bocca e darle fiato… non aveva alcun dubbio che gli avesse raccontato tutto.

«Ha detto che tua nonna ha avuto un infarto, sì. Immagino che sia ancora in ospedale».

«Sì. Mia zia Helen e mio nonno sono con lei. Sono appena tornata dall'ospedale e sembra che stia bene, era sveglia e parlava normalmente, ma non so se stesse soltanto fingendo. A quanto pare i dottori le hanno detto che deve rimanere sotto osservazione e oggi dovrebbe fare delle radiografie, ma non so se è normale… di solito quanto tempo passa dopo che qualcuno ha avuto un infarto, prima di sapere se si riprenderà?»

«Non lo so. Non ho mai conosciuto nessuno a cui sia successo».

Josie cambiò posizione in modo da posare la testa sulla sua

spalla, sentendosi quasi in colpa per il fatto che fosse così facile farlo. «Perché sei qui, Max?»

«Be', ho preso un treno e poi un taxi, dato che non posso guidare in questo momento, e…».

Josie scosse la testa. «Sai cosa intendo», disse con voce sommessa.

Lui fece spallucce, un movimento delicato per non farle spostare la testa. «Te l'ho detto. Ho parlato con Bia e…».

Josie si raddrizzò, fissò il lato del suo viso finché non incrociarono gli sguardi.

Max sospirò. «Volevo solo essere qui per te, Josie». Le infilò una ciocca di capelli dietro l'orecchio.

Josie si irrigidì. «Ed Erin?».

Lui scosse la testa. «Non sto con Erin. Siamo stati sempre e solo amici, davvero. Mi dispiace di averti fatto credere il contrario… avrei dovuto essere più chiaro». Josie si rilassò e Max prese fiato. «Mi dispiace davvero per come sono andate le cose tra di noi, per tutti gli errori che continuo a fare. E, se vuoi che me ne vada, lo farò. Ma è una tua scelta». Le sue labbra si piegarono in un mezzo sorriso. «Alle tue condizioni, stavolta».

Lo fissò per un momento e lui non si tirò indietro. «Resta», disse Josie con un leggero sospiro, arrendendosi e riportando la testa sulla sua spalla. In quel momento decise che non le importava nulla di mostrarsi debole, permettendogli di tornare nella sua vita. Il fatto che continuasse imperterrita a desiderarlo con sé le suggeriva che, comunque, sarebbe stato inutile lottare: Max aveva un posto nel suo cuore, che le piacesse o no. E ormai era fin troppo stanca per dare un senso alla situazione, quindi gli avrebbe concesso di essere lì per lei. Non appena la nonna sarebbe stata fuori pericolo, avrebbero parlato.

Max le accarezzò con delicatezza il braccio. «Com'è andata la mostra?», chiese, e Josie fece spallucce.

«Bene», borbottò. Esitò e poi, per fugare ogni dubbio e smettere di tormentarsi, aggiunse: «Ho ricevuto dei fiori».

Max si bloccò per un istante, prima di continuare. «Spero non ti sia dispiaciuto».

Josie sospirò. «No. Non mi è dispiaciuto».

Rimasero in silenzio per un momento a bere il tè, poi Max guardò fuori dalla finestra. «Oggi è proprio una bella giornata». Josie emise un leggero brontolio. Che importanza avevano il cielo sereno e luminoso e l'aria frizzante? Con fare gentile, le prese il tè e lo posò sul tavolo alla sua destra. «Dai, perché non andiamo a fare una passeggiata?».

Josie si ritrasse e lo guardò confusa. «Cosa?»

«Fammi fare un giro del villaggio dove sei cresciuta, mi piacerebbe vederlo».

Josie serrò le labbra. «Non mi va».

«Lo so, ma startene qui seduta ad aspettare che succeda qualcosa o che arrivino i risultati degli esami non ti farà bene... da quello che so di lei, non credo che a tua nonna piacerebbe vederti così». Il fatto che avesse ragione la portò ad accettare il suo invito. In effetti, le serviva distrarsi un po' dato che non sarebbe comunque riuscita a riposare.

Così, dopo essersi messa un vestito un po' più caldo preso dalla valigia per Budapest, uscirono al freddo, il sole che faceva del suo meglio per sciogliere il gelo della notte, e si diressero verso la piazza del villaggio. Avevano appeso le illuminazioni natalizie, anche se alla luce del giorno non erano così maestose, e c'era un enorme albero di Natale decorato fino alla cima, la combinazione di colori leggermente diversa ogni anno, ma comunque la stessa di quando lei era un'adolescente. «Una volta aiutavo anche io a addobbare quest'albero», disse Josie indicandolo. «Be', non proprio *quest'albero*, ma l'albero che veniva sistemato ogni anno». Max la guardò, le spalle curve, la pelle pallida, come se stesse assorbendo il freddo intorno a loro. «Tutti partecipavano», continuò. «E i miei nonni ci tenevano molto alle tradizioni. Così come i miei genitori», aggiunse con un sorriso triste. Fu assalita dal fugace ricordo del padre su una scala, dato che era uno dei pochi ad avere il coraggio di decorare la cima dell'albero mentre gli altri lo guardavano, i bambini che giocavano con le stelle filanti, gli adulti che bevevano vin brûlé.

«E tu?», chiese mentre si avvicinavano all'albero per osservarlo meglio.

«Io?»

«Come festeggiavi il Natale da piccolo?»

«Be', mia madre, essendo americana, è molto fissata con il Natale». Contrasse le labbra e ripresero a camminare. C'era un po' di gente che gironzolava per fare acquisti in quei pochi negozi che stavano iniziando ad aprire, sostenendo così l'imprenditoria locale. «Non appena arrivava il primo giorno di dicembre, si dava alla pazza gioia con le decorazioni interne ed esterne per addobbare la casa in cui siamo cresciuti, a Bristol. E preparavamo di tutto, zabaione, biscotti per i vicini, attenendoci perfettamente alla tradizione».

Josie sorrise. «Che bello!».

«Già. Mamma ha anche cercato di imporre i festeggiamenti per il Ringraziamento, ma non me li ricordo granché. Mio padre dice che a un certo punto si è arresa di fronte alla nostra *inglesità*, quindi ha dovuto concentrare tutti i suoi sforzi sul Natale».

Con grande sorpresa, Josie si lasciò sfuggire una piccola

risata. «E adesso? Lo passate ancora tutti insieme?». Si ricordò dell'anno precedente, quando Max era andato a far visita alla famiglia.

«Penso che fosse il piano di mia madre, ma i miei vivono in America da qualche anno, quindi vediamo se ce la faremo. Quando i miei genitori hanno venduto la casa in cui sono cresciuto», aggiunse, «io e mia sorella, con molta maturità, abbiamo puntato i piedi: niente più Natale a Bristol».

Josie ridacchiò e, benché fosse fiacca, si riscaldò leggermente.

«Mi sembra ragionevole...».

«Josie? Ma sei tu?». Confusa, Josie si girò. Una donna dai capelli scuri che indossava un cappotto rosso, in apparente stato avanzato di gravidanza, le sorrideva raggiante mentre si avvicinava uscendo dal negozio.

Josie ci mise qualche istante a riconoscerla. La donna aveva i capelli più corti di quanto ricordasse e il viso più rotondo e sorridente, senza lo spesso strato di trucco che metteva sempre durante gli anni delle superiori. «Beth!?», esclamò Josie.

«Oh, sei davvero tu», disse Beth, appoggiando le mani sul pancione sotto il cappotto. «Non ti vedo da una vita! Vedo quasi tutti almeno ogni anno, ma tu di solito non torni mai per Natale, o sbaglio?». Josie si era quasi dimenticata che era praticamente impossibile andare in giro per il paese senza imbattersi in qualche conoscente.

«No, di solito no», ammise Josie, cercando di mantenere un'espressione allegra. Ai tempi della scuola lei e Beth non erano state affiatate: più che altro avevano amici in comune, visto che erano nello stesso gruppo e provenivano dallo stesso villaggio, ma non avevano mai passato del tempo da sole. Tuttavia, Josie fu travolta da un'ondata di nostalgia: le capitava di rado di incontrare qualche vecchio compagno di scuola, e negli ultimi anni si era rivelato sempre più difficile organizzare incontri regolari, dato che erano tutti sparsi in giro per il Paese e indaffarati tra lavoro, casa e famiglia.

«Sei tornata per Natale, allora?», chiese Josie. Le chiacchiere futili erano obbligatorie quando ti imbattevi in qualcuno per caso.

«Oh, io e mio marito ci siamo trasferiti qui circa un anno fa», rispose, negli occhi una piccola scintilla quando pronunciò la parola "marito". «Ha messo su un'impresa edile».

«Che bello», replicò Josie distrattamente, anche se, dato che non aveva la benché minima idea di chi fosse il marito, l'informazione non le fece né caldo né freddo.

«E stiamo aspettando il nostro secondo figlio», disse Beth, passandosi le mani sulla pancia con fare protettivo.

«Secondo», ripeté Josie, un po' sbalordita. «Wow». Memo le aveva detto che Beth era incinta, ricordò vagamente, ma sentirne parlare e vederlo dal vivo erano due cose diverse.

«Lo so». Beth le sorrise di nuovo raggiante, una felicità che Josie pensava di non poter mai raggiungere. «Adesso Neil è a casa con Lucy, ho fatto un salto al negozio per mia madre». Alzò una busta, quasi volesse enfatizzare le sue parole. «Comunque, è stato un piacere rivederti», continuò Beth, visto che a Josie non venne subito in mente qualcosa da dire. «Ci è dispiaciuto molto sapere di tua nonna... spero tanto che stia bene».

Ovvio che lo sapevano tutti, pensò Josie. Ma la cosa non la infastidiva... in un certo senso era bello che la gente lo sapesse e mostrasse interessamento. «Grazie», replicò. «Lo spero anch'io».

Beth annuì comprensiva e Josie si meravigliò di quanto

l'ex compagna di scuola fosse cambiata. Lei non si sentiva per niente diversa dall'adolescente un po' timida e rispettosa delle regole che era stata... ma forse era un cambiamento difficile da vedere in sé stessi. «E questo è tuo marito?», domandò Beth con tono gentile indicando Max, il quale era rimasto in silenzio ad assistere alla conversazione con aria piuttosto perplessa. Josie si era dimenticata della sua presenza.

La domanda la fece ridere. Era proprio tipico di Beth sin dai tempi della scuola: il suo modo diretto di parlare la metteva spesso nei guai. Era bello sapere che alcune cose rimanevano immutate. «Questo è Max», ribatté. «Un amico». In mancanza di una parola migliore... o più complicata, comunque.

Beth guardò la mano sinistra di Josie, quasi di riflesso, e sembrò un po' delusa. «Oh, che vuoi che sia», disse in tono rassicurante, «hai ancora tempo per incontrare qualcuno».

«A dire il vero», intervenne Max, parlando per la prima volta, «stanno cercando di impedirlo... non vogliono che tu conosca persone nuove dopo aver compiuto trent'anni».

Josie e Beth lo fissarono confuse. «Ma chi?», chiese Beth.

«Il governo», rispose Max con prontezza. «Hanno fatto delle ricerche: a quanto pare, incontrare qualcuno così tardi nella vita è dannoso per la nostra salute mentale, quindi stanno introducendo alcune misure per incoraggiare la popolazione a sistemarsi entro i trent'anni». Aveva un'espressione serissima, anche se Josie lo fissava incredula. «Dovrebbe aumentare la coesione sociale e portare a una riduzione di problemi di salute mentale, soprattutto la depressione. Ciò significa che possiamo dirottare i fondi altrove. Tutto si rifà alla ricerca originale di Durkheim sul suicidio, hai presente?».

Max gettò Beth nella confusione più totale, mentre Josie scuoteva la testa, stupita che potesse fare certe affermazioni con un tono così convincente. «Non l'ho sentito da nessuna parte», commentò Beth. «L'hanno detto al telegiornale?».

Josie diede a Max una gomitata abbastanza forte da farlo sussultare. «Sta facendo l'idiota, Beth, ignoralo… ha un modo tutto suo di scherzare».

Con un mezzo sorriso sul volto, Beth fece guizzare lo sguardo tra Josie e Max, come se stesse cercando di capire la battuta finale. «Comunque, stiamo facendo il pan di zenzero a casa di mia madre… dovreste venire! A meno che non abbiate altri piani…».

«Oh, non…».

Max interruppe Josie. «Che bell'idea, adoro il pan di zenzero!». Risolse la questione prendendo la borsa di Beth, poi con un cenno la invitò a fare strada.

Josie ricordava la casa di Beth dagli anni dell'adolescenza, quando era andata lì per qualche pigiama party. Tuttavia, non era preparata all'ondata di familiarità che la travolse quando mise piede in quelle quattro mura accoglienti. Si tolsero cappelli e cappotti mentre i genitori di Beth, con grembiuli abbinati, uscivano dalla cucina.

«Josie Morgan, ma sei tu?», esclamò la madre di Beth, avvicinandosi a lei con occhi scintillanti e felici.

«L'ho incontrata per strada», disse Beth. «Ho pensato che ci servisse una mano».

«Oh, senz'altro. Eravamo preoccupatissimi quando abbiamo sentito che tua nonna è stata portata in ospedale ieri sera, vero, Simon?». Il padre di Beth, ora del tutto calvo, annuì ubbidiente. «È per questo che sei qui?».

Josie annuì, avendo la netta impressione che fosse quello il motivo per cui li aveva invitati a fare il pan di zenzero alle undici del mattino. «Be', cerca di non preoccuparti, cercare di distrarsi è la cosa migliore da fare, direi. Beth ha fatto bene a portarti qua».

«Grazie, signora Cope».

«Oh, suvvia, Josie, non sei più una bambina, chiamami Pippa». L'abbracciò e poi si ritrasse. Con sorpresa di Josie, quegli occhi scintillanti sembravano un po' umidi per le lacrime. «Assomigli tanto a tua madre, lo sai?». Se l'era già sentito dire, naturalmente, soprattutto da Memo, ma sussultava ogni volta. «Una volta ci pensava lei a farli», disse Pippa mentre li conduceva in cucina, dove c'erano file di omini di pan di zenzero che si stavano già raffreddando, il forno bollente che emanava un profumo piacevole di cannella, zenzero e spezie, e farina sparsa su ogni superficie.

«Gli omini di pan di zenzero, vuoi dire?», chiese Josie, lanciando un'occhiata per controllare che Max stesse bene. Aveva già intavolato una conversazione con il padre di Beth e annuiva di tanto in tanto.

«Sì, esatto», rispose Pippa. «Sono per l'albero di Natale, come decorazione, ma li mettiamo sempre all'ultimo minuto, perché ovviamente si finisce sempre per mangiarli tutti. E li prepariamo anche per la vendita annuale di dolci che serve per raccogliere fondi da destinare ai senzatetto... te lo ricordi, non è vero?»

«Certo che me lo ricordo». Da piccola ci andava con i nonni, anche se avevano smesso di portarla quando era diventata una ragazzina e diceva che sarebbe stata più felice se fosse rimasta a casa a leggere. Ogni anno, però, le portavano sempre qualcosa. Josie sentì una leggera stretta al cuore al pensiero di essersi rifiutata in modo così categorico di farsi coinvolgere in quella tradizione dopo la morte dei genitori. Poi d'un tratto le tornò in mente un altro ricordo, che aveva dimenticato o seppellito: la madre nella loro cucina con piastrelle arancioni, circondata da vassoi su vassoi di omini di pan di zenzero. Con i capelli raccolti in una crocchia e un grembiule rosso a pois sporco di farina, diceva a Josie che poteva mangiare solo i biscotti venuti male, ma di nascosto. Era bello, si rese conto, riavere indietro quel momento, sapere che aveva ancora quei ricordi nascosti da qualche parte, in attesa di un particolare che li facesse riaffiorare.

Nel corso della mattinata arrivarono altri aiutanti, e tutti insieme si misero a mescolare l'impasto, stenderlo, pressarlo negli stampi, impostare il timer e mettere i biscotti su una gratella a raffreddare, come una piccola catena di montaggio in un'atmosfera rilassata. Rideva vedendo Max con la mano tutta appiccicosa, il padre di Beth che si era quasi scottato le dita perché non voleva dare retta alla moglie, e Pippa che raccontava di gente che sgattaiolava fuori a mezzanotte per rubare gli omini di pan di zenzero dall'albero perché erano troppo buoni. Poi Pippa mise delle canzoni natalizie in sottofondo, e per una volta Josie non odiò il suono della musica, piuttosto si ritrovò a canticchiare le melodie, scambiandosi un sorrisetto con Max.

All'ora di pranzo, Pippa offrì del vin brûlé – era pur sempre il periodo natalizio – ma Josie lo rifiutò e bevve un tè alla menta peperita. Anche Max preferì il tè, forse solo in segno di solidarietà. Adesso era seduto, dato che aveva ripetuto parecchie volte, provocando alcune reazioni svenevoli, che stare in mezzo a tutte quelle belle donne lo faceva sentire stordito.

Pippa sembrava avere un'infinità di cose di cui parlare, ma non era mai forzata, anzi, ascoltarla era piacevole, quasi rilassante.

«Stavolta tocca a un thriller psicologico», raccontava a proposito del club del libro di Memo. «Ti tiene davvero sulle spine, ci rimarrei di sasso se Cecelia non riuscisse a finire almeno *questo*». Poi, quando qualcuno accennò all'ultima partita di badminton dell'anno, che si sarebbe svolta quella sera nella palestra del villaggio, Pippa intervenne dicendo: «Oh, sì, Simon ci andrà, vero, Simon?». Il marito annuì. Josie lanciò un'occhiata a Pippa: era vicino al forno, pronta e in attesa munita di guantoni, e le sorrideva. «Sai, tuo padre giocava sempre a badminton. Malcolm era sempre nella squadra vincente, vero, Simon?». Un altro cenno col capo.

E così, invece di renderla triste e farle rivivere i ricordi dell'incidente, invece di essere perseguitata dal pensiero della vita dei suoi genitori nel villaggio, Josie provò solo conforto, circondata da persone che li avevano conosciuti, che avevano ricordi di loro, che sapevano che erano state persone reali, proprio come conoscevano i suoi nonni.

Fu pensando ai genitori che si rese conto di non aver ancora scritto la lettera. Aveva intenzione di farlo a Budapest, ma ovviamente non sarebbe partita. Stare lì, in mezzo a persone che avevano conosciuto i suoi genitori, le suggerì che quello fosse il momento perfetto, così si sfilò i guanti da forno e li posò. «Pippa?». La donna stava spiegando a Max per filo e per segno come si glassavano i biscotti, ma si interruppe subito e la guardò. «Non è che posso prendere in prestito un foglio e una penna?»

«Certo, cara. Vai in fondo al corridoio e poi a sinistra: lo studio di Simon è lì».

Josie passò una mano sulla spalla di Max. «Torno tra un secondo». Le sorrise e annuì, poi tornò a concentrarsi sulla decorazione, con la lingua fuori. Il suo cuore palpitò nel vederlo lì, disposto a farsi coinvolgere in attività del genere solo per stare con lei e assicurarsi che stesse bene.

Trovò lo studio e prese carta e penna, poi si accomodò per scrivere la lettera.

Cari mamma e papà,

mi mancate, come sempre… forse di più quest'anno, perché sono tornata a casa. Ma è bello essere qui e sapere che non sono l'unica a pensare a voi. Sarei dovuta tornare qui a Natale molto prima, lo so, ma spero che sappiate che non è stato perché non volevo pensare a voi due il giorno della vostra morte… ma perché avevo troppa paura.

Memo è in ospedale, forse lo sapete già. Spero tanto che si riprenda ma, qualunque cosa accada, prometto che mi impegnerò di più per tornare qui. Non voglio perdere questo posto e non voglio perdere una qualsiasi parte di voi due.

Buon Natale con tutto il mio amore,

Josie

Josie serrò le labbra. Fu quasi catartico scrivere una lettera leggermente diversa, e sapeva che non avrebbe pianto. Trovò una busta, la sigillò e la infilò nel cappotto mentre tornava in cucina.

Circa un'ora dopo avevano finito di preparare quasi tutti gli omini di pan di zenzero, così Josie e Max se ne andarono. Pippa gliene regalò uno ciascuno dopo averli impacchettati. Josie abbracciò Pippa e Beth, con la promessa sincera che sarebbe tornata presto a trovarle.

Non si era accorta che, mentre erano dentro, aveva iniziato a nevicare. Restò quasi senza fiato alla vista di quel sottilissimo strato bianco che copriva il marciapiede. Mentre camminavano, minuscoli fiocchi di neve si annidavano tra i capelli di Max, come granelli di ghiaccio nel fuoco. Helen non si era fatta sentire per tutta la mattinata: Josie le aveva scritto un paio di volte, ma sapeva che l'avrebbe contattata se fosse successo qualcosa di grave, in un modo o nell'altro. Eppure, ora che era fuori, lontana dalla distrazione della compagnia e del pan di zenzero, la paura ricominciò a insinuarsi in lei.

Prese la mano fresca di Max nella sua e lui la strinse. Senza dirgli nulla, lo condusse verso la stessa cassetta postale che usava da bambina, quella in cui imbucava la lettera per Babbo Natale. Lui lo sapeva già, quindi non gli dovette dare delle spiegazioni quando infilò la busta dentro. Nessuno dei due proferì parola… a Josie bastava averlo lì con sé. Non poté fare a meno di domandarsi, per un istante, se quello fosse l'inizio di una nuova tradizione natalizia – consegnare la lettera insieme a Max, ogni anno – ma sapeva che quella speranza che le stringeva il cuore poteva essere pericolosa. Ma quello non era il momento adatto per pensarci, così non disse nulla mentre tornavano al cottage mano nella mano.

Capitolo ventisei

Josie era di nuovo rannicchiata sul divano, crogiolandosi al calduccio del fuoco. Lo trovava confortante, quasi incantata a guardarlo divorare la legna e sprizzare scintille di tanto in tanto. Le calzette rosse di Memo e del nonno, parte delle decorazioni natalizie, erano appese sopra il camino: erano molto legati alla tradizione, ogni anno ne riempivano una per l'altro. Sapeva che ne avrebbero preparata una anche per lei, se avesse deciso di passare il Natale con loro.

Max era in cucina, dato che aveva insistito per prepararle una bevanda calda e uno spuntino. Ma non aveva idea di come far funzionare gli elettrodomestici, quindi ogni tanto le giungevano sibili o grugniti. Mentre lui si affaccendava, Josie chiamò Helen.

«Ciao, cara». Dalla voce sembrava un po' stanca, ma non spaventata o commossa, e Josie lo ritenne un buon segno.

«Ciao. Hai sentito qualcosa... ci sono degli aggiornamenti? Ti hanno lasciata entrare?»

«Non ancora... l'orario delle visite pomeridiano sta per finire, ma a quanto pare la nonna è stata sottoposta a un'altra ecografia. Comunque non penso che sia una cosa negativa... significa che si stanno prendendo cura di lei, giusto?»

«Immagino di sì», disse Josie piano. Non le piaceva l'idea che Memo venisse scarrozzata per l'ospedale senza nessuno a farle compagnia.

«Parlano di un intervento, credo».

«Un intervento?». Il cuore di Josie ebbe un sussulto. «Non è una buona notizia».

«Be', non penso che sia necessariamente un male. Potrebbe aiutarla, e poi non la farebbero subito… c'è una lista d'attesa, a quanto pare». Seguì un lungo sospiro. «Comunque, non credo che ci sia niente da fare per ora, cara. Possiamo solo aspettare finché non ne sapremo di più».

«Rimani lì? Forse è meglio se torno da voi».

«Non credo, cara, tanto vale che ti riposi un po' a casa e torni domattina. Proverò a convincere anche tuo nonno ad andare, se non ci consentiranno di rientrare tra un'ora. È inutile che passiamo la notte qui tutti quanti».

«Va bene, d'accordo. Ma non serve niente dal cottage, a te o al nonno?»

«No, non fa niente, in realtà sono tornata per un po' oggi… tu eri fuori».

«Scusa», disse subito Josie. «Sono andata a fare una passeggiata con… Max è qui». Diede un'occhiata in cucina, ma lui sembrava ancora distratto.

«Ah, sì?». Con sorpresa di Josie, Helen non chiese chi fosse Max. Evidentemente, all'epoca aveva fatto colpo ed era rimasto impresso nella memoria della zia.

«Ehm, sì». Non sapeva con quali parole spiegare la situazione tra loro, dato che neanche lei era in grado di definirla.

«Be', ne sono felice».

Josie era confusa. «Davvero?»

«Sì, sono felice che tu non sia sola. Ti ha… avete potuto parlare?».

Josie gli lanciò un'altra occhiata, che poi distolse alla svelta. «Non ancora», rispose, sperando che Helen non volesse approfondire.

Si limitò a sospirare. «Tuo nonno è andato a cercare uno dei dottori, quindi penso che farei meglio a raggiungerlo, cara. Non resiste a stare seduto ad aspettare». *No*, pensò Josie, *certo che no*.

«Va bene. Prometti di chiamarmi non appena ti dicono qualcosa?». Un po' di ottimismo non poteva far male, dopotutto.

«Te lo prometto. Ti scrivo non appena so quando possiamo tornare a casa».

Josie riattaccò nel momento in cui Max tornò con un piatto di uova strapazzate e pane tostato, che le porse con una specie di smorfia di scuse. «Tu non mangi?», gli domandò quando si mise a sedere accanto a lei.

«Non ho molta fame, ma tu mangia pure». Diede un'occhiata al piatto. «Sempre se lo si può chiamare cibo».

Josie mangiò in relativo silenzio sul divano, a piccoli bocconi. Ma finì tutto e subito si sentì molto meglio, quindi posò il piatto. Accanto a lei, Max teneva in mano una tazza ed era intento a fissare le fiamme. Sembrava stanco quanto lei, pallido e teso.

«Allora», esordì Josie. «Quest'anno niente New York per Natale, quindi?».

La guardò ed esitò prima di parlare. «No, be', adesso i miei genitori sono nel Regno Unito… passeremo il Natale tutti insieme nell'appartamento di mia sorella, è addirittura riuscita a prendersi un giorno di ferie».

Josie si morse il labbro. «E ora invece sei qui con me». Due giorni prima di Natale.

Max scosse la testa. «Non preoccuparti. Voglio essere qui e loro sono comprensivi». Josie si domandò cosa avesse detto con esattezza quando se n'era andato su due piedi per stare con lei: i suoi genitori non l'avevano mai conosciuta, e dubitava che durante quel breve incontro con sua sorella a New York le avesse fatto una buona impressione.

Con fare amichevole, Josie lasciò cadere la testa sulla sua spalla e sentì un formicolio mentre lui le accarezzava il braccio. Sentendo il bisogno di calore e conforto, alzò il viso per poterlo baciare e lui ricambiò, tenero e gentile, facendola sospirare. Quando si allontanarono, Max la fissò negli occhi. Era l'unica persona al mondo che la guardava in quel modo: la faceva sentire come se stesse contemplando *tutto* di lei, e che tutto quel che vedeva fosse bello.

«Josie», disse, sistemandole i capelli dietro l'orecchio. «Lo so che non è esattamente il momento giusto...». Lei si irrigidì, in attesa dell'inevitabile. Max le accarezzò la nuca, poi si fermò. «Ma ti amo». Le sue labbra fecero quel mezzo sorrisino... e Josie sapeva cosa intendesse veramente.

Trattenne il respiro mentre scrutava il suo viso; le parole che aveva pronunciato non sembravano del tutto reali. Posò la mano sulla sua e prese fiato. «Max...».

Ma, prima che Josie potesse continuare, lui la baciò di nuovo dolcemente. Come se sapesse che non ce l'avrebbe fatta a ricambiare la sua dichiarazione, non ancora. Come se sapesse che temeva di mostrarsi troppo vulnerabile attraverso quelle parole, e che aveva troppa paura di essere lasciata di nuovo se le avesse pronunciate.

Quando Max si ritrasse, Josie chiuse gli occhi e posò la fronte sulla sua.

«Starai con me stanotte?», chiese.

Max curvò le labbra. «Certo».

Lo condusse su per la stretta scala che portava alla sua vecchia camera. Il problema di condividere un letto singolo con un uomo sarebbe stato oscurato da questioni più urgenti. I nonni avevano a malapena toccato la sua stanza da quando si era trasferita, tanti anni prima. Anche se lei non la usava quasi mai, l'avevano tenuta così com'era, non l'avevano trasformata in un ufficio o in una palestra... non era nemmeno diventata una stanza per gli ospiti. Non poteva esserlo, con tutte le sue cose ancora lì, i vecchi poster sul muro, una fila di animali di peluche in cima alla libreria, quelli che aveva conservato con ostinazione fino ai diciotto anni.

Dopo aver usato il bagno, Josie indossò il pigiama, Max rimase con i boxer e insieme si infilarono nel letto, avvinghiati così stretti che erano quasi diventati una persona sola. Nonostante la stanchezza, il suo corpo era ancora teso e rigido, in stato di massima allerta per paura di ricevere brutte notizie. Non pensava di essere in grado di rilassarsi, era sicura che avrebbe passato un'altra notte insonne, invece Max le accarezzò la schiena con un movimento lento e rilassante e lei cominciò ad appisolarsi. Si addormentò ascoltando il ritmo del suo cuore.

Il sonno però non la trattenne a lungo. Si svegliò nel cuore della notte e prese subito il cellulare. Due messaggi: uno di Helen, uno di Bia.

Aprì per primo quello della zia.

Non sono riuscita a far andare il nonno a casa. Vuole aspettare che ci dicano qualcosa. Non preoccuparti: nessun cambiamento. Ci vediamo domattina. XX

Fece un sospiro profondo, poi lesse il messaggio di Bia.

Max è con te?

Josie rispose.

Sì. Ho sentito che l'hai mandato tu.

Ricevette subito un altro messaggio. Chissà cosa stava facendo Bia per essere ancora sveglia a quell'ora.

Più o meno. Stai bene?

Più o meno.

Sono qui quando hai bisogno di me, okay?

Lo so. Nel frattempo, divertiti anche per me, okay?

Si alzò dal letto e si mise una vecchia vestaglia, senza preoccuparsi del suo aspetto. Fuori era buio, ma in giardino c'era ancora uno strato di neve bianca e brillante che rifletteva il chiaro di luna, diradando parte dell'oscurità.

Si sentiva di nuovo lo stomaco sottosopra per l'ansia, così lasciò Max dormire e scese in punta di piedi lungo le scale scricchiolanti. Era seduta davanti alle braci morenti del fuoco quando lui scese per raggiungerla, non molto tempo dopo. Alzò gli occhi. «Scusa, ti ho svegliato?»

«No», rispose lui piano. «Ho solo un po' di mal di testa, tutto qui».

Si alzò e trovò del paracetamolo in un cassetto della cucina, così glielo porse insieme a un bicchiere d'acqua. Poi tornarono sul divano e rimasero seduti per un po' in un silenzio confortevole. Josie era assorta nei suoi pensieri, in pena per Memo, che ebbe un sussulto quando Max le chiese: «Hai delle candele?».

Lo guardò confusa. «Forse, perché?»

«Andiamo a cercarle». Non ci volle molto. Josie conosceva bene le abitudini dei nonni e tornò con varie candele e alcuni fiammiferi. Max ne prese una grande, cilindrica, e la rigirò tra le mani. «In alcuni luoghi esiste una tradizione natalizia per cui si accendono candele per i cari perduti». La guardò, il bagliore arancione delle braci riflesso nei suoi occhi. Josie si morse il labbro, poi annuì. Accese due candele per i suoi genitori e le posò sul caminetto, guardandone la luce tremolante. La fiamma era così fragile: sarebbe bastato uno sbuffo per spegnerla. Ne accese una anche lui e la mise accanto alla sua. Le osservarono per un momento, poi Josie gli lanciò un'occhiata. «Per chi è?».

Esitò. «Per qualcuno che è morto troppo giovane».

Si ricordò del fatto che Max sembrava comprendere quel peso che ci si porta sulle spalle dopo la perdita di una persona cara. «Mi dispiace», sussurrò lei, rendendosi conto che si stava scusando proprio come facevano tutti con lei quando parlava dei suoi genitori. Ma non esistevano le parole giuste, adesso lo capiva.

«Non ti preoccupare». Le prese la mano. «Per un po' ho provato rabbia, ma adesso no».

Josie chiuse gli occhi per scacciare il bruciore. «Non riesco a sopportarlo», sussurrò. «E se l'anno prossimo mi ritrovassi ad accenderne una per mia nonna?».

Max la fece voltare verso di lui e le accarezzò le braccia con gentilezza. «Ti ricordi cosa mi hai detto al matrimonio di Laura, a settembre?».

Tirò su col naso, ripensando al fatto che gli aveva urlato contro e che poi avevano finito per baciarsi. *Penso che sia meglio se non ci vediamo più*. A quanto pareva, si era sbagliata. «Mi sa che ti ho detto più di una cosa».

Max alzò un angolo della bocca prima di raddolcire la sua espressione. «Hai detto che eri felice della tristezza, che significava che custodivi la memoria dei tuoi genitori, che li amavi, e che il dolore ti ha reso la persona che sei oggi». Lei annuì, un po' sorpresa che se lo ricordasse tanto bene. «Così, se il peggio dovesse accadere, sarai triste, ma questo significherà che le hai voluto bene e che ti ricorderai di lei».

Josie premette le labbra per fermare il singhiozzo, il suo controllo quasi vacillò, ma annuì di nuovo. Era meglio, molto meglio, che lui non cercasse di offrirle false promesse, di dirle che sarebbe andato tutto bene quando nessuno poteva saperlo. Credeva alle sue parole anche se, in quel momento, era difficile immaginare di poter provare quei sentimenti, nel caso fosse successo il peggio.

Max le prese il viso tra le mani e lo alzò, per incrociare il suo sguardo. «Josie», esordì piano, e nel vedere i suoi occhi lei sentì una fitta di dolore: aveva l'impressione che quello che stava per dire non le sarebbe piaciuto. «C'è qualcosa di cui voglio parlarti». Prese fiato, lo stomaco di Josie di nuovo sottosopra. «Qualcosa che avrei dovuto dirti lo scorso dicembre».

Prima che potesse rispondere, il cellulare squillò facendola sobbalzare. Si affrettò a riprenderlo. Il battito del suo cuore accelerò, le mani subito fredde e appiccicose. Erano le tre del mattino: c'era solo una ragione per cui Helen poteva chiamarla a quell'ora. Rispose al terzo squillo.

«Cara, la portano in sala operatoria: hanno trovato qualcosa, non lo so...». La zia trasalì. «Deve fare un triplo bypass, non ci hanno permesso di vederla prima». Il volto di Max sbiancò, come per riflettere i sentimenti di Josie. «Non è... Non hanno detto che è qualcosa di terribile, hanno chiarito solo che deve essere fatto ma, be', è sempre un intervento a cuore aperto e lei è stata spostata in cima alla lista d'attesa e…».

«Arrivo subito».

Capitolo ventisette

Presero un taxi per l'ospedale. Helen li aspettava fuori, il viso illuminato dalla luce quasi fluorescente, le guance e il naso arrossati dal freddo, una sciarpa azzurra e oro avvolta stretta intorno al collo. Josie, con un groppo in gola, non riusciva a parlare. Helen rivolse un sorriso teso a tutti e due, poi con un cenno li invitò a seguirla dentro.

Josie notò vagamente che stavano andando in una direzione diversa da quella dell'ultima volta. Tutto sembrava troppo luminoso, troppo freddo, mentre camminavano lungo i corridoi. «Ora è in sala operatoria», disse Helen, rispondendo alla silenziosa richiesta di informazioni di Josie. «Non capisco niente di quello che dicono i medici, che si rifiutano di stare fermi abbastanza a lungo da spiegare tutto per bene. È stata spostata in cima alla lista d'attesa, è tutto quello che so... dovevano farla subito».

Josie annuì, anche se serrò le labbra per impedirsi di parlare. *Non promette nulla di buono*, pensava, ma si rifiutò di dire qualcosa che avrebbe alimentato la loro preoccupazione. Helen li accompagnò nella sala d'attesa della terapia intensiva.

«La porteranno qui una volta terminato l'intervento», spiegò Helen, quando vide Josie che si guardava intorno con fare interrogativo. Poi la zia li portò dal nonno, così immobile da sembrare innaturale mentre fissava la porta a vetri. Era priva di maniglie, e con ogni probabilità i medici sarebbero usciti da lì quando sarebbe finita l'operazione. *Quando*, si disse Josie. Non *se*.

Josie sprofondò sulla sedia più vicina, preparandosi all'attesa. Sentiva il corpo rigido, come se si fosse pietrificato per tenerla insieme, e la mente stranamente vuota. A un certo punto si accorse che Max era accanto a lei e le stava massaggiando le spalle in modo rassicurante.

Dopo un po', Helen uscì per rispondere a una chiamata, anche se Josie non aveva idea di chi potesse averle telefonato in quel momento. Max era andato a prendere il caffè per tutti due volte, e a un certo punto aveva portato diverse barrette di cioccolato. Nessuno le toccò, anche se il nonno aveva fatto un debole sorriso per ringraziarlo di quel pensiero dalla sua sedia, la più vicina alla porta a vetri. Dopodiché, Max uscì e riapparve con degli antidolorifici e una bottiglia d'acqua per sé, ma si rifiutò categoricamente di andarsene quando Josie gli suggerì di farlo. Era in dormiveglia, la testa sulla spalla di lui, quando, verso le nove del mattino, proprio all'inizio dell'orario ufficiale delle visite, Helen balzò in piedi.

Josie si raddrizzò all'istante, Max le diede una piccola stretta alla mano, e osservò un uomo più anziano, con i capelli grigi e un po' di pancetta, che camminava verso di loro e sorrideva al nonno.

Sorrideva.

Il corpo di Josie iniziò a sciogliersi, le mani presero a tremarle per il sollievo, ancora prima che il dottore iniziasse a parlare.

Quando li ebbe raggiunti, Josie si alzò. Lei, il nonno, la zia e Max formarono un piccolo semicerchio stretto. «Sta bene?», chiese.

«Be', ha una lunga convalescenza davanti a sé», disse il medico con calma, «e dobbiamo tenerla qui ancora per qualche settimana, ma ha superato bene l'intervento, e questo è un segnale molto positivo. Si sta risvegliando, se volete vederla».

Il nonno annuì, deglutì e si avvicinò alla porta a vetri. Josie andò da lui, gli strinse il braccio e lui riuscì a ricambiare un debole sorriso. Aveva un aspetto devastato. Lei sperava di riuscire a riportarlo a casa prima o poi, e convincerlo a mangiare un pasto decente e dormire. Si voltò a guardare Max mentre il dottore prese ad accompagnarli attraverso la porta, che aprì con un tesserino speciale.

Max si stava massaggiando il collo come se fosse dolorante. «Vai avanti tu, meglio non essere in troppi».

Josie aggrottò la fronte. «Stai bene?».

Lui sorrise, anche se sembrava un po' tirato. «Sì, è solo questo mal di testa. Vado a prendere una boccata d'aria fresca sperando che passi, e al mio ritorno prenderò del caffè per tutti». Josie esitò, mordendosi il labbro. «Davvero, starò bene. Vai a vedere tua nonna, mi troverai...».

Josie inclinò la testa. «Fuori?».

Max sbatté le palpebre, poi annuì. «Esatto. Fuori».

Esitò di nuovo. Non voleva lasciarlo se stava male, dopo quello che aveva appena fatto per lei, ma il medico li stava ancora aspettando e lei doveva vedere Memo. Non le vennero in mente le parole giuste per esprimere i sentimenti che provava in quel momento, ringraziarlo per essere rimasto con lei e aver capito ciò di cui aveva bisogno. Invece annuì e mormorò: «Grazie».

Helen, tuttavia, si avvicinò a Max: a Josie non sembrò il momento adatto per interrogarlo sulle sue intenzioni. Colse solo una parte del loro scambio prima di girare l'angolo con il dottore e il nonno. Helen stava parlando e, quando Max scosse la testa, gli mise una mano sul braccio. Josie rimase leggermente perplessa, ma la sua attenzione fu subito catturata dal medico. Quando si guardò alle spalle, Max si stava già allontanando.

Memo era nella sua stanza, esprimeva una fragilità che Josie non aveva mai visto in lei, i capelli un po' unti sul cuscino bianco, il camice troppo largo per il suo corpo magro. Josie fece un respiro lento e regolare. Ricordò a sé stessa che il medico aveva sorriso. Poi Memo aprì piano le palpebre, come se avesse sentito i loro passi, e un lato della sua bocca si piegò in un sorriso. «Perché mi guardate così? Manco fossi una specie di miracolo», gracchiò. Sembrava che provasse dolore a parlare. Accanto a Josie, il nonno emise un singhiozzo e attraversò la stanza per prenderle la mano mentre il medico faceva qualche controllo veloce. Helen entrò subito dopo di lei e andarono insieme dall'altro lato del letto, la zia le mise una mano sulla schiena come per rassicurare entrambe. Anche se i suoi muscoli facciali doloranti protestavano, Josie si sforzò di sorridere. Restò fedele al suo giuramento di non piangere davanti a Memo: non voleva farle intuire la paura che avevano provato.

«Come stai, mamma?», chiese Helen con voce sommessa.

«Oh, una meraviglia», disse Memo, la voce ancora più roca e un po' strascicata. «Be', per essere una a cui hanno appena aperto il petto».

Josie scacciò le lacrime, ma Memo sembrò accorgersene: allungò rigidamente una mano e Josie gliela afferrò, stringendola il più delicatamente possibile. Il forte trambusto proveniente da fuori – qualcuno che veniva portato di corsa attraverso il corridoio – ricordò a Josie quanto Memo fosse stata vicina alla morte.

«Ho una citazione per te», gracchiò Memo.

Josie aggrottò la fronte. «Cosa?»

«Avere fede significa credere in cose che il buon senso ritiene assurde».

Il respiro che Josie emise era più simile a un singhiozzo. «*Il miracolo della 34ª strada*».

Memo grugnì, le palpebre violacee si chiusero di nuovo. «Pensavo di averti messa con le spalle al muro. Non ti piacciono i film natalizi».

Poiché le lacrime erano sul punto di sgorgare, Josie si allontanò nel tentativo di ingoiare il nodo che sentiva alla gola. Anche il nonno sembrava troppo malinconico e stanco per dire qualcosa, ma Helen venne in soccorso: si mise a parlare della mancanza di buon cibo in ospedale e di come aveva scaricato tutte le ricerche sulla dieta migliore da far seguire a Memo dopo le dimissioni dall'ospedale. Josie non era sicura di quanto tempo fosse passato prima di rendersi conto che Max non era ancora arrivato. Si schiarì la gola e gli altri tre la guardarono. «Vado a cercare Max», disse piano. «Voglio fargli sapere che stiamo tutti bene». Era quasi sul punto di aggiungere un "per ora" alla fine della frase, ma si fermò in tempo.

«Oh, è venuto con te?», gracchiò Memo, il suo respiro sempre più pesante. «Che gentile».

Non lo trovò in sala d'attesa, così si diresse verso l'esterno dell'ospedale, nel caso lui fosse ancora lì. L'aria era fredda e frizzante, nuvole di vapore si formarono davanti a lei, ma non lo trovò nemmeno lì. Confusa, tornò sui suoi passi. Era comparsa qualche altra persona nella sala d'attesa, invece Max ancora non si vedeva da nessuna parte.

Josie vide Helen uscire dalla terapia intensiva e le si avvicinò. «Non riesco a trovarlo», disse, cercando di tenere sotto controllo l'accenno di apprensione che si stava insinuando nella sua voce. L'aveva abbandonata di nuovo? Non era possibile, non dopo quello che le aveva detto.

Ma sentiva un debole ronzio nelle orecchie ed era tesa come una corda di violino. *C'è qualcosa di cui voglio parlarti.*

«Non ha detto che andava a prendere il caffè?».

Josie annuì, ma si morse il labbro. Le altre due volte era tornato subito, e lei era passata davanti alla macchina del caffè prima di andare a cercarlo fuori. «Forse è andato in bagno», suggerì Helen, ma anche lei era confusa.

Sì, pensò Josie. *Sarà per forza così.* Non aveva controllato, per ovvi motivi. Se lo avesse aspettato lì, sarebbe senz'altro tornato da un momento all'altro.

Fu allora che altre due persone uscirono dalla terapia intensiva. Una era la giovane infermiera bionda che Josie aveva visto il giorno prima, e fu proprio lei che, con un cenno, invitò Helen e Josie ad avvicinarsi. Josie ebbe un tuffo al cuore e guardò Helen, la stessa sensazione di panico riflessa sul suo volto. La donna insieme all'infermiera, una dottoressa dallo sguardo autorevole, con indosso un camice blu, annuì e poi andò verso di loro.

«Che succede?», domandò Helen.

«Siete venute insieme a un uomo, giusto?». La sua voce era fin troppo flemmatica e calma.

«Quale uomo?», provò a indagare Josie, anche se aveva capito. Aveva capito che quella donna era venuta a cercare proprio loro, che stava parlando di Max e che, qualunque fosse il motivo, non portava buone notizie. Un brivido le attraversò il corpo.

«Max Carter?». Sentendo il suo nome, pronunciato con un tono ora gentile, Josie ebbe voglia di sibilare.

«Sì», disse invece, quasi sbottando. «C'è stato un incidente?». Aveva commesso un errore, prendendo troppi antidolorifici? Sapeva che non era così, sapeva che c'era sotto dell'altro, a giudicare dall'espressione del medico. Ma il suo corpo non voleva crederci, rimase freddo e intorpidito. La dottoressa si guardò intorno. Lì, nell'ospedale, non sembrava che fosse la vigilia di Natale, pensò Josie, inebetita dalla paura. Niente che caratterizzasse il periodo natalizio, come se celebrare una festività in un luogo segnato da così tanto dolore fosse in qualche modo sbagliato.

La dottoressa indicò uno dei posti a sedere nella sala d'attesa e invitò Helen e Josie ad accomodarsi. Ma Josie rimase in piedi. «Che è successo?», sussurrò. Doveva sapere. Doveva sapere *adesso*, dovevano dirglielo subito.

«Posso chiederle qual è il suo rapporto con Max?»

«Sono la sua...». Josie esitò, cercando di trovare la parola giusta. Non ce n'era una, si rese conto. Ma la donna in camice non aveva bisogno di conoscere tutti i dettagli. «Sono sua amica».

La dottoressa annuì e prese fiato. «Mi dispiace tanto dirglielo, ma è morto».

Josie si limitò a fissarla. Non poteva essere vero. C'era stato un errore, ovviamente. Max stava bene, era lì fino a cinque minuti prima. L'altro giorno avevano preparato insieme il pan di zenzero, era venuto con lei in ospedale. Non era possibile accasciarsi e morire subito dopo. Una sensazione fredda le oppresse il cuore, e per un istante pensò che le due donne fossero venute per dirle che qualcosa non andava con Memo, visto che il suo nome e quello di Max cominciavano con la stessa lettera. Ma poi Josie si rese conto che lei era l'unica a chiamare sua nonna così.

«No», disse con fermezza. La sua voce era sicura, risoluta. Si guardò di nuovo intorno, pronta a vedere Max che si avvicinava per fare qualcuna delle sue battute su quello scambio di identità.

«Cos'è successo?», sussurrò Helen alla dottoressa. Josie sobbalzò, rivolgendo la sua attenzione alla zia. *Non è successo niente*, avrebbe voluto dire a Helen, perché era impossibile che stessero parlando di Max.

«Ha avuto un aneurisma cerebrale. Non abbiamo potuto fare nulla. È crollato qui, nella sala d'attesa, ma quando l'abbiamo soccorso...».

«No», ripeté Josie. Ora aveva la voce impastata, strana.

La dottoressa la stava guardando dritta negli occhi. «Probabilmente nelle ultime ore ha avuto un forte mal di testa, ma non gli ha dato importanza a causa del tumore».

Mal di testa. Bastarono quelle tre parole per rendere tutto distante. Le fischiavano le orecchie e la voce del medico svanì nel nulla. Non era reale. Non era reale, era un incubo orribile... forse era ancora al cottage, forse non si era mai svegliata e stava ancora dormendo tra le braccia di Max.

La presa di Helen sul suo braccio era simile a una morsa. Josie non si accorse che la dottoressa si era allontanata per concedere loro un momento di privacy, finché non la vide dall'altra parte della sala. Sbatté le palpebre, cercando di riportare il mondo a fuoco mentre la zia la invitava ad accomodarsi su una sedia.

«*Tumore?*», ripeté Josie.

Non aveva senso. Non riusciva a collegare le varie informazioni che le turbinavano nella mente, come fossero pezzi di un puzzle che non era capace di incastrare, per quanto si sforzasse.

Helen stava piangendo. *Helen*. Josie guardò le lacrime cadere sul suo labbro superiore, e la osservò mentre le asciugava con la manica. Neanche quelle lacrime sembra-

vano reali. «Aveva un tumore, Josie», disse la zia con voce strozzata.

«No». Perché, se fosse stato così, Josie lo avrebbe saputo, giusto? Non era una notizia da tenere nascosta.

«Era a uno stadio terminale. Un tumore al cervello. Si aspettava di...».

«No». La pressione dietro gli occhi, nella gola, stava aumentando. «Me l'avrebbe detto».

«Penso che ne avesse intenzione», sussurrò.

«Come fai a saperlo?», chiese Josie.

«Me l'ha detto lui», confessò Helen, la voce tremante.

Josie scosse la testa. Non aveva senso. Perché avrebbe dovuto dirlo a Helen e non a lei? «Ma hanno detto che è stato un aneurisma». Non le restava altro da fare, poteva solo concentrarsi sui fatti concreti, su quello che era stato detto. Perché non aveva senso. Dov'era Max? *Dov'era?* Se era davvero morto, allora perché glielo stavano dicendo lì fuori? Perché non l'avevano portata da lui, per farglielo vedere di persona?

«Lo so. Ma lui non poteva saperlo, da quello che ha detto la dottoressa... può accadere di punto in bianco. Quindi immagino non se lo aspettasse... ora». Josie continuava a scuotere la testa, non riusciva a fermarsi. La stanza le vorticava intorno, facendosi sempre più sfocata. «Senti», proseguì Helen sforzandosi di tornare in sé, per quanto potesse servire, «rimani qui, vado a informarmi sui dettagli». Josie la guardò. Non voleva dettagli. I dettagli non avevano importanza, non se era vero.

Ma invece si limitò a rispondere: «Okay». La sua voce era intorpidita, fredda e vuota. Non sembrava la sua voce, e il suo corpo, in quel momento, non sembrava appartenerle.

«E... dobbiamo chiamare...». Helen guardò Josie e scosse

la testa, trattenendo le lacrime. «Ci penso io. Torno subito. Non è…». Ma non finì la frase. Si limitò a stringerle la spalla così forte da farle male, anche se Josie ne fu grata perché poteva concentrarsi su quella sensazione, su quel dolore sordo, e ignorare ciò che provava dentro. Era stata fatta a pezzi, e le varie parti del suo corpo si stavano attaccando a vicenda.

Non è reale.

Era tutto ciò che riusciva a pensare mentre guardava la zia che, al banco dell'accettazione, parlava con un'infermiera e cercava qualcosa nella borsa. Max non era morto. Sua nonna… era la nonna quella malata, non Max. Non poteva avere un tumore, non poteva averglielo tenuto nascosto. Com'era potuto succedere nel giro di pochi istanti? Sentiva che avrebbe dovuto piangere, urlare, gridare, pretendere risposte, ma invece il suo corpo sembrava spegnersi pian piano, tanto che non riusciva nemmeno a sbattere le palpebre.

Quando Helen tornò, Josie vide che stringeva qualcosa nella mano destra. Una lettera, le sembrò di capire con fare distratto.

La zia si mise a sedere accanto a lei. Posò una mano sulla spalla e alzò la lettera con l'altra. «Me l'ha data lui. È per te», mormorò. Josie scosse la testa, ma la prese quando Helen gliela premette sulla mano. Fu solo allora che si accorse di tremare. Lasciò la busta in grembo e la fissò. Il suo nome scritto sul davanti, con la calligrafia di Max.

Josie.

Incredula, Josie guardò la zia. «Non capisco».

Gli occhi di Helen erano lucidi, il mento le tremava. «Mi ha telefonato per spiegare tutto e chiedere consiglio», rivelò con voce sommessa. Prese fiato. «Gli ho suggerito di aspettare che Memo migliorasse un po' perché ero molto preoccupata per te, per la tua reazione, ma…». Trasalì. «Mi dispiace davvero tanto, cara».

Josie preferiva che non l'avesse detto. *Mi dispiace.* Sapeva bene perché la gente usava quelle parole, quale fosse il loro significato.

«Posso portarti qualcosa?», chiese Helen.

«Acqua», gracchiò Josie, non perché avesse sete, ma perché in quel momento voleva stare da sola. La zia annuì e si alzò in piedi. Josie la guardò attraversare la sala d'attesa, poi tornò a fissare la lettera. Ma non la aprì. Perché sapeva che, se l'avesse aperta, tutto sarebbe diventato reale.

Capitolo ventotto

Tre giorni prima

Max fissò la pagina, domandandosi se accartocciare il foglio per la quinta volta e riprovare. Niente di quello che aveva scritto sembrava giusto. Come si poteva dare una notizia del genere in una lettera?

Bevve un sorso di caffè, forte e nero come piaceva a lui, e fissò la strada di Bristol appollaiato sul davanzale della finestra del minuscolo appartamento della sorella. I suoi genitori avevano scelto di pernottare in albergo, per fortuna, dopo aver deciso di venire in Inghilterra per quello che sarebbe stato, ne era sicuro, il suo ultimo Natale. Prese un respiro e lo trattenne, poi lo espulse. Se n'era fatto una ragione, e aveva avuto più tempo di quanto gliene avessero prospettato all'inizio. Un anno prima, quando l'aveva scoperto, gli avevano dato sei mesi. Proprio prima di incontrare la ragazza di cui si era innamorato, la ragazza che gli avrebbe fatto desiderare, più di ogni altra cosa, di avere un po' più di tempo.

Si guardò alle spalle e vide Chloe che si trascinava nella stanza, con occhi stanchi e annebbiati. Aveva sempre quell'aspetto la mattina: al risveglio era più conciliante, in un certo senso, come se le servisse un po' di tempo per costruire quella facciata dietro cui si nascondeva così spesso. Spostò lo sguardo sui fogli accartocciati e sparsi sul pavimento.

«Come va la lettera?», gracchiò. Sentì una fitta al cuore. La sua sorellina. Era lei la persona che più temeva di lasciare, perché sapeva che Chloe aveva fatto di tutto per non perdere la testa, per mantenere una parvenza di normalità, da quando lui aveva ricevuto la diagnosi. Era sicuro che si sarebbe mostrata così fino alla fine, a prescindere da quanto le pesasse, perché sapeva che era quello di cui il fratello aveva bisogno.

«Non so. Non sono molto bravo con le lettere».

Chloe grugnì, si trascinò verso la cucina per accendere il bollitore. «Scrivi solo quello che hai nel cuore o… qualcosa del genere».

Cercò di fare un sorriso impertinente, nessuno dei due voleva crollare di fronte all'altro. «Grazie, grande saggia». Guardò verso la camera da letto. «Liam dorme ancora?».

Sbadigliò e annuì. «Niente riesce a svegliare quell'uomo, è assurdo. Una volta…».

Max alzò una mano. «Se è una storia che ha a che fare con il sesso, allora te lo dico fin da subito, Chloe, non voglio sentirla». Lei sorrise, solo l'odore del caffè sembrava svegliarla. Contro ogni aspettativa, Chloe e Liam erano molto affiatati ed erano riusciti a far funzionare la loro relazione a distanza. Liam le aveva chiesto di sposarlo qualche settimana prima, e Chloe si stava affannando per riuscire a celebrare il matrimonio entro febbraio. Aveva fretta solo perché voleva risolvere subito la faccenda: quando la madre indagò al riguardo, Chloe sostenne con boria che non voleva vivere nel peccato, invece Max conosceva la vera ragione. Sapeva di essere il motivo per cui Liam le aveva chiesto di sposarlo così presto. Dopo alcuni mesi, Chloe gli aveva detto del tumore. Sapeva bene che sia Liam che Chloe volevano che fosse presente al matrimonio, e speravano che per febbraio ce l'avrebbe fatta.

Fu grato quando il cellulare, poggiato sul davanzale, suonò. Un messaggio di Erin. Gli scriveva spesso, solo per farsi sentire. Come la sua famiglia, anche lei era a conoscenza del fatto che era solo questione di mesi. Invece di sottrarsi e tenerlo a distanza, si assicurava che Max sapesse che lei era lì per lui, come amica, ogni volta che sentiva il bisogno di parlare.

Quando era tornato nel Regno Unito, era rimasto con lei a Edimburgo per alcune settimane, ma solo come amici. Non sapeva, allora, se la terapia cui si era sottoposto a New York all'inizio dell'anno – sua madre aveva molto insistito affinché provasse una nuova sperimentazione – avrebbe funzionato. Ma Erin aveva scelto di crederci, di credere che avere una relazione a lungo termine con lui poteva essere un'opzione. Eppure, già prima di scoprire il contrario, Max sapeva che non era giusto tornare con lei. Ed Erin lo aveva accettato: si era dimostrata un'amica meravigliosa, che cercava di farlo uscire per partecipare a vari eventi e attività. Lei lo aveva invitato al matrimonio di Laura, e Max non era intenzionato ad andarci finché non aveva visto la foto del castello sull'account Instagram di Josie.

Fissò di nuovo il foglio. Avrebbe dovuto dirglielo allora, a settembre. Ma la sua presenza lo aveva fatto sentire di nuovo leggero ed era stato più facile lasciarle credere che fosse Erin il problema, e non appesantire il fine settimana in cui si celebrava il matrimonio della sua amica. Aveva sperato che, magari, quello fosse un sentimento unilaterale... solo perché non era riuscito a dimenticarla, non significava che la cosa fosse reciproca. E se Josie non era così legata a lui, allora non poteva nemmeno ferirla. Tuttavia era sbagliato sperarci, credere che lui la stesse proteggendo dalla verità. Quella sua amichetta esuberante, Bia, glielo aveva fatto sapere mandandogli un messaggio furioso su Facebook dopo che li aveva sorpresi a baciarsi. Aveva pensato che fosse più prudente non risponderle, ma la cosa lo aveva fatto riflettere.

Lesse la lettera ancora una volta e grugnì un grazie quando Chloe gli porse una seconda tazza di caffè. Decidendo che ormai era inutile arrovellarsi, prese il cellulare e compose il numero.

La voce che rispose era quasi briosa. «Pronto?»

«Salve, parlo con Bia?»

«Sono io». Il tono di voce divenne improvvisamente sospettoso. «Chi è?»

«Max Carter. Senti, lo so che è...».

«Max? Cioè il Max di Josie?».

Il Max di Josie.

Non era esatto, e non lo sarebbe mai stato.

«Sì», rispose, sapendo cosa intendeva Bia. «Senti...».

«Come hai avuto questo numero?».

Sbuffò impaziente e alzò lo sguardo verso Chloe, che lo fissava con un'espressione perplessa. «Me l'ha dato John, l'ha preso da Laura. Ora mi lasceresti finire? Ho un favore da chiederti».

«Be', *a te* di sicuro non farò alcun favore», sbottò con freddezza.

A volte essere schietti era l'opzione migliore. «Bia», disse in tono piatto, «sto morendo». Non poteva, o non voleva, guardare Chloe.

Seguì una pausa all'altro capo del telefono. E poi sentì: «Cosa? Che vuoi dire?»

«Voglio dire quello che ho detto», affermò Max con calma. Ormai si era abituato… Cosa significava quando arrivavi ad accettare quelle due parole, *sto morendo*, come una parte naturale di qualsiasi conversazione?

«No», replicò lei. «Cioè, oddio. Mi dispiace. Cosa… quanto tempo… Josie lo sa?»

«No, ecco perché ho bisogno del tuo aiuto», disse Max. «Devo mandarle una lettera».

«Una lettera? Vuoi dirle che stai morendo in una lettera? Non puoi farlo, la ucciderà». *Accidenti.*

«Non c'è nient'altro che posso fare adesso», disse piano, notando il leggero tono supplichevole che si era insinuato nella sua voce. «Lo so che non avrei dovuto lasciarmi andare e farmi coinvolgere».

Sentì delle chiacchiere in sottofondo, seguite da Bia che imprecava. «No», rispose. «Non avresti dovuto». Sospirò. «No, senti, mi dispiace, okay? È che…». E poi Bia gli raccontò di Memo e del fatto che Josie era da sola. Due minuti dopo aveva convinto Bia a dargli l'indirizzo, insieme al numero della zia di Josie, Helen: non voleva rischiare di arrivare lì per poi scoprire che non ce l'avrebbe fatta. Non appena riattaccò, afferrò la lettera dal davanzale e si diresse a passo svelto nella stanza degli ospiti che aveva occupato durante gli ultimi mesi. Chloe incespicò dietro di lui.

«Che fai?», chiese.

Non si voltò nemmeno. «Devo andare, Chloe. Devo rivederla». Scosse la testa tra sé e sé. «Devo almeno provare a spiegarglielo: glielo devo, le devo più di una lettera».

Infilò alcune cose in una borsa, poi si voltò e vide la sorella sulla soglia, l'aspetto incredibilmente giovane con le braccia avvolte intorno a sé. Le tremavano le labbra. Lui attraversò la stanza, l'abbracciò e sentì un nodo alla gola. «Tornerò», le sussurrò tra i capelli, pur sapendo che non poteva continuare a prometterlo. «Ma devo vederla, prima di…».

Chloe si ritrasse e si asciugò una lacrima. Annuì. «Vai». Fece un respiro tremante. «Dille, sempre se non ti butta fuori prima che tu possa spiegarglielo, che semmai volesse cercarmi, ora o in futuro, è e sarà sempre la benvenuta». Inclinò la testa e abbozzò un sorriso. «Mi piacerebbe conoscere questa tua ragazza».

Max si diresse alla porta d'ingresso, seguito da Chloe. *Questa tua ragazza.* E Josie lo era, anche se non aveva idea di quanto avesse conquistato il suo cuore. E lo aveva conquistato quando era arrivato al punto di non ritorno, quando lui non aveva alcun diritto di farla innamorare. Aveva cercato di resistere ma ormai era troppo tardi, troppo tardi per frenare i suoi sentimenti, quindi tutto ciò che gli rimaneva da fare era prendere la migliore decisione possibile e non agire come un codardo.

Si voltò di nuovo verso Chloe. «Dillo tu a mamma e papà, d'accordo?». Se li avesse informati lui, si sarebbero solo preoccupati e avrebbero cercato di fermarlo. Chloe annuì. La tirò per un ultimo abbraccio e la sentì singhiozzare. La baciò sulla testa. «Ti voglio bene, lo sai».

«Lo so», sussurrò lei. «Lo saprò sempre». Si ritrasse e lo guardò. «Ora vai a riprenderti la tua ragazza, prima che sia troppo tardi».

Capitolo ventinove

Josie fissò il suo nome sulla busta. Il cuore batteva al ritmo costante delle parole *non è reale, non è reale, non è reale.* Helen era ancora dall'altra parte della stanza a prendere l'acqua. Sentiva vari rumori, tutti mescolati insieme: il ronzio di una macchina, il suono di passi, il mormorio di una conversazione.

Non è reale, non è reale, non è reale.

Alzò la lettera, la carta morbida e fragile tra le dita.

Non è reale, non è reale, non è reale.

Con dolorosa lentezza, aprì la busta, il corpo che si muoveva in automatico. Poi, non potendo più rimandare, iniziò a leggere.

Josie,

spero di avere la possibilità di dirtelo di persona, ma tutti e due sappiamo molto bene che la vita non va sempre come vorremmo. Non voglio rovinarti il Natale dicendotelo adesso, ma non voglio lasciarti senza una spiegazione. Quindi leggi questa lettera dopo Natale, tanto per stare sul sicuro.

Lo scorso dicembre, quando ti ho incontrata, avevo appena scoperto di avere un cancro terminale. Un tumore al cervello inoperabile. Non potevano dirmi con esattezza quando sarebbe scaduto il tempo a mia disposizione. Sapevo solo che sarebbe successo, a un certo punto, forse nel giro di sei mesi. Stavo andando a New York per rivedere i miei genitori, sì, ma anche perché i medici, dimostrandosi ottimisti, volevano che mi sottoponessi a una sperimentazione clinica che avrebbe dovuto aumentare sia la qualità che la durata della mia vita. Non avevo intenzione di avvicinarmi a te. Di certo non avevo intenzione di innamorarmi, sapendo che non ci sarebbe mai stato futuro per noi. E, a mano a mano che ti conoscevo, ho cominciato a odiare l'idea che anche tu soffrissi... non volevo, e non voglio, che fossi in lutto anche per me.

Ecco perché ti ho lasciata in quel modo, l'anno scorso: mi sono concesso quei pochi giorni con te, ma poi ho pensato che sarebbe stato meglio per tutti e due troncare ogni rapporto. Non avrei mai pensato di rivederti, ma sono felicissimo che le nostre strade fossero destinate a incrociarsi di nuovo. Sono stato egoista, ho voluto incontrarti al matrimonio solo per starti vicino, perché avere te, anche solo una piccola parte di te, nella mia vita ha reso quest'ultimo anno più sopportabile e mi ha dato motivo di sperare, quando pensavo che tutto fosse perduto. Ho cercato di trovare il coraggio di dirtelo per tutto l'anno.

Le terapie non hanno funzionato e sono arrivato ad accettare che non c'è via di scampo per me... sono vicino alla fine. Ma in quest'ultimo anno mi hai regalato tanta gioia, quando altrimenti avrei vissuto solo momenti bui. Voglio che tu sappia quanto sia stato importante per me, quanto ti sono grato. Mi sono quasi dato per vinto due volte, prima lo scorso dicembre e poi a settembre, ma tu mi hai restituito la scintilla in entrambe le occasioni.

I medici mi hanno detto che d'ora in poi le cose non faranno altro che peggiorare. Potrebbero esserci dei cambiamenti di personalità, mi ammalerò in modo più evidente e presto non sarò in grado di nasconderlo. Non voglio che tu lo veda. Voglio che mi ricordi come mi hai conosciuto, piuttosto che come malato, confuso e moribondo. Sono un egoista, questa è l'altra ragione per cui ho rimandato: speravo di andarmene in fretta e in silenzio, senza doverti coinvolgere. Se sarà così, sappi che è il modo in cui avrei voluto che accadesse.

Mi dispiace tanto, Josie. Mi dispiace farti passare tutto questo, mi dispiace non essere riuscito a starti lontano.

Ma non mi dispiace averti amata. Non me ne pentirò mai, e spero che neanche tu lo faccia.

Non abbiamo potuto stare insieme per sempre, ma l'anno scorso dicevo sul serio: sarò eternamente felice di averti incontrata. Ti amo, Josie, e spero che la tua vita sia piena di cose straordinarie, inaspettate e magnifiche che brillano tanto quanto te. Sappi che, se ne avessi la possibilità, sceglierei di passare la mia vita con te.

Per sempre tuo,

Max

Quando Josie si posò la lettera in grembo, alzò lo sguardo e vide che Helen era lì, le guance solcate da lacrime silenziose. «Non ha detto addio», disse inebetita.

«Oh, cara. Penso che abbia cercato di dirti addio da quando ti ha incontrata».

Alle sue parole, Josie si raggomitolò sulla sedia e, finalmente, pianse.

Quinta parte
Gennaio

Capitolo trenta

Josie era in fondo alla piccola folla radunatasi a Bristol, vicino a dove Max era cresciuto, i tacchi neri che affondavano nell'erba bagnata, il respiro che creava nuvole di vapore. Le lacrime le pizzicavano gli occhi e le rigavano il viso, ma la brezza fredda gliele asciugava, mentre era intenta ad ascoltare le parole dell'officiante su quanto avrebbero sentito la mancanza di Max, su quanto fosse stato importante per tutti i presenti, su come era stato portato via da questo mondo tragicamente giovane.

Tragicamente giovane.

A quel punto, Josie trasalì. Bia le strinse la mano sinistra mentre Helen si avvicinò un po' di più a lei, per posarle la mano sulla spalla destra. Memo non era riuscita a esserci, anche se avrebbe voluto, perché si stava ancora riprendendo in ospedale. Un'ondata di dolore bruciante travolse Josie. Neanche lei doveva essere lì. *Lui* non doveva essere lì, non in quella bara, non per essere messo sotto terra, dove nessuno avrebbe potuto vederlo. Josie non avrebbe più potuto ammirare il suo mezzo sorriso, e nemmeno prendergli la mano o posare la testa sulla sua spalla. Era sbagliato.

Non era giusto.

Non era giusto che avesse perso la vita e che le fosse stato portato via così. Non era giusto che non gliene avesse parlato, che lui avesse saputo, fin dall'inizio, che non avrebbero mai potuto avere un futuro insieme. Fece un respiro profondo e lento, nel tentativo di reprimere quella sensazione. Non era giusto arrabbiarsi con lui. Non quel giorno.

Dopo che il funerale fu terminato, i partecipanti cominciarono a disperdersi e Josie intravide Erin che, come aveva scoperto, non era la ragazza di Max, almeno non lo scorso anno. I suoi occhi azzurri erano ora arrossati, mentre guardava Josie. Aveva il volto pallido, le labbra serrate come per cercare di trattenere le emozioni. Ma le fece un sorriso, tremante e incerto, e le si avvicinò. Per un istante Josie pensò di indietreggiare, voltarsi e scappare. Perché non era sicura di poterla affrontare, non era sicura di essere pronta a parlare con qualcuno che lo conosceva, rendere la sua morte un fatto reale e innegabile.

Bia le strinse la mano con ancora più forza, ma Josie scosse la testa e sussurrò: «Va tutto bene. Ti raggiungo tra un po', okay?». Bia esitò per istante mentre Helen, invece, mormorò: «Sei sicura, cara?».

Proprio allora Erin si fermò davanti a loro, i capelli lisci e biondi raccolti in una crocchia ordinata.

Josie annuì, e le due donne se ne andarono senza ulteriori discussioni. Ne era contenta: quel momento doveva appartenere a persone che conoscevano Max, che lo conoscevano davvero.

«Come stai?», chiese Josie in tono gentile.

Erin si strinse nelle spalle. «Oh, lo sai».

Si guardarono, poi Josie scosse la testa. «Sto cercando di pensare alla cosa giusta da dire e proprio non ci riesco».

«Non penso ci sia una cosa giusta da dire». Erin aveva gli occhi gonfi, e anche lo sguardo di Josie era velato di lacrime. Tutte e due distolsero lo sguardo: forse anche

Erin, come lei, stava cercando di ricomporsi. «Lo amavo tanto», bisbigliò Erin con lo sguardo basso, sull'erba dove i suoi tacchi affondavano leggermente.

La gola di Josie si strinse in un modo che quasi le provocò dolore. «Anch'io».

Erin annuì, incrociando ancora una volta il suo sguardo. «Lo so. L'ho notato, a Edimburgo».

Josie esitò. «Non volevo… pensavo che foste una coppia».

«Lo so», ripeté Erin. «Non era così», aggiunse. «Ma ormai l'avrai capito. Quindi, sappi che quando dico che l'amavo, intendo solo…».

«Non mi devi spiegare nulla», sussurrò Josie. Capiva come si sentiva Erin. Erin si era accorta di quello che Josie provava per Max, ma anche Josie si era accorta dei sentimenti di Erin. Si erano amati anche loro, e il fatto che quella storia si fosse trasformata in un rapporto platonico non cambiava le cose.

«Però te lo ha lasciato pensare», replicò Erin con voce sommessa. «Sapevo cosa stava facendo, cercava di nascondersi dietro di me. E ho provato a convincerlo a dirti la verità, ma lui… Non ce la faceva, penso. Non ce la faceva a sopportare l'idea che lo avresti guardato in modo diverso».

Con un tuffo al cuore, Josie si ricordò di Erin e Max fuori dal caffè di Edimburgo.

Gliel'hai detto?

Lasciami in pace, Erin, non è così semplice.

Josie chiuse gli occhi formicolanti, e quando li riaprì lasciò cadere qualche lacrima. Erin si fece avanti, le prese la mano e la strinse. «Mi dispiace che non te l'abbia detto prima».

Stava per essere sopraffatta dall'amarezza per il fatto che glielo avesse tenuto nascosto, che le avesse permesso di innamorarsi di lui. Ma c'era una parte di lei che respingeva quel sentimento, una parte che avrebbe ritrovato dopo che il dolore si fosse placato, dopo avere superato a fatica quelle settimane surreali... e quella parte ne era felice. Felice di averlo incontrato, di averlo conosciuto, felice di essersi innamorata di lui. Se glielo avesse detto subito, quando era ancora stordito dalla notizia, il giorno in cui l'aveva incontrato in bicicletta, si sarebbe concessa di innamorarsi di lui? Ne dubitava. Non ne avrebbe avuto il coraggio. E si sarebbe persa qualcosa che, invece, aveva avuto il potere di cambiarle la vita.

Alla fine scosse la testa. «Lo so perché non me l'ha detto». Non l'aveva proprio perdonato... le serviva del tempo per arrivare a quel punto. Ma poteva comprenderlo. Era già un inizio.

Josie notò Erin con lo sguardo dritto davanti a sé. Quando si voltò, vide avvicinarsi la sorella di Max, Chloe, che aveva incontrato a New York. Non gli assomigliava affatto, aveva capelli corti e scuri che incorniciavano il suo bel viso. Ma quando sorrise, tra le lacrime, aveva la stessa espressione rassicurante di Max. Josie sentì un nodo alla gola e per un instante fece fatica a respirare. In lontananza, gli uccelli cinguettavano ignari. Il suono indistinto di un clacson sembrò trafiggere Josie, ricordandole dolorosamente che il mondo era ancora là fuori e andava avanti, incurante.

Erin e Chloe si sorrisero, una sorta di comprensione tra le due.

«Ci vediamo, Josie», disse Erin. Fece scorrere la mano sulla sua spalla in un gesto di commiato.

«Lo spero», replicò Josie. Era seria.

Chloe osservò per un istante Erin allontanarsi, poi rivolse lo sguardo verso Josie. «Sono così felice che tu sia venuta.

Sua sorella, pensò Josie. Cosa aveva detto a sua sorella, la sua sorellina, come l'aveva definita una volta?

«Mi dispiace tanto che...».

Ma Chloe scosse la testa, come se sapesse quali sarebbero state le sue parole. Che le dispiaceva che Max fosse stato con lei, nei suoi ultimi istanti. Che le dispiaceva averlo portato via da loro... anche se non era un sentimento sincero, perché, con una punta di egoismo, aveva voluto quei momenti per sé. Li aveva voluti, e voleva anche quelli che non avrebbe mai vissuto.

«Voleva passare i suoi ultimi istanti con te», disse Chloe piano. Si guardò alle spalle e fece cenno a qualcuno di avvicinarsi, poi prese fiato e raddrizzò la schiena, quando si rigirò verso Josie.

Altre due persone stavano arrivando per unirsi a loro. Una donna con gli stessi capelli ramati di Max e un uomo che aveva il viso di Chloe, anche se di una corporatura leggermente più possente. I genitori di Max. Josie, esitando, fece un respiro.

«Josie, questi sono Valerie e Roger. I miei genitori».

Quando Josie guardò Valerie negli occhi, le tremò il mento. Erano gli stessi di Max, anche se leggermente più tenui.

«Mi dispiace così tanto per la vostra perdita», disse, la voce non così decisa come avrebbe voluto.

Valerie scosse la testa e le prese le mani. «La *nostra* perdita», disse con fermezza, con un pizzico di accento americano. «Se sei la ragazza di Max, allora è la nostra perdita».

Josie annuì e sentì le lacrime, mai svanite, ricominciare a sgorgarle dagli occhi.

Parlò con i genitori di Max per qualche istante, e promise che sarebbero rimasti in contatto.

Dopo che Roger e Valerie se ne furono andati, diretti ad accettare le condoglianze di amici e familiari, Chloe si trattenne con lei ancora per un po'. «Allora... come va con la fotografia?»

«Oh». Josie si sistemò i capelli dietro l'orecchio. «Bene, immagino. Ho fatto un corso». Sembrava sbagliato parlare di un argomento normale, ordinario, dopo quello che era successo.

Chloe inclinò la testa, quasi come un uccello. «Lo so. Max me l'ha detto».

Al che Josie abbozzò un sorrisino. «Ah, sì?».

Chloe annuì. «Mi ha anche parlato del Botswana e anche di Geoffrey», aggiunse davanti allo sguardo interrogativo di Josie. «Mio fratello era bravo a carpire informazioni dalla gente». Il sorriso sul suo volto vacillò, ma poi si ricompose. Qualcuno chiamò Chloe – un uomo alto e muscoloso con la pelle molto abbronzata – e la donna fece un cenno col capo. «Devo andare a fare il giro di condoglianze, per così dire». Sospirò rassegnata, le lacrime le brillavano negli occhi marroni. «Scusa», bisbigliò, e Josie scosse la testa.

«Vai pure», mormorò. Notò che Bia si stava avvicinando, come se si fosse accorta che Josie stava per rimanere da sola. Come se sapesse che sarebbe crollata, senza di lei. Chloe le afferrò la mano, prima che potesse andarsene. «Volevo dirti, anche se non so se migliorerà o peggiorerà la situazione, che Max sperava che avresti accettato».

Josie aggrottò la fronte. «Che cosa?»

«Il Botswana», rispose Chloe. «Sperava che avresti accettato il lavoro». Ammutolì e poi sorrise, per un momento lo sguardo distante. Quando tornò a guardare Josie, i suoi occhi erano più luminosi. «Pensava che ti avrebbe fatto capire quanto risplendi».

Sesta parte
Un altro dicembre

Capitolo trentuno

Josie era seduta sulla sabbia davanti al fuoco, le ginocchia al petto e le braccia intorno alle gambe. Le fiamme vivaci facevano scintille, pronte per il barbecue – o *braai*, come dicevano lì – dei *boerewors*. Alla sua destra, Charlotte stava chiacchierando con uno dei ranger, e dall'altra parte i due piloti di elicotteri ridevano guardando qualcosa su un cellulare.

Era contenta di poter stare seduta per qualche attimo, di lasciare che i suoni della gente intorno a lei si confondessero con quelli degli uccelli notturni che cominciavano a svegliarsi, mentre guardava il tramonto africano. I colori erano incredibili, un arancione brillante che divampava nel cielo e sfumava nel rosa, come se si stesse spegnendo lentamente. Quella sera, per il loro *braai* natalizio, avevano scelto un punto più alto del solito – anche se sempre nella sicurezza del parco, dove nessun leopardo curioso sarebbe riuscito a entrare – in modo da potersi godere il tramonto fino all'ultimo istante.

Josie bevve un sorso della Savanna ghiacciata e lasciò scivolare il sidro in gola, grata per il sollievo che le procurava dopo l'intensa afa della giornata. Charlotte incrociò il suo sguardo e sorrise, inclinando la testa come per controllare che stesse bene. Lei ricambiò il sorriso e annuì, così Charlotte tornò alla sua conversazione.

Josie allungò le braccia dietro di sé. Era più abbronzata, più magra e più in forma rispetto all'anno scorso, ma nonostante ciò era difficile credere che fosse nel Botswana da ormai quasi dodici mesi. Bia e Laura erano già venute a trovarla, mentre Helen continuava a minacciare di farlo. Josie era preoccupata di lasciare Memo così presto dopo l'intervento al cuore, ma dopo tre mesi la nonna aveva dimostrato la sua determinazione e, a detta di tutti, era praticamente tornata alla normalità. Lo stage stava per finire, ma aveva ancora un altro mese per capire la sua prossima mossa, e non era inquieta. Finalmente aveva capito quello che amava fare – anche se le sembrava ancora assurdo che stesse realizzando il suo sogno proprio lì, nel Botswana – ed era certa che avrebbe trovato qualcosa di simile, col tempo. Aveva iniziato a tastare il terreno, e Charlotte le avrebbe scritto una buona lettera di referenze.

Ma alcune delle cose migliori, come sapeva benissimo, nascevano nei periodi di vuoto, quindi non sarebbe stata la fine del mondo se avesse deciso di non fare nulla per qualche tempo.

Uno dei piloti si staccò dal gruppo salutando tutti, e Josie posò la Savanna, poi si alzò in piedi e si mise a correre per raggiungerlo, con la maglietta appiccicata alla schiena per il sudore. «Vai all'aeroporto?», chiese.

«Sì, ci sono ospiti in arrivo e devo ritirare le provviste».

Lo prese a braccetto e camminò al suo fianco. «Posso chiederti un favore?».

Lui fece un gran sorriso. «Qualsiasi cosa per farti contenta, bellezza».

«Puoi spedire delle lettere per me?». L'uomo annuì, tese la mano per prendere le due buste che lei fece scivolare fuori dalla tasca dei pantaloncini. Erano un po' spiegazzate, ma non pensava che i destinatari ci avrebbero fatto caso, date le circostanze.

Il pilota si mostrò confuso. «Hai dimenticato gli indirizzi, Jo». Non sapeva perché, ma il gruppo insisteva ad abbreviare il suo nome il più possibile.

«Lo so. Non servono». Scosse la testa quando lui inarcò le sopracciglia. «Non fare domande».

«Come vuoi». Partì, dirigendosi verso l'elicottero e tornare per qualche ora nella civiltà. Josie sorrise tra sé e sé, rimanendo immobile per qualche istante a guardare il sole che tramontava. Chi avrebbe mai pensato che avrebbe continuato così la sua tradizione natalizia? Con una piccola differenza, ovviamente: due lettere al posto di una, tre persone per sempre nel suo cuore invece di due. Il cielo stava diventando arancione: i tramonti erano unici, nella fauna africana. Rimase lì ancora un attimo, inalando l'aria calda. Alzò al cielo il viso abbronzato e sorrise, nel caso qualcuno la stesse guardando da lassù. Poi si buttò indietro la coda di cavallo e tornò dagli altri, per dare il benvenuto al Natale.

Cari mamma e papà,

quest'anno vi scrivo dall'Africa, roba da matti, lo so, ed è già Natale. Non sono stata ferma un attimo. Qui è tutto frenetico e sorprendente. Vi sarebbe piaciuto, ne sono certa. Memo sta bene e il medico pensa che si riprenderà alla grande, per fortuna. Ho promesso di passare il Natale con loro l'anno prossimo e, a prescindere da quello che mi capiterà di fare in futuro, non vedo l'ora di viverlo.

Ancora sento la vostra mancanza, mi mancherete sempre, ma sono molto fiera di dove sono ora, e so che lo sareste anche voi.

Buon Natale con tutto il mio amore,

Josie

Caro Max,

è passato quasi un anno dall'ultima volta che ti ho visto. Mi sento come se fosse passato tanto tempo, ma anche come se non ne fosse passato affatto. C'è una parte di me ancora convinta che prima o poi ti presenterai qui in Africa, con quel tuo tipico modo di fare. Non so se un giorno smetterò di crederlo. Forse è perché sei ancora con me, e questo è un fatto che non cambierà mai.

Ho parlato con tua sorella via Skype. Dice che non le piace molto scrivere lettere. Dopo la tua morte, lei e Liam hanno rimandato la data delle nozze e dovrebbero sposarsi il prossimo giugno. Si sposeranno nello stesso castello del matrimonio di Laura e John perché ho raccontato a Chloe di quel fine settimana e di quanto eri felice lì. Mi ha invitato e ci andrò. Ci andrò e ballerò là fuori sotto le stelle, con te nei miei pensieri.

Vorrei che mi avessi detto cosa ti stava succedendo, Max, ma capisco perché non l'hai fatto… anche se, lo ammetto, ho avuto bisogno di tempo per accettarlo. Lo so che stavi solo cercando di proteggermi, ma avresti dovuto sapere che non sarebbe mai stato possibile. Perché, anche se hai detto che ti ho reso la vita più luminosa, eri tu la luce nella mia, anche quando eravamo lontani.

Vorrei molte cose. Vorrei che non ti fossi sentito obbligato ad affrontare tutto questo da solo. Vorrei che tutto questo non fosse successo a te, perché nel mio cuore so che, se ne avessimo avuto la possibilità, saremmo stati insieme per sempre. Vorrei averti conosciuto prima, così avrei potuto averti con me più a lungo. Ma sto imparando che non si può cambiare ciò che è stato, quindi userò questa lettera per ringraziarti, invece di esprimere desideri.

Questi ultimi due anni hanno cambiato la mia vita, e tutto è iniziato con te.

Mi hai aiutato a dimostrare che potevo fare cose che non avrei mai sognato di fare, perché non pensavo di avere la forza d'animo necessaria. Mi hai dimostrato che vale la pena tenere duro finché non incontri la persona che ti completa. Ma soprattutto, incontrandoti, ho avuto il coraggio di essere quella persona. Una parte di me sente che non sarò mai veramente completa senza di te, ma quest'anno credo di essere partita più che bene per attenuare quella sensazione. Le zanzare mi hanno pizzicato fino all'esasperazione, l'afa non ha fatto altro che turbare il mio sonno, sono piena di graffio per colpa dei cespugli. Ho dormito sotto il cielo notturno, ho visto leoni, giraffe, leopardi allo stato brado. Ma la cosa più bella è che ho catturato tutto nelle mie foto. Non sarei mai venuta qui se non ti avessi incontrato in quel freddo giorno di dicembre, e questa è la sacrosanta verità.

Quindi ti dirò ora quello che non ho avuto il coraggio di dirti di persona. E ti prego, sappi che semmai sarò abbastanza fortunata da provare di nuovo quei sentimenti, mi farò forza e pronuncerò quelle parole.

Ti amo, Max.

Ora e per sempre.

Josie

Ringraziamenti

Il merito per la stesura di questo libro dovrebbe essere diviso in egual misura con la mia incredibile, intelligente e talentuosa editor, Sherise Hobbs, senza la quale questo libro non sarebbe mai esistito, nel vero senso della parola. Da quella prima conversazione in un caffè, Sherise è stata meravigliosa sempre e comunque, e incredibilmente generosa con le sue idee creative, l'incoraggiamento e l'attenzione ai dettagli, e mi ha aiutata a plasmare questa storia in un libro di cui vado molto fiera. Quindi, Sherise, grazie.

Grazie anche a Bea Grabowska per aver fatto parte della squadra (e grazie per avermi detto che il libro ti ha spezzato il cuore, cosa che scelgo di prendere come un complimento, anche se non so cosa questo dica di me stessa). Grazie a Katie Green per la meravigliosa revisione. Negli Stati Uniti, i miei ringraziamenti vanno a Hilary Teeman per i suoi ottimi ritocchi editoriali che hanno contribuito a migliorare ulteriormente il libro, e a Caroline Weishuhn.

Ringrazio Emma Rogers per la splendida copertina dell'edizione originale, e spero che la storia sia degna della sua bellezza. Grazie a Nathaniel Alcaraz-Stapleton e a Rebecca Folland per il loro duro lavoro e per essere riusciti a ottenere con la loro immensa bravura accordi sui diritti: vi meritate un bicchiere di champagne. Il Team marketing e pubblicità avrà sempre un posto speciale nel mio cuore, quindi grazie a Ellie Morley ed Emily Patience (Emily si prende un punto in più perché ha il mio stesso nome).

Oltreché per la sua forza editoriale, Charlotte Levens merita un enorme ringraziamento per avermi accompagnata in questo libro, per il brainstorming di idee sul Natale (in pieno luglio), per aver risposto alle mie domande sugli ospedali e per le molte chiacchierate forzate a base di caffè e vino riguardo a questa storia. Char, direi che ormai conosci questo libro bene quanto me: ora guarda, è stato pubblicato! Ne è valsa la pena! Ti ringrazierò con altro vino, meglio se su una spiaggia piena di cavalli che trottano in giro.

Infine, grazie alla mia adorabile sorellona, Jenny, per avermi permesso di stare nella sua bellissima casa a scrivere questo libro (e a Tom, suo marito, perché in fin dei conti è anche casa sua…). E grazie alle mie nipotine, Lily ed Ella, per avermi aiutata/distratta e per avermi fatto prendere delle pause per fare dei puzzle oppure giocare agli animali e a Floor Is Lava. Ella, grazie per avermi costretta ad accantonare questa storia per aiutarti a scrivere le tue, che parlavano sempre e solo di una bambina di nome Jane e di una cavalla di nome Daisy.

Se hai letto fin qui, allora anche tu, lettore, meriti un ringraziamento. Grazie per aver letto questo libro: sei il motivo per cui scrivere ha un senso.

Indice

Jan Steinbach

Il caffè delle cose preziose

Volume di 224 pagine.

Gli ultimi anni non sono stati facili per Luise. La morte del marito le ha spezzato il cuore facendola sentire persa. Con l'arrivo del Natale, per non rischiare di essere sopraffatta da ricordi dolorosi, decide di realizzare un sogno rimasto nel cassetto e parte per la magica città di Lubecca.
Il viaggio le riserva da subito delle piacevoli sorprese, prima fra tutte l'amicizia con Ludwig, un talentuoso pasticcere, proprietario del caffè in cui lei si rifugia per sfuggire alla solitudine. Ludwig è un maestro nel creare splendidi prodotti da forno a base di cannella e marzapane. E il profumo di quei piccoli capolavori ancora caldi e fragranti sembra sciogliere il ghiaccio intorno al cuore di Luise. Il destino le sta forse dando una seconda opportunità per essere felice?
La paura di soffrire ancora, però, sembra un ostacolo insormontabile. E Luise continua a ripetersi che nascondere i propri sentimenti è la sola strategia possibile. Chissà che un miracolo di Natale non riesca a farle cambiare idea…

Newton Compton Editori

Shari Low

Un giorno d'estate

Volume di 352 pagine.

È una bella, luminosa giornata d'estate, e la vita di tre persone sta per cambiare per sempre. Agnetha McMaster, dopo aver trascorso quasi tutta la vita a prendersi cura degli altri, ha finalmente deciso di occuparsi di sé stessa. È il suo momento. Ma troverà davvero il coraggio per ricominciare? Mitchell McMaster, dieci anni fa, ha divorziato da Agnetha e ha sposato la sua migliore amica, Celeste. Ora sospetta che la sua seconda moglie abbia una relazione. Che sia arrivato il giorno in cui il karma ha deciso di presentargli il conto? Grazie a un test del DNA, Hope McTeer sta finalmente per incontrare il suo padre biologico. Ha aspettato con ansia questo momento ma adesso è assalita dai dubbi. Come sarà l'uomo che si troverà davanti? Le piacerà? E, soprattutto, sarà pronta ad affrontare le risposte alle domande che la tormentano da una vita? Tre personaggi, ventiquattro ore per dare una svolta cruciale al destino.

Newton Compton Editori

Julie Caplin

Un giorno di sole a Parigi

Volume di 384 pagine.

Avere quattro fratelli maggiori non sempre è un vantaggio. Nina Hadley per tutta la vita si è sentita amata e protetta dalla sua grande e rumorosa famiglia, ma ormai non è più una bambina, e non ne può più di avere costantemente accanto qualcuno che le dice cosa fare. Per questo, quando riceve una straordinaria offerta di lavoro a Parigi, non ci pensa due volte e accetta con entusiasmo! Per i successivi mesi dovrà aiutare a gestire un corso per pasticceri. Praticamente il lavoro dei suoi sogni. C'è solo un problema: il proprietario della pasticceria è Sebastian Finlay, il migliore amico di suo fratello Nick… nonché l'uomo per cui Nina ha una cotta sin da quando era piccola. I pasticcini deliziosi e gli incantevoli macaron sono una tentazione da nulla in confronto al fascino irresistibile di Sebastian. Ma Nina ha deciso: non può permettersi distrazioni, deve concentrarsi sul lavoro e avere in mente solo le cose importanti. Anche se diventa ogni giorno più difficile…

Newton Compton Editori